Best Time

白 马 时 光

辛夷坞 著

祓生

FU

SHENG

孤暮朝夕

百花洲文艺出版社
BAIHUAZHOU LITERATURE AND ART PRESS

图书在版编目（CIP）数据

抚生·孤暮朝夕 / 辛夷坞著 . — 南昌：百花洲文
艺出版社，2018.11
ISBN 978-7-5500-3047-3

Ⅰ.①抚… Ⅱ.①辛… Ⅲ.①长篇小说—中国—当代
Ⅳ.① I247.5

中国版本图书馆 CIP 数据核字（2018）第 227099 号

抚生·孤暮朝夕
FU SHENG·GU MU ZHAO XI

辛夷坞 著

出 版 人	姚雪雪	
出 品 人	李国靖	
特约监制	王 瑜	
责任编辑	游灵通	程 玥
特约策划	李国靖	
特约编辑	王 婷	
封面设计	小 贾	
版式设计	王雨晨	
封面绘图	鱼 眼	
赠品绘图	sin	
出版发行	百花洲文艺出版社	
社 址	南昌市红谷滩世贸路 898 号博能中心Ⅰ期 A 座 20 楼	
邮 编	330038	
经 销	全国新华书店	
印 刷	三河市金元印装有限公司	
开 本	680mm×970mm 1/16	
印 张	20.25	
字 数	360 千字	
版 次	2018 年 11 月第 1 版第 1 次印刷	
书 号	ISBN 978-7-5500-3047-3	
定 价	45.00 元	

赣版权登字：05-2018-414
版权所有，侵权必究
发行电话 0791-86895108
网 址 http://www.bhzwy.com
图书若有印装错误，影响阅读，可向承印厂联系调换。

天地之间落有一塔，

名为抚生。

抚天地，抚众生，

抚生死离魂，抚爱恨嗔痴。

目 录

目录

楔子

　　少年在陌生的枕席之上辗转难眠，无论睁眼还是闭眼，那女子的身影都挥之不去，一如心魔难破，他也舍不得勘破。

　　其实今日不过是初见。

　　那时日当正午，初秋的官道旁芦草渐黄。他们一行赶了半日的路，人困马乏，将就着在郊野驿馆里饮马暂歇。

　　同行的友人正低声谈笑，不知今年的中秋宫宴可会有新鲜玩意儿。官驿的小吏领着人垂手候在不远处，恭谨且无措。这时，门庭外忽有嘈杂声入耳，隐约是侍卫在驱赶误入的行客。

　　纵是他们此行轻车简从，也断不会与闲杂人等混迹一堂。这道理侍卫懂得，驿丞懂得，驿站的下人杂役虽不明就里，这点眼力见儿却还是有的。

　　然而片刻之后，驿站的马夫却战战兢兢来报，附在驿丞耳边低语了几句。

　　素来好事的向子纪懒懒问道："门外何事？"

　　马夫涨红了脸，在驿丞的示意下忙抹汗躬身回道："回贵人的话，是一位……姑娘想要讨口水喝。"他磕巴了片刻，似不知如何描述来人。

　　驿丞暗恼手下愚钝，轻声呵斥："什么姑娘，可有驿券在身？通通赶走便是，何须特意禀报？"

　　子纪一听来的是个"姑娘"，更添了几分兴趣。他正愁旅途乏闷，兀自站起来便往门外凑去，嘴中尤笑道："管事的好生小气，不过是讨一口水，怎么就给不得？"

　　他自己好事，偏要拉着两位好友作陪，几个少年人笑闹着走出门廊外。

那时她正站在马厩外，信手从槽中捡了草料饲喂身边那头干瘦的黑驴。白衣乌发，削肩秀项，从背影看是寻常行路人打扮，却无行囊，肩头有团紫褐色毛茸茸的物事。十余名侍卫随从环立在她几步开外，竟也无人再开口阻拦。

乡野鄙处的午时困顿一扫而空。子纪胆大厚颜，又自诩风流，当即笑着朝好友递了个眼色，扬声道："小娘子，这驿馆中的水只当用来饮马喂驴，酒倒是不错。不如我给你斟上一杯？"

那女子闻言，侧首对肩上毛团子动了动唇，那毛团竖起一条蓬松大尾巴，摇摆两下，竟是只与狸猫体形相仿的小兽。

"子纪，不要胡闹。"同行的高颐年方弱冠，是他们中年纪最长的，是以收敛了一些跳脱的少年脾性，含笑劝止道。

"你刚娶了新妇，原先的胆子就被狗叼去了？不过是喝杯酒，有何不可。"子纪抬起下巴点向身旁少年，戏谑道，"七郎，你说是不是？"

被子纪不由分说拽出来看热闹的少年原本并不情愿，此时也不发一声。子纪怕他不耐，哄道："此处距离汴京尚远，难得没了拘束。你……"话说到一半，却见少年直勾勾盯着那女子背影看，失了魂一般。

子纪悄然用手肘顶了顶高颐，两人俱惊讶不已。

这时只听有个声音不紧不慢地问："酒呢？"

那女子业已转过身来，几人视线与她对上，包括子纪在内，不由自主地也敛去了轻薄之色。并非她长有一副倾国倾城的好容貌，教人心驰荡漾。他们都不是寻常出身，早已见识过这凡俗世间最极致的富贵繁华、国色天香。眼前的女子看上去约莫双十年华，面容皎白，眉目深刻，直鼻薄唇，有种刀锋般的明艳凌厉……教人不敢长久直视，反倒忘却了美与不美。

他们有些能够领会为何马夫面对这样一个前来讨水的行人会拿不准主意，为何侍卫戒备着却未曾贸然近前。

她不似寻常妇人，也不似闺中少女，不似他们短短这一生见过的任何一个女子——像一把利刃，无须出鞘，人们不由自主地趋近，去揣度它的寒光，却又畏惧被锋芒所伤。

"不是说要斟酒来？"女子轻拍手中草屑。

子纪福至心灵，脱口道："七郎，让你斟酒来，你还不去？"

被称作"七郎"的少年微微一怔，竟当真无比乖顺地回了驿馆，亲手端了杯酒，面红耳热送至那女子跟前。

那女子接过酒杯，伸手时一侧衣袖略略掀起，露出腕上斑驳的旧伤。她并不加以掩饰，朝他微微一笑，眼中也无半点生疏矜持，浑似多年故友重逢。

少年心中一震，喉头轻颤，却不知该说什么，定定看她将酒杯送至肩旁，喂给了那毛团子。

近看那毛团子原来是只罕见的紫貂，只见它低头嗅了嗅那酒，便顺着女子哺喂的手势将酒徐徐饮入腹中，喝光了酒之后还咂了咂嘴，轻摆尾尖，很是满足的模样。少年见它伶俐，鬼使神差伸出手轻抚它蓬松的尾巴，还未触及，那紫貂骤然闪避，龇牙弓身，摆出了狰狞的戒备姿态。

"神了！"子纪由衷喟叹了一声。

及至几人重回驿站饮茶，子纪仍在调侃不休："我当你为何不喜枢密使方典家的千金，也瞧不上郑太傅那娇滴滴的孙女，汴京万紫千红都难入你法眼。七郎啊七郎，原来你喜欢的竟是这样……这样要命的，当真看不出来！"

高颐事后回过神来，思及那女子形貌，以及她全无半点柔婉恭顺的神色，沉思道："依我看，那姑娘多半不是中原人氏，从头到脚都古怪得很……"

"管她是番族还是蛮子，只要是大活人，若七郎真心想要，又岂有得不到之理。不过，人都走远了，说这些还有何用。"子纪端起茶抿了一口，笑嘻嘻地问，"七郎，你若有心，方才为何不留住她？"

他原是开玩笑罢了。七郎身份贵重，惯来眼高于顶，清心寡欲。以他的出身容貌，只有京中少女痴缠于他，他从不假以辞色。坊间偶有流言，说他恐怕喜好男色。若不是他们自幼一块长大，对他知之甚深，多半也要信了。如今看来，恐怕只是他年纪尚小，过去未曾开窍罢了。如今因缘际会得见佳人，照样还不是被勾了魂一般。

"她说走就走了，我能如何？"少年瓮声说道，话里话外透着懊恼。

难得见他这番模样，连他表兄高颐都笑了起来："小七，你莫非还当真了？"

"把人留在眼前，再想怎么办也不迟！"子纪一边怂恿着，一边却又忍俊不禁，"你就不怕那样的佳人将你嚼得骨头都不剩……"

话还未及说完，七郎忽而起身，他们还来不及反应，他已出门，纵马追了出去。

驿外唯有一条笔直官道，他明明瞧着她朝汴京方向去了，不过隔了一盏茶的工夫，以他骑马的脚程，半个时辰之内断无追不上之理。可他一路疾奔，沿途未敢错过任何一个身影，直至日暮，佳人杳杳，眼前空余秋草黄沙。

追上来的高颐和子纪在天黑之前好说歹说劝服了他暂且投宿于最近的官驿平秋坊。

子纪已被高颐训斥了一轮，心中也有些后怕，用晚饭时仍不忘劝慰着沉着脸不肯动箸的少年："你且歇下，说不定我们赶在了她前头，明日路上就碰见了。"

纵是如此他们仍不放心，陪他饮酒闲聊到夜深方各自回房。他分明听到子纪在走道外对高颐嘀咕了一句："这个小七，不开窍则已，一开窍就跟魔怔了似的。"

他可不是入了魔。

平秋坊是他们返京前最后一个大型官驿，得知他们入住，早已将上房腾出备好。这几日赶路劳顿，满身风尘困倦不堪，可周遭一静下来，他满脑子都是她的身形眉眼，她接过酒杯时的会心一笑，她绾得并不高明的头发，她指间长年握剑的薄茧、臂腕上的伤……念念不忘，颠来倒去，连带她肩上那只刁钻的小畜生都变得莫名可亲。

他在这世上十七载，自降生起便享尽荣宠，母亲疼爱、父兄护持，今上和太后对他也颇为爱重。兼之天资聪颖，容貌出众，他仿佛占尽了世间的好。除了天下，他什么都可以拿捏在手中，可什么都落不进他眼里。幼时有得道高僧说他尘缘极薄，家人尊长怕他早夭，只求他平安喜乐，万般皆顺着他去。他修佛习道，精研玄学，心中仍是浑噩迷惘，不知这一世为何——今日看来，原似在等一人。

外间草虫鸣叫声渐稀，值夜的近侍脚步声停歇。她终于来了，安坐于小窗之下，他站得极近，耐心将她长发抖开，再以骨篦梳顺，绾了个同心髻。窗外空心树柔韧的枝条摆荡进来，发出低吟一般的声响，她探手攀住枝条，他攘住她同样柔韧的腰肢……明明好不容易才绾得教他满意的发髻不知何时又散落开来，颠倒排布的星空下，蓝色火焰旁，她皓腕光洁，皎白修韧的腿缠在他腰间，柔顺地唤他"夫君"……

"再叫一遍，再叫一遍！"他喃喃重复。

"夫君，夫君……你不是说要我陪你一辈子？一辈子，有趣得很。"

她的神情欢愉而烂漫。那时她眼中只有他，那"一辈子"她心中也只有他。可惜凡人的一辈子委实太过仓促。

雪白的大鸟自无风的天际滑翔而过，忽而银光如虹，长剑贯穿鸟身，血污倾泻，天边崩出一道裂隙，一切如梦幻泡影消散于无形。

他惊醒过来，驿馆内崭新的锦被令他皱眉。一簇毛茸茸的黑影盘踞在他枕畔，窸窸窣窣低头轻嗅。

月入秋床，室内一灯明灭。他似乎只睡过去片刻，却做了个很长的梦。紫貂见少年懵懂起身拥被而坐，一溜烟回了主人身边。

紫貂的主人垂首站在书案旁，夜风潜入，她用一物抚平了被风掀起一角的宣纸，默默回过头来，手中之物幽光森寒。

少年的耳朵又开始赤红滚烫，他知道自己是醒着的，可眼前这幕仿佛比方才的梦境更让他吃惊。

她是如何在侍卫眼皮底下登堂入室的？来了多久？这样的问题听起来太过蠢钝。他犹疑着，却问了一个更蠢的——"你……可是来找我？"

"途中琐事耽搁，这次我来晚了。"她看着他，语气熟稔而闲适，"你看，你都长大了。"

他脑子乱哄哄的，有些分辨不出她话里的意思，说话间，她已施施然走近，侧坐在床沿。

"不想惊扰你的春梦，我便又等了一会儿。"

明明那样狎昵的语句，她淡淡说来，毫无半分浮浪做作。反倒是少年羞愤欲死，偏又无力辩白，涨红脸咬着唇，悄然将锦被拥得更紧。

"又梦到了我？"

"不……我，我……"

她莞尔，把玩手中泛着幽光之物："头一遭？别怕，横竖也是最后一遭。"

纵是满脑遐思，他仍慢慢品咂出她话外之意，整个人一激灵，连带也看清了她手中之物，那是一柄形状古拙的短剑。

"你要杀我？"

她对少年油然而生的惊惶视而不见，和气地问："用不用呼唤门外侍卫？"

"我能问为什么吗？"少年紧攥着锦被的手又缓缓松开。他虽是天潢贵胄，却更是富贵闲人，与世无争，一时竟想不出谁会冒着灭族的风险处心积虑取他性命。

"不让他们进来也罢，我也不必徒增杀孽。"她笑笑，信手抽出短剑，"你问为什么……让我想想。是了，这回我想让你尝尝什么才是真正的'剖心析胆'。"

貌不惊人的短剑出鞘后幽光更甚，那泛蓝的幽光宁静至极，让他有种似曾相识之感。少年心中益发相信，自己与她定不是今日初见，只是他想不起过去的因由。

"我可是做过伤你之事？"少年垂眸看着她臂腕上凌乱斑驳的伤疤，像是被刀锋划过所致。而在他那场诡异旖旎的梦境里，这些伤并不存在。

"我什么都不记得了。若是真的，多半是无心之失。我，我对你……"

接下来的话他说不出口，也不敢再说。剑锋斜挑开他衣襟，轻抵胸膛。她还未加力道，少年玉色光泽的肌肤上已有血珠滚落。

他并非贪生怕死之辈，然而命在旦夕，出于本能，仍将身体往后一缩，一手截住她持剑的手腕，神色焦灼："且慢！"

她也并不着急，挑眉倾听他求自己饶命的理由。

"无论我做过什么，是不是我做的，人死万事皆空。若我活着，从今往后我什么都可以为你去做，我想让你开心快活……你不信吗？"

"我信。"她摇头，"可惜同样的话，你上回已经说过了。"

他微微一愣，随即嘘了口气："我们果真是旧识。你臂上的伤……怎么来的？"

她用上扬的剑锋轻挑起他的下巴，让他不得不扬起头来："你不是记起的事越来越多了吗？长得也愈发像……你自己了。"

"我做过的梦，莫非是真的？"少年问完这一句，察觉到她另一只手轻覆在他手背，他飞快反手回握，心跳得发慌，轻颤的睫羽下，目光也变得缠绵，红着脸不再直视于她，"你叫我'夫君'。"

"没用的东西，几百年也未见长进！"她嘲弄着，声音里仿佛透出一丝怅然，低头看向他不肯松开的手，问，"我问你，我手上有几道痕迹，你可记得？"

他摇了摇头，指腹不由自主地摩挲她腕上的伤，一道道累累层叠，延伸至衣袖遮挡之处，不知还有多少。

"二十一道。"她叹了口气，将他腕骨捏得粉碎。

在她随即动手的过程中，即使门外的人什么都不会听见，他依然没有惨烈挣扎或大声呼痛。只是在经历最极致的痛楚时，他竟嘶声喊出了——"阿妩儿。"

她手下一滞，分神去看他。那张毫无瑕疵的面孔那时苍白而扭曲，密如春雨的长睫湿漉漉的，不知是汗还是泪。

——阿妩儿，你还是唯独不能恕我吗？

——阿妩儿，你为何也哭了！

她后来才知道自己果真掉了一滴眼泪。这可是数百年未见的稀罕事。

事后她将那颗犹未冷却的人心喂予紫貂。这一回紫貂也恹恹的，扭过头去，没有下口。

"毛绒儿，连你也觉得无趣了吗？"她用书案上的宣纸随意擦拭手中残血。少年春梦未醒时，这幅字她已看过。

"浮长川而忘返，思绵绵而增慕。夜耿耿而不寐，沾繁霜而至曙。"

短剑归入剑鞘之前，她顺手在自己斑驳的臂腕上又划了一道，伤口深可见骨，然而不多时便愈合了，只留下丑陋新痕。

她喃喃自语："二十二道了……果真有些无趣。"

长安夜深，六街鼓歇行人绝迹，九衢茫茫空有冷月在天。

有那么一霎，务本坊西街巡夜的更夫似乎瞧见前方幽幽光亮一晃而过，还来不及分辨就隐没入坊墙中。那里乃是横街尽头，三面围合的土墙上除去霜白的月光再无他物。更夫揉了揉眼，懊恼自己不该在值夜前贪饮了两杯。

在他看不见之处，那簇幽光伴随两个身影穿过坊墙，进入了一条昏暗而喧腾的街巷。这里一反长安城宵禁后的冷清，狭窄长街中，各种商讨议价、嬉闹窃语声不绝于耳，却全无寻常灯火，连月光仿佛也照不进来。各色宝器的异光间，影影绰绰飘忽不定。

"这次为何去了那么久？"走在前面的那人身形窈窕，手中挑了盏灯笼，灯笼中并无烛火，唯有婴儿拳头大的一枚珠子，其光如萤。她絮絮地说着，"明明看得见，为何非要我提灯引路，我又不是你的丫鬟……"

"啰唆什么，急着催我回来究竟所为何事？"跟在身后的那人颇为不耐。他语气倨傲冷淡，声音听来却稚嫩得很。

"有好事也有坏事，你要先听哪一桩？"

"笑话，你找我还会有好事！"

"你不觉得这鬼市也冷清了些许？最近不太平，你不在，我心里没底。"灯笼的光停在了街巷某处，说着话的少女信手推开一扇门，眼前豁然开朗，高阁三重的宅院中通明如昼。

"白蛟他们在里面等候多时了。"她笑着回头，门廊处的灯火将她圆溜溜的眼睛映得晶亮，一身绿衣，清秀娇憨。

后面的小童望之不过十二三岁，身量未足，脱了身上的斗篷交与迎上来的仆从，不发一言，撩帘步入中堂。

里面果真热闹得很，酒令正行至酣处。一个胖大胡商高举酒觞载歌载舞，扬臂回旋间，面上须髯与腹部赘肉亦随着节拍微微颤动，滑稽处惹得众人皆笑。

"呀，时雨回来了！"说话的乃是个落拓打扮的白衫文士。他本与身旁的干瘪老头谈笑对饮，看见来人，满脸惊喜地站了起来，"回来就好。我正跟老堰嘀咕，不知什么事把你绊住了。"

被叫作"老堰"的干瘪老头也招呼着："路途辛苦，小郎君快坐下稍歇。等会儿让南蛮子给你演一出蛇戏如何，上回你不是看得高兴？"

"好无趣的把戏！"小童拂袖冷冷道，"绒绒匆匆传讯给我，我还以为是要我回来替你们料理后事。"

"正所谓'逮为乐，当及时'。这高歌美酒嘛，不过是用来消愁罢了……"落拓文士赶在小童发作之前忙引入正题，"时雨，你可知阿九前日被人毁去了元灵？"

"阿九……那只色眯眯的青丘狐？"时雨疑惑道。

落拓文士白蛟干咳一声。青丘狐素以姿容出众著称，阿九更算得上当中的佼佼者，在长安城的修行之辈中也是艳名远播，一颦一笑无不动人至极。不知怎么在时雨这里就成了"色眯眯"的青丘狐。

白蛟与阿九有些交情，颇为她惋惜。"正是。她如今只剩一息尚存，千年修行尽毁，连伤她的人是谁也说不出个究竟来。倒霉的还不独她一个。时常混迹于鬼市中的那只夜叉也着了道，被发现时只剩下一副臭皮囊。"

"还有还有，总跟着玉簪公子的蟾蜍精，就是你嫌它聒噪嘴臭的那个。听说打回真形之后被凡人捡了去炼药呢。"绿衣少女插嘴道。她似与那被称作"玉簪公子"的有过节，提到他的时候掩不住嫌恶。

"不知他们几个招惹了谁，偏生半点痕迹都没落下。唇亡齿寒，这几日大家有些不安生。"白蛟面露忧色，在座诸人闻言都沉默不语。歌舞的胡商、击鼓的乐师消停了下来，方才的热闹欢快一扫而空。

须知无论神魔、仙妖、精怪，但凡依仗天地灵气而存者，肉身皆是虚妄，元灵方是根本。元灵乃修行之力与先天精气所凝。肉身被毁尚可重炼，然而元灵一旦失去，有形的还能剩个无用的皮囊，无形者与魂飞魄散无异。这方是修行者真正的死亡。

时雨暗暗思量，阿九虽习惯以色媚人，平日里没个正形，但他见过她的真身，九尾玄背，双瞳血赤，是青丘一族中血统至纯的一脉，千年的修为也可谓不浅。真正以命相搏，这长安城中的修行之辈未必有几个是她的对手。鬼市中那只夜叉凶悍狡诈；蟾蜍精擅毒，一身恶臭，又仗着有玉簪公子撑腰，等闲也奈何不了他。照白蛟的说法，他们出事时旁人均毫无知觉，身边也无厮杀迹象，可见他们毫无还手之力就被无声无息毁去元灵。这等手段时雨自问不如，一时也想不出是何人所为。能成此事者，多半已无须与阿九、夜叉和蟾蜍精之辈计较。

老堰见时雨迟迟未开口，指了指头顶，不安道："小郎君，你说会不会是上界降下天罚，要来处置我们了？"

"什么'天罚'？我们碍着谁了。"绿衣少女嗤笑。她坐在时雨身旁，托腮道，"既然这里不太平，我们换个地方就是，反正三百年来我在这长安城也待腻了。"

"绒绒姑娘，你身份与我等不同，自然天不怕地不怕。长安城不太平，可哪里又是太平之地？如今天地间清灵之气渐消，修行不易。九天昆仑墟上的众神们尚有归墟可去，能走的都走了，只剩下我们这些天地不收、六道不入的魑魅魍魉四散于凡尘。精进之途已绝，徒有此身，进不得，退不得。唯恐违背天条，不敢与凡人有涉，不敢轻易杀生害命，还需苦苦熬过雷劫。我们隐迹于此，只求苟且过得一日是一日，偏偏还要担惊受怕。这可如何是好。"

老堰一番话说完，四下窃语声不断。既有自哀其身的，也有愤愤不平的，更多的是无所适从。

时雨皱眉道："慌什么，这就吓破了你们的胆？枉费一身修行！绒绒说得对，何来天罚？昆仑墟自顾不暇，尚无心思处置你我这些蝼蚁。被毁去元灵的那三人之间素无瓜葛，也非善茬，多半是得罪了哪路煞星方遭此横祸。"

"可要是这横祸落到你我头上呢？"白蛟问道。

"谨言慎行，静观其变就是。我不犯人，人若犯我，那只有领教一下对方究竟有多大本事了。"时雨说完，刻意提醒绒绒，"你不想落得阿九的下场，最好再不要惹是生非。"

"我从不惹是生非！"绒绒斩钉截铁道。她环视在场诸人，"听见了吗，近日都给我老实点，若有来路不明者往来于此，定要多加提防才是。"

这处宅院乃是鬼市之中一个小有名气的酒肆。三百多年前绒绒贪恋长安繁华盘桓于此，很快便与城中一众妖魔鬼怪打得火热。她好酒贪欢，守着这酒肆聊以打发时日，既是安身之所，也是同道中人的聚集地。长安城中的修行之辈最喜混迹于务本坊鬼市一带，酒肆中来来去去都是熟面孔居多，偶有外地客，也多半不是凡人。

今日在座的除乐师、仆从之外，时雨身为绒绒好友是长居于酒肆之中的。白蛟实为一尾两千七百年的走蛟，化龙无望，时雨早年于他有恩，他便随时雨投奔于此。至于山魈老堰、巫咸人南蛮子和喜作胡商打扮的巨手怪之流皆是酒肆熟客，不是和绒绒臭味相投便是与白蛟交好。绒绒看似酒肆的主人，然而实质上小童形貌的时雨才是他们的主心骨。但凡遇事，他们必定指着他拿主意。

听了"从不惹事"的绒绒的告诫，众人也都笑笑称是。

时雨爱洁，随即便离席而去。等他将一身风尘收拾停当，换了身衣衫出来，堂上早又杯盏相酬，欢声不断，还未走近已听到绒绒的娇脆笑声。

奴仆眼疾手快地为时雨换上了新的食案，上面是佐以香柔花叶的金齑玉鲙。

"知道你要回来，这可是我特意教人为你备的。"绒绒见时雨坐定之后迟迟没有动箸，想起他归来之后始终神色郁郁，放下手中酒杯，凑近悄然问道，"难道……魑山飞鱼未曾得手？"

"休要再提！"时雨闻言暗暗咬牙。他本生得眉目如画，气恼之下两颊微鼓，反倒更显得玉雪可爱。

魑山飞鱼出自正回之水，传说服之可不畏雷电，如今存世极少，算得上稀罕宝贝。时雨特意为寻它而去。他心思缜密，从不做没有准备之事，绒绒以为此行势在必得，没想到他竟扑了个空。

"莫非中途横生枝节？"

他不言语，绒绒便知道自己猜对了："又是玉簪那厮从中作梗？"

"你未免太瞧得起他了。"时雨冷笑一声。

想来也是，玉簪公子虽是他们的老对头，凡事都与他们作对，三天两头来找麻烦，但鲜少在时雨手下讨得便宜。

绒绒还待追问，时雨提箸略尝了一口盘中切鲙，漫不经心道："你不是说有一桩好事和一桩坏事要分别说与我听。方才商议的那件事是好还是坏？"

　　他这话有调侃绒绒之意。

　　绒绒有三大毛病：话多、爱美、好色。

　　阿九出事前与绒绒颇有些不对付。女流之间的龃龉时雨并不关心，以他对绒绒的了解，绒绒不喜阿九，多半是因为阿九的皮相比她更美艳，风情也远胜于她，是故绒绒从不让阿九到自己的酒肆来。

　　绒绒白了时雨一眼："我才没有那般恶毒。那青丘狐垂涎于你，你不也厌烦得很。可她下场如此凄惨，终非你我心中所愿，当然是坏事一桩！至于我说的好事嘛……"绒绒眼波流转，面上忽然多了几分喜色，附到时雨耳边道，"我找到了心仪之人，我要与他双修！"

绒绒的寝室此刻红烛高照，云母屏风映出一双人影。

"这人……你从哪里弄来的？"

"是他自己送上门来的。今日早些时候，白蛟说酒肆中来了张生面孔。第一眼我就瞧上了他，于是就把他留下了。"

时雨站在帷帐一侧，看着欢喜不已的绒绒，面有狐疑："怎么留下的？"

"这个嘛……我不过是劝他饮了一杯酒。"绒绒轻咬嘴唇，时雨什么都还没说，她自己先心虚起来，"好了好了，是两杯'思无邪'行了吧！我将酒盛在最大的那只琉璃觥中，谁知他一口喝干了。"

时雨一时间也不知说什么才好。

"思无邪"这酒得之不易。他当初照着绒绒从昆仑墟上"捎来"的方子，花了近百年才凑齐了材料，几经尝试，最后也只得了少许。由于酒中有几味奇珍再难觅到，这"少许"可谓是绝无仅有了。据绒绒所说，就算是她旧主那样的上神，一杯"思无邪"喝下去也要摇摇欲坠。她自己平日里不敢也不舍多喝，馋了便打开酒坛闻上一闻。谁想到这次竟下了血本。

"一时摸不清他的来头，我这不是怕他跑了吗！"面对时雨眼中讥诮，绒绒有些委屈，却殊无悔色。

时雨叹道："明知他来路不明，你也敢下手！忘了我提醒过你什么——还口口声声说自己从不惹事。白蛟他们就任着你胡来？"

"我当真中意于他。白蛟和老堰也说这人与我可堪匹配，只是要等你回来瞧上一眼，再行好事不迟。"

"等我做什么？我才不管你们的腌臜事。"

他们这些家伙虽是仙魔道中的末流，但好歹修得了长生之躯。活久了，又没有奔头，大多在凡间攒下了一身恶俗嗜好，或爱财如命，或纵情声色，或嗜赌好斗。只要不犯下大错，惊动上界，日子怎么恣意怎么来。

时雨冷心寡欲，算得上一个异类。

绒绒谄媚地说："你我挚友一场，我有好事，怎忍教你错过。"

"放屁！"

挚友既不买账，绒绒只得在他拂袖而去之前从实招来："我以前没干过这种事，心中没底。万一……"

"空有色心却无贼胆，可笑至极。你都给他灌了两杯'思无邪'，还怕什么'万一'！"时雨扫了榻上那人一眼，"顶多长睡不醒罢了。"

"好时雨，你就帮我一次吧。"绒绒跺脚道，"我说日后我俩凑在一起双修，你怎么都不肯。如今我好不容易又遇上一个顺眼的，你还袖手旁观，难道忘了这六百年来是谁收留你的？"

众生修行的正途皆需依仗天地清灵之气，如今此路已近断绝，这才有各种歪门邪道滋生。什么"双修"？全是绒绒从阿九之流那里听来的鬼话！不过是她们贪恋皮相、沉溺欢爱的借口罢了。

时雨甩开绒绒拉扯他衣袖的手，终究还是无奈，上前一步俯身去看榻上闭目昏沉之人，却差点没被闪瞎了双眼。

无怪时雨见识短浅，委实是那人打扮得太过热闹惊人——只见他辫发束于翠金华冠，一身纹饰繁复的绿袍衫、紫绫裘、洒金裤，腰缠嵌金革带，上面不知坠了多少个香囊玉佩，偏偏脚下还踏着一双锦绣六合靴。他这模样幸亏是在此处，若青天白日在长安城中游走，不以服色僭越入罪，恐怕也会被当作疯癫之人。

不过，鬼市中从不缺奇形怪状的人物，除了打扮得不伦不类，这锦衣暴发户乍看之下再无惊人之处，长得也不过尔尔。再想到他轻易就着了绒绒的道，时雨心中很是鄙夷——不知哪处山野里冒出来的俗物！

"你看上的就是这种货色？活脱脱一只斑斓锦雀。"他毫不掩饰自己的惊讶和嘲弄。

绒绒俏脸飞红："你懂什么？我偏喜欢他又俗又冷的模样。再说了，日后他成了我的人，怎么打扮还不是我说了算？"

时雨的确不懂，也不屑弄懂这些古怪的心思，只将一手覆于那俗物天灵之上，沉吟片刻，笑道："奇了，他竟不是雀精所化……你打我干什么？"

"能否窥见端倪？"绒绒无心与他计较。

时雨摇了摇头："不知是不是你那两杯'思无邪'的缘故，从他灵识中什么都探不到。不过他身上妖气、鬼气、魔气俱无，也不似地仙、灵魅，是有几分古怪。"

"我就说吧，上达九天，下至九幽，我也算见多识广，居然看不穿他底细。看他面貌，难不成是鲛人？"

"鲛人身上的海腥之气你嗅不出来？"时雨不以为然，却也被唤起了好奇心，"不如剖开看看？"

"你敢！"绒绒自然是舍不得的，柳眉倒竖地护在榻前，唯恐时雨趁她不备痛下毒手。

时雨觉得有趣，不由得笑了一声："看他娘里娘气，安知是雌是雄？你可要看仔细，当心闹了笑话！"

绒绒被唬得不知所措，她从未想到这一层。初见这人时他便做男子装扮，穿得花里胡哨，人却冷峻不俗，莫名地让她春心蠢动。经时雨提点，再细细端详，榻上之人面白无须，身形稍显单薄，果真男女莫辨。

绒绒不敢大意，索性当着时雨的面一探究竟。那人周身瘫软，双目紧闭，由得她摆布，很快就连贴身的短绯内衫也在绒绒手下敞开来。绒绒顿时松了口气，看向时雨的眼神甚是得意——眼前这副躯体虽无虬结筋肉，却可见修韧洁白、力蕴深藏，是不折不扣的青年男子之身。

"脱了倒比先前能看，总算没有辜负两杯'思无邪'。"时雨扫了那人一眼，目光落在妆台之上，"那是他随身所携之物？"

绒绒心不在焉回答道："是啊，我见他时，他身上只带了这一把破伞。"

时雨走过去，将伞拿在手中。那人一身锦衣亮晃晃的，这伞却颇为古旧寒酸。时雨尝试了一下，未能将伞打开。

"良宵美景，我就不打扰了。人归你，伞归我，如何？"时雨问完，绒绒头也不回，只挥了挥手。

时雨也不与她计较，掂掂手中的油伞，识趣地出了香闺。

他在廊下撞见了正要与南蛮子斗法比试的老堰。老堰眼尖，认出时雨手中之物，试探问道："这不是绒绒姑娘情郎的伞吗？姑娘既将它给了小郎君，不知……那人一身无用的金银细软能否赏了我？"

老堰爱财，不但常在鬼市买卖，和凡人也常有交易往来。

时雨和颜悦色道："绒绒一贯重色疏财，又逢喜事，好说话得很。你这就去问她，她断无不肯之理。"

"此言有理。"老堰面上一喜，兴冲冲朝绒绒房中去了。

不消多久，果然有老堰的惨叫声传出。

时雨"扑哧"一笑，对面的南蛮子也心领神会。

南蛮子是巫咸后人，面色黧黑，从不言语，颈上缠绕着两条长蛇，一青一红，咝咝地吐着芯子。他是白蛟好友，与时雨也算相熟。时雨百无聊赖，伸手去逗弄那两条蛇，还未靠近，两条蛇骤然受惊，飞快地缩进了南蛮子的怀中。

那两条蛇乃南蛮子豢养的灵物，凶狠乖张，剧毒无比，虽伤不了时雨，却从未惊惶退避。时雨一愣，南蛮子也有些疑惑，两人都不约而同看向了时雨手中的伞。

这时，老堰已捂着头匆匆返回，一见时雨便嘟囔："小郎君又拿我寻开心，为何不说绒绒姑娘正要……"他眨了眨眼，转而低声笑道，"我看绒绒姑娘这次很是上心呀，还拧了帕子亲手替情郎擦身。要我说呀，她还是太嫩，那小子白天在酒肆中，眼睛便直勾勾地盯着她看。郎情妾意的，何必用上'思无邪'！"

"那人醉倒之前可曾说过什么、做过什么？"时雨问。

老堰挠着头回忆："什么都没有。他坐了半日，只是听乐师击鼓奏乐。绒绒姑娘上前敬他，他倒二话不说就喝了。对了，那小子细皮嫩肉的，他低头时，我好似瞧见他颈后有一片刺青……"

"什么刺青？"时雨话音刚落，绒绒房中忽而又传来一声痛叫。

"好生激烈！"老堰窃笑道。

竟会激烈至此吗？时雨正困惑着，只听绒绒连声疾呼："时雨，时雨快来！"

时雨赶到绒绒房中，绒绒神色慌张地站在床榻几步之外，衣衫略有些凌乱。

"你快来看看，他背上究竟是什么东西？"

那人依旧周身瘫软，侧卧着一动不动，金冠锦袍和各种香囊环佩已被卸去，只余一条裈裤，赤裸的背上果然可见墨色刺青，从后颈延展至整个脊背。

时雨上前，正待拨开他披散的辫发察看。绒绒警示道："当心。我方才就是摸了摸他那处的刺青，好似被雷电击中了一般，疼得我差点站立不住，现在还通身发麻呢。"

既动不得，时雨只得在近处端详。那刺青线条古朴流畅，后颈隐约是火焰与雷电交织的纹样，一路沿脊骨盘旋往下，在后腰处图案变得繁复，居中乃是一只三头之鸟，形貌狰狞，一爪执利器，一爪握混沌。

"我竟想不起来何方部族有此纹饰。你可觉得眼熟？"绒绒问。

时雨默默摇头，绒绒也并不意外："你终究年岁尚浅。或许我是见过的，堤山氏？流黄辛氏？羽民之后……不对不对。唉，隔得太过久远，我想不起来了。"

"看全了吗？"时雨虚指那人腰眼，尚有一部分图案隐没在裈裤之下。

绒绒飞快将手背往身后，似有向往，又心存余悸："我原本正打算把它脱了，可现在……不如你替我看看，我绝不跟你计较。"

"废物，白活了那么多年！"时雨恼道。事到如今，就算绒绒死了这条色心，榻上这家伙也棘手得很。放不得，也留不得，进退两难，眼下最要紧的反而是弄清对方的身份。

他从没有做过这种事，强压下心中异样，小心避开刺青纹路，摸索到了那人的胯上，正要一鼓作气将裈裤褪下。谁想到那饮了两杯"思无邪"的"苦主"却动了动，竟将身体翻转过来，一臂横在额前，慢慢睁开了眼睛，视线恰与时雨相对。

时雨的手仍在他胯上，因他姿势改变，那只手的落点更不可名状。

"小心！"绒绒惊叫一声。

时雨来不及撒手，对方自床榻上跃起，两指疾点向时雨眉心。时雨避无可避，顿觉如利刃刺入颅内，一时间神魂激荡、头痛欲裂，当即向后倒去。

那人站定了，垂首看了看险些被剥光的自己，披上外袍，面有愠色，一脚踏在时雨粉妆玉砌的脸蛋上："下作阴邪的东西！"

自伤其身

第三章

　　时雨受制于人，不敢妄动。所幸那人也未有进一步动作，他低垂眉目，似有所思。

　　他记得酒肆中的鼓乐之声，空阔通透，铿锵悠远，仿佛八方来风，让他想到先人曾提起过的上古遗音。也许这一次他没有来错地方，这酒肆有些来头。

　　渐渐地，鼓声由疏转密，变得短促紧凑，骤然消停下来。不知为何哄闹声四起，只见他曾留意过的那个绿衫少女走近身前，笑嘻嘻地非说什么"酒令""作诗"。

　　他不识酒令，更不会作诗。按她的说法，似乎只能饮酒认罚了。

　　绿衣少女话多得很，叽叽喳喳说个不休。她自作主张取来一只硕大酒觥，觥中并无酒液，唯独两朵剔透红梅，似胶冻凝结而成，再被浇上了一盏沸酒，梅花在滋滋蒸腾的白雾中一霎怒放，转瞬散形，融入了沸酒之中。等到白雾散去，原本无色的沸酒已变作朱红，恰如珍珠花露。

　　他闻到了梅精和龙脑的气味，或许还有别的东西。

　　"你不肯喝，是嫌弃我和这酒太过粗鄙吗？"绿衫少女偏着头，用小兽一般的眼睛看他。

　　他很少喝酒，也从未置身于这般妖魔鬼怪聚集之地，更没见识过世俗的热闹……一切都让他感到有趣，包括眼前这个一心要灌醉他的聒噪女子。他接过酒，一口喝了下去。

　　酒果然烈得很，半晌好眠。

　　原以为他们会比那只狐狸精高明，没想到费了一番周章，还是为了这等不入流的勾当。

那么，这个脱了他衣裳，对他上下其手的小畜生又是从哪里来的？

那人正凝神思量，一道绿影闪现。他侧转身子，凛风贴面而过，榻沿垂挂的七宝锦帐仿佛被利爪撕裂，大半幅逶迤在地。原本躲藏在屏风之后的绿衣少女一击不中，疾风般后撤。趁他不备，脚下的小畜生也得以脱身，急急退到了门口。

这边绒绒一声呼哨，很快白蛟、老堰、南蛮子和乐师都纷纷现身。原本红烛高照、温软旖旎的香闺中挤进了好些人，将绒绒的"情郎"团团围在当中，气氛古怪得很。

白蛟心思沉稳，一眼就看见了时雨脸上的红痕和眉宇间来不及敛去的痛楚之色，不由得有些心惊，低声询问："出了什么事？"

时雨紧抿着唇，扭头回避白蛟的视线。他从未经受过这样的奇耻大辱，哆嗦的手悄然握紧，反而陷入了一种离奇的平静之中。

白蛟是知晓时雨的本事和脾性的，眼下也不敢多问，更不敢掉以轻心。

"姑娘可是招呼我们来贺喜的？"老堰却还不忘调笑一句。

帮手既已赶到，绒绒心定了一些，脆生生道："我是想请你们喝一杯喜酒，可惜有人不肯呢。"

她看向那人，笑得娇憨："我叫绒绒，是我瞧上了你，你不喜欢我吗？"

"我不喜欢有毛的畜生……绒毛也是。"那人回答说。

这话可有些伤到了绒绒。她摸了摸自己的脸蛋，又翻看一双手腕，明明光洁得很。她气恼道："你说话的声音很是好听，可为何要出口伤人！我原本只想跟你成了好事，日后好好对你。算了算了，强扭的瓜不甜。乖乖告诉我，你是何人、从哪里来，我不杀你。"

那人无动于衷，身形一动，似要上前。

离他最近的白蛟三叉戟迎面刺来，南蛮子手中的双蛇也张开血口奔袭而至。那人旋身避过，地上的半幅锦帐被他抓持在手中。锦帐翻卷舒展，瞬间将最远处的绒绒包裹其中，他再轻轻一捜，绒绒便狼狈至极地摔至他脚下，只余头脸在外，有如一只虫蛹。

"你杀不了我。"他的语气照旧波澜不惊。

绒绒房中这锦帐乃是长安城最有名的绣坊所制，精致华贵，却也只是凡俗之物罢了，决计不可能将绒绒困住。可她此刻在锦帐缠绕之下，周身法力竟半分也施展不出来。

白蛟和南蛮子也甚是惊疑。在那人身上，他们兵刃中注入的修为之力不但消弭无形，还隐隐有被吸附而去之意，那两条灵蛇趋近他时也畏缩不前。他们都存于这天地间久矣，竟不知还有这方神圣。

"你就是青丘狐所说的那只紫貂，自上界而来的？"那人低头，似乎有些怀疑。既是昆仑墟上神的灵宠，法力怎么会这般稀松平常。

绒绒原本还在想着脱身的法子，听了他的话，忽然一个激灵，惊声叫道："你认识阿九……啊！杀她的人难道就是你？"

其余人脸上都变了颜色。

"你说那只青丘狐？我向她打听些事，她让我来找你和玉簪公子。我答应过不杀她。"

他拢了拢身上虚掩着的外袍，眉心微蹙，却还是说道："我有事问你。你老老实实回答，我也不杀你。"

绒绒又气又怕："你吸干了她的元灵，与杀她何异？下手如此狠绝，你就不怕天罚吗？"

那人从绒绒口中听见"天罚"二字，竟有些惊讶："她欲吸纳我身上精气，反而自伤其身罢了。"

"那夜叉和癞蛤蟆呢？他们都是男身，莫非也都觊觎于你？"

"什么？"那人一怔。

绒绒在地上挣扎："休要装模作样了，快放开我！"

"你敢说夜叉和蛤蟆精不是死在你的手下？"这一回开口的是白蛟。他和南蛮子、老堰在一侧均是严阵以待，但也不敢轻易上前。

不久前他们还人人自危，只求避开横祸。千算万算，谁能想到在商议之时，这煞星已被绒绒"请"到了床榻之上，他们还乐观其成地帮了一把。

那人想了想，这才回应道："哦……他们俩合伙图谋财物，一个自称是玉簪公子，故意引我到暗处，一个伺机背地里伤人，都是死有余辜。"

白蛟也知道夜叉和蛤蟆精不是什么好东西。可听那人轻描淡写说起此事，他心中的不妙之感又加重几分。他们同样对他有所得罪，照那人行事的手段，这屋子里的人没一个脱得了干系。落到他手中，纵使不死也是和阿九一样的下场。

站在面前的显然是个狠角色，好在他们人多势众，先下手兴许还能占得先机。

白蛟与其他同伴交换了一个眼色，各人都心领神会。

酒肆中的乐师恋慕绒绒已久，见那人衣冠不整，脱得比绒绒还干净，分明是个急色鬼，占尽了好处还得理不饶人。他早已暗藏怒火，也不管三七二十一，骂了声"淫贼"，便涨红了脸，挥舞着一双白骨鼓杖率先冲上前。一时间各色兵刃法宝都朝那人身上招呼而去，无不施展出了看家的本事。

乐师的鼓杖第一个被折断。他没了兵器，大喝一声后身形暴长，覆盖着坚利鳞甲的巨尾凌空狂扫，被那人一脚踢飞，庞大的身躯轰然砸落，另几人不得不闪身躲避。

乐师原本长得颇为俊俏，只是脸上敷的粉有些厚，此刻却摇身变成了虎头猪鼻、四爪蛇尾的狰狞之物，翻着肚皮，喘息如雷。

"原来你是鼍龙，难怪会奏上古之乐。"

鼍龙又名猪婆龙，擅音律，常常以腹为鼓，相传曾有鼍龙在昆仑墟上为天帝奏乐。那人也是头一回得见鼍龙的真身，不由得多看了两眼。

此时白蛟的三叉戟已落在那人手中，上面还挑着两条软如腰带的长蛇，正是南蛮子的宝贝爱宠。四下沉寂，唯有鼍龙肚皮里传出的粗喘，偶尔还夹杂了老堰的轻嘶声——他正趴伏在碎裂的屏风之上动弹不得。

绒绒差点被鼍龙占据大半个屋子的身躯给砸昏过去。

不过是电光石火之间，刚才的打斗胜负已分。一方以命相搏，一方却视如儿戏。绒绒强作镇定："有话好说，何必动手呢？鼍龙的《八风乘云》是我教他的。这鬼市中再没有谁比我更博闻强识，想要问什么你尽管开口好了。"

那人沉默片刻，扬手将三叉戟和气若游丝的两条蛇抛还给它们的主人，走至绒绒身前。

"你……"他俯身去看她，眼前忽然一黑。

原来是老堰见他分神，又背对着自己，抓住这良机招出一口巨大的黑皮囊，从身后将他吞入其中。得手后，皮囊自行收紧，四下皆无缝隙。

这皮囊是老堰保命的法宝，轻易不会使出来。他没想到竟这样顺利，瘸着伤腿咧嘴一笑。

绒绒的心却提到了嗓子眼。

"魑魅之辈，只知背地里下手！"

那人自皮囊中传出的声音沉闷而含糊。说话间，皮囊发出一声尖锐的嚎叫，浑似活物一般四裂开来，转瞬化作鲜血淋漓的残碎兽皮，再也没了生机。

其中一块兽皮恰好落在绒绒头顶，她白生生的脸蛋尽是血污，一边挣扎着，一边哇哇叫唤。

那人终于失了耐心，反手扣于老堰光秃的头顶，五指虚拢，须臾间竟将一缕元灵从老堰天灵盖中吸了出来。元灵渐渐聚拢于他的手心，像一团苍黄色的沙尘。

老堰周身激颤，眼看着身体缩小，委顿于地，变成一只长满黑毛的独脚山魈。

绒绒在旁瞧得仔细，心中大骇。修行者的元灵与肉身唇齿相依，能将元灵摧毁的高明法术或霸道神器她见过不少，却从未见有人能硬生生将其从体内抽离，元灵尚能凝聚不散。

那人处置了老堰，又用足尖挑起锦帐一角，欲将绒绒拽近身前。

绒绒在锦帐中浑身哆嗦。当初赌气离了昆仑墟，难道最后要落得和阿九一样的下场？

她奋力挣扎，大叫道："时雨救我！"

第四章

摄魂化境

不知为何，那人原本毫不拖泥带水的动作忽然一滞，面上渐渐笼罩了一层困惑。

绒绒对这情景并不陌生，她知道自己有救了。

在那人眼中，朱红锦帐化作了熊熊火焰。火苗自足尖一下子蹿至他周身，随之而来的是酷烈锋锐的烧燎之痛。那痛楚直教人五内如焚，元灵仿佛也在烈焰中撕裂、沸腾。

他趔趄转身，满屋妖魔鬼怪都消失于无形，四下空茫，连他自己也不复存在，唯有永无休止的炼魂之痛。

不可能！包裹着他的火焰怎么会是琉璃之色？

这是不尽天火！

不尽天火只存在于抚生塔下……眼前不过是一场幻境。

他强忍灼痛，守心凝神，终于在火光之外看清了那个小童，绯衣玉貌，手中所持的正是一把熟悉至极的油伞。

"我当你有多厉害，原来你怕火呀！"始终冷眼观战、不曾动手的小童从角落里走了出来，"亲身品尝自己的恐惧，是否别有一番滋味……来，让我看看你还有什么心魔！"

无数身影在火光中现身，有如天神降至，兵刃铮铮，怒目叱咤，要让他俯首就范。那人仿佛又听到了抚生塔外的延绵祷祝……灼魂之痛更盛，其中还夹杂难以言喻的愤怒和不甘。

"散！"

那人扬声探手，小童所持的破旧油伞当即飞脱，重归于他掌握之中。伞在他手中撑开，一片幽荧之光笼罩四下，顷刻间妄念皆消，万般清肃。内室之中哪里还有火光和天神，只余遍地狼藉。

绒绒依旧受困于锦帐堆中，脱口而出："我想起来了，三头之乌的纹饰可吸食元灵……你，你是白乌人！"

众人眼见已用合围之势将那人降住，可在伞尖散出的幽光下，雷霆力道也只如渺渺轻烟散于长空。再听绒绒此语，他们更是面面相觑、惊疑不已。

绒绒所知甚广，生死关头断然不会信口开河。白乌氏是远古天神之后，掌众神刑罚，代天帝执雷钺，可劈杀神灵。传说其族人亦以元灵为食，六界皆惧，只是已有数千年不闻其人其事。世人多半以为他们已退往归墟，或和其他远古遗族一样悄然湮灭了。

这便说得通了，难怪他竟能轻易吸干他人元灵，以他们的修为恐怕还不够他果腹。

南蛮子怀揣着他的爱蛇，惶惶然退至门口。白蛟望向时雨和绒绒，神色纠结，却不肯就此离去。鼋龙和老堰后悔贸然动手，却是想走也走不了。

绒绒一咬牙，豁出去对那人道："郎君……不，神君！是我心仪于你，犯了糊涂。他们不过是受我驱使，虽有冒犯，却不曾害你性命。还请念在修行不易，放他们去吧！"

那人却不关心，径自将油伞收拢。幽光逐渐敛去，众人都缓了口气，看他模样，似乎暂无赶尽杀绝之意。

"还不快带着他们离去？"绒绒催促白蛟，"都给我走，莫非活腻了不成？"

白蛟无计可施，与南蛮子一同将鼋龙翻过身来，本想去搀老堰，又犹豫了一下。老堰失了元灵，离开这里又有何用？

这时的老堰已说不出话来，满目惨淡，哀哀看着那人。

那人冷冷道："你不能走。"

老堰万念俱灰，抖得更厉害了。此时却听一声轻笑，似乎出自不远处的时雨。

白蛟也发现了，那白乌人所注视的并非老堰。

与此同时，老堰被摄去的元灵自那人指尖如流沙般无声倾泻而下，顷刻回归于他躯体之内。

如蒙大赦的老堰向那人躬身相谢，那人浑然未觉。白蛟将老堰扶起，两人离去前均看了时雨一眼，神色不定。

"既然你舍不得我走，陪你一会儿也无妨。不过有言在先，我不喜男色，你可不要失望。"时雨笑得讥诮。

那人无动于衷道："你就是玉簪公子？"

"看仔细了，我哪里长得像玉簪那个丑货。"

"你竟会'摄魂化境'之术，我倒小瞧了你。"

"摄魂化境"之术可摄取他人神识之中的所思所忆，再凭借自身修为布下幻境结界，将人困在其中。这幻境结界与巫族后人、凡间方士的障眼法不同，受控者身陷其中五感俱存，万般皆为真切。除非施法者灵力耗尽或被外力所破，此结界无穷无终，凡人可在其间生老病死，修行之辈受困亦会在那个与世隔绝的空间中受人摆布。

即使是清灵之气未散，众神在位之时，"摄魂化境"也是极其特殊的法术。此术须大量消耗灵力，非精神意念强大者不可为。比起后天的修炼，它更依仗于修行者的天赋，否则难有所成。而有此天赋的修行者，多半只识摄魂一道，又或者擅长于幻化，两者兼具，且能施展自如者少之又少。

可惜时雨虽有此术，却未精深。他惯来的伎俩是窥破他人心中恐惧之物，再让对方被自身恐惧所伤。方才他伺机在侧，倾尽全力触探到那人的零星思忆，让那人吃了点苦头，却无法将其困住，伤其根本。

时雨轻抚仍隐隐生疼的面颊，耐心问道："既然你知道'摄魂化境'，不妨告诉我，你想要什么？人间极乐或是九天仙境……要不，我在幻境中补你一场洞房花烛？"

那人的眼中涌起一丝厌恶，还有杀机。

哪怕是经历了先前的一场混战，他也未曾将这群不入流的家伙放在眼里，不过有些恼怒，小惩大诫罢了。真正让他动了杀心的只有这个阴邪小童。

绒绒最会察言观色，一看形势不妙，忙用眼色示意时雨。

时雨视而不见，又笑着对那人说："我对你思忆之中那座塔好奇得很，被火困在塔中的是你什么人？还有，你既是白乌氏，又为何会畏惧天罚，莫非你们也被上苍所弃？"

"住口！"

"神君恕罪，他不过是黄口小儿，胡言乱语……"

"求他作甚？"

绒绒暗暗为时雨叫苦，忽见他衣袂无风而动，这才有些明白过来。

白鸟人眼前剑光如梭，人仿佛置身于镜丘之上。空心树对影婆娑，其声哀哀。他避得开扑面而来千锋万影，却躲不开耳边冷厉的训斥之声。明明熟悉的一套身法，却越练越乱了阵脚。

这是他最不愿意回想的片段之一，偏又被人活灵活现地搬于眼前。

好在他这次已有防备，很快恢复了灵台清明，低喝一声："孽障！"伞尖破开幻境。话音落时，时雨已在他掌控之中。

时雨毫无还手之力，除去最初那一下，他甚至没有感觉到太大的痛苦，整个人如被定住，昏沉沉中，眼前似乎有一点微光闪烁。他极力回避，仍不由自主地被那道微光所吸引着，周身气力也悠悠然趋附光芒而去，百骸一片空虚。

其实早在前次施法被那人开伞屏障时，时雨已有损伤。越是面对强大的对手，他越需要凝神专注，一旦压制不住对方，"摄魂化境"之术便会反噬，轻则前功尽弃，重则耗损修为。

他明知这次已很难全身而退，可又不肯轻易就范。对方心性坚忍难以控制，他故意以言语相激，以图寻得破绽做最后一搏，这是自己与绒绒那废物唯一的脱身机会。只是没想到对方破除幻境的速度远比前两次更快。一念之间，他已陷入险境。

原来他的元灵是殷红色的，如丹砂，又如新血。若能凝聚成珠，不知是何等模样……时雨心中只余这一道残念徘徊不去。

"且慢！"眼看时雨小命休矣，绒绒慌了神，哭得上气不接下气地乞求道，"他是为了救我而来，都是我的错。神君不是有事要问？只要饶了我们，我必定知无不言，言无不尽！"

"你们不值得我信任。"那人头也不回道。

绒绒抽咽着说："我再也不敢了。我虽然比不上通晓万物的神兽白泽，但也算见多识广。如今君为刀俎，我为鱼肉，神君再信我一回又有何妨？"

那人似乎觉得绒绒的话有几分道理，杀他们易如反掌，不急在一时。他转过身来，摊开的左手掌心中渐有血色之图浮现，可见是一河流蜿蜒于通天孤峰之下，山上悬浮一日，水中却倒映一月。

"你们可知图中所绘为何处？"

绒绒伸长脖子仔细端详他掌中之图，神情几次变幻。那人也不着急，定定等了她半盏茶的工夫才开口问道："如何？"

绒绒斟酌道："若从绘图之人的心意来猜度，这图中的山似为陪衬，水才是浓重着墨之处。可不管是这山还是这水，必定都不是寻常的地方。"

那人默然，似在等着她往下说，却等到了更长的一段沉默。

掌中之图淡去，他不动声色地将手收回，一字一句地说："看来你什么都不知道。"

绒绒满脸通红："我确实从未见过这样的地方。"

时雨苦苦支撑，听了这话，气得险些昏厥了过去。亏她自诩"人间赛白泽"，天上地下如数家珍，兀自在那白鸟人面前夸下海口，转瞬就自己戳破了牛皮。

那白鸟人对这个结果早有预料，然而还是免不了失望。

"你觉得这样很有趣是吗？"他按捺着看向绒绒。

绒绒一阵慌张，她哪知这白鸟人掌中之图那样古怪，这下不但救不了时雨，恐怕连自己的小命也搭了进去。

"神君容我再想想。多给我一点时间，或许我就能勘破图中奥秘。"

"还想故弄玄虚？"那人已无意再听绒绒狡辩，心中的厌弃有一半也是因为自己。他竟然会相信这些反复无常的妖孽，"罢了，多说无用……"

"不不不，我有用，我有用！"绒绒疑心他要下狠手，忙不迭道，"神君留我一命，我定能为君所用。"

白鸟人沉默着，没有接话，也没有动手。

绒绒好一阵才回过神来，他在等着她解释自己是如何"有用"。

绒绒脸上顿时重现了神采。她不敢再吹嘘自己"博闻强识"，而论及法术修为，她这些年疏于修炼，跟时雨相比都远远不如，白鸟人更不会看在眼里。那剩下来的，便唯有一途……

她锦帐束缚之下的身躯连滚数下，及至白鸟人身畔，含泪道："绒绒可助君修行，亦可于枕席之上解君之忧。"

绒绒素来放浪形骸，偏偏生就了一副清秀佳人的相貌。此时她鬓发绒乱，一双眸子湿漉漉的，其风情媚态虽不能与狐狸精阿九相比，却也自有一派坦荡天真。

白乌人看了看在他足下蠕动的绒绒，反问道："枕席之上我有何忧？"

这下连绒绒也一时语塞，弄不清他是真糊涂还是假正经，支吾了许久，硬着头皮恳挚道："君无忧，乃妾之幸也。"

时雨牵动唇角，似有鄙夷之意。绒绒这把软骨头遇上古怪的白乌人，实在荒诞至极，换作往日他定会笑出声来。

"算了，我不与你计较。"白乌人不再理会绒绒。绒绒愕然，正想着追问他是否有饶过自己之意，一动之下才发觉身上缠绕的锦帐已尽数松开，不由得大喜过望。

"你真的放了我？不是逗弄我吧！"她一溜烟爬起来，略松动手脚，又想起为时雨求情，期期艾艾地问，"那他呢……"

"我只说了不杀你。"白乌人有些不耐地打断了绒绒，再看向时雨时，眼中只余冰冷，"既无原形，也无往世，心思如此歹毒，你究竟是何物？"

第五章

徐徐图之

时雨神志已大半坠入空茫，一双明眸也失了神采。

白鸟人等着他回话，伞尖之力略收。

时雨缓过一口气，视线恰与绒绒相对。绒绒正急得半死，恨其不争地猛打眼色，时雨却垂目不语。

"他只是个灵魅，脾气臭了一点，可本性不坏。神君饶了他吧！"绒绒替时雨告饶。

那人却是不信的。灵魅多是山林异气所生，生性怯弱，法力微薄，即使修得肉身，也多半只在化形之地附近游荡。

"我从未听说一个灵魅有'摄魂化境'之术。正回水畔那次交手，我已手下留情，你还不知收敛。"

"正回之水？"绒绒一时没反应过来。

时雨骤然睁大眼睛，震惊之后，脸色眼见灰败了下来："那夜从我手中夺走魑山飞鱼的人是你！"

"魑山飞鱼又非是你所有，谈什么'夺'不'夺'。"

魑山飞鱼虽有"服之不畏雷"的妙用，但也极不易得。它周身通透，行动迅捷，在水中如同鬼魅，几乎不可察觉。只在每年早春时节，风清月朗之夜，它会偶尔跃出水面。出水那一瞬，月光映照在鳞片上令飞鱼显形，那是捕获它的唯一时机。

时雨溯正回之水而上，追踪了十余日才候到一次机会。当时他正要出手，才发现有人也为此而来。他与那人在水面上有过短暂交锋，却毫无还手之力，眼睁睁看着自己渴求之物落入他人之手。

更让时雨无法释怀的是，他一向自视甚高，那一回竟连来者是何人何物都未看清，只知对方身形奇诡，破空而出时可闻细碎叮当之声。现今想来，那令他百思不得其解的声音，恐怕正是白乌人一身锦衣豪饰上的环佩作响。

魈山飞鱼被夺，鬼市中横空出世的煞星，酒肆里的陌生来客……这一桩接一桩的意外看似巧合，实则有迹可循。他非但没有及时醒悟，还不自量力做尽可笑之事。螳臂当车，何怨之有？

也难怪这白乌人对他格外厌恶。时雨勉力开口道："事到如今，若我说自己没有从正回水畔一路尾随你而来，也没有背地里暗算于你，更无趁你酒醉轻……轻薄你的心思，你定是不肯相信的吧！"

那人无心听他辩解，也不想纠结于之前所发生的事："你只需告诉我，你到底是何物所化？"

时雨绷着一张雪白小脸，长睫微颤。

"不说也罢，等你魂飞魄散，自然就见分晓。"

"时雨，你这又是何必呢！"

白乌人手方一动，绒绒惶惶然叫了一声。就在这时，时雨拼尽全力往前一扑。

那人也没想到他骨头竟如此之硬，距时雨眉心咫尺之遥的伞尖顷刻光芒大盛。绒绒已闭上眼，她实在不忍看好友自寻死路。

"主人，请受时雨一拜！"

只听一声轻呼，时雨已撩袍下拜。他遭遇重挫，气力虚弱，却仍恭恭敬敬地向对面那人行了个叩首大礼。

那白乌人一下未反应过来，退后半步，困惑地看向俯首于地的时雨，摸不清他葫芦里卖的是什么药，转而又望向绒绒。

他不知绒绒此刻也同样瞠目结舌。绒绒与时雨相识六百年，未曾想过有朝一日能得见此景！

"你这样……是为了活命？"白乌人狐疑。他自幼所见族人皆骁勇耿烈，全然不知世间尚有这般无耻的行径。

时雨长拜不起，一字一句说得分明："时雨已然认主，从今往后万般皆归主人所有，又怎敢惜命。"他见白乌人停了手，跪行着上前一步，抱足道，"主人若要我性命，拿去便是。"

白乌人看着时雨澄净如寒潭乌晶的双眸，明明狼子之心，又似稚子无赖。他并非仁慈之辈，却也不以杀戮为乐。先前恼这小童手段下流、术法诛心，杀之不过是为了解心中之气，于事无益。更要紧的是，他外袍之下只余一条裈裤，被时雨这一抱，裈裤垂垂危矣。

他默默想要将腿撤回，无奈时雨抱得甚紧，似是怕他拒绝，又动容地叫了一声："主人……"

白乌人大怒，抬脚踹向时雨心窝："滚！孽障。"

时雨跌至一丈开外，又颤巍巍地爬了起来，复行一礼，口中称喏。

"去给我取套衣裳。"白乌人僵立片刻，总算又开了口。

绒绒伶俐，很快回过神来。他外袍上尽是从兽皮囊上沾染的血污，看上去委实有些可怕。

"是，是，我这就去！"她速速起身，去箱笼处翻找衣物，途经时雨身侧，两人相视，心领神会。白乌人杀心已退，眼前至少性命无虞了。

很快，绒绒将衣物奉上，衫裤靴袜巾子一应俱全。白乌人扫了一眼，薄唇紧抿。绒绒见他似有不满，忙解释道："这身衣物以龙纱织成，乃是鲛人所制的上品，入水不濡。我这也仅得了一套，因为是男子所用，所以从未有人穿过。"

时雨心想，绒绒果然被吓破了胆，连这宝贝都眼巴巴捧了来。龙纱白之如霜，上缀鲛珠，光华流动，白乌人却一脸嫌弃。时雨心下了然，低声对绒绒说："蠢货，去取那套织金五彩雀羽袍来。"

绒绒顿悟，急忙照办。这一次白乌人果然面色和缓不少，接过了绒绒手中之物。

"绒绒侍候神君更衣。"绒绒万般殷勤。

白乌人顿了顿："不用。"

他说完，背身欲脱去外袍，隐隐觉得不对，一回头，只见那两人仍杵在原地，目光灼灼。

他面色沉了下来，绒绒与时雨这才快快退至屋外。两人候在廊下，看着曙色微染的庭院，三百年来习以为常的景致仿佛已成另一方天地。

其余人等已作鸟兽散，四下冷清。绒绒欲言又止。时雨布下了小结界，这才开口道："无事，有话便说。谅他也不至于时时刻刻听人墙脚。"

"要逃吗？"绒绒无措。

"往何处逃？"时雨秀致的一张脸上甚是阴沉，"你想逃也无妨，他多半不会追究。我元灵半失，逃了也如废物一般。"

"你先前不曾丢下我，我又岂会弃你于不顾。"绒绒说着，忽而掩嘴一笑，"没想到你厚颜起来，连我都望尘莫及。那声'主人'叫得……真真日月可鉴。"

时雨咬牙："你是女子之身，尚能以色媚之，他或许吃你那一套。我却无断袖之好，落到那种田地还能怎么办？无事，且徐徐图之。"

绒绒岂能不知他言下之意。她六百多年前在玄陇山偶遇孑然一身的时雨，两人一见如故。后来她慕长安繁华暂居于此，时雨也留了下来，说是投靠于她，其实她这里虽仙妖魔怪无所不有，众人却心照不宣地唯时雨马首是瞻。时雨术法玄妙，心思缜密深沉，从不曾居于人下。以他心性，今日遭此大辱，日后必定会百般寻找机会报复于那白乌人。

"我也觉得他待我还不算太坏。"绒绒听时雨说那人"吃她那一套"，不由得有些窃喜。以阿九的姿色在那人手下尚且讨不到便宜，可见他更中意于她。什么"不喜毛茸茸的畜生"，都是口是心非！她幽幽道，"你瞧见了吗？他那副样子还真是讨人喜欢，只可惜心性太冷，下手又狠。唉！"

时雨对绒绒至今未消的"邪念"感到匪夷所思，一手扶着廊柱，无力道："你下回还想送死，千万别再将我牵扯进来。"

绒绒也不过有心无胆，很快藏起绮思，她问时雨："你可知白乌氏一族的根底？"

时雨勾唇，笑容中意味不明："焉能不知，不过是上天的刽子手罢了。"

绒绒若有所思："我方才在那人足下，好似看到他左足系有玄色铃铛，右边却无……"

"他恨不得将世间招摇之物挂满周身。足系铃铛而已，也值得你惊奇！"

绒绒见时雨不以为然，担忧道："不。我曾听闻，白乌人自出生起便在左足上系有玄色铃铛。他们成年时必须经历某种特殊仪式，届时如果未能将铃铛解下，便会是双足有铃。"

"你的意思是……"时雨缓缓移目看向绒绒。

"他仍只有单足系铃，想必还未行成人之礼。"

时雨良久未语，心中惊骇忧虑益深。他和绒绒都想到了一处——倘若在一个尚未完全成年的白乌人面前他们都毫无还手之力，日后遇上了他的族人，他们还有什么可"徐徐图之"的？

"为何白乌氏成年之后，有些有铃，有些却无铃？"时雨对铃铛之事很是好奇，暂将心中颓然压下，欲向绒绒问个仔细。

像白乌氏这样久远神秘又绝迹多年的部族，关于他们的逸事流传于世上的并不多，无非是他们当年令鬼神丧胆的威名。可绒绒身份特殊，有些上古秘闻，恐怕也只有她尚能了解一二。

绒绒眨了眨眼睛，还未开口，内室忽然传出一声异响。她和时雨唯恐有变，忙返回房中，正好看到那白乌人将半截横梁弃之于地，其上还有一枚银制帘钩。

原来是那身织金袍过于隆重繁复，穿之费力。白乌人更换衣物时，衣带不慎缠在了银钩之上，他独自解脱不开，索性将银钩连同横梁都卸了下来。

"别急，让我来。"绒绒走近，站在白乌人身侧，见他并无抗拒之意，才敢抬手为他整理衣冠。

时雨嘴角一抽，冷眼旁观。

绒绒未说起足铃之事也就罢了，现在他已知眼前这凶横的白乌人不过是个初出茅庐的小子，再打量对方时，感觉自然大有不同。

他们均非凡人，也并不以形貌来断定他人年岁。比如白蛟，总是一身白袷衣，看似正值华年，自诩浪荡风流，其实已修行了两千七百年；而山魈老堰满脸沧桑，实则不过五百多岁。细看这白鸟人，体态柔韧纤长，眉目中毫无风尘倦态，说是堪堪长成的少年也不过分。

白鸟人在绒绒帮助下终于将一身穿戴收拾停当，坐在床沿穿靴。绒绒跪坐榻上，还想代劳，他摇头制止，自己摆弄那锦靴却很不顺手。他想了想，停下手中动作，对一侧正转着乌溜溜的眼睛偷瞄他的时雨说：“你来。”

时雨一愣，老老实实过去替他穿靴，趁机去看他脚下，果真他左侧足踝处系有一串铃饰，颜色乌沉，其上绣有奇特纹饰。

时雨装作不经意地触动铃铛，却并未听见声响，仿佛铃铛里面是空心的一般。

白鸟人将空心铃系于足上究竟有何用意？时雨心中纳闷，忽听头顶有声音传来，那声音一如既往地没有温度：“你干什么？”

“时雨正为主人穿靴。”时雨堂而皇之地把话说完，才意识到自己的手指还摩挲在“主人”足踝之上，无怪乎他心中不喜。

绒绒在旁笑了起来，拍着手称赞：“神君这一身打扮更是龙章凤姿，如天神下凡，我……”

“我并非什么‘神君’。”白鸟人打断了绒绒的奉承。

时雨趁机问：“我等还不知主上尊名，不知道该如何称呼才好。”

“如何称呼？”白鸟人瞥他一眼，“你不是叫我‘主人’？”

"那我呢，我呢？"绒绒连声问。她发现相比时雨，白乌人对她果然还算柔善，便趁机撒起娇来，"我可不叫你主人。"

那人将穿好靴子的脚收回，沉默片刻方道："我名唤灵鸷。"

时雨面上不显，暗里气得牙痒痒。俗物，俗物！看见女子骨头都酥了，竟然这般厚此薄彼。

灵鸷站了起来，一身织金五彩雀羽袍亮晃晃的教人不敢直视，那张面孔却如冰如雪，配上他周身肃杀之气，委实古怪绝顶。

时雨实在难掩对他的好奇，忍气吞声再次试探道："主人时常一身锦衣，不知有何深意？"

他曾见过靺鞨的萨满巫师，也是身穿五彩法袍，据说可汲取风火雷电等自然之力，祈愿于上苍神灵。他记得那萨满巫师也是缠着腰铃，莫非与这白乌人腰上挂满的香囊玉佩有着同样用途？

"深意？"灵鸷低头察看自己的装扮，眉头又蹙了起来，"这身打扮不好看吗？"

"主人此举……只是因为好看？"时雨仿佛又被他一脚踹中了心窝。

灵鸷冷淡道："你以为呢？"

"好看，自然是好看。这一身若不是你这样的人物，断然穿不出如此风采。"绒绒当即附和。

这下时雨连绒绒都恼上了。巧言令色的小贱婢，谁不知道这身袍子是白蛟演傩戏时所用，平日里穿在身上简直让人笑掉大牙。不过他因此对白乌氏的好奇又更深了一层。一个白乌人的穿着打扮尚且让他眼花缭乱，不知在他族人聚居之处，会是怎样的斑斓盛景。

"为何不逃？"灵鸷对时雨、绒绒去而复返竟感到有些意外。

时雨长了教训，抢在绒绒之前把好听的话先说了："为何要逃？时雨日后天上地下追随主人，矢志不渝！"

"一派虚言。"灵鸷毫不领情，"不甘心失了你那一半元灵？我不杀你已是宽宥。"

时雨无可狡辩，索性垂首低眉，不再言语。

绒绒幽幽道："实不相瞒，纵使逃得一时，我们也不知该往何处去。上无飞升之途，下无家园故土，反正都是混迹人间，去哪儿都是一样的。"

"你既是上界灵兽所化，为何回不了昆仑墟？"

绒绒把玩着衣带，随口道："反正就是回不去了。"

她看似漫不经心，可神情语气中掩不去黯然，显然不愿多提旧事。灵鸷无意追根究底。如今游荡于世间的灵兽多是旧主已去往归墟，想必她也如此。

"他呢，一个灵魅也回不了化形之地？"灵鸷斜睨着时雨，不无嘲弄。

他并无一眼识破万物真形的本领，但白乌人对于元灵有本能的感知。跳出六道者，造化经营天地曰"神"，凡躯修行得道乃"仙"，万物化形为"妖"，乖张非常为"怪"，性灵所聚为"精""魅"，神之堕迷为"魔"……其元灵之态大相径庭。

绒绒并非天神，却有至纯之元灵，应是天界灵兽无疑。而时雨，无前世原形，看似灵魅却远比灵魅强大。灵鸷摄了他一半元灵依然捉摸不透他的底细，始终不曾掉以轻心。

"时雨不敢欺瞒主人。我觉醒于深山无名寒潭之畔，此前似在蒙昧中困了许久。主人说我并非灵魅，可我也不知自己是何物。"时雨一番话说得委委屈屈。

"这是真的，他没有骗你。我在玄陇山下遇到他时，他已在山中游荡了数百年，跟个傻子似的，除了会变出各种幻境逗自己玩，什么都不知道。"绒绒假装没看到时雨瞪她，嘻嘻一笑，眨眼间变作了紫貂的模样跃至灵鸷臂膀，又敏捷之至地绕到他另一侧肩上，在他颈侧嗅来嗅去。

灵鸷扭头看她，只见她周身银紫，尾毛蓬松，独独两耳雪白，圆溜溜的眼睛极为伶俐。他曾说过自己不喜欢毛茸茸的畜生，族人曾有过的灵宠也大多为凶猛战兽，可如今见了绒绒的真形，任他再心如铁石，也难以生出杀念来。

他指尖轻轻蹭过绒绒耳上的细软白毛，面上并无表情，语气已和缓了不少："果真是个绒绒儿。"

说话间，绒绒已从他身上溜下，摇身又变回了垂鬟少女，她脸色有些异样，背着手说："你刚才叫我什么？"

灵鸷丝毫不慌："绒绒儿，如何？"

绒绒自是不敢如何，讪讪一笑："甚好……只是许久没有人这样叫我了。"

"你二人到底谁是这酒肆的主人？"灵鸷的心思很快又重新回到正题之上。话是问向两人的，眼神却冷冷停留在时雨身上。

时雨心如槁灰，自己没能身为女体已失了先机，偏连个毛茸茸可哄人欢喜的兽形也无，活该遭人嫌弃。他苦笑道："主人看我可像龟公假母之流？"

"什么龟？我再问你，你们用酒迷倒我意欲何为？"

本以为已逃过此劫的绒绒打了个寒战，心虚地看向时雨。时雨也糊涂了。意欲何为？这难道不是明摆着的事？

"主人风华绝伦，修为精湛……"

"休要废话！"灵鸷喝道，"为何要脱去我身上衣裳，这是什么阴邪的招数？"

"不是我干的……是绒绒想要与你双修。"时雨也顾不上替绒绒遮丑了，一边说着，一边想要把缩在他身后的绒绒揪出来。

"双修？"

"主人难道从未听闻过阴阳双修之道？"

不须灵鸷回答，时雨已从他神色中看出，他是当真不知。看来白乌人不谙此道，此外，这也证明了绒绒从铃铛推断出他年岁尚轻一事不假。

"双修……怎么修？"灵鸷冷冷问道。

这下轮到时雨抖了抖，别别扭扭地为自己喊冤："我也从未修过。主人为何不去问绒绒！"

明明绒绒已承认是她自己色迷心窍瞧上了灵鸷，可不知为何，灵鸷总是认定一切歹毒主意都有时雨在其背后主导。时雨身在混乱污浊的鬼市之中数百年，有人恼他，有人怕他，可从未有人将他与那些下流的勾当想到一处。

自他好心替绒绒察看刺青那时起便已铸成大错，一失足成千古恨。

他开始怀疑，这白乌人到底知不知道"色迷心窍"与"双修"之间的关联。

"你躲在我这个'下流阴邪'的小人身后也无用，我确实不知如何双修。还望绒绒为主人解惑。"

绒绒见绕不过去，只得挠了挠头："这双修之道嘛……无非阴阳调和，二气氤氲，炼精化气，以悟天道。若能有成，于你于我都大有裨益。"

"有这种事？"灵鸷将信将疑。

她又没羞没臊地笑了："你不信，试试不就知道了。"

然而对于这门从未听说过的修行心法，灵鸷并无尝试之意——至少眼前没有。他盯着各怀鬼胎的绒绒和时雨看了一会儿，肃然道："无论何等修行之术，都不应违背他人心意肆意为之。前事不咎，日后若再敢背后伤人，我必定亲手了结你们。"

你们好自为之！"

话毕，他起身将那把伞背负于身后。

时雨一怔，心底各种计较阴晴反复，情急之下张口道："主人这是要走？"

灵鸷扭头反问："与你何干？"

时雨躬身道："不杀之恩，没齿难忘。时雨既已认主，主人去哪儿，我就去哪儿！"

"什么，你要跟着他走？那我也要去！"绒绒眼睛一亮。

"我看你们是没死够。"灵鸷只当是个笑话，疾步出了门口。

时雨追了两步："主人留步，你在鬼市盘桓多日，无非是为了打听与你掌中之图有关的事。时雨愚钝，不能为主人分忧。但我却知道鬼市之外何人能解此惑。"

"又来了。我为何要信你。"

"若主人此行未能如愿，时雨甘愿将另一半元灵奉上。"

　　三日后，正当朔日。天方拂晓，灵鹜与时雨、绒绒已站在一座山庙的门前。此处位于长安城南郊，距樊川不过十余里，登高可远眺终南山麓。穿过修竹掩映的山门，一路已可见不少尘俗中人，携老扶幼沿着山道拾阶而上。

　　"城崖？"灵鹜驻足，望向正殿上的牌匾。

　　"不错，这里便是城崖庙，又叫娘娘庙。主人别看它不起眼，据说此庙颇为灵验。今日也是斋日，所以有不少信徒前来上香。"时雨仰头，深吸了一口糅杂了焚香烟火气的草木清芬，余光触及灵鹜的冷眼，不由得汗毛一竖。眼下绝非卖关子的好时机，他正色道，"可为主人解惑之人就在这庙中，主人随我来便知。"

　　这城崖庙非佛非道，山门窄小，貌似只有一间正殿，几处山房，望之也不甚宏伟，香火竟旺盛异常。

　　此时庙门未开，门前台基处已候了不少香客，时雨的样貌和灵鹜张扬的打扮引来了不少闲人侧目。时雨不喜被人盯着看，哪怕那些妇孺交头接耳赞他"小小年纪如天人一般"。

　　无知的凡人，他们知道什么是天人？

　　灵鹜毫不在意他人眼色，凝神细听那紧闭的大门之内隐隐传出的嘟哝之声，似有许多人聚集在里面窃语交谈。那声音似人非人，诡异而真切，却分辨不出他们在说什么。

　　约莫过了半炷香的时间，庙门从内开启，香客们一拥而入。他们几人也抬腿入内。奇怪的是，小庙里灰墙四合一览无余，正殿前可见一井、一香炉、几株桃树。

殿内除去"娘娘"塑像，只有一赭袍老妪和两个童子，其余皆是新到的香客。竟不知方才从外面听见的嘈杂低语声是从哪里传来的。

灵鸶见那些信徒烧香点灯、满脸虔诚，所求之事多为祛病、姻缘与求子，其中又以求子者居多。那赭袍老妪不知是否为庙主，每有上前祈愿者，她均喃喃有词为其祷告。祛灾病的需喝下庙中自制的符水；为姻缘而来的，她为其占卦卜算；求子的则需从案前取一泥塑小人，用红绳系于所求之人手中，这样便能让妇人回去后得偿所愿。

不仅时雨声称此庙灵验，在门外等候时，灵鸶也从那些香客口中听闻，只要用心至诚，这"城崖娘娘"有求必应——所谓的诚心，恐怕指的便是殿内堆积成山的供奉之物了。可那老妪的祷祝之术，灵鸶一看便知是讹伪穿凿，荒诞至极，灵验一说不知从何谈起。

绒绒咬着手指，百无聊赖地倚在桃树下打量往来之人。时雨拈了三支点燃的香送至灵鸶面前，说："主人不妨一试。"

灵鸶默默接过香，来都来了，有用无用一试便知。若过后时雨还用凡人求子、问姻缘那套把戏糊弄于他，很快便会知道魂飞魄散是什么滋味。

殿前的铜制香炉内已插香无数，青烟缭绕。灵鸶走近，发现这香炉颇为古旧，其上镂刻的图样细看之下，竟似是岱舆、员峤、方壶、瀛洲和蓬莱这五座神山。

关于归墟五神山，灵鸶曾在族中看过描绘它们的残卷，记忆颇为深刻。眼前这香炉雕刻的五座山上，珠玕华宝、飞禽灵兽莫不惟妙惟肖，精细周详之处相比他所看的残卷有过之而无不及。尤其是岱舆、员峤二山沉没已久，其中细节绝不是尘俗中人可以想象附会出来的。

灵鸶俯身插香，炉中润气蒸香扑鼻，他心中一凛，直起腰来，四周忽然已换了景象。明明是同一时刻、同一地点，小庙的飞檐斗拱、山墙画壁都还在，如云的香客和殿中老妪、童子似乎都在这迷漫炉烟中变得影影绰绰，像隔了一层纱幔。他们的嘴尤在张张合合，祈求祷祝之声却从耳边消失了。期间不断有新到的香客自门外进来，相携从灵鸶身上穿行而过，彼此毫无知觉。灵鸶尚能看清他们的形貌，他们却完全无法感知灵鸶的存在。

周围清晰的实体只剩下时雨和绒绒。些许讶异过后，灵鸶很快反应了过来。在他上香前，也有不少人在他眼皮底下点香、插香，均无异状出现。想来这香炉是与凡俗划界的一个入口，能入此境者皆非凡人。

　　起初在门外听见的咕哝吵闹声再度入耳。殿前的桃树不见了，取而代之的是一苍翠大树，繁茂枝叶间缀满了碗口大的白花，声音就是从树冠上传来的。

　　灵鸷正待朝那树走去，身后一阵喧哗，几个长相形状奇怪的家伙匆匆而来，手中都点了香，熟门熟路地奔至树下，抢到了他们前头。

　　"喂，你们不懂'先来后到'之理吗？"绒绒不忿道。

　　那几人中一个獐头鼠目的瘦子凑过来赔笑道："抱歉抱歉！我们有急事在身，长途跋涉而来，好不容易等到了这朔日花开了。情急之下多有得罪，还请见谅。"

　　对方姿态放得很低，绒绒见灵鸷并不在意，时雨也跟在灵鸷身后一言不发，她不敢随便惹事，闲着也是闲着，信口搭讪道："你们也是来求这花解惑的？"

　　"正是。"那瘦子叹了一声，"这花胃口可不小，索要之物益发刁钻了。可是没法子，谁让它神通灵验呢？只要如它所愿，这天底下没有它不知道的事。我们虽不知能否将它索求之物奉上，但也想来试上一试。"

　　"它要何物？"灵鸷挑眉问道。

　　"所求之事不同，价码自然也不一样。"瘦子说完，有同伴招呼于他，他忙撩袍上前，末了还回头朝灵鸷挤眉弄眼地笑笑，"这身衣袍甚是光鲜！"

　　"一只地狼精知道什么？"绒绒嘀咕着。她怕灵鸷因对方的揶揄而动怒，然而她实在是多虑了。灵鸷表情平淡，显然在他看来对方说的全是事实。

　　时雨轻笑："我还以为那地狼精是你乡下来的表亲。"

　　"臭时雨，你胡说什么，欺负我打不过你是不是。"地狼精的原形长得与紫貂有三分相似，两者相提并论，绒绒仿佛受到了极大的侮辱。

　　灵鸷不理会他们的吵闹，走近那棵古怪的大树，抱臂观望。

　　树上的白花均为花苞，花冠硕大肥厚。见有人来，满树摇曳，低语之声更密。

　　一个身高两尺左右的敦实矮子站在树下，花苞瞬时于低处绽开了一朵。盛开之后的白花与人脸一般大小，有眼有耳有嘴，唯独无鼻，也无香气，表情狡黠灵动，乍看与活人无异。

　　矮子附身到为他而开的那朵花的耳边低语了几句。那花貌似倾听，也会开口相答。可几步之外的其余人等，包括五感极其敏锐的灵鸷在内均无法听清他们交谈的内容，只闻凌乱的嘟哝声。

未过多久，那几人已离去了。

时雨在灵鹙身后轻声道："主人所求，尽管告知那'人面花'便是。"

此时又有一朵花迫不及待地绽开，面容急切，频频晃动枝叶，仿佛在无声地催促。其余开过之花也不再闭合，依旧絮絮而语，眼睛都朝灵鹙看了过来。

灵鹙上前，按照先前的法子，将掌心之图给那朵花看了。

"请问这是何处？"

那花一看，竟露出意外之色，其余开过的花都尽可能地看了过来，没开的花苞也加入了争论，满树乱哄哄的嘈杂碎语声，听来教人头皮发麻。

片刻后，争论似乎告一段落，与灵鹙接洽的那朵花点了点头，用孩童般脆嫩却又如老者般端凝的声音回复道："今日子时，帝台之浆、琅玕之玉、旋龟之背、不尽之木。"

三人出了庙门，于门外回望，小庙香客熙攘，桃花盛开。

"帝台之浆、琅玕之玉、旋龟之背、不尽之木……这便是人面花向我索要之物？"灵鹙明明听得真切，思量片刻，又向随行的二人求证了一遍。

时雨点头："正是。今夜子时之前，只要我们能将这几样东西送至树下，那花便能解开主人心中疑虑。"

"这人面花白白长了那么多张脸，竟没一个俊俏的，好生无趣。"绒绒跟在后面抱怨。

"你从前可曾见过这花？"

绒绒见灵鹙问她，歪着头想了想："我只知道有一种树名叫'人木'，也是花如人首，却不能言语，也不解人心。像这庙中的人面花般机灵的，倒是从来没有见过。"

"那你又是如何得知此处的？"灵鹙转而望向时雨。

时雨沉默片刻，答道："我也曾有求于它。"

"可曾如愿？"

"时雨无用，未能如期将它所求之物奉上。"

"哦？它问你要了什么？"

这一次，时雨久久没有作声。

绒绒心里藏不住话："我知道，是夒山飞鱼！"

灵鸳面上闪过一丝惊讶："原来如此……你所求的是十分重要之事？"

时雨笑笑："时限已过，无论所求何事都已无用。主人不必挂怀。"

"灵鸳，你又要夒山飞鱼做什么？"说到了这个，绒绒颇为好奇。

灵鸳说："以夒山飞鱼的尾鳞覆于箭羽之上，可使离弦之箭无声无形。我有一位挚友是使弓箭的高手。"

"主人竟也有挚友？不知何人有这等荣幸。"

兴许是因为想起了故人，灵鸳面色明快了不少，看上去比冷着脸时多了几分少年意气，也不知他究竟有没有听懂时雨话中的暗讽。

他沉吟道："我看庙中那老妇装神弄鬼。就算我能将人面花索要之物送上，绒绒尚且不知之事，我凭什么相信它能道破天机？"

时雨说："就凭那庙主……乃是武罗。"

"什么！"灵鸳骤然驻足，"武罗！你说神武罗就在此处？"

"主人应该清楚，那庙中结界连你也未能看穿。世上有几人能够轻易做到？"

"怎么可能！"自打遇上灵鸳之后，时雨和绒绒还是头一回见他如此惊疑不定。白乌氏是远古天神后裔，而神武罗是曾与白乌先祖并肩而战的大神，天帝帝鸿麾下前锋，有通天之能，素以善战而闻名。

在灵鸳心中，除了先祖昊媄，武罗便是他最为敬仰的旧日神灵。

"孤暮山一战之后，武罗不是已随众神归寂了？"灵鸳仍不敢置信。

"我知道孤暮山一战，那是一万八千多年前的事了。"绒绒跳到灵鸳面前的石阶上，迫不及待地开口道，"听说有不少远古天神都陨落在那一战里，剩下的很多也受了伤。天地间的清灵之气就是自那时开始日渐衰减的，在后来的数千年里，旧日神灵一个个归寂于东海归墟，到最后只剩下我们这些小喽啰了。"

灵鸳黯然垂眸，期间的种种因由后果，还有谁比白乌氏更能体会到切肤之痛？

时雨于身侧默默打量灵鸳许久，才说道："究竟是不是神武罗，主人今夜或能知晓。然而眼下当务之急，我们须凑齐人面花索要之物，否则一切皆是空谈。"

灵鸳自然也是心中一动。绒绒曾居于上界，因而见识广博，可终究只是略知皮毛，武罗却是从远古长存至今的天神。如果人面花的背后当真有神武罗坐镇，或许真能解开他心中疑惑。

"主人所问之事非同寻常，所以那人面花也狮子大开口。它要的哪样不是天地间的珍奇之物？帝台之浆还好说，思无邪便是由它所酿而成。旋龟背甲我曾在白蛟那里见过一枚，他虽小气，我去问他，应该没有不给之理。至于……"时雨声音稚嫩，条理却十分清楚。

"不尽之木我身上便有。"

不尽之木算得上白乌宝物，抚生塔下的天火便是依靠它来催动的。灵鸷身上的不尽之木是他离开小苍山时至亲相赠，没想到真有用得着的时候。莫不是那人面花早已看穿了他们身怀何等宝物？

"如此甚好，那只剩下琅玕之玉了。"绒绒拊掌雀跃道。

时雨轻哼一声："难就难在琅玕之玉上。你也是在上面待过的，又怎会不知琅玕之玉只存于昆仑墟五城十二楼中。天帝当年也珍重异常，才会命离朱相守。"

"那玩意儿食之无味，也不能忘忧，送到面前我都不稀罕。"绒绒悻悻道，"早知我当初偷摘几枚留在身上。可如今也回不去了。"

四物之中，灵鸷唯独从未听说过琅玕之玉，原来是昆仑墟所出，这便不是凭他之力可以轻易到手的东西了。一时他也无计可施。

眼看着触手可及的希望越飘越远……不知何故，灵鸷忽然想起了自己从时雨手边夺下魏山飞鱼时，时雨面上的愤恨和失落。

"是了！绒绒，你倒提醒了我。"时雨此刻在旁眼睛一亮，"除你之外还有一人也是自上界而来。我记得他曾吹嘘自己身怀诸多天庭异宝，其中便有琅玕之玉！"

绒绒看了看时雨，目光闪烁："你……你是说玉簪公子？"

时雨提议从玉簪公子那里下手，灵鸢并无异议——眼前看似只有这一条路可走，那他只需要弄清楚这个玉簪公子到底身在何处。

时雨改不了爱卖关子的臭毛病。他说，玉簪公子用不着去找，对方自会送上门来。

月升日沉，神禾原的郊野水畔，时雨不厌其烦地将一颗小石子抛入水中，看它打漂，又隔空将它招回。绒绒垂足坐于一棵柳树之上，翘首向月，把玩着头发。灵鸢则默立于树下的暗影处。

他们照时雨所言，正在这里等候玉簪公子的出现。

如此过了许久，绒绒的歌也哼烦了，四下安静下来。时雨把玩着小石子回头道："主人放心，玉簪公子夜里最喜在这一带游荡。他鼻子灵得很，但凡嗅到有异样的气息，无论是人还是物，他都会过来探个究竟。"

灵鸢没有出声。时雨嘴上让灵鸢放宽心，但其实在他看来，灵鸢也未见得有多忧心。距离子时只剩下两个时辰不到，灵鸢全无半点心浮气躁，始终凝神屏息。不留神细看，还会以为他与黑黝黝的树干已长成一体。

春寒料峭，原上风疾。时雨心念方生，绒绒、灵鸢所在的柳树已化为一间精雅山房。室内温软馨香，床榻席褥俱全，红泥风炉上架着的青瓷小釜里水沸如鱼目，汩汩冒着热气。时雨立在门外的修竹下朝他们露齿一笑，突然脸上一痛，半根柳枝飞抽过他面颊，幻境顷刻化为乌有。

"我讨厌你的幻术。"灵鸢语气平淡却不乏威慑之力。

"是。"时雨低头。

树杈上的绒绒幽叹了一声："你们知道吗，若让我选，我宁可在昆仑墟上偷东西，哪怕被离朱发现用捆仙索困住七天七夜，也不愿意去招惹玉簪。"

灵骘说："哦？他如此了得？"

"你很快便会知道。"绒绒愁道，"有些人厉害，却不难缠，比如你。若非皮痒犯贱，与你待在一处也不算可怕。可有些人恰恰相反，比如说玉簪……"

"你与他有仇。"灵骘明白了。

绒绒晃动着双腿，对树下的灵骘说："细究起来，我和玉簪也有点渊源，我们都是自上界而来。他主人早早去了归墟，他便流落人间。三百年前他在长安见到了我，从此就缠着我不放，非要我跟他相好，可是我却瞧不上他。"

说到此处，绒绒故意将手中新捋的杨柳球轻轻砸向灵骘："从来只有我相中别人，没有等他人来物色我的道理。我看上的，都是你这样难嚼的硬骨头。"

灵骘眉毛也未动一下，仿佛绒绒所言与他全无关系，只是在柳球将要沾身之时，他抬手在肩头一拂，柔嫩枝条揉成的杨柳球流星般弹开。绒绒吓得差点从树上掉下来，水边怅然自省的时雨也险遭池鱼之祸。

绒绒并不气馁，娇嗔道："你这时应当问我，那玉簪公子是不是长得极丑。"

自然是没有人问她的。于是她又兴致勃勃地往下说："他嘛，长得倒不赖，可性子实在难缠。我不答应与他相好，他便将各种阴损的招数都使了出来。你想必没见识过同他一般记仇的人，一旦被他恨上，他就像疯狗一般，手段虽不怎么高明，可前脚刚将他打退，他后脚又来了，反反复复，永无休止，让人头疼得紧。后来时雨受不了他时时上门找碴儿，就给了他一点苦头尝尝。"

"一点苦头？"

"嗯，不过是削掉了他一个脑袋，他后来又自己长了回来。从此他就将时雨当成了眼中钉、肉中刺，也无心纠缠于我，只顾着找时雨麻烦。唉……又是一百多年不依不饶，我们都快烦死了。幸亏近年来他找到了新乐子，进宫谋了个叫什么'鹤'的职位，还将当今女帝哄得心花怒放，听说是汲取人间帝王之气可助修行。如此下来，我们才消停了一些时日。"

时雨把玩着手中的小石子，不屑道："他那套蛊惑人心的法术拙劣不堪，也就骗骗凡夫俗子罢了。"

"是是是，你若有心，想必比他强万千倍。那你为何不去试试呢？"绒绒打趣时雨。

时雨哼笑一声。

"喂，灵鸳，你就不想问问我和时雨是什么关系吗？"树下太过安静，绒绒禁不住又想扔点什么下去撩拨一二，可是想到方才那个飞火流星般的杨柳球，她到底是管住了自己的手。

这次灵鸳还算配合，虽无兴趣，还是勉为其难地问道："你们可是一对夫妻？"

"什……什么？没有的事！"时雨吓了一跳，所受到的侮辱仿佛比绒绒和地狼精相提并论时更甚。

绒绒笑了："你看他如同半大孩童一般，我怎么下得去手？"

灵鸳讶然："我还以为他是个侏儒。"

时雨默默将手中石子尽数投入水中。技不如人，奈何！

绒绒幸灾乐祸，狂笑了一阵才说道："他自化形起便是这个模样。不过以他的修为，换个样貌倒不算难事。我早跟他说过，反正我们意气相投，只要他肯长大，日后与我做个伴，一同修行也无不可。他却瞧不上我，怎么都不肯。"

"你休要拖累于我。"时雨本是一脸嫌弃，忽然面色一凝。开阔的郊野水畔，一时间四面八方都有笑声传来。

"谁与谁是一对？"笑声方落，有个敷朱粉、衣纨锦、姿态风流的美貌郎君自十余步之外的草丛现身。

"我当是谁，原来是小时雨。今日好雅兴，竟与绒绒月夜同游，莫非你终于动了凡心？哎呀呀，如花美眷，真是羡煞我也。"

时雨不动声色地朝来人行了一礼："玉簪公子别来无恙。"

"能与你在此相遇，实乃是今夜一大乐事。你不死，我怎敢有恙？"玉簪公子轻甩衣袖，笑语晏晏，一双细长的眸子里掩不住亢奋之意，似乎恨不能就此上前将时雨活剥了吞入腹中。

"实不相瞒，时雨今夜特意在此相候，是有一事相求。敢问公子可曾听说过琅玕……"

"你拿命来，我什么都答应你。"

不等时雨说完，玉簪公子长袖中探出一双蓄有长甲的手朝时雨猛抓而去，力道凶狠奇诡。

时雨一边躲避，一边说道："若你能给我琅玕之玉，我可以让你消消气。不如你也将我头颅削下如何？"

"呸，当我不知道你那些骗人的伎俩。就凭你也想要琅玕之玉？"

玉簪公子攻势凌厉，时雨退无可退只得迎战，凭空幻化而出的千兵万刃齐齐朝对方刺去。玉簪公子长袖一卷，刀剑寒光化为无形，嘲弄道："还是这套把戏，我都看腻了。"

时雨微怔，以往若不使巧计，认认真真打起来，玉簪公子与他其实难分高下，像眼下这样轻易化解他的法术却是决计不能的。短短时日，对方竟精进了不少。

"琅玕之玉在我腹中，乖乖让我吞了你，你就能见到宝贝了。"玉簪公子趁时雨未回过神来，两手同时朝时雨双肩而去，像要当场将他撕了，好解心头之恨。眼看将要得手，一道幽光袭至，玉簪公子疾退于数丈之外，再低头一看，他双手长甲已尽数折断。

他一双手生得柔白纤美，指间所蓄之甲不但是利器，也是他心头所好，见状不由得大怒："是谁！"

"你有琅玕之玉。"灵鸷确认了玉簪公子确实有他所需之物，也不再作壁上观，从暗处走出，开口道，"琅玕之玉于我有用。不如这样，你想要何物，但凡我能寻来，我可以与你交换。"

"白乌人？"玉簪公子看清了灵鸷的样貌，也是一惊，喃喃道，"我果然没有猜错，只有白乌人能将癞蛤蟆的元灵吸得一干二净！"

灵鸷默然。单从眼力来看，这玉簪公子倒是比时雨、绒绒之流强上一些。他无心废话，又问了一次："可否？"

"我是有琅玕之玉，不过那可是天界之宝，岂是你想要便要的。"玉簪公子眯着眼睛上下打量灵鸷，似是在掂量对方的斤两，"你有何物可与我交换？"

灵鸷说："我身上尚余数截不尽之木，你看如何？"

"不尽之木？那原本就是长在昆仑墟下炎火山中的东西，凭什么你们白乌氏将它占为己有？还敢拿出来与我交换！"

"换还是不换？"灵鸷不欲与他争辩。

玉簪公子大言不惭道："也行，你将不尽之木和你手中之伞给我，再追随我百年，吸纳万物元灵之气助我修行……我便将琅玕之玉给了你。"

这分明就是挑衅，绒绒都听不下去了："你做梦吧！"

灵骛脸上依旧淡淡的："我尚有未竟之事，不能追随于你。"

玉簪公子想了想，欣然点头道："好，那你先把伞给我。"

绒绒在树上呼道："万万不可！"

灵骛低头看看手中之物，似下定了决心，将它抛向对面之人。玉簪公子接过油伞，抚摸伞身，问："这就是伤我之物？"

"琅玕之玉拿来。"

玉簪公子长笑道："我何时说过要将琅玕之玉给你？既然你不能追随我百年，那就先替我将时雨和绒绒这两个小贱人吸干了，你再陪我九十九年如何？"

"小人自作聪明，最是让人生厌。"灵骛话毕，伞仍旧在玉簪公子手中，玉簪却觉得伞与灵骛似有无形连接，而他身上的灵力正通过那把伞延绵不绝地朝灵骛流淌而去。

他已有戒备，果断弃伞化出真形，原来是一条通体漆黑的巨蛇。巨蛇高昂着三只蛇头，舌芯吞吐，瞪目摇尾，突然腹部后缩，三口齐张，一口喷出烈焰，一口喷出浊水，还有一口则喷出了刺鼻的烟雾。

油伞像长了眼一般稳稳回到灵骛手中，水、火和黑烟均在灵骛开伞后朝玉簪公子反浇而去。玉簪在地上翻滚了几下，发出一声如同婴儿啼哭般的叫声。

"主人当心！"时雨高声提醒道。

半空之中隐隐有惊雷滚动，一时间乌云蔽月，云端中似降下许多人影。

"是仲野和游光来了。"绒绒也自树梢上下来，满脸惊慌。

玉簪公子大喊道："两位哥哥救我，这不知从何处冒出来的白乌人出手伤人，欲夺我宝贝！"

灵骛定睛细看，原来那"许多人影"只是两个怪人罢了。他们每人都长有八个身躯，躯体间交臂相连，往那儿一站声势浩大。只是他们长得虽怪异丑陋，枣色面庞中却透出几分威仪。

"他们是夜游神，司夜于郊野，专门捉拿在夜里忤逆作乱的仙灵夜祟。"绒绒在灵骛身后有些瑟缩。不只是她，鬼市中的其余修行之辈也都对夜游神很是忌惮，唯恐一个不慎落了把柄被拿捏住，毕竟他兄弟俩身负神职。

"白乌?"两个怪人中的一个开口说话,声如洪钟,"白乌氏镇守抚生塔,怎会出现在此?"

"与你们无关。"灵鸷斜了一眼玉簪公子,对那两个怪人道,"我与他有言在先,他却出尔反尔。"

"哥哥,他张口就要琅玕之玉,这是我主人留给我的唯一念想,我如何能够给他。他见我不肯,就勾结那两个小儿下手强夺。"玉簪公子变回人形,指控于灵鸷。

"明明是你诡诈在先,这般扭捏作态……"时雨怒道。

"休要争辩。"另一个怪人重重呵斥道,"又是你这灵魅。上次那几只䴗跑出来作怪,我还未与你计较。"

时雨面色煞白,忽听灵鸷说:"今夜琅玕之玉我要定了。你们和那条蛇一起上也行,不要浪费时间。"

呵斥于时雨的怪人见灵鸷手中并无兵器,唯有一伞,异道:"我从未见过用伞的白乌人,真是笑煞人也!"

"你们尚不值得我拔剑。"

"乳臭未干,也敢如此狂妄。"那怪人被灵鸷轻描淡写的口吻激怒,"白乌氏又如何,我且代你先人教训于你。"

黑云中一道惊雷劈落,灵鸷不闪不避,任那雷电注入体内。他周身无恙,只是裸露在外的冷白肌肤中似有电光游弋。他将电光聚于指尖,好奇道:"这也配称'雷刑'?如今接替白乌执天罚的神灵就只会这些手段?"

那怪人要执斧劈来,被另一人拦在身前,劝道:"游光,你糊涂了。白乌人以善御雷电著称,雷钺至今尚在他们手里,他又怎会畏雷?都是替上苍执事之人,大家有话好说,或许其中有些误会。"他继而又对玉簪公子道,"我兄弟与你虽是故友,却也不能不问因由地袒护于你。你究竟是否与人有言在先,若是的话,就把东西给了他罢。昆仑墟已如空城,你留着琅玕之玉又有何用?"

"是。"玉簪公子一脸灰败之色,也不敢多说,从口中吐出一白色玉石,双手将之奉于头顶,"玉簪有眼不识泰山,还请恕罪。"

灵鸷收敛指尖雷光,伸手去接那琅玕之玉:"我的伞你留也无用。但我可以将伞中所聚之灵都渡给你……"

"伞中之灵又怎比得上食你血肉解恨。"玉簪公子暴起。他已知灵鸷有伞在手,术法无用，索性以肉搏之势与灵鹫厮杀。只见他长发半散，龇牙怒目，招式阴损狠辣，掏心、抠眼、张口撕咬无所不用，宛如饥饿狂暴的兽类一般如影随形。

两名夜游神避到一旁。灵鹫没见过这样的招数，在绒绒的惊呼中连退了几步，又想起了绒绒先前说过关于玉簪的种种情状，不由得心下厌恶。玉簪再度近身啃啮于他颈脖，被他踢开，又折回来偷袭他下盘，他再也忍无可忍，凌空而起，油伞朝玉簪公子的天灵盖猛然一击，玉簪元灵尽碎，青色灵光四散，又如游丝一般被吸附于伞尖。

痛失元灵的玉簪公子当即化蛇，三头软垂瘫倒在地，口中仍尖声叫骂："绒绒小贱人，如不是青阳君还在，白乌人又怎肯做你走狗。想我主人未归寂之时，他青阳不过是天帝弃子，何曾轮到你们这等货色……"

"住口，休要妄言！"纵是与玉簪交好的仲野、游光也大惊失色，齐声喝止。

玉簪眼里全无他们的存在，勉力支撑，朝东方天际悲怆而呼："主人，玉簪后悔了。我不该恋栈俗世，未随你同去！"

"白乌小儿，琅玕之玉你拿去便是，看在我兄弟俩的分上，勿伤他性命！"夜游神中的仲野出言替玉簪求情。

灵鹫不置可否。时雨走上前去，替灵鹫拾起掉落于蛇躯旁的琅玕之玉，起身时他朝玉簪微微一笑："你主人见了你这副样子，恐怕也要作呕。"

玉簪抬起一个隐隐有断痕的头颅，气若游丝地对时雨道："我有一笑话说与你听。仲野、游光前日捉来的那几只矗被我吞了，入腹之后他们还未彻底死去，我似感应到他们不停地叫喊着：'少主救我'……可他们口中的'少主'却做了缩头乌龟。"

"时雨，你不要理会他。我们走吧。"绒绒担忧，轻扯时雨的衣袖。时雨悄然松开半握之拳，点头回到灵鹫身边。

玉簪匍匐于地，迷迷瞪瞪中竟回到了昆仑墟。瑶池如境，熏风和畅，他还懒洋洋地蜷在主人掌心，仿佛从一场大梦中醒来。主人喂他琅玕之玉，亲昵地称他"小家伙"。忽而凌云钟乳折断，九天震颤，他还不知发生了什么，大战已至。眼前画面一变，弱水之渊倾泻而出，不尽之火烧到了帝宫之上，昆仑墟上下到处都是残碎的天神之躯和散不去的戾灵……他主人一身浴血归来，却再也无力逗弄于他。

主人归寂之时本想偕了他同去，可他听说归墟终年寂寞，虽能长存，却不知何年何月方能苏醒，但凡一去再无归期。他在东海甘渊渡口偷偷地离了主人。或许主人是知道的，只是她知他贪玩，所以放了他去。这一别便是永世相隔。

一万八千年了，玉簪始终忘不了这些往事，然而记忆从未如此刻般清晰在目。他知道定是时雨小贼的"摄魂化境"作祟。

"小玉簪，玩够了吧。是到了该走的时候……"他仿佛可以听见主人的声音在极远处轻唤着他。

"主人，当年我不过是你簪子那般大小，你可还认得出我？"玉簪心如刀割，说完这话便再无声息，三只蛇头均有血泪淌下。

绒绒恼恨于他许久，如今听他此言，心中也生出几分悲戚。她最清楚不过，玉簪是绝无可能再与他的旧主重逢了。她驻足回望，一口气还未叹出，玉簪瘫软的蛇躯骤然化作一蓬血雨。

绒绒的身躯飞也似的被一股力道卷挟着弹开，不偏不倚挂了大柳树摆荡的枝梢。那腥臭蛇血似有恶毒禁咒，附着之处，无论草木黄土皆化作黑色稀烂熔浆。

"果然难缠！"灵鸷也被这不死不休的恶意所震撼。他只来得及扔开绒绒，自己身上免不得沾染了玉簪的血，背部衣物被腐蚀出几个大洞。

他揪过那身锦衣破烂不堪的下摆，看了许久，皱眉道："衣服可惜了。"

白蛟在小庙的山门前与时雨几人会合，果真送来了旋龟之背。他早年受过时雨恩惠，旋龟之背虽罕见，但他倒没有吝惜之意，只是在见到灵鸷之时仍有几分戒备惊惶，接下来既没他什么事，便速速离去了。

时雨从白蛟一并送来的衣物中抽出件长袍，披在灵鸷身上，问："主人要不要先换身衣服？"

灵鸷有些意外，摇头道："不急，正事要紧。"

他们赶在子时之限前回到了小庙。庙门未关，白日里出现过的老妪和两个童子不知所终，四下半个生灵也无。只有人面花还在西南隅，见有人来，满树躁动不已。

树上盛开的花比他们离去时多了不少，想是在他们之后又有人前来相求，也不知是否如愿。

灵鸷上前，将帝台之浆、琅玕之玉、旋龟之背和不尽之木分别放于树下，一眼就认出了面前满脸喜色的大花正是先前与他接洽的那一朵。他附耳过去，那花却变了脸色，嚷嚷叫道："琅玕之玉，臭死我也！"

灵鸷愣怔片刻，方想起这琅玕之玉是从玉簪口中吐出来的，味道……似乎确有一点蛇虫身上的腥臊气，莫非因此遭了人面花嫌弃？

"可先前并未言明有臭气的琅玕之玉不作数……"

然而那花忽然颤了颤，口中连称："时辰已到，时辰已到。"随即便再不应答，慢慢合上了双眼，一张大脸如同沉睡了过去。灵鸷来不及阻止，它已从枝头坠下。其余开过的人面花也皆是如此，一时间落花纷纷，树下滚落了一地人头。

"糟了，子时已过。"时雨的声音从背后传来。

绒绒忙着躲避滚到她脚边的一朵花球："哎呀呀，吓死我了。"

灵骛也恼了，骂了声："混账东西！"翻手为刃，就朝树劈去。

"谁敢伤我庙中之树。"他们白日里见过的那个老妪急急从正殿后头跑了出来，赤着足，边跑边系衲袍的衣带，像是刚从睡梦中惊醒。

时雨言之凿凿说武罗就在这庙中，难不成就是眼前这睡眼惺忪的神婆子？尽管难以置信，可武罗威名毕竟太过惊人，灵骛还是颇为忌惮。他住了手，按捺道："我与此树有过约定，也在子时之前将它索要之物送上，它却敷衍拖宕于我。"

老妪走至树下查看那几件物事，絮絮道："帝台之浆和不尽之木还不错，旋龟之背小了点，倒也能用。只是这琅玕之玉，我需将它研磨成粉，卖与人做敷面之用，一股恶臭如何使得！"

灵骛沉默片刻，问那犹在挑剔翻拣的老妪："纵使琅玕之玉洁净无瑕，你真能解答我所问之事？"

"你并未完成人面花所托。"老妪回头狡黠一笑，"不如这样，其余三件宝贝留下，我再给你一次机会。只要你明日能将洁净的琅玕之玉带来，我也算你作数。"

"我不信武罗会行此蝇营狗苟之事。"灵骛沉声道。

老妪哂笑，捧起地上的东西便走，连她嫌弃的琅玕之玉也没有放过。

灵骛心有不甘，也存着试探之心，抽伞朝老妪之背疾点而去。老妪一霎回首，浑身烈焰，广额俊目，身姿矫矫有虎豹之威，俨然天神又似魔星，天地之大仿佛也未能将之容纳其中。

时雨、绒绒骇然伏倒，连灵骛也低头闭目，不敢直视。然而转瞬之间，一切恢复如初，站在那里的只有一个身着黄色衲袍、头发花白微秃的贪婪老妪，只是灵骛所持之伞不知何时已到了那老妪手中。

老妪掂了掂那伞："原来是烈羽残片所铸。让我瞧瞧这伞面……檀幔之中融入抚生碎屑，难怪可屏障术法。好东西！打造这把伞的人可谓心思巧妙，想不到白乌一族也能出这样的人。"

灵骛这下已无半点怀疑。尽管对方的话说得不怎么好听，他仍躬身行了一礼。

武罗把伞扔给灵骛："到底是昊娱后人，与她一个德行。告诉我，她最后可曾言悔？"

灵鸷低头道："晚辈未能得见先祖昊媲。"

武罗讶然，闭目须臾，这才道："是了。她投身不尽天火中也有九千多年了，你才多大一点！"

灵鸷恳求道："还请武罗大神看在与先祖曾是旧友的分上……。"

"不不，我与昊媲并非旧友，倒是晏真与我还算投契……唉，你也不知晏真是何人吧，那不说也罢。昊媲……她太执而不化。傻子，疯子！"武罗语气中不无嘲弄。

灵鸷不知如何接话，只得默然保持着行礼的姿态。

"连昊媲也去了。除了那些早早归寂的和抚生塔里的，旧日之神也只剩下我和天上那位了。"武罗叹了一声，身形更显佝偻，"去了好。不死不灭又有何用？还不比蜉蝣蝼蚁一般的凡人，命如风中之烛，慧根太浅。可正是如此，方有仓促又浅薄的快活。"

"武罗大神，那敷面的琅玕之玉可有奇效？你要这些宝贝还有什么用处？"绒绒惊吓散去，又开始问些不着边际的问题。

"我不是说过了，神也需要欲望，方能熬过千秋万载。毛绒儿，青阳难道不是这样？"

"大神怎么也知道我的名字？"绒绒一喜，随即又撇了撇嘴，"主人他渊然清净，和光同尘，哪里还会有俗欲。"

武罗朝绒绒伸出手，摸了摸她的头发，见绒绒一脸惊疑，又笑笑将手收回："倒也是，他如今不同了。你也一样。我当初见你时，你未曾化形，小小的一只，整天只知上蹿下跳，和青阳一起胡闹。"

"原来大神早就见过我，可惜我不记得那时的事了。"

"为何在凡间游荡，连青阳也管不住你了吗？"

"他早不管我了。我也不管他！"绒绒在那些满地乱滚、十分瘆人的人面落花之间跳来跳去。

"现在的修行之辈越来越没用。所问之事一个赛一个无趣不说，连小小要求也不能满足，今日如期返回的也就只有你们。我的宝贝花儿都看不下去了。天道已变，时势去也。"武罗缓缓朝来处走去，怀里仍紧搂着那几样宝贝。

"大神留步。先祖昊媲在投身天火之前已近乎坠入魔道，这图是她最后清醒时所绘。她曾对身边的人说过，图中描绘之地有她必须要找回的东西。可她并未言明此地在何处，也没说她要找的究竟是什么，就将所有随身之物和她自己投于天火之中，只留下这张图和一把残剑。"

"你也说了，她最后已将要坠入魔道，行事不能以常理论之，又岂可当真！"

"是！我族中几代掌事者皆如此认为。可如今白鸟氏与抚生塔难以为继，我想赌上一赌，或许能改变我族人命运之物真的与此图有关。"

"为何我见到的白鸟人都是这样冥顽不灵。"武罗回头，"我记得，一千多年前也有一个白鸟人来过我这里。"

灵鸷骤然抬头，眼睛一亮："他可是身负烈羽剑？"

"没错，那时在他手中的烈羽还是一把断剑。"

"他是……是我恩师！可我从未听他提起曾有幸得见神武罗。"

"他不想你知道，自然有他的道理。"武罗的眼睛仿佛看穿了一切，却未点破。她对灵鸷说，"白鸟人里，你'恩师'算是难得有趣的一个。他说但求自在，如今可曾自在？"

灵鸷良久方道："他很好。不知他当时所问何事？"

"白鸟小儿，你的问题太多了。"

"那就请武罗大神告知我掌中之图究竟指向何处。"

"不知则不伤，你可明白？"武罗面上竟有淡淡哀怜。

灵鸷单膝跪地。

武罗无奈，仰首望向天际。天高月冷，皎皎无情。

"你掌中之图乃是朝夕之水，就在孤暮山北麓。当年的大战自孤暮山而起，祸及昆仑墟，最后却终结于朝夕之水。可见昊媖她最后还是放不下那些陈年旧事……"武罗说罢，目光巡于灵鸷、时雨和绒绒之间，又道，"那山水之间不知葬送了我多少故人，当中的封印或已修复，也不知如今变成什么样子了。"

"封印该如何破解？"灵鸷困惑。

武罗笑道："天命所向自有道理。去吧，我已说得太多。欠我的琅玕之玉，下回定要补上。"

长伴左右

"朝夕之水既在孤暮山北麓，那孤暮山又在何处？"下了山，时雨问向绒绒。

绒绒坐在河边的青草地上，托腮道："我知道啊，孤暮山在西海大荒之中。传说上古之时那里曾安放着镇抚苍生的至宝，后来不知为什么，宝贝没了，天神之间还因此打了起来，好端端的祥天福地变成了现在这乌烟瘴气的样子。可是传说终归是传说，亲眼见过孤暮山的人少之又少。西海大荒广袤无垠，谁知道它到底藏在哪个角落？！"

"我倒想去那里看看。"

"你没听武罗大神说吗，山中始终有封印在。就算我们真的在西海大荒找到了孤暮山的所在，又该如何进入其中？"绒绒没那么多顾忌，大咧咧问，"灵鹫，你一心要找朝夕之水，可找到了之后又当如何？"

灵鹫立于水畔，周身金玉环佩在夜风中其声琮琤，反将他的沉默衬得更加突兀。

"你还是不信任我们，所以不肯告诉我们你在找什么！"绒绒心领神会。

"我也不知道。"灵鹫看着水面道，"当年逆神于孤暮山作乱，先祖昊媄率领族人与天帝并肩作战，最终平定了战祸。白乌在那一战后便离了本在聚窟洲的故土，举族为上苍镇守抚生塔。这既是白乌之责，也是白乌之困。天火和神器日渐衰减，抚生塔内的力量却在复苏，我族人耗尽所有，尚不知能支撑到几时。我想要找到化解白乌困境的法子，然而我所能凭借的唯有此图，连这次外出游历也是背着长辈私下行事，回去多半要受责罚。但无论如何我仍要一试。"

绒绒和时雨自遇见灵鹫后，还从未听他说过那么多话。他身手惊人，心性坚忍，他们对他的畏惧之中带着好奇，还有对强者天生的驯服，不由自主地追随其后，哪怕他极可能是个初出茅庐的小儿。

此时他们才知他也有懵懂无助的一面。

"白乌氏的昊媖大神是孤暮山一战中少有的能全身而退者，早听说她是顶顶厉害的人物。她看得极重的东西，一定有她的道理。"绒绒专挑好听的说。

在灵鸷心中，面戴三头玄鸟面具、手执雷钺、公正威严却又令众神皆惧的天神昊媖是他自幼敬仰的对象，身为大族长的她也象征着白乌氏曾经煌煌荣光的过往。然而孤暮山一战之后，昊媖便幽禁了自己，寸步未离抚生塔，如今已无人知晓她为何会在痛苦和疯魔中不得善终。

"抚生塔中到底有什么？"时雨抬头问道。

灵鸷缄口不语。

"是孤暮山一战中落败者，还有自混沌初开以来获罪于天的大神们的元灵。"绒绒替灵鸷答道，"元灵如杯中之水，我们这些修行之辈所谓的长生，不过是让这水不漏不盈，方不会主动湮灭。若有外力打破了这种平衡，水少则衰，水涸则亡。而真神手中无杯，他们与天地共生共存，万劫不灭，没有什么可以摧毁他们的元灵。即使受到重创而陨落，只要天地尚在，他们必能重生。对他们施加的天罚只能将其镇压，而不能使之消亡。抚生塔一定就是用来困住这些棘手的元灵。"

她说完忍不住咂舌，抚生塔下的不尽天火有炼化元灵之力，昊媖投身火中，便会如塔中逆神一样一遍一遍经历在痛苦中焚尽的过程。

"究竟如何，我们去西海大荒一探便知。"时雨思量之后说道。

灵鸷看了过来："你们走吧，别再跟着我。"

"这怎么行，主人之忧即……"

"够了。"灵鸷打断了时雨，"你们于我而言只是累赘。"

他说得平淡，甚至并无嘲讽之意，只是陈述心中所想。时雨和绒绒对他刚刚生起的那一丁点怜悯顿时如霜露般碎去。

一缕殷红色的流光无声自灵鸷伞尖溢出，游走于月光下，看来既哀艳又诡异，顷刻钻入时雨天灵之中。

灵鸷说："那一半元灵我已还你，你可以走了。"

"依武罗所言，孤暮山设有封印。时雨愚钝，兴许于此处还有点用。"时雨过了一会儿才反应过来，像是赌了一口气，咬牙道，"主人将我视作卒子便可，若有拖累，随时舍去。我绝无怨言。"

"你为何要如此？"

"玉簪已死，其仆从尚在。况且还有仲野和游光，他二人与玉簪一向交好，今夜碍于主人神威不敢出手，日后必不会轻易放过我们。鬼市是回不去了。我孤身一人，浑浑噩噩游荡于天地间，还请主人垂怜，许我陪伴左右。"

灵鸷盯着时雨那张稚嫩明媚的面孔，似乎在判断他的话有几分可信。

"时雨跟你走了，我也要同去。反正这长安城我也待够了。"绒绒笑得没心没肺，"我是有可能拖累于你的，但我知道你不会弃我们于不顾。"

灵鸷不予置评。

"玉簪最后一击化为血雨，我明明躲不过去，你为什么要舍身救我？"绒绒问。她从草地上捋了不少金簪草的花球，故意顺着风往灵鸷的方向吹。灵鸷身后的时雨暗自戒备，唯恐这轻薄无根之物在不解风情的白鸟人那里又化作利刃返回。

嫩黄色绒毛随风飘荡，在将要靠近灵鸷时似触上了无形屏障，无声坠于他足下的青草地。灵鸷漠然道："我并未舍身。他的蛇毒禁咒伤不了我，你就未必了。我讨厌看着毛茸茸的家伙变得皮焦肉烂。"

"别不承认，你定是有几分喜欢我的。"绒绒涎着脸凑了过去，"答应我，下次英雄救美，切莫再将佳人抛挂于树梢上了好吗？"

灵鸷皱眉，却也未躲避于她，过了一会儿才将她蹭在自己手臂上的脑袋推开："我救你，或许……是因为我族中并无你这样的女子。"

时雨看不下去，只后悔未能设障将绒绒也弹走。他一边鄙视绒绒，一边又忍不住效仿，赧然一笑，欲上前道："那主人族中可有我这样的儿郎？"

"没有。就算有也活不到现在。"

他尚在一臂开外，灵鸷手中的伞光芒渐盛。时雨惜命，不敢再动，羞惭委屈之情溢于言表。

绒绒却"扑哧"一笑，又说道："灵鸷，其实你才没有看起来那么凶恶。要我说，鬼市里的夜叉和蛤蟆精也并不是被你所杀。"

灵鸷想起了蛤蟆精从他手中骗得一截不尽之木后，和夜叉为争夺赃物大打出手的丑态，不由得有些厌恶。

"他们的元灵确实是被我所收。"他扫了绒绒一眼，"若有必要，我对你们也绝不会心慈手软。"

绒绒毫无惧色，神往道："灵鸷，你的族人都像你这般厉害吗？"

灵鸷用手指轻拨那把油伞，伞尖的幽光也在他的指间变幻明灭。武罗说这伞是"好东西"，还提到了不少绒绒都未听说过的宝贝，但单从外观上还真看不出端倪。

灵鸷不知想到了什么，有几分怅然："我并非天佑而生。"

"这是什么意思？"连绒绒也摸不着头脑。

"既非天佑而生，便不可能成为族中最强者。"灵鸷松开手，伞尖的一缕幽光如灵蛇般游走，慢慢汇聚于他天灵之内。他脸色随即明润了不少，说与绒绒听道，"我最好的朋友刚满百岁之时，就曾在危难关头一箭重伤作乱的燎奴首领，我自问比不上他。"

"可是你要赠他魖山飞鱼鳞片的那个朋友？"绒绒深感兴趣，"他长得好看吗？"

灵鸷点了点头，忽然想起了什么，又从怀中掏出一物抛与时雨。时雨受宠若惊，忙不迭接过，一看之下，嘴角微抽，竟不知该哭还是该笑。灵鸷给他的正是那条魖山飞鱼，只不过已剥皮风干。

"你若有用，就拿去罢。"灵鸷平静道，"不用谢我，我已将它尾鳞取下。"

时雨手捧鱼脯，半晌方从口中憋出一句："时雨怎好夺主人口粮。"

灵鸷颇不以为然："白乌人以灵气为食，其余均是可有可无之物。"

若将此物奉于人面花面前会发生何事，时雨想不出来。兴许武罗大神爱食此物也未可知？

绒绒以手掩面，不知是在偷笑还是掩鼻。她在灵鸷身边转了一圈，含蓄道："你这身袍子被玉簪的血腐蚀得不像样子，味道也颇为刺鼻，不如去洗洗，换一身吧。"

"是吗？"灵鸷又低头看了看那身锦衣，竟有些惋惜，"当真不能再穿？"

绒绒想笑，又有几分动容，轻声道："无事，我日后定会找来更好的衣衫送你。"

第十一章

雌雄莫辨

　　灵鸳走到远处脱去外袍，跃入水中。潏河水深湍急，片刻间已难觅他的踪迹。

　　绒绒又飞身坐到了那棵大柳树之上，柳枝柔软，她也随着枝条在风中摆荡。

　　时雨说："你这样看去很是像一只柳精。"

　　"时雨，我有些想念昆仑墟了。"绒绒不再谑浪，语气中也有了轻愁。

　　"那你回去便是，你主人尚在，终归和玉簪不一样。"

　　"我不回去。走的时候我便已立誓，死也要死在外头。只是……方才灵鸳竟让我想到了昆仑墟上的那人。"

　　时雨当即嗤笑："你也不怕折煞了他。"他做好防备，确认水中的人不会听见自己的言语，方又说道，"多思无益。来，我打个谜语让你猜猜：'从不离水，摇头摆尾，鳞光闪闪，满身珠翠'——你猜是何物？"

　　绒绒叹道："我看你皮又发痒了。无怪乎他那样对你，真是活该！"

　　时雨席地而卧，头枕一臂，另一只手中折了朵野花，那花在他手中变幻出千般颜色，他身下的青草地也一时繁花开遍，彩蝶纷至。

　　绒绒见惯了他用术法自娱，因灵鸳不喜，他才收敛了许多。

　　"为何非要带他来找玉簪公子。只要肯花大价钱，琅玕之玉在长安鬼市中未必不能寻到。"绒绒问。

　　"横竖好人都让你做了，我还有什么可说。"时雨懒懒道。说话间，他身下片刻前还灿若云霞的野花尽数凋零。

　　"你惯会做这等含笑递刀之事。明知道玉簪难缠，背后又有夜游神撑腰……"

"这样不好吗？让他们狗咬狗。两败俱伤最好，能除掉一个也不错。"时雨话锋如刀，"莫非你还未受够玉簪的纠缠？他落得如此下场，我高兴还来不及。"

"可你有没有想过，万一当时仲野、游光和玉簪一同出手会如何？"

"若是那样，也是白鸟人的命数！"

绒绒从树上跃下，俯身对时雨道："我不喜欢你这样对他！今后你再有此意，我不会相帮，也不会替你隐瞒。"

时雨并未恼怒，只是雪白小脸上讥诮更甚："是谁说的，纵使心中有怨，此生也只认青阳为主。"

"那是当然。我视灵鸷为友！"

"好一个视他为友。"时雨笑出声来，"你我相识六百年，这六百年里我如何待你？这才几日你就被他勾了魂去。不要以为我看不穿你们的勾当，不过是奸夫淫妇罢了！"

"小时雨，你究竟生的是谁的气？你若不服，也变个女子来瞧瞧。我看你做女子一定美貌得很！"

"我生来不是女子，就与你化形时得了一副平庸样貌那般已成定局。你再折辱于我，休怪我翻脸无情。"

绒绒眼睛一转，笑盈盈道："你说我是淫妇，我不与你计较，可这个奸夫嘛，却是未必。你知不知道，白鸟人除了能吸取元灵，驾驭雷电，还有一样非同寻常的天性……你求我，我就告诉你。"

"我为何要求你？"时雨哼笑出声，冷眼看着装腔作势的绒绒。以他对绒绒的了解，不出片刻，她只会求着他去听这个"秘密"。

他默默等了一阵，绒绒嘴里的小调仍哼个没完。她的歌声实在不堪入耳。时雨不耐道："你不告诉我，我日后怎么利用他的弱点防范他！"

歌声戛然而止。绒绒拍手乐道："这就算你求我了，我总算赢了你一回。"

"说还是不说！"时雨眼看着要怒了。

"你听好了，我告诉你这个秘密，是憋着实在难受，可不是为了让你去对付他的。"绒绒诡秘一笑，"白鸟人三百岁左右会经历成年之礼，那将是他们一生中至关重要的时刻——因为只有成年后的白鸟人方能择定性别，在此之前他们均是稚子之身，非男非女，雌雄未定。"

　　时雨惊起，手中野花也吓得掉落于草丛中。

　　未几，灵鸳自河中沐浴归来，换上了一身新衣。绒绒上前，熟稔地替他整理腰带，他也坦然接受，只是看上去对这身装扮不甚满意。

　　倒是时雨乍闻异事，一时难以消化，只觉得无处不古怪，也不敢盯着灵鸳瞧了。

　　灵鸳这身衣服是白蛟临时置办的，月白色的蜀锦衫子虽无甚特别，倒也雅致。

　　"你们白乌人是不是都不喜欢过于素简的装扮？"绒绒问。

　　灵鸳摇头："正好相反。我族中尚简，衣不重彩，连山水也无异色。"

　　"那岂不是好生无趣。"绒绒善解人意道，"难怪你在外时喜欢鲜亮衣袍。其实你穿什么都好看。"

　　灵鸳对绒绒心防已无先前那样深重，闻言竟然微微一笑，惊得正好望向他的时雨又打了个寒战。他说："我离开小苍山后，才知道外面竟如此热闹。"他似想起了一些旧事，随即神色黯淡下来，那丝极浅淡的笑意也敛去了。

　　"你的族人都会如你一般外出游历吗？为何我许多年未听闻过关于白乌氏的踪迹？"绒绒替他拂了拂衣襟，直起腰来。

　　灵鸳对族中之事也不欲说得太多，只道："从前是的。可最近这千余年以来，除了我恩师，就只有我。"

　　"敢……敢问主人高……高寿？"时雨小心翼翼问道。

　　面对时雨突如其来的口吃，灵鸳莫名其妙地瞥了他一眼："一百九十七岁，如何？"

　　"时雨愚昧，不知这个寿数在主人族中算是何等年华？"

　　"白乌人一百五十岁之后形貌便与凡人弱冠之年无异。况且你我长生之辈，以年岁相论岂不可笑。"灵鸳反问时雨，"你且说说，你又几岁？"

　　时雨老实道："我得见天日至今大约一千一百年。此前在蒙昧中到底过了多久无从计算，想来时日也不短。"

　　"就算你一千一百岁……为何还是这般样貌？"

　　灵鸳话语里直白的嫌弃令时雨羞愤不已，不觉臊红了脸。他活了那么久，还从未有人瞧不上他的皮相。

　　绒绒好心，替时雨开解："时雨灵窍初开便是这般模样。他若不是灵魅，那么据我揣度，应是生于胎气所化的结界之中。不知何故母体已散形，唯独胎气不散。

说来他也可怜得很，孤身在结界之中不知过了多久，周遭无形无器无物，如天地未开，唯有母体残存的几缕灵识片段为伴。他的本领也是在那时学会的。"

灵鸷也是头一回听闻这种育化方式，不过天地之大无奇不有，他也不觉有何不妥，只问："你是如何出的结界？"

"我也不知。"时雨还有些别扭，虽不敢造次，语气却略有些生硬，"出来了便是出来了。"

"名字也是他自己取的。"绒绒笑嘻嘻地逗他，"是不是啊，小时雨。"

她故意着重于那个"小"字，时雨凉凉扫了她一眼，躬身上前对灵鸷说："我初出结界之时，站在寒潭之畔，一霎天边雨过，那是我初次感应到天地之物——故名'时雨'。"

灵鸷颔首不语。

时雨离灵鸷近了，想起绒绒之话，再看他时仍觉诡异万分。

世间近百年来素有女子着男装之俗，即便贵族仕女出游，身着男子袍衫、束发、踏靴，甚至佩刀剑者均不罕见。鬼市初见灵鸷，他那一身打扮太过招摇，形貌也偏于阴柔，时雨不是没有想过他可能是女子假扮。可是见过灵鸷光裸的上身之后，时雨就彻底打消了这种疑窦。哪里会想到身为天神遗族的白乌氏竟有如此古怪的血统。

此时在他眼前的灵鸷已无锦衣炫目，长身玉立，眉目飒爽，肤色冷白中隐隐有幽蓝之色，在时雨看来说不上多美，却也并不鄙俗。

少年人面相往往雌雄难辨，然而以灵鸷心思之坚忍，行事之果决，身手之凌厉，甚至是他对待绒绒和时雨判若云泥的态度……纵是明白此时的他既非男子也非女子，时雨还是认为他更偏向于前者。

时雨对灵鸷好奇到竟有些心痒难耐，一想到日后也难有机会再遇上其他白乌人了，他后悔那日没能眼疾手快地一探究竟。

"你看什么？"灵鸷皱眉道。

时雨狼狈移目，绒绒怕他露了形迹，笑道："你可不要问我活了多少岁，我不记得了。"

"青阳君是你主人？"灵鸷问。

绒绒摸着垂在肩上的发缕，点头："算是吧。时雨不忘走出结界时那场雨，我初生时却只记得他。”

“为何离开，他待你不好？”

“大概……还是昆仑墟太过冷寂了。武罗大神说得对，我毕竟没有天神的心性修为。”绒绒说完，又变作了欢快模样，“你们白乌氏这样的远古部族，一定也有许多珍奇灵兽吧，可有比我美的？”

“你并没有多美。”时雨点破。

“你美，可你却没有我这般毛茸茸。”绒绒气急败坏地嚷嚷，“我这就去找琅玕之玉来敷面。”

灵鸷想的是族中这些年来气氛日渐肃杀，休说是豢养灵宠，便是初生的孩儿也不多见了。

“我无须用毛茸茸的兽形来讨人欢喜。”时雨还在和绒绒斗嘴不休。

灵鸷忽然心中一动，再看向时雨时也温和了不少。

“你变个毛茸茸的给我瞧瞧。”

时雨以为自己听错：“不……不知……主人何意？”

“你不是善幻化？”灵鸷颇有耐心地重复了一遍。

时雨如蒙奇耻，小脸一仰：“主人不如杀了我吧！”

“我不杀你。只需再取你元灵，或可送你重返母体之中。”灵鸷毫无慈悲之意。

时雨疑心他对玉簪一事的底细早有察觉，也知他不喜开玩笑，可……

“时雨，区区皮相有何足惜！你不也说过，一旦认主，万般皆为主人所有？”绒绒心知时雨是断断不肯死的，只不过放不下颜面。

时雨心一横，水畔出现了一头巨大文豹，皮色油亮，凶猛矫健。

灵鸷以伞拄地，盘腿而坐，说：“再变！”

文豹顷刻化为火红朱雀。

“再变！”

时雨只得依言照做。不过他亲身幻化出来的不是狞猛异常的虎豹虬蛟，便是孔雀凤鸟等美貌灵瑞之物，灵鸷均未看在眼里。

“主人莫非要我变作王八才肯满意？”最后时雨以猞猁之身高声抱屈。

夜风中传来“桀桀”笑声，一黑影贴草丛而过，又魅魅般无声飞远，没入远处山林之中。原来是一只夜鸮自草丛捕鼠果腹。

"就这个吧。"

时雨如鲠在喉，自知多言无益，默默变作了夜鸮模样。不过与方才那只灰扑扑的凡鸟不同，他通体雪白，唯独双目金澄。

灵鸶摸了摸下巴，朝他伸出手。时雨知趣，展开羽翼飞至灵鸶臂上。

"雪鸮？"灵鸶用指尖轻刮他锋利的喙，"倒是一只俊俏的畜生，远胜你从前形貌。"

时雨哀莫大于心死，然而于死灰之中偏有一念残存——这还是灵鸶头一回对他吐露赞赏之语。雪鸮低头缩羽，默默栖在灵鸶身上。

"夜鸮素来都是夜间出没，时雨这一身雪白看似不合时宜，却与灵鸶你锦衣夜行的风范颇有共通。主仆同心，好得很呢！"绒绒喜滋滋地去逗弄时雨，还未摸到他的羽毛，险些被他啄断了手指。

第十二章

玄陇山神

　　既决意要往西海大荒之地而去，临行前时雨回了一趟鬼市。不过才隔了几日，从前门庭若市的绒绒家酒肆已人去楼空。正如时雨所料，整个宅院里里外外一片狼藉，如遭受过洗劫。不知是玉簪手下的众喽啰上门来寻仇，还是贪财寡义的仆从所为。好在时雨对此地并无眷恋，也不将身外之物看在眼里，只依绒绒所托拣了几件她事先藏匿好的"宝贝"，无非是什么思无邪、瑶草等无用之物。

　　出门时他忽又想起一事，不情不愿地在鬼市中挑了两身华贵不俗的锦衣带在身上。

　　他们离了长安城，沿陇关道一路西行。此行路途遥远，灵鹫倒也没有心急火燎地赶路。解开朝夕之水的秘密固然重要，可游历山川也是他心中所愿。俗世间百十年的光阴于白乌氏和抚生塔而言不过只是须臾，但他心里明白，若日后回了小苍山，他再也难有这样的时机与雅兴了。

　　时雨屈服于灵鹫淫威，大多数时间都以雪鸮的形貌随行。绒绒仍是绿衣少女的形貌，优哉游哉地陪灵鹫一路走一路看。

　　除去对锦衣华服的偏爱，灵鹫在其余起居行止方面颇为随意。时雨有心讨好，可无论是邀他去赏皇家汤池，还是品尝人间异馔，他都不是很感兴趣。他又不喜时雨擅施结界，滥用术法，于是穿行于莽林山野之间，日晒风吹、草行露宿都是常有的事。

　　时雨虽不受风霜侵扰，然而他在这数百年里过惯了精雅的小日子，一时间颇为苦恼。一路过了扶风、岐山，终于行至玄陇山一带。那夜山中骤遇大雨，他便趁机提议找个好去处暂避一二。

灵鸷不以为然："这点雨何须躲避。"

时雨说："主人一路以灵为食，想必有些腻烦了，歇歇脚、打打牙祭又有何妨？"

时雨已看出来了，灵鸷的伞尖凝聚了不少元灵之气，不知是原本就存蓄于其中，还是那些丧于他手下的生灵所化。只不过他也并非不能饮食寻常之物，诸如肉脯、炙肉之类他就颇为喜欢。

灵鸷似有松动："也好，我们去找个山洞，你捕些老鼠来烤了。"

时雨心中叫苦不迭，他生性爱洁，即使化作雪鸮，最烦恼之事也是灵鸷让他捕捉蛇鼠虫雀。他拍了两下翅膀："我跟随主人不敢言苦，不过绒绒乃是女流之辈……"

"什么？"绒绒正拿了片阔叶接雨水玩耍，闻之一脸茫然。然而毕竟有六百年交情在，她将阔叶顶在头上，附和道，"没错没错，我也累了，这次就听时雨的吧。"

灵鸷不能理解为何女流之辈更容易疲累，但也没做无谓的坚持。这一路行来，他自天地间感应到的灵气渐胜以往，竟隐隐有枯木逢春之态，这异象令他大为惊奇。玄陇山以钟灵毓秀著称，在此间暂时安顿下来，或许正可探探究竟。

时雨将他们带到了山中一险峰之下，找了棵巨树，摇身变回人形，又将不久前猎到的一只七彩雉鸡脖子拧下，悬挂于巨树枝头。山鸡断颈处鲜血喷薄而出，尽数没入了树下的黑土之中。

少顷，被鲜血湿润的黑土冒出阵阵白烟，一人自烟雾中现身，朗声道："有贵客到了！"

时雨伸手驱散缭绕到灵鸷身前的烟雾，皱眉："你出来便出来，摆这些没用的阵势做什么？一股子土腥味。"

"既是贵客登门，我这不是怕失了礼数吗？"那人自己也在烟雾中打了个喷嚏，又笑道，"时雨今日怎么想起了我？"

"赶路途经此地，惦记着你的好酒，正好过来歇歇脚。"时雨说。

那人见时雨身旁有两张生面孔，上前一步，行了个迎客之礼："在下玄陇山山神罔奇。不知……"

时雨清咳一声："这两位乃是我的……同伴。"

他爱面子，"主人"二字在旧友面前实在说不出口，话毕心里不免有些惴惴，不敢去看灵鸷。

灵鸷并未理他，只朝罔奇点头回礼："叨扰！"

"我久闻山神多豪富，这下真要开开眼界。"绒绒一脸雀跃。

这山神罔奇身材高大，满面须髯，面庞微红，长得甚是憨厚粗豪，一如寻常猎户。

"哪里哪里，三位快请进。"他说话间，巨树后的山壁上一扇石门缓缓开启。

几人进了山门，石门在身后合上。走过一条平整的拱顶石道，眼前俨然是间气派堂皇的厅堂，一股酒香扑面而来。已有好些个异人三三两两聚在一处，饮酒吃肉取乐。

"山神大哥的宝地还真是热闹。"绒绒四下打量，此处深藏于山腹之中，但四壁、顶上嵌了许多发光的晶石，照得这富贵洞府通明如白昼。她早听说山神、城隍、土地的住所常有各路神仙妖魔下榻，与世间官驿颇有相通之处，因此见了这许多人，她也并不惊奇。

"承蒙各路朋友不嫌我山中寒陋，在下自当款待周全。"罔奇将他三人延请至一间略小的洞室之内，招呼他们坐下，"时雨，你与两位贵友稍候片刻，我亲自去备酒。"

罔奇走后，绒绒看这间洞室虽不及外面敞阔奢华，但长机琴案古朴雅致，隐隐散发奇木幽香，地上遍是珍稀的野兽皮毛，赞道："这里倒比外面还好。"

"你眼光不错，这是罔奇自己日常起居之处，外面当然比不得。"时雨坐于灵鸷身侧，自然而然地替他拂去肩头沾染的雨珠，"罔奇是我自结界中出来后遇到的第一人，我与他相交甚深。别看他只是小小山神，这玄陇山周回千余里，三十六洞、二十四潭皆归他所辖，主人可放心暂栖于此。"

"你育化的结界就在此山中？"灵鸷扭头问时雨。

"正是。主人要是有兴致，明日或可绕行到那寒潭看上一眼。"时雨见灵鸷对自己近身侍候并未抗拒，放心了许多，又问绒绒要了一方帕子，轻拭他有些湿润的发梢。灵鸷扭头时，发梢尚在时雨手中，后颈露出的一小片肌肤隐约可见墨色刺青。

时雨曾在绒绒榻上窥见这刺青的大致模样，当时一味好奇，如今再想来，那狰狞的三头之鸟和皎白柔韧的腰背竟让他心生惶惑。他知道这刺青碰不得，可碰了又当如何？想着想着，也不知哪里借来的邪胆，他鬼使神差地以指尖轻触灵鸷后颈。肌肤相接的那一霎，墨色刺青登时火光蒸腾，时雨的手也如被烈焰猛灼，闷哼一声撒手后仰。

"你又来找死！"灵鸷厉声呵斥。

"嘘，你们听！"绒绒低声提示道。她本为兽体，耳聪目明。灵鸷也是五感异常敏锐之人，当即屏息，外间的喁喁交谈之声变得真切了起来。

"……你们可有听说，长安鬼市近日不太平。不知哪里来的什么白乌氏后人，竟将许多厉害角色的元灵给吸干了，就连玉簪公子也未能幸免。"

"啊，可是那向来目中无人的三头蛇玉簪？"

"可不是！鬼市中小有名气的一间酒肆也被那白乌人捣了去。他不但将酒肆劫掠一空，还欲对女眷行不轨之事。青丘狐阿九你们都听说过吧，好端端一个美貌小娘子，就是因为不肯从了那白乌人，被活活欺凌而死。旁人看不过去上前阻挠，不是被打成原形，就是险被吸走了元灵，连幼童小婢都不放过。"

"听闻白乌人长得鸟面兽齿，蓬发黥面，形貌凶恶异常，也不怪女眷们抵死不从。不知他是何等来路？"

"你们竟不知白乌氏先人曾替天帝行刑，众神都要让他三分。如今大神们撒手归寂，我等苟延度日，这些恶徒却还能四处横行，不知天理尚在否！"

"不是还有青阳君在吗……对了，此次灵气复苏，定是青阳君仁爱，施法泽被万物。"

"青阳君又如何，他高居于九天之上，何曾知晓你我修行之苦。我看他迟早也要去了归墟。"

"此言差矣……"

外间仍在争论不休，他们都没有兴趣再听下去。灵鸷支颐，似陷入了沉思，连一旁正羞愧不安的时雨也顾不上理会。

绒绒欲言又止。

灵鸷忽而问道："何谓不轨之事？"

"……"绒绒万万没想到他会问这个，厚着脸皮回答说，"这个嘛……就是我在你身上未遂之事。"

灵鸷又思量了片刻，忽然冷眼看向满脸颓唐的时雨："孽障，你下次再敢对我行不轨之事，休要怪我手下无情。"

时雨张口结舌，爬起来跪行一步："我没……我，我只是……"

他只觉百口莫辩，正搜肠刮肚欲为自己洗脱这莫大冤屈，绒绒又在一旁拼命挤眉弄眼。时雨这时也想到了，无论是阿九的魅惑，还是绒绒的"双修"之道，灵鸷从始至终都未曾参透其中深意。他根本不解寻常男女之事，这些冒犯只是让他心生不快，但也未作他想。时雨若强行辩解，无论是否解释得通，都只会引火烧身。

"是，我再不敢了！"时雨审时度势，低头长叹一声。

这时，冈奇领人取了好酒佳肴归来，见三人面色诡异，心知他们必是听见了什么，忙道："我这里往来的俱是山野鄙夫。道听途说之言，还请莫要放在心上。"

灵鸷的来路冈奇一时还没摸清，他这话其实是说给绒绒听的。绒绒与时雨时常厮混在一处，冈奇不曾见过她，但也知她与青阳君关系匪浅。外头对青阳君的议论仍未消停，他唯恐触怒了绒绒。

绒绒会意，大度道："没事，又不是议论于我……至于昆仑墟上的那位，他才不会在意这些！"

冈奇见她如此磊落，当即抱拳附和道："青阳君宛如高天明月，乃正神也，又岂会为这等俗事萦怀。说来也奇了，近日连我这玄陇山中也滋生了许多清灵之气，不少修行多年的木石走兽竟都有了进益，得以成形的也不在少数。所以外面有诸多传言，都说是青阳君助我苍生修行。就连修道的凡人中都有了他老人家的信徒。"

"天地间灵气衰竭已并非一朝一夕。就算是青阳君……他若有能力力挽狂澜，又怎会等到此时？"灵鸷问。

"这……我乃小小山神，岂敢妄度天意。或许是青阳君神通，借上古神物之力所为。"

"上古神物？"

这下不但灵鸷，连绒绒也不出声了。

还是冈奇打破了沉默："万物有灵，皆想修成正果。草木牲畜羡慕凡人自在，凡人又羡慕仙妖长生。纵是修得长生，在与天地共生的神明面前不过如流沙暂聚。可那些大神最后又去了何处？众生皆苦，不如恣心所欲。要我说来，这股清灵之气最大的妙处便是让山中又滋长了许多仙芝灵草，正好用来入酒。"

他笑呵呵地将几人面前的鎏金耳杯满上，自己趁机也灌了两口，压低嗓门对绒绒道："说句僭越的话，若杯中之酒不断，我连青阳君也不羡慕！"

绒绒是个不嫌事大的家伙，笑嘻嘻地尝了尝冈奇的酒，咂舌道："就是，你比他逍遥多了，酒也比他的好！"

时雨怕他们越说越不着调，笑着转移了话题："怎么不见嫂夫人？"

罔奇满脸苦笑："你前次登门已是一甲子以前的事。你那嫂子本是山下农家之女，十年前便撒手去了。唉，她死前说一生无憾，我却又落得孑然一身。我还记得，她嫁给我时不过二八年华，最喜欢跟着我到山中打猎，偏又心肠柔善，常将猎到的活物放生，我便总是故意留着那些猎物的性命……"

罔奇酒后益发思念故人，喋喋不休地诉说自己与爱妻的恩爱旧事。

绒绒最爱这些儿女情长，不由得听得如痴如醉。罔奇说到生离死别的伤心处，她的眼睛也跟着泛红，附在时雨耳边唏嘘道："想不到你这好友倒是个痴情种！"

"农家之女？"时雨讶异道，"你上次明明说嫂夫人是名门闺秀，躲避兵祸到你山中，这才与你结了一段良缘。"

"啊！哦……你记错了，那是你前前任嫂夫人的事了。"罔奇讪讪地摆摆手，大有往事不可追寻之意，"久别重逢，你我尚如当年，可是你嫂夫人都作古了好几个。这下你该体会到我的苦处了！"

山神名为"神"，实乃山之精魄所化，自然也有千秋万载的寿命。时雨好几次与罔奇把酒言欢之时，都与他的娇妻打过照面，虽只是匆匆一瞥，却也能感受到罔奇与夫人鹣鲽情深。他只知有"嫂夫人"，却未曾留意"嫂夫人"已悄然暗换了几回。

"说起你前前任嫂夫人，真是温和明理、知情知趣。这琴案也是她当年留下的，我与她一个抚琴，一个舞刀，只羡鸳鸯不羡仙……"

绒绒也没想到，这罔奇的恩爱旧事竟如话本一般，唱完一折还有一折。

时雨无情地打断了罔奇的追忆："你下回还是找个命长一些的伴吧。"

"那些山中精怪美则美矣，我却不喜。"罔奇拍了拍腿，"我平生最大的憾事就是未能赶在天地灵气尚在之时修炼出返生之术，只能眼看着心爱之人一个个在身边死去。日后我也不打算再娶了，老鳏夫就守着几位夫人的骨骸聊度残生吧。"

时雨对老友抱以同情，但终归不耐烦听那些世俗琐事。他怕罔奇兴起，又要把每一任夫人的逸事重述一遍，忙主动陪了他一杯。

时雨抿了一口酒，余光不经意看见灵鸷把玩着鎏金耳杯——这类亮晃晃、金灿灿之物想必很合他心意。他先前那杯酒早喝尽了，又默默自斟一杯，面上似有寥落之意。

"主……这酒烈得很，当心醉了。"

罔奇见时雨有意劝阻于灵鸷，笑道："我这酒入口稍烈，却无'思无邪'的后劲，有什么喝不得的？"

仆从已将菜肴摆放停当。罔奇知道时雨不喜腥荤，独爱鱼脍，因此除了呈上各类山珍，还特意为他备了鲜活的山涧鲈鱼。

"黄河之鲤，南阳之蟹，皆不如我山中之鱼。"

难得故友重聚，罔奇酒至半酣起了顽心，有意在时雨新领来的友人面前炫技，亲自动手将活鱼去除头尾，剔骨片肉。他手法娴熟，做起这一套来宛如行云流水，用于切鱼的利器明明是一把三尺大刀，落手处那鱼脍偏偏切得薄如蝉翼，轻吹可起，雪白的细缕摊于碧绿荷叶之上，煞是好看。

他命仆从将荷叶送至客人几案之上，得意道："如何？"

"玄晶刀不错。"灵鸷赞道。

罔奇胡子一抖："这光有好刀可不行，小兄弟要不要一试？"

灵鸷三杯酒入腹，霜雪一样的面颊有了红晕，周身肃杀冷硬之感淡去不少，他微微摇头。

罔奇用微醺的醉眼打量于他，心想，这时雨长得好，身边的人也如大姑娘似的。

"是我太糊涂。小兄弟这般文雅，一双手只应用来抚琴调笙，何须舞刀弄剑。"罔奇戏谑道。

灵鸷说："我的剑不用来切鱼。"

罔奇咂摸着他话里的意思，也激起了兴致，起身道："来来来，你既会用剑，我俩比画比画。"

酒后的灵鸷很是通情达理，和声道："你打不过我。承蒙款待，我不想伤了你。"

时雨看罔奇无言相对，暗笑不已。

期间有一行助兴的风情女子涌了进来，无论娇声侑酒还是媚舞相和，均有一番山野天然之趣。时雨自是不看在眼里，灵鸷却一眼看穿这些少女都是些刚化形不久的花妖木魅，也不甚感兴趣。只有绒绒盯着看了片刻，判定这些女子都不如自己天生丽质，又自顾自吃她的去了。

灵鸷看着荷叶上的鱼脍，不知如何下手。时雨替他将鱼脍与佐料调匀，低语道："这银白鱼脍搭配金色佐料，故称之为'金齑玉脍'，再佐以梅州紫穗香薷最佳。

罔奇这里佐料并不齐备，不过胜在新鲜，尤其有一味白梅，普天下正是玄陇山中所产风味殊胜，你且尝尝。"

他怕灵鸷还在恼他，姿态间更见小心恭顺。

罔奇却在挠心挠肺之中。这些花妖木魅都是他山中所造化，他自己不受用，近期过往的客人却都喜爱得很。不料这几个人看不上他的酒，也看不上他的刀法，竟连他的美人也不放在眼里。

罔奇不欲被这些自长安富贵地而来的家伙看轻了去，正想着该如何让他们开开眼界，压他们一头，恰恰瞧见时雨倾身为灵鸷调制鱼脍佐料。

时雨素来清傲，罔奇何曾见过他如此低眉顺眼侍于人前。自他们一进这山门，罔奇就在揣测他们的关系，此刻大感惊讶之余，忽而福至心灵。心道：时雨啊时雨，原来你好这一口！

灵鸷依时雨所言，将一箸鱼脍放入口中，眉头一蹙，连喝了数口酒才将那离奇的味道压制下去，继而困惑地瞧着时雨。他实在不明白，为何有人要用如此繁复周折的手段去调制入口之物，其滋味还不如炙烤田鼠。

时雨只觉酒后的灵鸷甚为有趣，他把心放回了肚子里，也含笑相对。

那些花妖木魅不知何时悄然退下，换了几个清秀童子前来，每人身边一左一右地簇拥着。

绒绒也得了两个，她很是新奇，一时摸摸左边童子的臂膀，一时又去蹭蹭右边那位脸上的胭脂，得了宝贝一般欢喜。

自那些童子靠近，灵鸷背上伞光幽荧一闪，又无声暗了下去。在他看来，这仍不过是些灵力微弱的山中精魅，无论男身还是女体均无两样。直至他们依偎上前，他默默又饮了一杯，未有动作，只是观望绒绒那边的应对，寻思着这山中的把戏和长安城又不大相同，不过都是他未曾见识过的。

只有时雨瞬间明白罔奇所想，不禁怒火中烧，正想一脚踢了那童子去，又不甘于此，捏紧手中银箸，隐忍不发。

那些童子见几位贵客都处之泰然，想当然认为都是见惯风月之辈，当下也少了顾忌，纷纷去了罩衣，只着紫红小衫言笑撩拨，还有些两两相戏，场面香艳露骨。

灵鸷本来最得童子欢喜，可他岿然不动，他们莫名有些惧怕。时雨的手无端也被人抚了两下，他倒吸口气，微微一笑。

罔奇暗喜，自己今日知晓秘辛，总算也做了一回知情知趣的老兄长。正待舒心畅饮，几个童子突然化作白骨，有的白发高髻，衣衫未朽；有的梳分鬓髻，依稀可见直裾深衣；有的只剩零散骨架，手中抱一古琴……口中均凄然作声，癫狂地朝他扑去。

"说好了奴与君长相厮守，夫君为何还不来？"

"夫君，莫让泥销我骨，虫蚁噬我之躯……"

……

罔奇惊得掀翻了身前食案，高呼："时雨，这是何意？可是嫌弃这些童子不够魁伟？"

"无耻老鬼，竟敢将我想得如你一般秽亵！"时雨将手于衣摆上狠狠一蹭，起身大骂道。

罔奇被白骨女子团团围住，打也不是，骂也不是，只得抱头逃窜而去，那几具白骨哭喊着"夫君"紧随其后。

周遭又只剩他们三人。绒绒失落，埋怨于时雨："捣什么乱，你不喜欢就说，都归我不就行了。"

她说罢，只听一声轻笑。时雨玉面含怒，哪里有心思逗趣，绒绒拧了他一下，两人看向仍端坐于案前的灵鸯，那声笑确从灵鸯处传来。

时雨和绒绒都吓得不轻，忙上前去。灵鸯嘴角兀自轻扬，说："这出把戏很是滑稽。"

他一手支额，一手握杯，面带桃花之色，眼神也略有迷离。时雨和绒绒又相互看了一眼。

"主人可有不适？"时雨惴惴问道，"我看还是莫要再喝了。后头备有雅室，不妨去歇歇？"

"也好。"灵鸯长身而起，脚步有些不稳。时雨赶紧扶了一把，他竟说了声"多谢"。唬得时雨险些也站立不稳，心道，果真是喝多了，他的酒量实在不怎么样。

罔奇不知被白骨夫人追去了何方，他让仆人给时雨一行备下的雅室只有一间。灵鸯将伞交与时雨，和衣卧于床上，合目似睡去了，鼻息绵长，周身有淡淡酒气。

时雨和绒绒心照不宣地退至屏风之外。时雨假意没看见那屏风上所绘的周穆王与西王母云雨醉戏图，罔奇的行径益发荒诞了。

"他刚才可是说这伞名为'通明'？"时雨小声问绒绒。

　　绒绒点头："他连这都告诉你，想是醉得不轻。"

　　这些时日以来他们对灵鸷的了解也有所增进。灵鸷手段了得，敏锐阔达，那些诡谲狡诈之事他是不屑为之的。他若看上去是醉了，便真的是醉了。

　　时雨挑眉一笑："既是醉了……"

　　"你要干什么？"绒绒警惕道，"我劝你死了那条心，你杀不了他。"

　　"想哪儿去了，我不过是好奇。"时雨脸一红，附在绒绒耳边悄语几句。绒绒的脸色也变得意味深长："这个嘛，我的确未见识过……你为何不去！"

　　"自然是不敢。"时雨摆出小人坦荡荡的姿态，轻声与绒绒分析利弊，"万一被发现，他也不会杀你。"

　　"可我不想他厌恶于我。"

　　"你怎知他必然会厌恶？"

　　两人又心怀鬼胎地挣扎了一会儿，都知机不可失，时不再来。绒绒毕竟见识更广，率先下了决心："你我同去！"

　　一起入了帷帐，绒绒无声动唇，示意两人齐齐出手，一探便知。

　　时雨突然想起，白乌人那处是否也会文有刺青，万一再被灼伤该如何是好？还来不及说出这天大疑虑，绒绒便抓起他的手，不由分说就朝灵鸷身下摸去。等到时雨回神，帷帐内只余他和灵鸷。

　　这绒绒虽是上界灵兽，于修炼一事却不上心，既不善魅惑之术，法术也不见得高明，在时雨眼里就是废物一只，除了坑害于他，唯有来去飘忽这一项是她所长。

　　所幸隔着衣物，上次触碰刺青时那般灼痛并未再现。时雨未及喘息，便听灵鸷叹了口气："我不愿污了手，屡次不与你计较，你为何一心寻死？"

　　时雨收手，疾跪于榻上："主人饶命，我受绒绒所托，解她心中之惑。"

　　灵鸷缓缓翻了个身，枕手侧对床外，盯着时雨的眼睛似怒非怒，似醒非醒。

　　"她还有疑惑之事？"

　　绒绒瞬间出现在屏风之上，无耻道："我虽智周万物，却不知主人衣下是何模样。"

　　灵鸷微怔，默然片刻方道："我与你们并无不同。"

　　"可我与时雨却大不相同。"绒绒见他未怒，立即打蛇随棍上，"我听闻白乌人成年之前非男非女，可是真的？"

"原来是为这个。"灵鸳语气平淡,"是又如何?"

"那日后呢,你是男是女?"绒绒激动,晃得屏风咯吱作响。

"我为何要告诉你。"

绒绒还未弄清楚灵鸳方才瞥她那一眼是否有戏谑之意,灵鸳已将眼闭上。翻身睡去前,他仿佛嫌弃时雨跪得太近,抬腿将其从榻上踹下。

时雨悲愤,脱口而出:"主人今后若为女子也这般行事吗?"

灵鸳背对他,许久方开口道:"我自然不会成为女子。我族中女子……要比男子的责任更重。"

"这又是何故?你再说说,是男是女你们是如何择定的?"可惜任绒绒怎么呼唤,灵鸳再未出声。

入夜,绒绒在屏风上打盹。时雨也裹了张兽皮席地而卧,他如绒绒一般,虽能不眠不休,可长此以往仍会感到困倦。半醒半梦间,忽而传来几声低语——"少主醒来,少主醒来!"

"谁!"时雨惊起,四下阒然,唯有灵鸳极其轻缓的鼻息和绒绒的小呼噜。

低呼声哀切纷杂,似在耳边,又似由心而生。几个细长黑影自墙角悄然滋长,飘忽浅淡,并非实体,可雅室中所悬的萤石之光也无法将其穿透。

若论知觉敏锐,无论灵鸳还是绒绒都在时雨之上,然而此刻他二人均未觉察异动。时雨知道自己多半进入了这些影子布下的迷障之中,可神志却无比清明。

"为何叫我少主?你们到底是何物?"

影子不答,径自伸展拉长,朝时雨迤逦而来。时雨是仙灵之体,何惧鬼魅,可这影子远比鬼魅阴邪,只是逼近,已让时雨遍体生寒。

影子是一团黑色混沌,并无四肢五官,时雨脑中似有陌生呢喃耳语,一声声凄入肺腑——"少主,少主……"

"我说过多少遍了,我不是你们少主,不要再纠缠于我!"

时雨见影子似乎有意要附于他身上,连忙凝神抵御,一轮无形屏障笼罩周身,随他意念增长,那屏障的淡淡金芒向外扩展,欲驱散影子和那股森寒之意。怎料就在金芒与黑影接触之际,黑影非但没有退却消弭,反而瞬间迎上,与屏障交融为一体。

时雨想撤回屏障为时已晚,整个人动弹不得,心神似被摄住,无数意识片段如触手钻入他灵窍之中。

"时机已到，玄珠可出矣！"黑影的低语变作了尖利的呼啸，浑似利器剐蹭于金石之上。

时雨避无可避，欲呼无声。什么玄珠、什么时机，那些片段是谁的记忆，他究竟要记得什么？为何他的抵御在黑影的侵袭下非但无招架之力，反让对方有了可乘之机……不待他收整心神，理出头绪，他所感受到的痛苦突然被更深的恐惧取代。那恐惧无比真切，却非他本心所生。

"不好，土伯已至！"黑影在时雨灵窍之中翻腾哀号。

一只满是血污的巨爪自地底探出，不费吹灰之力就将那些个黑影攥在掌心。时雨和黑影之间的胶着相连并未全然截断，元灵中有一部分似乎也被巨爪所擒。罔奇洞府中的雅室不复存在，灵鹜和绒绒也不见了。蒙昧之中，时雨看清了那巨爪的主人，竟是一个长得虎首牛身的巨大凶神，面有三目，角如剑戟，周身血污却无妖魔之气。他身后站着的两行巨人，正是不久前在神禾原打过交道的夜游神仲野和游光。

"这些虆果然在此。多谢二位相助。"凶神朝仲野、游光点头示意，信手将那些黑影揉捏成团，抛入口中津津有味地咀嚼起来。

黑影在他利齿下支离破碎，发出只有时雨感应得到的呻吟尖叫："少主，震蒙氏只剩下你了，切莫相忘，切莫相忘啊……"

时雨的血肉仿佛也被人一口一口地撕咬碾磨。他至今仍不知这些黑影从何而来，与自己有何瓜葛，此刻却要与他们一同经受被利齿生噬的残碎之痛。

这些影子已不是第一次纠缠上时雨。先前就有几个零散黑影在他身边游荡徘徊，想近身却未能如愿，最后悉数被夜游神和玉簪捕获吞噬。时雨不愿惹祸上身，对他们的求助不闻不问，然而不知为何，每次他都能感应到他们的惨呼，心中也似有隐痛。

凶神品尝完毕，将已然沉寂的黑影残片往腹内吞咽，时雨无法抽离，心知不妙，整个人似被一只无形之手生拽着坠入万象幽暗之中。

这时，微光自幽暗的另一端亮起。那微光吸附着时雨飘摇如孤舟的一缕元灵，将他强行往回路牵引。时雨被两股强横的力量拉扯着，两头非岸，生死无门。

正僵持不下，微光那一端如有强焰迸发，时雨于极亮处双眼一黑，再恢复知觉时，眼前渐次清晰的是在萤石映照下活色生香的春宫屏风。周遭一切如故，没有黑影，也没有凶神和夜游神，只是额头甚为疼痛，多半是惊醒时磕到了榻上。

"时雨你干什么呀，睡个觉也不安稳。"绒绒不满地嘟囔。

灵鹜坐在床沿，用足尖拨弄时雨的脸，看清后方道："扰人清梦，真是该死！"

时雨从未觉得灵鸷那张冷脸如此可亲，强撑着爬起，恨不得抱着他双腿痛哭一场。

"可是主人出手相救？"

"下去！"

时雨百味杂陈地从榻上退下，灵鸷又重新躺回枕上，问："是何物？"

"什么？"

"是何物让你入了迷障？"

尽管灵鸷不喜时雨，但他心里很清楚，以一个来路不明的"灵魅"而论，时雨修为不浅，灵力超凡，又有"摄魂幻境"之术傍身，如无通明伞在手，连他都有可能着了时雨的道。

灵力强盛者很难被他物所迷。灵鸷杀得了时雨，却没办法令时雨迷失心神。时雨刚才坠入何等境地，灵鸷无法窥见，他只知时雨的一丝元灵被不知名的力道拖曳着往极阴寒之处而去。这种抽取元灵之力又与白乌氏的手段大相径庭，时雨仿佛与某种力量缚为一体，一损俱损。灵鸷从未见识过这种术法，借助白乌之力方将时雨逸失的元灵召回。

"我也不知。正睡得好好的，忽然钻出来几个鬼影，险些将我勾入一只三目虎头的凶恶怪物腹中。"时雨惊魂未定。

"三目虎头？"

"那怪物头上还长有利角，以巨爪伤人……"

"土伯！"

绒绒和灵鸷异口同声道。

"正是！我听那影子提过'土伯'二字。"时雨说。

灵鸷一听翻身坐起："土伯乃幽都守卫，为何要伤你？"

"主人与那怪物相识？"

"白乌司神，幽都掌鬼，一南一北，素来井水不犯河水。"灵鸷见时雨不像说谎，疑惑道，"你非鬼物。幽都派出土伯，难道是为了你说的那些'鬼影'？"

"'聻'是什么东西，主人可听说过？"

灵鸷摇了摇头，他对幽都所辖之事知之不多。

"'人间赛白泽'在此，你们为何不问我？"绒绒揉着眼睛，翘足于屏风之上，"'人死为鬼，鬼死为聻'，这你们都不知道？"

"鬼死为聻……那我见到的黑影都是鬼死所化？"时雨喃喃道。

"你以为什么鬼死了都能化聻？只有'真人'死去之后又被人强毁三魂，剩余的强烈的怨气在极阴之地凝聚，才有可能化成聻这种怪物。喂，你们不会连'真人'是什么都要我来解释吧？"

绒绒得意的样子着实有些可笑。何谓"真人"，灵鸷和时雨自然是知道的。女娲造人时，她亲手用黄土捏就的人称为"真人"，引绳于泥中所化即为"凡人"。之所以罕见有"聻"出没，是因为世间已难觅"真人"。

绒绒说："上古之时，有些真人可上下于天，无论灵智还是寿命都远胜于凡人，与半神无异。如今连天神都凋零了，更不用说真人。流黄辛氏、白民之国、上古巴族、堤山氏、烈山氏……这些曾经赫赫有名的真人部族现在谁还记得。这天地，已是凡人的天地。我所知的最后一个真人部族三千年前也已经因罪覆亡。"

"震蒙氏？"灵鸷问。

绒绒未及点头，时雨将她从屏风上拽下。

"好好说话。我头都抬累了。"他面有忧色，"绒绒你刚才说，真人死后怨气不散才会变为聻？"

"没错，真人也是人。人有三魂七魄，肉身一亡，七魄自然消散，而胎光、爽灵、幽精这三魂则会在轮回时重聚。寻常真人死后还是能够重入轮回的，只不过一经转世，他们的三魂就会丧失灵慧沦为凡胎。而那些三魂尽毁的真人被迫跳出六界，天地不收，执念不散，这才是聻。"

"跳出六界轮回不好吗？"

绒绒笑话时雨："傻子！你可知'聻'视不能见，听不能闻，口不能言，五官、形体都会消失，只是一缕执念不散，除去痛苦之外一无所有，还会被幽都看守捕杀，或被其他妖魔吞噬，这可要比坠入轮回或者散魂而死凄惨多了。"

"什么执念方值得如此？"时雨想起自己的元灵与那些黑影交融时体会到的阴森和绝望，黯然道，"若如你所说，被人吞噬永不超生倒是他们的福分。"

绒绒仍有些想不通："那些聻找上你做什么？你何时变得这般无用，竟然会被区区鬼物所迷！"

"你知道什么，我……"时雨想起方才元灵与那些聻融为一体的异状，脑子混乱无比，竟不知如何开口反驳。

"好了！"灵鸷躺倒，以手覆眼，"我还有点头晕，你们休要聒噪。"

待到灵鸷酒醒后，他们在罔奇的山神洞府仍停留了数日。罔奇不知对时雨是有求还是有愧，只管好吃好喝地侍候着。绒绒把罔奇层层叠套的宝库都参观遍了，山中景物也尽数游毕，连那些美貌童子的陪伴都变得无趣。她明里暗里催促过几次，该动身了！非但时雨不理会她，灵鸷也并不心急。他们一个整日化作雪鸮昼伏夜出，一个喜在山中如老僧入定般静坐，差点没把绒绒闷出病来。

正好罔奇领了绒绒去"拜访"了他前几任夫人的骨骸。那些"白骨夫人"都被罔奇完好存放于不同的洞室之中，洞室陈设一如她们在世之时。每次罔奇想起了某一位夫人，就会陪在她骨骸之旁与她说说话，缅怀往昔。

那些用一生陪伴过他的女子，他每一个都铭记在心，每一个都用情至深。

绒绒也说不清罔奇到底是深情还是花心。反正无所事事，她变着花样替那些骨骸梳妆打扮，哄得罔奇心花怒放，赠了她不少宝贝。

入夜后的山林喧嚣其实远胜于白日。除了鸟兽穿行、枝叶暗动，还有饿蛟在涧中搅动池鱼，野狐披戴骷髅参拜北斗，瘴祟化作黑雾捕食小兽，幼体的木魅花妖轻灵翻飞调笑嬉闹，山魈负着金银重物踽踽独行……

时雨栖身于山中寒潭边一块巨石之上，风过林梢，拂动他身上雪白翎羽，也送来万物于黑暗中潜伏挣扎、吐纳生长的声音。他发现习惯了化身雪鸮也并无不好，以此形貌融入山林，让他重新记起了自己并非生来就是长安城中的那个富贵小郎，也不是周游四海的逍遥散仙。他曾经与这山中的妖灵野祟并无不同。

　　一只小小雀精对俊俏的雪鸮颇有兴趣，扑扇着翅膀在他身边缭绕不去。雀精多半刚刚开了灵窍，通体笼罩着玉色柔光，还远远未到修成人形的地步。时雨嫌它吵闹，却也懒得花费心神去驱赶，心道若这家伙不识趣碰到自己的羽毛，再去收拾它也不迟。

　　想到这里，时雨忽又怀疑，灵鸷对待他是否也是这样的心态？他越想心中越不是滋味，竟没留意那雀精是何时没了动静，周遭陷入了一种诡异的寂静之中。时雨扭头，水边已多了一人，锦衣旧伞，正是灵鸷。

　　片刻前还欢脱不已的那只雀精正在灵鸷指尖瑟瑟发抖。

　　"这几日山中灵气增长，想必正中主人下怀。"时雨变回人身，施施然行了一礼，盘腿坐在石上。

　　灵鸷看向手中那惊惧欲死的小东西，它方才还试图靠近时雨吸纳一点灵气，突然有更强的所在，又不知死活地朝灵鸷而来，等它觉察到危机为时已晚。大多数精怪都是如此，无好无恶，凭借一股本能，或趋生，或赴死。

　　雀精望向时雨，勉力发出了一声哀鸣。灵鸷觉得有些趣味，挑眉对时雨道："这位也是你的旧友？"

　　"主人说笑了。且不说这无端冒出之物叫人生厌，即便是时雨故交，能为主人所用，也是它的造化。"时雨微微一笑，面如美玉，心似磐石。

　　灵鸷面上似有一丝嘲弄，弹指挥手，让那雀精去了。雀精周身瘫软，掉落草丛，尝试了许多次才摇晃着飞远。

　　"我还无须用这些不成气候的小东西。"

　　玉簪公子的元灵被灵鸷击碎吸入伞中之时，时雨就在一旁。赶路途中，他也见过灵鸷自通明伞中吸纳元灵。灵鸷不轻易出手，那伞中灵气想必是他出游前已有存蓄。

　　"实不敢想小苍山灵气强盛到何等地步，竟足以供养白乌一族。"时雨话语由衷，怅然中又有几分羡慕。他本未指望灵鸷回应，除去那日饮醉后，不管他和绒绒如何费尽心思向灵鸷打听白乌秘辛，灵鸷都置若罔闻。不料这时却听灵鸷语气平淡地答道："正是如此，他们才被困在了小苍山，哪里都去不得。"

　　"那为何……"

时雨话到一半又吞回了腹中，灵鸷飞身于他所在的巨石上，因风扬起的衣摆蹭过了他的发梢。

灵鸷俯瞰巨石之下的一汪深潭："所谓的天地灵气复苏不过尔尔，但这潭水确实与别处不同。这就是育化你的混沌结界？"

时雨点头，不由得也站了起来："主人果有慧眼。当年我自混沌中所出，正是在这巨石上遭遇了一场急雨。"

巨石崚嶒，其上遍布青苔；寒潭幽碧，不过十余丈见方。微风过处，水面如未磨之镜，极浅的一弯下弦月被揉碎其中。时雨最识察言观色，又说："主人可是在想，这潭水乍看之下并无异样？"

灵鸷沉默，他确实只知这寒潭灵光大盛，此外再也看不出端倪，更不知因何而起。

时雨躬身："那就恕我冒犯了。"他说罢伸手覆于灵鸷手背，见灵鸷讶然攒眉，却并未有其他动作，这才放心执他之手。

灵鸷眼前的潭水瞬间化作一轮血红。这血红之物的大小与原本的水面相差无几，圆如鸡卵，氤氲聚合，灵鸷所感受到的灵气涌动也比之前更强了百倍。血红之中尚有一核，虽无耀眼光芒，却森然玄妙，令人心中悸然。

"主人莫怪。不只是你，就连罔奇身为玄陇山神，也从未见过此物本相。"时雨的声音自身旁传来，"不知为何，自我从这结界中所出，就再也无法重返其中。无论我用什么法子，就连靠近它也难以做到。"

时雨说着，似要向灵鸷证明自己所言非虚，另一只手缓缓朝那血红之物探去。那物感应到他靠近，无数鲜血淋漓而下，其旋涡涌动更是汹涌紊乱。明明悄然无声，又仿佛有万千巨口疯狂叫嚣。

正默默旁观的灵鸷在时雨将要触碰到那物之际惊呼一声："不可！"他行动之快更胜于言辞，力扯时雨往后扑倒，时雨的大半副衣袖已悄然残碎。

灵鸷强行平复体内气血翻涌，用力甩开时雨的手，愠怒道："孽障，你当真不想活了。那物有上界封印，又岂是你能妄动的！"

时雨闭目，豆大的汗水自脸颊边坠下，似在忍受着巨大的疼痛，他过了许久方能开口："昆仑墟的封印又如何。我自此物之中育化，与它本是一体。一千多年过去了，它终于又有了动静，而我连触碰它都不能，这叫我如何甘心！"

"这封印多半在你育化之前便已存在，你能出来已是离奇，有何不甘！"灵鸷脱离时雨的手后，血红之物消失不见，眼前只余幽静寒潭。回想方才的凶险，灵鸷想不出如今的世间还有谁能将此物封印，就算是青阳君或神武罗这样的大神恐怕也难凭一己之力做到。

"我听罔奇说过，这深潭是三千年前无端出现在玄陇山中的。"灵鸷缓了过来，也不急着起身，一手支撑于身后，盯着时雨道。

天帝偕最后一批天神归寂也恰恰是三千年前的事。这意味着九天之上的主宰者终于承认这世间清灵之气一去不回，任其如何补救，颓败之势已成定局。

时雨回望灵鸷，目光清澄："不必我多说。主人既问了罔奇，又知震蒙氏。那日当着绒绒的面你虽未深究，但心中想必已有计较。"

"那些聻是震蒙氏所化。三千年前，震蒙氏覆亡，你却育化于此。你与震蒙氏到底有何瓜葛？"

"说来恐怕主人不信。那夜我被聻所迷，才知世上曾有过震蒙氏一族。我在结界中时，徐了血红混沌，唯一能感知到的是一女子的灵识片段，她在那些破碎片段中的所思所忆于我历历在目。我看见她曾在赤水边抚腹微笑，也看她诞下狰狞血球，一如方才那物，只是没有那般巨大。她流着泪叫我'孩儿'……不知为何，我知道她叫的一定是我。而那些聻口口声声称我为'少主'！"

"难道你是震蒙氏之女所诞？这不可能，震蒙氏是真人，你却是仙灵之体。更何况她盗走天帝玄珠，已被……被诛杀！"

在灵鸷年幼之时，他和霜翀受教于白乌大执事温祈。"天帝失玄珠"的故事便是温祈说给他们听的。

据传天帝归寂之前，欲将他最为珍爱的玄珠带往归墟。玄珠此前由震蒙氏一族镇守于赤水之畔，不知何故，震蒙氏拒绝将玄珠交出。天帝震怒，先后遣知、离朱、吃诟和象罔等天神前去索要。最后是象罔将玄珠带回了昆仑墟。天帝嘉奖象罔，将玄珠交给他暂管，不料临行前，玄珠再度遗失。盗走玄珠者正是当时震蒙氏族长之女。震蒙氏一族因此遭受天罚，举族覆亡。震蒙氏女临死前将玄珠吞入腹中，化为马头龙身的怪物"奇相"而死。

灵鸷犹记得，他听完这个故事之后甚为不解地问温祈——玄珠再珍贵也不过是一颗珠子，值得震蒙氏全族以命相搏？

当时温祈轻轻摸着他的头说："不过是一念生、一念死罢了。"

灵鸷听后更糊涂了，霜翀却问："大执事，白乌可会有这一天？"

温祈笑了笑，什么都没说，看向他们那一眼意味深长。灵鸷不知这是何意，他想，兴许霜翀会懂得大执事的未尽之意。

得到了温祈赞许的霜翀并没有因此而快活。灵鸷以为他是忧心族人的命运，事后曾想安慰于他——白乌又岂是震蒙氏可比的。就算那些天神未曾归寂，白乌也可一战！

霜翀却羡慕地说："灵鸷，大执事独独摸了你一个人的头。"

灵鸷不明白这有什么可羡慕的。他不明白的事还有很多。回到眼下，他设想若是换了霜翀站在这里，或许早早就看穿了时雨、震蒙氏和玄珠之间的牵连。

"难道那血红之物……就是玄珠？"灵鸶心中豁然开朗，脸上仍难掩震惊。他望向寒潭，又细细打量时雨，恍然道，"震蒙氏之女将玄珠吞入腹中之后诞下此物。你既是她的孩儿，又吸纳了玄珠之力，难怪你既无前世，也无原形，却能修成仙灵之体。"

时雨说："那些被强行注入我灵窍之中的记忆，与我母……震蒙氏女的灵识碎片有重合之处，也有些是我之前从未见过的。两相拼凑，我才理顺了一些旧事。震蒙氏是撑到最后的一个真人部族，天地灵气凋落，上天也无意护持，族人死后一一坠入沦回，活着的人多年未有生育，长此以往族中生机将会断绝，迟早也和其他真人部族一样无声无息地消亡了。三千年前，震蒙氏女意外有孕，族人皆寄望于她顺利诞下婴孩，可就在这时，天帝要收回玄珠。"

"所以震蒙氏才拒绝交出玄珠？"

"主人是知道的，玄珠中所蕴乃是九天至清之气，正是因为它的存在，震蒙氏才能存续得比其他部族更为长久。震蒙氏别无他念，只求能将玄珠留待婴孩出生之后，这是他们最后的希望。无奈天界并无垂怜之意，一再遣天神前来讨要。震蒙氏畏惧天威，将玄珠交还象罔。当夜震蒙氏女腹中胎儿便岌岌可危……"

"以震蒙氏女之力能独自盗走玄珠？"

"天神象罔常游于赤水之畔，与震蒙氏有旧。震蒙氏女苦苦相求，她临产在即，只需借玄珠数日。象罔哀怜震蒙氏一族，私下应允。谁知玄珠刚出了昆仑墟，就被离朱发现并向天帝告发，这才令震蒙氏举族被屠。"

灵鸶从地上爬起，不动声色地道："震蒙氏不但被灭族，还被强行毁去三魂，这恐怕不仅仅是因为盗走玄珠之罪吧。"

"困兽犹斗，何况是人。天神前来讨伐，族人血战而死，震蒙氏女将玄珠吞入腹中，玄珠与胎气化为一体，这才变成了主人所见之物。"时雨一脸漠然，"斗胆请问主人，若你白乌氏遭遇此劫，难道不会殊死相搏？"

灵鸶垂眸，许久方轻声道："他人如何我不得而知，但若是我做得了自己的主，必不会引颈就戮。"

"可惜震蒙氏又怎能与白乌相提并论。白乌氏是天神之后，其悍勇令鬼神皆惧……"

"别说了！"灵鸷叹了一声，朝想要起身却力不从心的时雨伸出了手，嘴中斥道，"如此不堪一击，枉费了一颗玄珠！"

时雨呆滞片刻，方抓紧灵鸷的手起身，之后便一直低头不语。灵鸷心中疑惑已解，掉头就走，别的一概不理。忽听时雨在身后颤声叫道："主人……"

灵鸷回头，时雨明澄澄一双眼中似有水光浮动。灵鸷有些懊恼，自己方才不该对这孽障一时心软！

"你再敢这样叫我，我要你好看！"

时雨又一怔，吸了吸鼻子，掏心挖肺地唤了声："灵，灵鸷！"

继而他小脸通红，竟不敢再看对面那人的眼睛，有幸错过了灵鸷如吃下了腐烂老鼠、生蛆鱼脍一般的脸色。

"谁准你直呼我的名字！"

"可是你不让我叫你主人。"

"我是要你……"灵鸷又看见时雨瘪嘴欲泣、委屈巴巴的样子，险些拔剑，"不许落泪，不许叫我名字，不许这样看我，不许问为何！"

灵鸷说完这番话，才觉得自己有气急败坏之嫌。他知道时雨和绒绒一直在背地里悄悄揣摩他的底细，尤其是时雨，稚童身躯、无邪面庞之下藏着千年老妖之心。他既不屑理会，也断不会让他们轻易拿捏住，所以从来都不假辞色。

"罢了。玄陇山别后，自是后会无期。你叫我什么都无所谓了。"说这话时，灵鸷面色已无波澜。

"主……灵……主人知我意欲何为？"时雨眼睛睁得更大。

灵鸷看向倒映在潭心的一弯残月，说道："你若无意，又岂会苦等晦朔之时？"

每月的晦朔合离正是天地间阴气最盛之时。聻乃阴邪之物，玄珠又自女体中而出，虽有昆仑墟封印镇压，可若对其有所图谋，晦朔交接是最佳时机。

"玄珠化作这等形貌后，天帝恼恨，但也无意再招回，遂令离朱、吃诟、象罔三神将其封印此。象罔知晓我存于珠中，想是留了一线生机，我才得以在珠中育化生长。"

"你还不肯说，你是如何从珠中出来的？"

时雨用残存的半边衣袖抹了一把眼睛："震蒙氏女和聻的思忆止于他们死去之时。如何出来的……我真的不知道，稀里糊涂就站在了这块石头上。莫非也是象罔所为？"

灵鸷不以为然，象罔已随天帝归寂三千年，如何管得了这些身后之事。不过他未纠缠于此，只说："你能有今日实属不易，凡事更应三思而行。"

时雨会意，幽幽道："我以往曾多次回到这里，只能在潭中看到一片血红之光，靠近即伤。唯独这一次又得见它真形，而且它确实对我有所回应。聻在我灵窍中一再地重复——'时机已到，玄珠可出'。我起初不知是何意，后来方想通，定是此次清灵之气复苏，玄珠有所感应。那些沉睡了三千年之久的聻也重新苏醒过来。晦朔之时我与聻联手，再加上玄珠本身的力量，或能冲破封印，让我收复玄珠。"

"收复玄珠，就凭你？"灵鸷仿佛在听痴人说梦。

"主人看那石头。"时雨白着一张脸，朝方才他们站立的那方巨石一指，"我自珠中所出之时，这顽石也有所感，那时便开了灵窍。如今一千一百年过去，它五感开了大半，能听能看，能有所思，感应日月风霜，时节更替，却于荒野之中不能动弹分毫，主人试想，这是何等滋味。"

灵鸷瞥了眼那石怪，石怪自青苔下悄然开了一目，又默默合上。

"我自知无用，即便有聻相助也难有胜算，然而我与玄珠相依近两千年，在我看来，此物与我母体无异！出离玄珠之后，我看似逍遥自在，一日又一日，百年复百年，长生而无为，断了来处，不知所往，又与这顽石，或是飘零世间的任何一枚尘埃芥子有何区别？"

"休要说这些废话。我且问你，可知失手后会落得何等下场？"

"大不了形神俱灭，永不超生。但我若得到玄珠，就是另一番造化了。震蒙氏全族浴血相殉方换我存活，我愿为此再搏一次！"时雨说罢，又深吸了几口气，才终于将心中那句话惶惑地问出口来，"若……若我相求，主人可会助我？"

"不会。"

"我方才还在想，以主人心性，是会断然拒绝于我，还是会说我'做梦'。"时雨惨淡一笑，"但我仍要试过才肯死心。果然主人连为我多说一个字都不肯。"

"那结界非同寻常。"灵鸷沉默片刻才又坦然道，"你还不值得我冒此风险。"

"换作是绒绒有难，主人可会相救？"时雨哽咽道。

"绒绒轮不到我来救！"

"也是，并非人人都如她那般幸运。我与绒绒同时结识主人，主人还是更偏爱于她。"

"绒绒放诞，却有赤子之心。"

"赤子之心？"时雨喃喃重复，随后一声苦笑。

他形貌如童子，但素来清高爱洁，此时方从草泽中挣扎而起，绯衣残破，玉面染污，又遭灵鸷冷情推拒，分明狼狈之至，却偏将脊背绷得更直了，咬牙撇头，不让灵鸷瞧见下颌摇摇欲坠的那一滴眼泪，故作从容道："行囊中尚有些肉脯，是我让冈奇代为准备的，绒绒心粗，主人提醒她莫要忘记了。主人喜着锦衣，我特意从长安带了两套，也放在……"

"你想死便死，为何还如此啰唆。"

"那……时雨就此拜别主人了！"

时雨躬身行一大礼，灵鸷错身避开，再未回头。

第十六章

赤子之心

　　绒绒不知从哪里找到了一只硕大的铜酒樽，费心搬到雅室之中。灵鸷以为她要大醉一场，正寻思是否该外出暂避，谁知绒绒竟当着他的面三两下除去绣履锦袜，将双足放入了酒樽之中。

　　"哇，果然舒服！"绒绒眯着眼，满足地长嘘一声。

　　灵鸷刚沐浴完毕，披散着湿漉漉的乌发，不甚感兴趣地扫了一眼。这酒樽想来是冈奇平日宴客时所用，颇有些奇特，里面的绛珠色酒浆取之不尽。绒绒略施法术，将酒浆变得温热，白生生的双足浸在其中，也是一种享受。

　　"这酒是妙物，用它浸足，可令肌肤皎洁如美玉。"绒绒搅动酒浆，笑嘻嘻地对灵鸷说，"你可要来试试？"

　　灵鸷背对着她套上外袍，反问道："为何要将你的爪子变美？"

　　绒绒撇撇嘴，忽又惊喜道："咦，这酒樽的纹饰似是离朱之目！你不知道，我在昆仑墟时最是厌烦离朱，仗着自己眼珠子多，总爱多管闲事。今日他总算被我踏在足下了，嘻嘻！"

　　灵鸷换上了一身暗金连珠纹锦袍，腰坠白玉佩，这是时雨从长安特意带来的。新衣十分合身，只是在灵鸷看来稍微寒素了一些。他本想对绒绒说，离朱乃天界看守，尽忠尽职是其本分。不知为何，话到嘴边又觉得无趣，便一径沉默着整理腰带，任绒绒玩闹。

　　绒绒习惯他如此，于是想起了时雨的好处来，把玩着发缕道："不知时雨这家伙又去了哪里，一连两日未见到他，莫不是被一只雌鸟给拐走了。"她说着被自己逗乐了，捂着嘴笑道，"等他回来，我让他也试试这酒樽，他必能变出更好的花样。"

"用不着等他。"灵鸷转身。

"哎，你这一身很是好看呢！时雨的眼光真是不错。"绒绒眨着圆溜溜的眼睛，随口问道，"为何不等时雨，他又惹你生气了？"

"没有。他只是死了。"

"死……你说什么？"绒绒的笑意还凝在嘴角，竟有些听不懂灵鸷的话。

灵鸷将一身新衣整理停当，又坐在榻上擦拭通明伞的伞尖，侧头思忖道："今夜晦朔合离，山中灵气蒸腾又更胜往常，本来他尚有机会一搏。不过入夜后，我看到夜游神朝血潭的方向去了，土伯也在。他断无生还的可能。"

"他要干什么？你知道……为什么不拦着他！"绒绒手足无措，无意中踢翻了酒樽，浓稠的酒浆倾泻而出，宛如鲜血淌了一地，"什么是血潭，时雨到底在何处！"

灵鸷沉声道："他不告诉你，就是不想让你陪葬。"

"可他却告诉了你。你明知他出事了……还有心思坐在这里！"绒绒知道灵鸷不开玩笑，他说时雨有难，那时雨的境地只会更糟。现在想想，自从做了那个奇怪的梦之后，时雨一直心事重重。时雨主意大，心思深，绒绒习惯了在他眼前做一个"废物"，面对他的异样竟不曾深究。她又痛又悔，抓住灵鸷这根救命稻草哀求道，"他到底在哪里，我们这就去找他。你这么厉害，一定能把他救下来！"

"我不能去。"灵鸷不再看她。

"不能还是不想！"绒绒又惊又悲，脸哭得皱成一团，"不成，不成！你不去我自己去。我去找罔奇。"她赤足飞奔而出，门外只留下她一声哭号，"他好歹叫你一声'主人'！我……我再也不喜欢你了！"

灵鸷无动于衷，拂去枕上一片白羽，又撕了肉脯放入口中慢慢地嚼。这东西其实也甚是无味。他还未说，他方才隐隐听到远处的山崩之声，罔奇多半也难保。

绒绒很快找到了血潭所在。她跑出山神洞府之后发现，根本无须罔奇指路，只要朝着天边血光大作、鸟兽妖灵逃散之处去便是了。她身法极其迅捷，目力也佳，百丈之外便已看清前方骇人景象。

天空晦沉无月，山林之中却凭空多了一枚如同血月之物。那物阴煞森然，也似月亮般阴晴变幻，细看却是无数黑影层层攒动覆于其上。那些黑影想就是聻了。绒绒本以为时雨是被聻所伤，可时雨此刻倒悬于半空之中生死不知，在他身侧一左一右手持十六把巨斧施法的却是夜游神仲野和游光。

他们身下的地表已满目疮痍，碎石四下滚落，土地遍布龟裂，巨大的树根裸露于外。冈奇一身血污，玄晶刀已脱手，他半跪于地，颓然呼道："既无血海深仇，几位神君就饶他一命吧！"

土伯巍然立于冈奇身后，轻蔑道："此事轮不到你小小山神插手。这灵祟小儿与鬼物勾结，胆敢毁坏天界封印……"

"丑八怪，你也配提天界！"绒绒高声大骂。她刚才终于看明白了，那些聻如百蚁覆于血红巨物之上，痛苦蜷曲却不肯脱离，竟是要以自身阴气抵消其中的天界封印之力。绒绒听不见聻发声，可她知道天界封印于他们而言更比人间炮烙之刑严酷百倍。时雨不知为何与聻灵识连接在一处，又被夜游神施法定悬于半空之中，而土伯在其后，慢条斯理地将那些聻逐一吸食吞咽。时雨挣脱不了与聻的连接，这意味着无论是聻在封印上所承受的灼心之痛还是土伯的吞噬之苦，他都将一一感同身受。

"你们枉为地神，下手如此狠毒，魔类都要甘拜下风。"绒绒面向土伯叫骂，身形却轻灵诡异地朝仲野而去。她出手极快，想要扰乱夜游神对时雨的控制。仲野始料未及，吃了她一爪，却只是晃了晃，很快稳住，八个身体之中最靠近绒绒的那两个将巨斧抛出，绒绒自知难以正面抵挡，飞身而去。

"你那点斤两，休要拿出来丢人现眼！"时雨气若游丝的声音传入绒绒耳中。他二人惯用此传声之术说人闲话，绒绒此时听他奚落，眼眶一红："你再嘴硬，以后也无机会取笑我了。"

"贱婢，玉簪的命你一道还来！"游光唤出雷电劈向绒绒，绒绒无力还手，仗着身法快，飘忽闪躲，嘴也不停："玉簪是你姘头？就他那油头粉面、一身腥臊，也只有你们兄弟俩吃得下嘴！"

"放肆，你信口胡言！"

土伯不知绒绒是何方神圣，但见她散发赤足，四处翻飞，身有九天灵气，开口却满嘴污秽，一时拿不定主意是否出手。

殊不知游光劈下这几道雷电是存了试探之意，他并不将绒绒放在眼里，不过是忌惮绒绒旧主，打狗也要先看主人。眼见绒绒几次险象环生，青阳君并未现身，游光与仲野眼神交换，心中已有定论。就算事后上神责问，绒绒也是触犯天条而死。

时雨已无力出声驱赶，绒绒还在边躲边骂："你们是不是早就打玉簪主意，好不容易等到他主人归寂，却把他变成了你二人的禁脔。"

"放屁！"

"可怜玉簪三头一尾，怎耐得你们两人十六个身子折磨，难怪他一心寻死。若他主人还在，必不放过你们这淫……"

绒绒骂得正欢，数道凌厉惊雷横空而至，其落处恰恰截断了她所有退路。绒绒畏雷，她已抱有必死之心，却不曾想到自己了结得比时雨还早，惊骇之下，她整个人身不由己地飞弹而出，重重落在了远处的古树枝梢上。

绒绒摔得七荤八素，柳腰玉足无不生疼，幸而形神完好。

这又是狼狈又是侥幸的场景似曾相识。她大喜过望，拨开覆盖在脸庞之前的头发张望，果见自己方才遭雷击之处多了一人。

灵鸷代绒绒受了那一击，看上去也有些烦躁："我从未见过如此吵闹的打斗！"

仲野和游光对灵鸷早有防备，之所以迟迟未对时雨、绒绒下手，除了碍于九天之上的青阳君，也是对白乌人存有忌惮。如今寻得正当情由，又有幽都土伯助阵，对付一个不足三百岁的白乌小儿自然不在话下。

"你当真要插手？"仲野问道。他比游光更沉着多谋。灵鸷半路出手，未必会与他们以死相拼。

不出他所料，灵鸷不答，只是抬头看向半空中的时雨，神情复杂。

土伯也有几分惊奇，瓮声开口："白乌人，你为何不在小苍山？你们大掌祝可知你在外游荡？"

"白乌之事与你幽都何干？"灵鸷掉头反问土伯。

"你胆敢无礼。就算莲魄在此，也要对我执后辈礼！"幽都和白乌氏先人曾有渊源，虽多年未有往来，但各司其职，相安无事。土伯是幽都旧人，在灵鸷面前拿出前辈的架势倒也在情理之中。

灵鸷面色一沉，却未争辩，许久方道："杀便杀，何必折辱于他。"

"你与这破坏天界封印的灵祟相识？"

"岂止相识。正是因为他与时雨、绒绒这两个妖孽沆瀣一气，为夺琅玕之玉，不但强行将我好友的元灵抽干，连残躯也被他毁尽。这白乌人好生凶残！"游光愤然控诉。

"你妍头又坏又臭，诡诈害人，杀他还污了我们的手！"绒绒尖厉的声音自远处林梢传来。

"贱婢，当心我撕你的嘴，扒你的皮……"

灵鸷听得烦躁，只求速决："你们留他一命，我这就走。"

仲野、游光各自八个头都发出大笑之声，一时笑声震耳欲聋："死到临头还敢如此狂妄，真当我兄弟俩怕了你不成。"

"他触犯天条自当领罪。"土伯对灵鸷说，"你若插手，将上界规矩置于何地？我劝你勿要令白鸟氏蒙羞。"

灵鸷沉默。土伯见他并无退却之意，疑道："你执意护他，当真与他同谋不成？"

"他不过是我一只小宠，死不足惜。可你们的手段实在令人不齿。"

土伯本无意折磨时雨，他是冲着那些聻来的，今夜震蒙氏之聻尽出，他收拾干净便可回幽都复命。仲野、游光对时雨怀有恨意，他不过是顺势而为，反正不过是区区灵祟和一群鬼物，何足挂齿。可眼下这横插一手的白鸟小儿不仅无视他的告诫，竟还敢出言不逊，毫无礼让之意。土伯不由得恼羞成怒。

白鸟氏自恃司神，几代大掌祝都是孤傲之辈，除了天帝，谁都不放在眼里，对掌鬼的幽都向来更是有几分轻视之意。

土伯咽不下这口气，一步步上前："你既胆大妄为，我便替莲魄教训于你。"

第十七章

天地不仁

灵鸶后退两步取下通明，满脸不快："我今天换了新衣，本不想动手。"

他别无所好，唯独喜爱亮闪闪的华服。上次杀玉簪时毁去的那件五彩锦袍让他心疼至今，念及回到小苍山后终日要面对那满目寡淡，他更对身上的衣衫爱惜备至。

灵鸶实在想不明白，为何每次换上新衣都要厮杀一番。

土伯却以为他轻浮托大，动了真怒，喝道："今日的白乌氏不过是抚生塔奴。莲魄平庸自负，温祈甘居人下。你们族中连能够拿起雷钺的人也找不出来，还敢留你在外放肆！"

灵鸶握紧伞柄，人还未动，一滴殷红水珠打落在他手背。时雨倒悬在他上方，只剩一缕元灵苦苦支撑，三千年修为荡然无存。

灵鸶漠然将手背置于唇边，浅浅舔舐而过，舌尖有血的腥、泪的咸，还有陌生的温热。

他想起了那日血潭一别，时雨最后对他说的那句话："可惜我无来生，否则愿以赤子之心重回主人身旁。"

"我兄弟俩早已说过，他们白乌人仗着昔日荣光四处行凶。土伯你这下可相信了？"游光火上浇油，高声喊道。

土伯张开血盆大口，又有数只鼗被他从玄珠上吸了过来，他怒目直视灵鸶，故意细嚼慢咽，发出"咯吱咯吱"之声。时雨在此等折磨之下，只有垂下的指尖还在对抗痛楚，不时微微一颤。

罔奇再也看不下去，面朝灵鸶悲声道："你就给他一个痛快吧！"

灵鸷骤然自伞中拔剑，剑光朝时雨而去，擦过了他的脸颊，挑向他侧后方的游光。游光十六把巨斧聚在一处抢得密不透风，然而这屏障却在剑光穿透时轰然而散。灵鸷剑取游光眉心，游光避其锋芒，无暇控住时雨，时雨斜斜往下坠了少许。灵鸷正待接应，脑后阴风忽起，土伯大吼一声，血污巨手朝他扇来。

土伯身为幽都看守，又曾是后土座下辅神，其力量远非夜游神可比。他双手合扑并未得手，又以头上利角向灵鸷抵去。

罔奇已见识过土伯那一双利角的威力，不仅可开山断石，而且不畏神兵利器。

"当心，休要与他硬来！"罔奇高呼。

果然灵鸷剑尖点于土伯角上，随即借力而退。他手中之剑初时不过细细一道幽蓝之光，光散之后旁人才看清这剑剑身狭长，刃极薄，两侧有血槽及鸟兽纹。剑柄正是先前的伞柄，以苍白兽骨夹制，上缠灰色软筋。

土伯利角无恙，元灵却一阵震荡。他原想借此机会给这白鸟小儿几分颜色瞧瞧，杀杀他们白鸟氏的威风。谁知对方毫无畏惧之心，很快便反守为攻，他在对方手下竟讨不到半点便宜。

昔日白鸟氏虽以战力闻名天界，然而以这小儿的身手和佩剑来看，绝非寻常白鸟子弟。土伯后悔轻敌，可事已至此，再难轻易了断。他若当众败于一个尚未成年的白鸟小儿之手，万年英名何存，连幽都的脸也会被他丢尽。思及此处，土伯杀心顿起，索性一不做二不休，拿出了看家的本领，力图将灵鸷诛杀于眼前。

他身形虽然庞大，但挪腾跳跃之间可见身姿疾捷，兼之利角刚猛，巨爪阴煞，相形下灵鸷单薄如风中之舟。

罔奇有些不敢再看下去，揪着自己的胡子叨叨地说："哎呀，哎呀，这可如何是好！时雨的这个相好到底是什么来头，竟然连土伯都不怕……"

绒绒耳尖，罔奇的这个说法让她顿感耳目一新。可惜她这时顾不上跟罔奇嚼舌根。她虽见识过灵鸷的本领，此刻也免不了捏了把冷汗。

只有土伯心中有数，灵鸷身法毫无花哨，出手却凌厉狠准。当土伯全力一击再度落空，剑光便直奔他居中一目而来。他也因此看清了那把利剑的真容。

土伯三目齐睁："莲魄和温祈是你什么人？"

"你不配提起他们。"

伞中剑至刚易折，极难驾驭，它最大的威力在于被它所伤之处不可凭借法术愈合。土伯知道这剑的厉害，当即疾退，惊怒道："你敢伤我，从此幽都便是白乌之敌！"

剑光如蜻蜓点水般掠过，土伯只觉鼻尖一阵剧痛。

"放了他，我就走。"灵鸷将先前说过的话重复了一遍。

"那你得去问问夜游神兄弟俩答不答应！"土伯嘴上这么说，庞大的身躯却又反扑了过来。只不过他吃过一回亏，更打起了十二分精神，除去头顶利角，再不肯轻易与灵鸷的剑相触。

土伯攻势猛烈，灵鸷不欲对他使出杀招，只得与之周旋。

游光的巨斧屏障被灵鸷所破，看样子受了点伤，一时还来不及复位。冈奇乘机操起手边的玄晶刀斩向仲野，想要助时雨脱困，却被仲野的雷击劈个正着。绒绒偷偷挟冈奇退避，冈奇面目焦黑，须发张立，令她不忍直视。

仲野、游光见土伯未能占据上风，唯恐夜长梦多，也无心再慢慢折磨时雨。他们放出巨斧凌空盘旋，天上黑云翻涌，风雨欲来，一道巨大雷云凝于时雨头顶，磅礴电光仍在不断积蓄，仿佛要将时雨形神一击而碎。

"玉簪吾友，我们遣这小贼给你偿命来了！"游光明知灵鸷一时间无法自土伯处抽身，再无所顾忌。解决了时雨，他们便可与土伯联手收拾那白乌小儿。

绒绒只恨自己疏于修炼，以至于眼看好友丧命却无能为力，电光劈下那一瞬，她哀哀闭眼，涕泪纵横。

正当此时，灵鸷仓促回身，手中长剑朝上空奋力一掷，伞中剑穿透两轮巨斧之障，游光的八身连臂瞬间被肢解，血肉四处横飞，元灵散逸，一一没入剑光之中，再也无法聚合。

时雨依旧飘悬半空，通明伞在他上方撑开，替他卸去了雷电之击。

绒绒来不及转悲为喜，一转头只见土伯利爪自灵鸷身上穿胸而出。

土伯趁灵鸷分神的那一刻一袭得手，暗叹竖子轻敌，恐怕事后自己要亲自前往小苍山赔罪了。正犹豫着要不要给这白乌小儿留个全尸，他的血污巨爪竟如同被凝于灵鸷残破躯体之内，任他如何上蹿下跳，甩手摆荡，不但无法抽离，反而加速元灵之力自灵窍中流向对方。

"我看你能撑到几时！"土伯未曾想到这白乌小儿竟有玉石俱焚之心，狂怒着欲将灵鸷撕碎以求脱身。灵鸷勉力张手，伞中剑旋回，手起伞落之下，土伯痛吼一声，巨爪齐肘而断，无数灵力碎片如黑色流萤聚散于平整的切口处。

玄珠方向也传来了异动。仲野与游光兄弟情深，见弟弟惨遭横死，仲野悲吼一声，困兽般扑向时雨。谁也未看清究竟发生了何事，只知电光闪过又转瞬无影无踪，仲野、时雨竟与游光残片一道被吸入了玄珠之中。无数的瞾都消失不见，玄珠随即血光暴涨，红雾所及之处，在场者无一可以抵御。这笼罩在血色里的山林一隅很快归于寂静之中。

灵鸷悠悠转醒，已重回小苍山。他又一次败于霜翀之手，倒在了镜丘之上，光可鉴人的地表清晰地映照出他的狼狈。霜翀不忍，欲上前相扶，被一个冷厉的眼神斥退。

"你毕竟不是天佑而生。"大掌祝莲魄淡淡对灵鸷说。

是的，他并非天佑而生，这句话已在他耳边重复了无数次。灵鸷捂着伤口，忍痛道："我从未想过要成为大掌祝，但我日后可以执雷钺护卫白乌。"

"白乌已无须执钺者。况且，你也无力执钺。"

大掌祝拂袖而去。灵鸷看向温祈，连温祈也朝他摇了摇头，随大掌祝去了。

灵鸷不信白乌已无人可执雷钺，雷钺曾是白乌之魂的象征。有一个声音在耳边怂恿着——"未尝一试，又焉知不能？"

他一步步走向雷钺。雷钺虽为白乌之宝，但从未被束之高阁。它就悬在镜丘的尽头，能者得之，孩童也可在旁玩要嬉戏。

三千年了，竟无人动它分毫。

灵鸷把手放在雷钺之上，红光障目，不尽天火将他周身包围，可他感受到的却是穿胸之痛。

霜翀绝不会这样伤他。

利爪穿胸……土伯……红光……玄珠！他有些想起来了，镜丘雷钺、久违的亲人、不尽天火都不过是一场幻象。小苍山尚在千里之外，有一瞬间，他以为自己再也回不去了。

灵鸷试图凝聚心神将幻象自心中驱走，无奈胸前剧痛令他神思恍惚。一个小小身影自天火尽头走来，绯衣玉貌，明眸清澄。随着他靠近，琉璃火光烧得更盛，元灵灼烧之苦将躯体的疼痛都覆盖了过去。

"也该让你们这些刽子手尝尝天火的滋味了。"时雨俯下身，指尖划过灵鸷耳畔的冷汗，轻声问，"是不是很疼？"

灵鸷沉默。除去他一贯的漠然，时雨只能在他稍稍将头偏向一侧时捕捉到一丝厌恶。

只是厌恶，再无其他。连恨都不屑于给。

时雨知道，在灵鸷心中，他还不配！

他展颜一笑，轻轻掂了掂手中的通明伞。

灵鸷招手唤回通明，然而伞在时雨手中居然纹丝未动。时雨持伞，起身施施然复行一礼，朗声道："多谢主人成全！"

灵鸷手中的剑还在，却无半分还手之力。他以剑尖支地，强行跪坐起身，讥诮道："早知你是养不熟的小畜生。"

"那你也应该知道，当年灭震蒙氏一族的正是你们白乌人！"

"白乌乃是奉天命行事。"

"我不管！我只知道我母亲葬身雷钺之下。全族一千三百多人被你们屠戮干净，还要被强行毁去三魂，永不得超生！"

无数的䰩自天火中蹿出，附于灵鸷身上。一边是灼烧之苦，一边是入骨森寒，灵鸷执剑之手几欲不稳，半跪之躯摇摇欲坠，他听到自己牙关发出的声响。

很小的时候灵鸷就知道，奉命灭震蒙氏全族是白乌最后一次替天帝执刑罚。从那以后，雷钺便被束之高阁，上任大掌祝醴风下令撤去执钺者，命全族一心一意镇守抚生塔。

"我母亲之魂可是在塔中遭受天火之苦？"时雨含泪问。

灵鸷冷淡回道："不，她没有这个资格。她的魂灵祭了天火，早就化为塔下劫灰。"

这是实话，震蒙氏女虽是真人中难得的英杰，但至多也不过是半神之躯，进不了抚生塔。可灵鸷并没有告诉时雨，除去昊媄，那些被抚生塔耗空了元灵的白乌先人也同样化为了劫灰。醴风婆婆已经去了，莲魄、温祈、霜翀……包括他迟早也是这样的归宿。整个白乌都将为抚生塔而殉，又有谁替他们打抱不平？

"往日之辱我必将百倍加诸你身！"

时雨双目一片血红之色，犹如玄珠附体。透过火光，可见原本寒潭的所在如经受过暴风烈火的肆虐，再无丝毫生机。绒绒、罔奇的身躯一半被沙砾碎石覆盖；土伯不知去向；仲野、游光的残躯与破斧散落各处……玄珠与结界同时消失不见。

灵鸷隐约知道发生了什么事。他明知不妥却仍贸然出手，落此下场与人无尤。

玄珠自时雨口中而出，赤红氤氲，中有黑核，仿佛血色瞳孔凝视于他。灵鸷横下心，拼着最后一丝清明将土伯利爪自胸腔中强行拔出，灵识在瞬间涣散。

他垂死间只觉面庞似有雨落，一片冰凉之意。有人在他上方恨声道："为何要救我……尔宁肯不要命了，也不肯对我服软一次吗？"

天火熄灭，豐也退散开去，和风柔光笼盖四野。灵鸷双目半合，依稀看到月下一人背对着他立于秋水寒潭之畔，锦衣辫发，肩上栖有一雪白大鸟。那人抬手轻抚鸟羽，始终未曾转过身来。

这宁静景象只维持了片刻，又在血光中淡去了。玄珠鬼气森森，豐在其中痛苦挣扎，有凄厉之声传出："震蒙氏镇守玄珠数千年，没有功劳也有苦劳。天地不仁，众神撒手东归，连最后一丝希望也不肯留给我们，还以如此酷刑加身……震蒙氏就是白鸟的前车之鉴，你们迟早也会遭报应的！"

"主人……灵鸷，灵鸷！就算我只配做你肩上雪鸮，你还是不忍眼睁睁看我赴死是吗？"

时雨心中两端撕扯，周遭的幻象便一直随着他心绪波动变幻不休，教人目眩心迷。

灵鸷怒火中烧，只恨自己不能速死。

孽障，就连行杀人诛心之事也如此啰唆！

第
十
八
章

今
非
昔
比

"昨日你独自给他换了衣服，嘻嘻，究竟……看到了什么。好时雨，你就告诉我嘛。"

"我当时六神无主，哪里顾得上别的。"

"骗人，我才不信呢。"

"你自己为何不去……等等，他伤得不轻，不可再去惊扰！"

"我偏要亲自替他擦洗。"

"你敢！信不信我剁了你的爪子！"

……

灵鸶动了动手，煎熬地将脸转向一侧。无论他是生是死，是昏是醒，为何总逃不开这样的碎嘴子。

胸前疼痛犹在，证明他还未死，这两人竟敢连传音的小结界也不用了。

他尝试了好几次，终于以手肘支撑，慢慢地起身。屏风外吵得正欢的两人惊觉里间动静，各自发出一声惊呼扑了进来。

"灵……主人，你醒了？"

"灵鸶，你没事吧？"

灵鸶对于这类废话向来充耳不闻。他睁眼后已知自己回到了山神洞府，时雨那孽障磨磨叽叽半日，竟未曾下手。

坐稳后，他一手按着伤处，忍痛低头察看。

"主人快快躺下！你伤口已无大碍，但仍需静养，切不可妄动！"时雨急切道。

"号什么？"灵鸳被时雨的惊声急呼扰得烦躁，紊乱的灵力周身乱窜，险些昏厥了过去。他知道自己的伤口会很快愈合，但受损的元灵恐怕需要一段时间才能恢复如常。

"怎么不见我的外袍？"

"我，我见主人伤重，所以才脱了……"时雨吞吞吐吐地解释，忽又想到，灵鸳醒来后对松松系着的衣襟也不甚在意，眼下未必是在追究他的无礼。他小心试探，"主人可是问那身暗金袍子？衣上已有破损，又沾染了主人与土伯之血，我这才让仆役将它拿走了。"

灵鸳闭目不语，脸上虽不显，但时雨已知自己猜对了他的心思。他眼下想必正懊恼得很。

"土伯如何了？"灵鸳良久方问道。

绒绒忍不住"扑哧"笑出声来。灵鸳现在追问土伯，难道是对土伯毁去他新衣一事耿耿于怀不成？

"我让他走了。"时雨低声说，"他已断了一腕。我知道主人并不想赶尽杀绝。"

他所言不错。灵鸳若有心要土伯性命，最后那一剑不会仅仅断去土伯利爪而已。白乌与幽都从未结怨，他已闯下祸端，还不知大掌祝会如何责罚于他，又怎敢为白乌平添血债——尽管记在白乌氏头上的血债并不差这一笔。

这次外出游历，灵鸳方知外界犹记得白乌氏，多半对他族人非惧即恨。可笑白乌氏自认替天行道、守诺忠职，然而在他人眼中终归是"刽子手"罢了。想到这里，他若有所思地看向时雨。时雨目光原本正关切地巡于他身上，与他视线相对，惴惴回避。

绒绒才不管这些，她只知那日自己与冈奇都在玄珠暴涨的血光中昏死过去，醒来后才发现仲野、游光已死，土伯断臂而遁，灵鸳伤重，时雨侥幸存活。一场恶斗可谓是凶险，她头一回见到灵鸳拔出伞中剑。

回想当时灵鸳杀游光、救时雨、伤土伯的情景，绒绒心中荡漾，只觉天地间除了昆仑墟上那位，再也没有人能与他相比。她揪着衣襟问道："你真的不与我双修吗？我会好好照顾你，让你舒服的……"

"我的剑呢？"灵鸳答非所问。

绒绒不知何意，唬得不敢接话。时雨在一侧道："主人，伞和剑都在此。"他无视绒绒的慌张，躬身上前一步，将手中之物奉上。

　　剑已归于伞之中，灵鸷勉力平复气息，将它重新抽出。绒绒以为自己说错了话，唯恐被灵鸷收拾，暗暗退了两步。灵鸷却想，时雨竟能将这把剑亲手归位而不惧其锋芒——那日他试图招回通明伞，通明也是在时雨手中分毫未动。虽然他当时伤重，可玄珠之力也实在不容小觑。

　　谁能想到时雨竟真的将天帝玄珠收为己有了！

　　"原来伞中还藏着这么厉害的一把宝剑，它就是武罗所说的'烈羽'吗？"绒绒想仔细看看那把剑，又有些害怕。

　　"我从前不知这剑还有名字，只知它曾为先祖昊媖所有。"

　　"昊媖大神不是用钺吗？"

　　灵鸷回忆道："族中已无人见识过昊媖先祖出手。雷钺早被束之高阁，但这把断剑一直在她身边。直到她老人家故去之后，断剑才在后辈中代代相传。"

　　时雨说："我猜将这把断剑重铸于伞中的高人定是主人的恩师。"

　　"没错。"灵鸷点头，"我恩师温祈是白乌氏如今的大执事，掌管族中日常事务。他是这把剑的上一任主人，'通明'这个名字也是他取的。"

　　剑光敛去，现出其上的斑斑血痕。

　　灵鸷平日对通明十分爱惜，自然也无法忍受伞中剑染污。时雨暗恼自己粗心："当时主人伤重，故而我未来得及清理……"

　　绒绒飞快自怀中掏出贴身碧罗帕，含羞带怯道："这个你拿去用。"

　　灵鸷接过，正待擦拭，看那方帕子上有金线绣成的灵蝶戏花，很是精致繁复，一时难以下手，又将帕子抛还与绒绒。他在自己身上的簇新内衫、床上锦褥绣衾和床畔珍珠紫绡帐之间稍作犹豫，余光扫过时雨，从容道："你过来。"

　　时雨闻声近前，灵鸷顺手将剑擦拭于他衣摆。幸而时雨一身绯衣，也不怎么看得出血污痕迹来。

　　绒绒眼皮微跳，柔声问向灵鸷："可知你为何身手如此了得？"

　　灵鸷满意地看向擦拭干净的伞中剑，正色道："唯苦练一途！"

　　"不对。如果不是你身手太好，你早已死了无数回。"绒绒悲悯地看向时雨。时雨爱洁如命，灵鸷此番行径与唾面于他无异。然而令她百思不得其解的是，时雨垂眸，面色柔和。以绒绒对他的了解，他看起来竟像……十分欣喜受用。

绒绒掩嘴而笑，眼睛滴溜溜地转，冷不丁问："哎，灵鸷，你没发现时雨今日有何不同吗……我是说他的样貌，你真的未曾留意？"

灵鸷斜睨时雨一眼。

时雨恼绒绒多事，狠狠瞪她，脊背不自觉地挺直，面色更是端凝平静，耳朵却悄然红透。

既然绒绒特意强调了是"样貌"，灵鸷当然知她所指何事。早在他醒来看到他们第一眼时，他已发现时雨的身量容貌均从半大童子变作了弱冠少年的模样。

"他善幻化，有何离奇。"灵鸷将剑还入伞中。

绒绒语塞。不久前她还恼时雨捉弄，此刻又为时雨在灵鸷清醒前的百般忐忑打抱不平。时雨素来不喜人提及他形貌，目下无尘，方才竟连番数次追问绒绒自己可有不妥之处。绒绒气苦青阳君助她化形时未将她变作绝色佳人，故意不理会时雨。可到了灵鸷眼里，时雨的改头换面尚且不如化作雪鸮稀奇，绒绒岂容他有眼无珠。

"你不觉得我们时雨长得好看吗？"

在绒绒心中的美人榜上，时雨因为不解风情勉强排在第三位，其实说他有群玉瑶台之色、清霜秋露之质也毫不为过。看在他一身好皮相的分上，这六百年里他脾气再臭绒绒也忍下来了。如今他总算长成，虽说还略有些青涩，但并未出离绒绒的想象，这让绒绒很有种慈蔼的欣慰。

灵鸷不以为然："一介男儿，谈什么好不好看。"

"若他是女子呢？"绒绒促狭，想要去拨弄时雨的头发。不知为何，时雨看了她一眼，她竟不敢再动手动脚，只好动动嘴皮子，"要我说，时雨若是女儿身，嫦娥、射姑都比不上他！"

灵鸷不语，反正他也不知嫦娥、射姑长什么样。

"主人为何避而不答？"时雨忽而开口。

"什么？"灵鸷心不在此，一时不解时雨所指何事。

"主人还未回答绒绒的问题。"时雨木然提醒道，"若我身为女子，主人当如何看待？"

他明知这是自取其辱，只是心中实在不服！自己周身上下难道竟无一处可入他的眼？

"你为何要做女子？"灵鸷感到有些可笑了。他不明白，他们为何要纠结于此等无用之事，无怪乎修行多年难有长进。

"时雨还有一事请教：主人眼中以何为美？"

"我并不在意皮相。"

"那请问白乌人可有七情六欲？"

"……既非草木，自有喜悲。"

"主人为谁而喜，为谁而悲，又可曾心动？"

"时雨，时雨，你先别急呀。"绒绒眼看灵鸷在时雨的咄咄逼人之下开始冷下脸来，清咳一声，解释道，"时雨的意思是，你有没有为谁……"

"这与你们并无关系！"

绒绒这下不说话了。灵鸷于男女之事向来懵懂，绒绒起初以为他未必明白时雨的意思。现在这样看来是她多虑了。灵鸷或许不解凡俗阴阳交合之道，心动为何意，他却是知晓的。

"你族中……是否有中意之人？"绒绒琢磨着问。

灵鸷本欲静坐调息，却遭他二人连珠似的盘问，看似愈合的胸腔伤口中灵气乱窜，实在难以为继，只得慢慢躺回床上。时雨迟疑，还是伸出手去小心搀扶，灵鸷并未拒绝。

待灵鸷闭目平躺，那两人还一站一坐杵在原处。他无心与他们较劲，按捺着嘘了口气，说："族中有我日后的伴侣。"

"可是那善用弓箭，你欲以夔山飞鱼尾鳞相赠之人？"

"正是。你们可以走了。"

晚来初定，新月如钩。时雨倚坐于树杈上，他身下的沙砾碎石从缝隙中渐渐又钻出了绿芽来，很快一片草泽覆盖其上。枯树重生，巨石聚合，寒潭清澈，狼藉不堪的血潭旧地重新焕发生机。

"重整也只是幻境而已，何必花费心思呢。"绒绒神不知鬼不觉地与他并肩而坐。

"你能看破？"时雨问。

"的确不能。"绒绒老实答道。她分明能闻到青草夜露的香气，听见游鱼戏水的动静。时雨自那一战后法术精进神速，可绒绒并不觉得有什么不妥，也不想计较为何会如此。横竖时雨不会与她为敌，多一个厉害的伙伴再好不过。

"既然未能看破，这幻境于你而言便是真的。"

绒绒目不转睛地看着时雨。在过去的六百多年里，她时常揣摩时雨长成后的模样。她想象中的那副皮相要更柔和可亲一些。如今的时雨看起来天姿掩霭如寒星在天，竟与昆仑墟上那位有几分相似了。

然而青阳君绝不会摆出冷淡脸色，眼底却暗藏委屈。绒绒好意提醒道："你现在长大了，赌气时再做这样的表情委实不妥，让人看了……"

"如何？"时雨连忙动了动腮帮，差点掉下树去。

绒绒大笑起来，将头偎在时雨肩上，温存道："……让人看了要把持不住。"

"离我远点。"时雨嫌弃地将她推开，"你不是要与灵鸯双修？"

"我非喜新厌旧之辈，也可与你同修。"绒绒心念一动，拍手道，"如此甚好，你我共侍一人，两不分离！"

"你做梦！"时雨欲呕，唯恐再遭她曲解，怒道，"要我说多少遍，我不好那一口！莫非你看我像那些混淆阴阳、屈于人下之辈？"

"你是不像，可他更不像呀。"

"提他做什么！"

"哪个'他'？我不知道你为何恼怒？"绒绒见时雨不出声了，狡黠一笑，"我替你出个主意。反正你可随意幻化，只要能遂心所愿，委屈一下变作女子又有何妨。你我还可以做姐妹。"

时雨倒吸一口凉气："毛绒儿，你可知道无论过去还是眼下，我杀你都易如反掌！"

"唉，你说话也愈发像他了。"绒绒趁时雨气糊涂了，偷偷摸了一把他的脸——还是以前粉嫩嫩的样子可爱。

"杀了我，你好独占灵郎吗？"

时雨实在禁受不住，铩羽而去。他已荡至远处树梢，绒绒仍不肯放过，追着补了一句："他只说有日后的伴侣，又没说是心悦之人。你我之间胜负还未可知呢！"

绒绒说完，忽然浑身被缚，摆荡于半空之中如荡秋千一般，一声怒喝当头："好大胆子！"

离朱正展翅于月下，手执捆仙索。

"离朱大神！主人救我……"绒绒吓得瑟瑟发抖，"好时雨，我什么都不说了，快把离朱变走。将我放下来。呜呜！"

时雨飞奔回山神洞府，绒绒一时之间难以脱身，他本想求得片刻清净，谁知罔奇见了他，头一句话便是："灵鸳方才独自出去了，我想拦也拦不住。"

"你还敢再提！"时雨暴跳如雷。

罔奇摸着残缺的须髯，目送时雨急匆匆回了居所，又一阵烟般地消失了。他自从被夜游神的雷电劈中之后，一直觉得自己恢复得不太好，总是记不住事。

"我可是说错了什么？"罔奇惭愧地问向身旁仆从。

仆从显然也一无所知。

远远看到静坐于深林中的灵鸳，时雨不由得放慢了脚步。灵鸳盘腿而坐，以通明伞相支撑，颜色各异的荧光游荡于他身畔，又逐一聚于他眉心。时雨目之所及，茂密枝叶间无数半成形的木魅花精瞬间凋零，一只后腿已变成人足的白鹿也重新变回了寻常走兽。

一道暗影疾袭而至，时雨扬手接过。半截枯枝在他手中绽开朵朵红梅。花蕊间暗香隐隐，持花的手修长白皙，骨节分明。

"多谢主人相赠。"时雨走过，将那枝红梅放在灵鸳膝旁，又抖手为他披上氅衣，"夜深露重，主人重伤未愈，还需保重自己。"

灵鸳将那些游萤之光一一吸纳至体内，方睁开眼说道："你已今非昔比，何必再惺惺作态？我不是你主人。"

关于那晚在幻境中颠倒反复的恨意与犹疑，这几日来，灵鸳不提，时雨也不敢主动说起。在绒绒和罔奇面前，他们好似什么都未发生过。时雨哄骗自己此事已过去，然而终究还是躲不开。

他半跪于灵鸶身侧，与灵鸶视线持平，面带苦笑："主人不肯原谅我吗？"

灵鸶一时无法起身，时雨靠近了，他方意识到，两人的影子已被月光拉扯得一般长了。他微微摇头："你我现已两不相欠。"

"主人何出此言？"时雨垂目时，长睫在眼下映出两扇颤巍巍的阴影。

灵鸶说："你记住了，我不会为白乌灭震蒙氏一族而对你心存歉疚。那日我出手对付土伯，只因他对我长辈出言不逊，并非为你。你心中若还有恨，他日兵戎相见，彼此无须存有顾虑。"

"主人真把我当成了狼心狗肺之徒？"时雨艰涩道，"珠中千年寂寞，天地间无可凭依，万事皆需思量算计，我自知不如绒绒赤子之心讨喜。然而狼子尚且有眷主之心，不管主人是否有意相救，没有主人，世上已无时雨。那晚我一时糊涂，事后愧痛难当。白乌屠震蒙氏之时尚无你我，如今想来，有什么放不下的？从前我生而为玄珠，今后心中便只有主人！"

灵鸶茫然。以往霜翀总说他心无所碍，不解世情，他听后一笑了之。眼下才知道霜翀所言非虚，他真的弄不清恨从何来，爱又因何而生。

"你在我身上……究竟所谋何事？"

时雨无计可施，问道："主人先前可是借山中灵气疗伤？"

"那又怎样，白乌人生来如此。"灵鸶以为时雨又要称自己为刽子手，却见他低头将玄珠轻吐而出。随他心念催动，一缕血色灵息自玄珠中流泻而出，朝灵鸶涌去。灵鸶还来不及以通明伞屏障，忽然觉得伤处紊乱虚损之痛似有缓解。

这玄珠早已与时雨的元灵融为一体。修行者元灵即是本源，尤其是时雨这样的仙灵之体。看他所为，竟似要以此来替灵鸶疗伤。

"凡人有'剖心析胆'一说，以明其心。时雨无心亦无胆，唯有此珠，只求主人莫要嫌弃。"

灵鸶这下更是震惊莫名。这孽障不久前还暗藏杀机，现在又说什么"剖心析胆"，竟连自身修为都可舍去。回小苍山之后，他必定要就此事好好求教于霜翀。

直至玄珠灵息已变作淡绯色，时雨这才将其重新吸入口中。他面色比先前苍白了许多，静心平复之后，牵动已失了血色的嘴唇勉强一笑："时雨还想长久陪伴主人左右，是故不能彻底舍去此身。明日我再替主人疗伤吧。"

"可你何必要如此啊！"霜翀远在小苍山，灵鸷的困惑却近在眼前。

时雨脸色变了又变，不久前还一脸决绝，到了紧要处又开始闪烁回避。他心知若不给出一个说法，灵鸷断不会接受他的心意，嗫嗫嚅嚅了许久，长叹一声拜倒，前额轻触灵鸷膝头，颤声道："时雨……仰慕主人。"

从前时雨也常对灵鸷表现出亲近之意，那时他是童子形貌，又或者化身雪鸦，灵鸷并不与他一般计较。如今他已长成青年男子的模样，不期然靠得如此之近，灵鸷总觉得好像有哪里不太对劲。

看来皮相的改变并非对他全无影响。

他嫌弃地动了动腿，与稍稍抬起头的时雨视线相对。时雨一双幽深黑瞳中似有万语千言。

灵鸷当然知道何谓仰慕——他和霜翀仰慕温祈，族人仰慕莲魄，莲魄仰慕前任大掌祝醴风和先祖昊媖，修炼之辈皆仰慕青阳君……他有些领悟了，语气也不由得持重起来："你先起来。"

时雨不敢不从。灵鸷没有让他帮忙，自己也缓缓起身。

方才他快要将方圆几里内的万物灵息吸干，也不及时雨一人以玄珠相助。这孽障也不是半点用处都没有。

披在肩上的氅衣碍事，灵鸷将它扯下，交还到时雨手中："我不畏寒。"

时雨展开，笑着说道："难得罔奇这山野之地有这么体面的紫金鹤氅，主人穿着甚好。"

"是吗？"灵鸷细看时雨手中之物。当时雨再次将它披到他身上时，他没有说话。

时雨跟了上去："主人是想换个地方静坐调息，还是回去休息？"

"我说了，日后不必再叫我主人。"灵鸷回头道。时雨刚好看一些的脸色又白了回去："我以为主人已不再介怀……"

"你和绒绒一样，与我姓名相称即可。"

"是……灵鸷！"

灵鸷虽然有心对时雨和善一些，可是被他这么心潮澎湃地叫了一声，颈后汗毛齐刷刷竖了起来。

时雨紧紧抿着嘴，眼角又开始隐隐发红。灵鸷见状，张了张嘴，终究什么都没说，权当自己又瞎又聋。

他努力回想，大掌祝是怎么对待族中之人的。被人仰慕的滋味似乎并不好受。

时雨自知丢脸，堂堂男儿，怎可动不动就泫然泪下。他强行平复心绪，跟在灵鸷身后，心中感慨良多，不知从何处说起，却又不甘于沉默，于是装作不经意地问了句："阿无儿……也是你吗？"

灵鸷脚步放慢。时雨怎么会知道这个称谓？不用说，定是他趁自己受伤时侵扰灵识之故。

"我能否也这样叫你？"时雨迟疑道。他在灵鸷的思忆片段中听到有个声音在轻唤这个名字。虽看不清那人是谁，却能感应到灵鸷当时的愉悦与平和。

时雨跟得太紧，灵鸷转身时两人骤然迎上。四目相对，时雨心中一颤，可灵鸷想的是：他长高以后更碍事了。

"你是不是以为我身上有伤，便不能对你如何？"灵鸷忍无可忍，决意收回他的仁善，"罢了罢了，还是叫主人吧……你看什么，速速变回雪鸮！"

时雨不敢争辩。雪鸮便雪鸮，叫他灵鸷的人想必有不少，阿无儿这个名字虽合自己心意，到底也被人抢了先。然而世上称他为主人的，想来只有自己一个——日后他人也不会再有此机会了。

翩翩少年凭空消失，一只雪白大鸟盘旋于灵鸷身旁，最后轻轻停在了他肩膀。灵鸷顿时觉得他顺眼了不少，见雪鸮金澄双目滴溜溜地瞧着自己，不禁放缓和神色，伸手触摸他的背羽。

"咦！"不远处密林之中有人发出一声惊呼。

灵鸷和雪鸮对望一眼。不待灵鸷出手，雪鸮已以捕猎之势疾入林中。

"这里有个……人！"

灵鸷近前，时雨飞回他身畔。只见一人摔倒在矮木丛中。灵鸷这才知道为何时雨如此诧异，原来他们面前真的是个"人"——凡人！

此前丛林中传来的动静灵鸷和时雨都听见了，之所以未作防备，只因这四下全无半点灵气，除了他们再无灵窍已开者。凡人踩踏草木、拨动枝叶的声响在他们耳中听来与寻常走兽毫无分别。

灵鸷离开小苍山还不到一年，神仙鬼怪见得多了，却鲜少与凡人打交道。玄陇山深处本就人迹罕至，此时又值夜深，无端冒出个走夜路的人，很难不让他感到惊奇。

那人下颌无须，看上去年纪不大，一身蓝衫尚算整洁，正以手掩面，指间有鲜血汩汩而出，不知被时雨伤了额头还是眼睛，多半还受了惊吓，蜷缩于地动弹不得。

时雨变回人身，一点寒光朝那人而去。灵鸷没料到时雨一出手就是杀招，当即以通明伞尖卸去他法术，皱眉道："何必伤他性命？"

"不知他方才看见了什么，还是杀了干净！反正夜游神已死，一时半会儿也无人理会这等闲事。"

"将他今夜思忆毁去即可。"

时雨觉得麻烦，但也不肯为这点小事忤逆灵鸷。老老实实上前一步，指尖虚点向那人印堂，那人目中显出了迷惘之色。时雨收手，转身朝灵鸷莞尔道："主人仁善，可惜他日后也记不得……"

话才说到一半，耳后有破空之声逼近，时雨侧身避过，一道长影挟劲风堪堪擦过他面颊。

"世风日下，连山贼也来装神弄鬼这一套！"

那凡人看样子不但没有被时雨抹去今夜思忆，竟还有还手之力。时雨以为是自己大意失手，再一次试图控制对方心神，可是法术施展在对方身上毫无效用，那人依然未被他所控，手执软长鞭，攻势更见猛烈。

时雨不敢置信，即使是灵鸷和土伯这样的强敌也需费心抵御他的摄魂幻境之术，夜游神仲野和游光之流更是必须兄弟携手、全力应对才能避免被他所伤。他也不是没有试过在凡人身上施法，凡人的三魂六魄浅白得很，要想操控他们简直易如反掌。他如今得了玄珠，法术又见精进，在这个人面前怎么会无法施展？

那凡人显然是习武之辈，鞭法相当了得，纵是半张脸被鲜血覆盖，那软鞭在他手中也放之如电，收如浮云。尽管肉体凡躯身手再快、力道再刚猛也无法真正伤及时雨，但时雨惯来不屑也不擅近身厮杀，一时间措手不及，竟也奈何不了对方。

灵鸷就在一侧抱臂旁观。时雨没遇到过这样古怪的对手，一想到灵鸷皱眉说他没用的样子，心中就有些烦躁，无意中被那凡人抓了个破绽，鞭梢狠狠抽向他面庞。

灵鸷及时出手，在时雨鼻尖之前将鞭梢缠握在掌中。时雨羞惭交加，那一鞭若打中了他，他真不知以何颜面存世了。

那凡人欲将软鞭撤回而未如愿，正与灵鸷僵持。灵鸷低头看向手中鞭子，又紧紧盯着那人，喃喃道："你是阿无儿！"

"阿无儿？"

时雨简直不能相信自己的耳朵，被夜游神的雷罚当头劈中也不过如此。

那人对灵鹜的异状毫无回应，知道夺鞭无望，于是松了手，一屁股坐在地上，心灰意懒道："既落在你们手里，要杀便杀吧。我身上财物你们尽可拿去，不要让我死得太过痛苦。"

灵鹜回过神来，将软鞭一圈圈缠在手中，也盘腿坐了下来。

这下不仅是耳朵，时雨怀疑自己的一双眼睛也出了毛病。他竟然在灵鹜脸上看到了浅浅笑意。

"还是那么怕疼？"灵鹜面对那人，从容道，"你果然认不出我来了。"

"一个装神弄鬼，一个故弄玄虚。你们究竟想干什么？"那人冷眼打量这两个"山贼"，将怀中荷包掏出，抛在脚下，"喏，都在这里了。"

"这凡人太过古怪，为免节外生枝，还是……"时雨手拈一枚碎石子，欲要将其置于死地。

"你退下！"灵鹜了解时雨心性，头也不回地呵斥了一声。时雨心不甘情不愿地撒手，负气背对他们，却不肯离去。

灵鹜也不管他，只顾着打量那人。

"我以为要再过好些年才能找到你。你如今几岁了？"

那人一脸莫名其妙。他伤在眉骨，想是被雪鸮利喙所致，血污之下的那张面孔倒也年轻俊朗。

"我不是什么'阿无儿'。"

"阿无儿是你前世的小名罢了。"

那人一愣，继而垮下肩膀，用谁都听得见的声音"自言自语"道："我以为来了个正常一些的，谁知疯得更厉害。"

"你说什么！"时雨寒声斥道。

灵鹫很是平静地对那人说："你我曾是旧友。距上一世我们诀别已有二十五年。算起来，你死后没多久就已转世。"

那人对这样的疯言疯语已彻底失了兴趣，既然"山贼"只顾着发癔症，暂时顾不上杀他，于是他扯了一方衣袖，有一下没一下地擦拭面上血污。

"我族中大执事说过，你的魂魄异于寻常凡人。我还以为他是安慰于我，看来他说得没错。再转世为人，你的三魂七魄竟未曾散去。你还是你。"灵鹫话中透着一丝欣慰。

时雨听不下去了，愤愤然回头："主人定是认错人了！我这就杀了他，看他魂魄究竟散还是不散！"

灵鹫扫了时雨一眼，时雨气结，不待灵鹫开口，当着那人的面化作雪鸮振翅而飞，停在了不远处的高树上。

那人竟连眼皮子都不抬一下："两位'山大王'……不如打个商量，无论你们说什么我都照听不误。两位说得尽兴了，能否饶我一条小命？"

"我不会伤你。就算你已转世，我仍视你为友。"灵鹫似乎对这样的状况早有预料，既不恼怒，也不泄气，看着手中的软鞭对那人感慨道，"'连'长生'都还跟着你。"

"你怎知它名为'长生'？"那人眼中总算露出了几分诧异。

"我不但知道它的名字，还知道它握把之上有两行刻痕，一行两道，一行二十一道。我说得可对？"

那人懒懒道："这有何奇怪。它如今在你手中，你一看便知。"

灵鹫微微一笑，拔出伞中剑，用剑尖在软鞭握把上轻轻一划，苍白色握把上又多添了一道刻痕，与之前的相比有新旧之别，深浅粗细却无二致。

"你应该知道，寻常兵器不可能在上面留下痕迹。"

"你究竟是什么人？"

那人接过灵鸢抛过来的软鞭，一脸的散漫换作狐疑。

"我是灵鸢。以前你总爱打趣我是鸟儿变的。你前世生活的村落就在小苍山下，与我族人比邻而居。因你秉性特殊，儿时我外出玩耍，你是唯一能穿过山下结界看到我的人。我们一起长大，'长生'也是我送给你的。"

"简直一派胡言，这软鞭乃是家父在我三岁时自胡商手中所得。因我幼年多病，家人盼我习武健体，我随口将他取名'长生'。"

"无论你信或不信，'长生'是我亲手用空心树枝鞣制而成。空心树枝条柔韧堪比龙筋，只有白乌小苍山上才有。就连这握把也是我求大执事为我做的。它并非凡物，自然会寻回旧主。"灵鸢以剑尖轻点"长生"上的刻痕，"那时我手中之剑也刚刚为我所有。你我一处习武玩耍，每比试一场，就会在上面刻一道印记。你胜过我两次，后来就再也不是我的对手。"

那人用指尖摩挲"长生"握把："这么说来，你也不过只赢了我二十一次。"

灵鸢黯然道："那是因为后来我被罚在镜丘静修思过。出关后再见，你已是垂暮之年。"

"你我前世是男是女？"灵鸢将"疯话"说得有条有理，那人打量于他，挑眉问道。

"我并无前世，一贯如此。你前世也是男子……若按照大执事所说，既然你三魂七魄不散，恐怕每一世轮回都不会改变。"

那人哂笑，触痛了眉骨上的伤："嘶……你好歹将故事编得动人一些。两个大男人的前世今生，又有什么趣味？我已守诺听你倾诉完毕，你若不杀我，我便要下山去了。"

雪鸮在树上尖啸一声，盘旋着欲俯冲下去，却在灵鸢抬手后，又无奈地落在他手臂之上。

灵鸢也不拦，起身对着那人的背影问了句："阿无儿，你为何会深夜到玄陇山来？"

"采药。"那人漫不经心回道，"还有，别叫我阿无儿。"

"那你这一世叫什么名字？"

"……谢臻。"

"就这样放他走了？"时雨恨恨看向谢臻的背影，"一个凡人竟能不受法术控制，其中必有妖异！"

灵鹜说："不只是你，我从前跟他比试，也须一招一式地来。"

"主人不觉得古怪？"

"那时我年纪尚幼，只觉得颇为有趣。白乌氏在小苍山下的结界一万八千年来也独独进来过他这一个凡人。他根本没有意识到结界的存在，糊里糊涂地穿过了凉风坳。"

"凉风坳？"

"凉风坳乃小苍山入口，其上遍布雷云，最是令燎奴和闯入者惧怕。在阿无儿眼中却只是无人惊扰的放牛去处。"

"他说是来放牛的，主人便相信了吗？"时雨对这个谢臻全无好感。

灵鹜笑笑："他那时不过五岁。我初见他时，他正心急火燎地找牛，一见到我就问，为什么他的牛死活不肯靠近山坳口，明明对面青草繁茂。"他说完，发现时雨正盯着他的脸看，讶异道，"有何不妥？"

时雨摇头，不自在地将脸转向一侧。原来灵鹜笑起来的时候，左边嘴角有个浅浅的窝儿，眉目因此柔和了许多，再兼之他重伤初愈，犹有三分病态，长发也未束起，周身裹在宽大的紫金鹤氅之下，竟给人弱不胜衣的错觉。

换了绒绒在场，定会直抒胸臆，大发溢美之词。然而时雨说不出口，他心中狂跳，随之而生的并非欢畅喜悦，而是那种在过去的千年里早已熟悉之至的痛苦。一如他从前徘徊于血潭之畔，长久凝视着封印中的玄珠，放不下，毁不去，近在咫尺，终不可得。

"主人初见谢臻时几岁？"

"大约百岁吧。我那时看起来与你之前差不多大。说来好笑，他起初叫我姐姐，后来又改口叫我大哥哥。"

时雨想的却是天道弄人，如果是自己与那时的灵鹜相遇又当如何。

"可惜时雨无缘得见那时的主人！"他惋叹道。

灵鹜习惯了时雨话中有话，只当他绕着弯戏谑自己年幼，冷哼一声："即使见到，那时你也打不过我。"

时雨无力地牵动唇角，为何轮到他头上时便只剩下打杀之事。

"纵是年幼，你们相识之后难道从未发觉彼此的不同之处？"

灵鸷思忖道："我与他总在凉风坳附近玩耍，他渐渐长大，我还是未改从前形貌，他自然是有所察觉的。他问过我一两次，后来也不提了。我与他有过约定，我们结识一事在各自亲友面前也要守口如瓶。不过我频频偷跑下山，还是被大执事发现了。多亏大执事心慈，在他护持之下，我方能有十余年自在时光。"

"主人与你恩师之间想必感情深厚。"时雨有些羡慕。

"这是当然！"灵鸷顿了顿方说，"他是世上最最好、最最聪慧之人……可惜连他也未能参透为何有凡人能无惧鬼神之术。白乌人想要如此，也须借助通明伞这样的神器。可大执事还说了，万事皆有缘法。阿无儿秉性纯良，我与他为友，或许就是我们的缘法。"

"阿无儿已死。谢臻冥顽不灵，他看起来并不把主人的话当真，主人又何必一味念旧。"时雨掩饰不快提醒于灵鸷。

他心中暗嘲，谢臻竟未发现他软鞭的握把与灵鸷的剑柄如此相似，均是以穷奇之骨缠角龙皮制成，乍看并不精美，却远比金石轻巧称手，又异常坚固，一看便是出自同一人之手。

凡人啊，皆是愚钝短视之辈。

灵鸷淡淡道："不，他已是信了。我还会再见到他的。"

第二十一章

是幻是真

回去途中，灵鸶偶遇倒挂在半空打瞌睡的绒绒，绒绒这才被救下。她一落地就忙着找时雨算账。时雨爱惜羽毛，不愿与之纠缠，故意提起方才偶遇谢臻一事。绒绒果然将两人的过节抛到九霄云外，缠着时雨追问不休。

在人间这些时日，绒绒看过不少戏文，什么前世今生、再续前缘，里面明明有很多道理说不通，她仍然百看不厌。当然，她最在意的还是灵鸶的那位小友究竟长得俊不俊。

灵鸶对于他们过分执着于皮相一事已见惯不怪。在时雨心中，谢臻简直一无是处，然而当着绒绒的面他却说："我看他长得一般，不过兴许很合你心意。"

绒绒闻之雀跃，既懊恼自己错过，又盼着早日有缘再见。

时雨知道灵鸶必能听见自己与绒绒的耳语。果然灵鸶回头看了他们一眼，却什么都没说。

休整几日之后，灵鸶的伤势已有好转。他没有再让时雨以自身修为相助，也不打算再在玄陇山停留。谢臻一直未曾现身，时雨存了私心，自是求之不得。

临行前夜，罔奇设宴为他们饯行，席间刻意请出了前六任妻室的白骨相陪。那些白骨虽然都被绒绒打扮得花枝招展，然而实在谈不上赏心悦目。灵鸶有些纳闷，身为客人也不便多言。

近来罔奇对灵鸶很是殷勤，入席便连连劝杯，被时雨冷眼瞪了回去。罔奇也不恼，一再地夸灵鸶身手了得，还顺带着在灵鸶面前说了不少时雨的好话，言语间似将时雨托付给了灵鸶一般。直听得时雨坐立不安，握拳于唇畔，轻咳了好几次。然而罔奇仗着几分酒意，越说越是起劲。

"我看你被雷劈糊涂了，休要在我主人面前胡言乱语！"时雨愠道，说话间又不禁惴惴地留意灵鸷的反应。

"我乃是山中莽夫，不识得这叫'主人'是何种趣味……"罔奇说到一半，发现时雨眼中风雨欲来，这才意识到自己马屁拍得不是地方，忙住了嘴。心道，小时雨还是面皮太薄。自己都做了几世新郎，活该他还是孤家寡人一个。

灵鸷倒像没事人儿一般，面上是一贯的漠然与抽离，也不知他到底听进去了几分。

罔奇没趣，说了几个不痛不痒的笑话，又借亲手为灵鸷炙鹿脯为由，坐到灵鸷身侧大吐苦衷："你我一见如故，明日别后不知何时再见。你身边尚有解闷之人，远胜过我这形单影只的老鳏夫。可叹我身为山神，却无返生之术，长生又有何用。几位夫人都曾与我恩爱一生，如今只余白骨，我快要连她们的样貌都记不清了。"

几日来，罔奇的车辘辘话已在灵鸷面前说了好几回。闻弦歌而知雅意，灵鸷看罔奇仍未退去焦黑之色的面庞上满是寥落，纵使他不爱管闲事，也有些不忍。他知罔奇必有所求，想了想放下手中玉箸问道："你可是为了与夫人相聚才一心求死？这倒不难。然而你几任夫人皆是凡人，恐怕已入轮回多次。即使我下手送你一程，你也难与她们再聚。"

罔奇吓得脸更黑了，摆手摇头，整个人如拨浪鼓一般："误会，误会！实不相瞒，我如今只求重见爱妻，无论是幻是真都不计较了。但求时雨助我了此心愿。"

灵鸷不解，这罔奇有求于时雨，却来跟自己啰唆些什么？时雨正忍俊不禁，见灵鸷看过来，轻笑道："主人要我相助于他？"

"你是怕耗损修为？"

灵鸷对时雨的法术略知一二，越是精巧周详的幻术，越是需要元灵之力维持。但以时雨如今的修为，相助于罔奇应该不在话下。

灵鸷并不知时雨恼的是罔奇自作聪明，先是以美貌童子羞辱于他，随后又不分青红皂白乱点鸳鸯。这老东西明知此时央求时雨只会碰一鼻子灰，故而转向灵鸷卖惨。他吃准了其中机巧，若灵鸷开口，时雨必不会拒绝。

"时雨但凭主人吩咐。"

灵鸷默然，他至今不知此事与自己有何干系。酒菜歌舞无味，他坐了会儿便先行告辞了。时雨随灵鸷而去，起身后，他斜了罔奇一眼，轻飘飘放话道："主人既让我应了你，你便等着享福吧。"

罔奇大喜过望，乐得一双大手搓个不停。绒绒趁机向他讨要宝贝，他自是没有不肯的。

时雨对绒绒新讨来的那幅屏风嫌弃得很。屏风摆在雅室中多日，灵鸷并未留心于它。此刻那两人竟又为了这个争吵起来。

一个说："要这不雅之物何用？"

一个反唇相讥："有本事你便静心寡欲到底，永远不要有半点不雅之念！"

"都给我闭嘴。"灵鸷曲一腿倚坐床头，"这屏风又怎么了？"

绒绒笑嘻嘻地问："灵鸷，你说这屏风好不好看？"

灵鸷打量屏风，初时只觉它甚是碍事，所绘之图似是搏斗，并不见得华美，然而细看之下，那搏斗的姿态又实在蹊跷得很，他竟从未识过。

他起身走近，拨开杵在屏风一侧的时雨，越看眉头拧得越紧："这蓬发豹尾者当是西王母……你要这屏风，是为了研习她所行的秘术？"

时雨臊得满面通红。

绒绒贝齿轻咬下唇，笑道："这正是我所说的'双修之术'……亦是别人口中的'不轨之事'！"

灵鸷抱臂而立，当下一脸震惊，顾不上理会向时雨频使眼色的绒绒，思量了许久方恍然道："原来如此！"

"快说，你知道了什么？"绒绒眼睛放着光。灵鸷却不言语，掉头坐回床沿。

时雨心知灵鸷所领会的多半不是那么回事，拽住还待上前穷追猛打的绒绒："主人不要理会她。"

绒绒朝时雨龇牙，示意他放手，只听灵鸷冷冷道："遮遮掩掩，欲盖弥彰！我还当是什么，不过是男女交合之事罢了。"

这下倒是让时雨和绒绒始料未及。绒绒趁时雨分神，挣脱他蹿到灵鸷身边。自从绒绒知道灵鸷日后是要成为男子的，她在时雨面前多少有些得意。以她对灵鸷的了解，灵鸷并未羞怒，只是觉得无聊。

"你们白鸟人也会如此行事吗？"

灵鸷忆及自己此前口口声声冤枉时雨对自己行"不轨之事"，不由得有一丁点汗颜，仓促道："那是三百岁之后的事，我又怎么会知道！"

说完，灵鸷忽又想到——难道他日后也要与霜翀共行此事？他们一同长大，感情堪比同胞，也早知彼此是终生的伴侣，理应为族人延续后代。过去灵鸷从未觉得有何不妥，如今思量下来，竟有些怔忡难定，不肯再看那屏风。

绒绒心思变得快，一会儿又模仿着屏风上西王母的媚态问道："我也有尾巴。你们觉得我将尾巴露出来会比她好看吗？"

时雨面无表情，拂袖而去。灵鸷正在为日后之事心神不宁，听绒绒拉长了声音叫自己名字，想也不想就回答道："不会。"

"你们，你们太坏了！"绒绒顿足。

"我知道双修是何意了。"灵鸷见状又补了一句，"我并不想与你双修。"

据说罔奇当夜一度曾十分高兴，他的白骨夫人果然在时雨的幻术之下重生，软香温玉一如从前。后来发生了什么事不得而知，本该化作温柔乡的罔奇居所不知为何争吵打斗之声不断。

次日灵鸷一行欲向罔奇告辞，罔奇无暇相见。他们走出了很远，山中还回荡着罔奇的哀怨之声："时雨，说好了一百年一个。谁让你将她们一道变出来的！"

出了密林，山下依稀可见炊烟人迹。他们以往走山路偶遇樵夫猎户是常有的事，今日野径中屡屡见到的却是三两相伴的豆蔻少女，看上去是自附近村庄而来，都盛装打扮过一番。那些少女一见到时雨，莫不羞红了脸，当时不敢朝他多看，过后又频频回首。

绒绒拍了拍头："哎呀，今日原来是上巳节呢，我说怎么远远就听到笑闹声！"

她推断这山脚下必有温泉或溪流，不由分说拉了灵鸷去看热闹。顺着行人踪迹，果然没走多久，拨开与人齐高的野草，一道曲折山溪现于眼前。

溪流宽不过丈许，通透平缓，水底遍布莹白卵石，两岸青葱，期间几树梨花盛开。早有少女手执兰草在水边嬉戏踏歌，也有青年男子在对岸含笑张望。因是乡野之地，并无太多俗礼讲究，那些少女多半脱了鞋袜，大大方方浴足泼水为乐。不时有浪荡子调笑几句，只是换来两声笑骂。

绒绒贪玩，混进人堆里玩耍去了。灵鸷并没有在她的召唤之下加入其中，却也不催促，只是带着好奇于一旁观望。

时雨知晓灵鸷看似冷情，其实只是习惯了族中的肃杀寂寞，骨子里并不排斥热闹。他温言解释道：“今日三月三，正是人间的上巳节，又叫春浴日。凡间依旧俗是要到郊外踏青，在水边以兰草洗濯以消除不祥。每年的这个时候，长安城热闹得很，皇帝会在曲江设宴……”

灵鸷对自称“天子”的人间帝王全无兴趣，朝溪畔扬了扬下颌，问道：“他们在干什么？也是在消除不祥？”

时雨看了过去。原来是青年在友人的鼓噪下，将岸边采来的雪白梨花簪于一少女鬓发之中。那少女掩面背对着他，忽又转身用脚踢了他一身的水，唤来哄笑声一片。

“人间女子常在上巳节行成人礼，因此也称之为‘女儿节’。今日聚于水畔，不但可祛邪求吉，还可与情人相会。那男子便是将花赠予他心悦之人，有定情之意。”时雨顿了顿又说道，“白鸟人的成年之礼是否与上巳节有异曲同工之意？”

“差不多，只是比这更热闹。”灵鸷也恰恰想到了此事，说，“我们把它叫作赤月祭。也只有在赤月祭时，族人们才可身着彩衣、踏月而舞。听说每到那个时候，鸾台和镜丘会彻夜篝火，四野都是笙歌和铃声。”

时雨听出灵鸷话中有寥落之意，只是不知是为思乡，还是为赤月。

“铃声又是何意？”他看向灵鸷足下，道出了盘旋于心中许久的一个疑惑，“我离得如此之近，却从不曾听见主人脚上铃铛发出声响。”

他问完便后悔了。灵鸷不但没有回答于他，眼神随即也变得森冷异常，直看得他头皮发麻。这样的杀机只在时雨用天火幻境惹怒了灵鸷时出现过，那次他险些命丧于通明伞下。

“我只是好奇……主人勿怪，我日后不敢了！”

“不该你知道的事，还是不要知道的好。”幸亏灵鸷没有揪着不放，沉默片刻，冷冷抛下这句话就不再理会于他。

时雨松了口气，暗自牢记：灵鸷的禁忌除了不尽天火，看来还有他脚上的铃铛。

两人一时无言。绒绒使坏，故意用梨花枝条蘸水朝他们洒来。四下皆是凡人，时雨不便施展法术，脸上溅了几滴水珠。只要一想到那溪水不知被多少人用来浴足，他心中几欲作呕，又见灵鸷肩上衣衫都湿了一片，更不肯轻易放过绒绒。

时雨手中悄然凝了一团水球，欲要给绒绒吃点苦头，还未动，手腕就被人牢牢扣住。

"不许闹！"灵鸷还在看着那对刚刚在众人祝福下定情的男女，并不将绒绒的恶作剧放在心上。他没有用力，也未施法，时雨却如同被下了定身咒，水球化作细流自指间涓涓而下，点滴没入卵石缝隙之中。

灵鸷的掌心有茧，当是常年握剑留下的印记，手指纤长而稳定，不似女子柔若无骨，也无男子的粗砺。其实他话说完已松了手，良久之后方才将手背于身后。

不远处又有一对小儿女站到了一处，不过这次是女子将花抛向青年，害羞地转头就跑。

"如此定情，若对方不肯又当如何？"灵鸷问。

"不肯？"时雨有些心不在焉，"落花有意流水无情，还能如何！"

"纵使打败对方也不行？"

时雨吃了一惊："谁跟谁打……你们白鸟人的习俗难道是以武力择偶？"

灵鸷支颐道："也有这样的，不过两情相悦就不必了。"

时雨背上冒出了冷汗，也不知自己心里乱纷纷在想些什么。他莫名又想起一事，不顾先前的教训，迟疑地问："我记得主人说过自己打不过你那位'好友'，可是因为这样才不得不与他终身相伴？"

灵鸷没想到时雨竟还记得此事，想了想说道："我跟他不会走到兵刃相见的那一步。"

时雨垂眸："原来主人与日后的伴侣早已两情相悦。"

收到女子赠花的青年并未回应，失落的少女在小姐妹们的安慰下默默垂泪。

"我不知何为'情'，也不想知道。"

"那为何只能是他？"

灵鸷想到将来，面色迷惘而冷淡："我与他各有使命在身。既然必须择定一人，他对我……想来是最好的吧。"

暮春元日，天光柔晴。风将灵鸷背上的长发带向时雨。他静静看着也沉默了下来的灵鸷，一时心中极满，一时又觉得空落落的。就跟那散逸的发丝一样，明明一掠而过，又似什么都未发生。

"你难道从未想过要成为女子？"时雨只当自己是被暖风吹昏了头，连命都不要了。见灵鸷不语，他又横下心追问道，"连想都不曾想过？若你心仪之人恰是男子之身呢？"

"我并无心仪之人。"灵鸷居然没有因为时雨的唐突而恼怒，低声道，"……我不能。"

时雨顺着他目光而去，对岸梨树之下不知何时多了一人。

谢臻涉水走近，绒绒闪现于他面前，笑吟吟地说："你终于出现了，我知道你是谁……啊呀呀！"

她忽然惊叫一声，人已退到水的中央。谢臻方才还一脸懒散之色，瞬间软鞭在手。

灵鸷的通明伞尖迎向势头凌厉的鞭梢，不偏不倚恰恰将其点开。

"千万不要告诉我，我的鞭法也是你亲身相授。"谢臻收手，软鞭如灵蛇绕回他手中。

灵鸷嘴角微扬："亲身相授谈不上，但一招一式的确是你我切磋而成。"

谢臻懊恼："我说呢！我谢家满门书香，无端端出了我这么一个武学奇才，无师自通地悟出了一套出神入化的鞭法。没想到竟是仗着前世的庇荫。对了，那日你还没说，我前世是怎么死的。"

"古稀之年，寿终正寝。"

"原来是老死的！"

谢臻有些讪讪的，很快又释然一笑："管他呢，死得不痛苦就好。"

他发上、肩上洒了一层柔黄色花粉，日光将半旧的蓝衫照得有些发白，眉骨伤处结痂醒目，却难掩世家子弟的磊落从容。

灵鸷想起，前一世的他不过是个乡野少年，高兴便笑，不喜便弃，万般于他皆是浮云，也正是他身上这份洒脱自在让灵鸷向往而羡慕，不管不顾地与他成了好友。

他们一道玩耍习武，十五年弹指一挥。可惜尽管有大执事温祈庇佑，灵鸷与凡人为友一事最终还是没能瞒过莲魄。大掌祝莲魄实乃白乌氏族长，她知情后极为不悦，要以私闯白乌禁地为由诛杀阿无儿。莲魄的顾虑和时雨如出一辙，区区凡人竟能无视法术结界，其中必有妖异，不得不防。

灵鸷在灼热难当的祭台下跪求了数个日夜，温祈也将罪责揽于己身。最后莲魄看在温祈的分上饶了阿无儿一命，责令温祈派出弓手值守于凉风坳，日后再有异族靠近一律格杀。灵鸷则被罚在镜丘千影窟中静修思过。说好了十年即可放他出关，灵鸷乖乖从命，谁知他在千影窟中足足被禁闭了六十年。

当年分别时，阿无儿十七岁，等到再见之日，灵鸷只稍长了一些，旧友已是老朽垂暮。

灵鸷赶上了见阿无儿最后一面。阿无儿几乎已记不得灵鸷了，弥留之际，他躺在小山村的草房之中，神思忽而清明，手握"长生"，恍惚忆起自己少年时曾有过一个好友，是山中神仙所化，突然间就一去不回。他一世未将这个秘密宣之于口，说了别人也不信，渐渐地自己也以为是幻梦一场。

阿无儿死前什么都没说，只朝灵鸷笑了笑。就像六十年前他们在凉风坳道别，他也是笑笑而已。他们都以为明日还可再见。

灵鸷后来想到，莲魄赶在阿无儿临死前将他放出来也许并非巧合，更非仁慈之举。她就是要让灵鸷去见那凡人最后一面，好让他知道凡人的一生如风中之烛转瞬即灭，他的游离是多么可笑而危险。

六十年而已，于白乌人不过短短一段光阴。莲魄略施薄惩，她要的是灵鸷醒悟，要他悬崖勒马。

灵鸷什么都听莲魄的，不敢有半句怨言。然而他此番瞒着莲魄下山，除了想要找到昊娱遗图的线索，还有一个隐秘的心愿，那就是再见到转世之后的阿无儿。

"我都老死过一次了，看上去却还比你年长几岁。想来你不是人吧？"谢臻笑着对灵鹭说完，又指了指时雨和绒绒，"他、她也不是人……我这个人天生没有慧根，偏偏容易被异类惦记。"

"你骂谁呢？谁是异类！"绒绒嗔道。

"身在人间，却非凡人，不是异类是什么？小丫头，你是什么变的？"

绒绒被谢臻轻描淡写的语气惹恼了，嘲弄道："你以为是先有了凡人才有人形？万物修行皆是为了变成你们的样子？真是可笑透顶！你们不过是女娲大神依照自己样貌塑成的坯子。殊不知天地大道的形态本就如此。若非灵气凋零，你们这些浊物才是异类！"

谢臻听后沉吟片刻，竟欣然一笑："小丫头言之有理，受教了！"

绒绒原已准备好要与这凡人争论一番，但对方从善如流，她反而有些无所适从，赌气道："笑什么。听说你不畏法术，可我照样能收拾你。'公子穿肠过，王孙腹中留'，你没听说过吗？当心我这个异类把你生吞了！"

她露出利齿尖牙，做了个狰狞的鬼脸。谢臻并不畏惧，半真半假地说："异类凶险，却比凡人有趣多了。"

这句话还算中听，绒绒轻哼了一声，绕着谢臻走了两圈，将他通身打量个遍，奇道："你是怎么成为灵鹭好友的？哼，你没有时雨好看，更比不上我善解人意、冰雪聪明。定是灵鹭那时年幼无知……"

谢臻说："这个嘛，我也不是很清楚。"

绒绒不再计较。其实他们站在一处，谢臻英俊，灵鹭脱俗，时雨更是郎独绝艳。水边少女哪怕已有情郎，也禁不住春心荡漾，偷偷张望。身为万绿丛中一点红的绒绒很是得意。

"你见到我并不惊讶，莫非你有预见之能？"谢臻并不掩饰自己对灵鹭的兴趣。上次照面，玄陇山中夜色深浓，他先是以为自己遇上了贼人，后来又被灵鹭看似荒诞却又无从辩驳的说辞扰得心乱如麻，也没顾得上留意自己"前世的好友"。

这几人中灵鹭并非样貌最出众的那个，话也不多，他站在那里，沉静凛冽，却叫人难以忽视。对于那些所谓的前世之事，谢臻依旧半点也想不起来，他只是没来由地觉得，眼前这人并非看上去那般可亲近，再诡诞不经之事由他嘴中说出来，也如真的一般。

"既是旧友,我对你尚有几分了解。"灵鸷说。

谢臻不知该说什么,索性开门见山:"我来是有一事相询。那日你说我魂魄异于常人,可知是什么缘故?"

灵鸷摇头:"大执事说,他阅遍族中典籍也未曾见过有这样的先例。"

"我也从没听说有如此古怪的凡人。"绒绒轻扯时雨衣袖,"要不你再出手让我瞧瞧,他当真不怕你的法术?"

"你自己试试不就知道了。"时雨不动声色。他并未告诉绒绒,其实当谢臻靠近之时,他已再度施展"摄魂幻境"之术,甚至催动了玄珠之力。然而在谢臻魂魄中他探到的唯有虚无,他为谢臻设下的阿鼻地狱之境,谢臻也浑然不觉。

"幽都主掌六道轮回,你的异常之处,或许他们能解答一二。"灵鸷说到这里,想起了自己不久前刚与土伯结下梁子,不由得心中一沉。

"这魂魄异常算不算一种病症,有无治愈的良方?"谢臻一脸苦恼。

绒绒忍俊不禁:"别人求都求不来,你倒好,身在福中不知福!"

灵鸷却了然地看向谢臻:"你的头风之症尚在?"

"你连这个都知道!"谢臻苦笑,"没错,我这是娘胎里带来的宿疾。轻时隐隐作痛,重时如当头锥刺,最要命的是这毛病如附骨之蛆,时时相随从无断绝。为此家中替我访遍名医,甚至求助于巫蛊之术,可惜也无半点用处,只能放我四海云游,但求能……"

谢臻的话忽然打住了。灵鸷出其不意地两指虚点于他额前。他并未看到任何异状出现,可是那早就习以为常的缠绵痛症仿佛被无形之力安抚,脑中一片清明安宁。

"你……你竟能治得了我这毛病!"谢臻又惊又喜,管他什么"子不语怪力乱神",眼前站着的就是他的神仙活菩萨。

灵鸷收回手,却及时浇了谢臻一头冷水:"上一世我在无意中发现白乌氏的吸纳元灵之力能暂时缓解你的头痛。不仅是我,大执事也能做到,但都只是权宜之计,无法根治。"

"如此看来,我岂不是要替主人找根绳索将他系在身侧?"时雨脸上似笑非笑。

谢臻哑然。

"此法不可常用。过去每当如此,下一回我就须以加倍之力才能镇住他的疼痛。吸纳元灵毕竟是伤人之术,就算他秉性特殊,我却不知如何掌握分寸。"灵鸷正色道，"这顽症或与他魂魄异相有关，找到根治之法才是正途。"

绒绒看热闹不嫌事大，一会儿看看这个，一会儿瞧瞧那个，最后眼神落于谢臻身上："我看你也挺可怜的。我们正好要往西海大荒而去。西海大荒历来多有仙芝灵草，兴许能找到治你头痛的良药也未可知呢！"

谢臻听了，仿佛有些犹豫。

"你有意同行的话，倒也无妨。"灵鹫朝他点了点头。

"主人，此去西海大荒路遥艰险，拖着一个凡人同行无异于负累！"时雨高声提醒灵鹫。

灵鹫冷冷道："要想免于负累，你只需止步于此。"

"主人明知我并非此意！"

"你明明就是这个意思。"绒绒幸灾乐祸地插嘴。

……

"等等，你们谁能告诉我，这一路到底有多远？在我老死之前能否到得了你们说的西海大荒？途中又有何危险？若是比头痛还凶险，那……"谢臻说着，发现其余三人都不再言语。良久，他似乎听到灵鹫低叹了一声："你还真是一点都没变。"

绒绒安慰谢臻："放心，我可以保护你。"

谢臻将信将疑。反正自己一时间也无更好的去处，他点头道："也罢，若实在不妥，大不了我中途折返便是。"

他本就是个随心所欲之人，既决意要与他们同行，连行李也无须收拾。

绒绒多了一个可说话的同伴，一时也喜不自胜，缠着谢臻问东问西，顺便又把自己吹嘘了一通。她正说到高兴处，冷不防被凭空出现的拦路石绊了个大跟头。

绒绒爬起来，斜眼看向时雨："你就知道欺负我！"

时雨手中一片梨花花瓣忽如赤焰之色，转瞬又化为剔透冰凌。方才水畔的怀春少女朝他抛洒花雨，其中有一片误落在灵鹫的肩上，又被他拾起。

时雨笑笑，对绒绒道："你方才不是说自己能识遍天下奇花异草？可有一种能治痴愚？"

灵鹫走在最前面，不知在想什么事，全不理会他们的胡闹。绒绒唯恐时雨又使绊子，忍气吞声地凑在他耳边："我只知道这附近山中有树名为'梅木'，服之可使人不妒。"

绒绒与凡人打过交道，常惊叹于他们能在电光石火般短暂生涯中活出热闹繁杂的场面。然而她从未与凡人深交。在她眼中，凡人多半狂妄而无知，自以为是万物之灵，能主宰山川河流、草木众生。除去对神仙的极尽阿谀，面对其他灵性之辈，他们全无半点慈悲，一旦遇上莫不除之而后快。

　　如今精怪伤人，多遭天道惩罚，凡人"斩妖除魔"，却成了理所当然之事，哪怕这些"异类"并无祸害他们之心。说什么妖不胜德、邪不压正，好像他们真的成了世间大道正途一般。

　　谢臻倒是和绒绒所了解的凡人不太一样。初见时谢臻也曾调侃绒绒他们"不是人"，被绒绒义正词严地批驳了一通，他就再也没有对他们的身份说三道四。绒绒以为谢臻是被自己的威严所慑，不敢再出言不逊。后来才发现，他只是没有把这件事放在心上，那句"不是人"的戏言在他看来也并无贬斥之意。

　　一路同行，谢臻对另外三个"不是人"的同伴既未存有畏惧之心，也无崇敬之意。若不是受头痛所扰，他多半对自己异于常人的魂魄都顾不上理会，用时雨的话说，他才不是豁达通透，而是实实在在的懒骨头。因为懒，再诡异的事也不屑于好奇，再离奇的遭遇也顺天应命。

　　谢臻一身本领在凡人里算得上出类拔萃，然而他遇事能不出手绝不出手，只有在危及性命时才不得不自保。但凡认输可以解决，他绝不硬抗。

　　他怕疼、怕麻烦，不耐烦苦和累，除此之外诸事皆无所谓。明明他才是凡人，跟绒绒、时雨他们比起来，他却更像活了几万岁的老妖怪。

受谢臻脚程所限，出了玄陇山没多久，他们都改为骑马沿官道而行，途经人烟之地，也会找地方投宿。绒绒觉得有趣，灵鸷也无异议。时雨终于免受风餐露宿之苦，这本是他心中所愿，不知为何，他却很不是滋味。

过了甘州的地界，已是初冬时节，目之所及可见凛风黄沙，耳边常闻羌笛驼铃，长安已遥在落日的另一端。

一路走来，城镇村落渐稀，他们在荒漠中连行了几日，这日总算赶在日落前抵达了一个小城镇。

此镇名为"福禄"，位于祁连山一隅，地界不大，整个小镇盘踞于一个地势平缓的山包之上。城中各族混居，因是往返于长安与西域客商们的落脚处，吃穿住行之所倒也齐备。

进城时天色已暗，一入城门，他们都被期间的热闹所惊。街闾人头攒动，鼓乐喧哗，多人手中持炬，火光延绵宛如游蛇。

他们似乎赶上了城中一次盛大的祭祀仪式。绒绒怂恿着灵鸷上前去看，队伍当前是一条竹篾与绸布扎成的黑龙，由数十个大汉舞弄着蜿蜒穿行。黑龙身形巨大，狰狞凶狠，口中含有火珠，不断喷出焰火，看上去并非善类。四个戴着面具、手舞足蹈的巫人尾随其后，做驱赶状。

居中的是一个竹子搭成的高台，上有一尊塑像，看起来就是他们祭祀的正主了。塑像所经之处，围观者无不虔诚祈愿，纷纷投以香花鲜果。

"来了来了，让我看看他们拜的是哪路神仙。"绒绒双眼放光，伸长了脖子。她目力极佳，隔了很远也能看清那塑像乃是个白衣白胡子的尊者，头戴高冠，双目微合，面庞威仪中不失温和。

在他身后，一行浩浩荡荡的白衣人列队而行，他们中有老有少，均为男子，头戴高冠，面色肃穆，身上多有法器。

绒绒有些失望，脸也垮了下来，低声抱怨："这老头是谁呀。又骗来了一群妄想长生不老的修仙者。"

"这是东极门的盛典。没什么好看的，我们先找个地方落脚吧。"谢臻牵着与他同样困乏的老马，在流动的人潮中被挤得东倒西歪。

绒绒感到有些奇怪："什么是东极门？此处明明地处西北，为何自称'东极'？"

"东极门乃是凡人的修仙门派，他们是青阳君的信徒。青阳曾为东极之主，东极门因而得名。"谢臻打了个哈欠解释道，"都说青阳君仙心柔肠，陶钧万物，近百年来，中原各地也遍布东极门信徒，好像是有一些人修行得果了。"

绒绒目瞪口呆："你是说……那个丑八怪老头是青、青阳君？"

"那是当然。怎么，你见过青阳君？"谢臻急于找个地方蒙头睡一觉，语气甚是敷衍，"今日是青阳君诞辰，没想到这偏远小镇也有如此盛大的仪式。"

绒绒不知道作何表情，忽听一声熟悉的轻笑。时雨站在人群之外，声音却清晰地传入绒绒耳中。他示意绒绒去看"青阳君"塑像后的纸糊神兽，那神兽扎得相当马虎，有几分像犬，又有些像猪，面上是两颗铜铃大的眼珠，直愣愣看着它的主人。

"那想必就是你了。"时雨看向绒绒的神态略带同情，"你主人将你养得很是富态憨厚啊！"

"灵鸷，我打不过时雨。你快替我收拾他！"绒绒气得声音都变了调，"你看他还敢笑……"

灵鸷并不理会他们。他方才看到长街尽处有一赭袍老妪，佝偻着身子挤在围观的行人之中。

武罗？

仿佛感应到灵鸷的视线，武罗也看了过来，微微颔首，随即便隐身于人潮之中。

"我们先去找个客舍。"灵鸷说着，拍醒了站着打瞌睡的谢臻。不过是两夜没合眼，怎么就困成了这样？

时雨应了一声。

这时，游行至前方的队伍中传来了一阵骚动，只听有人惊叫："怎么回事，这神兽好端端的自燃了起来！"

福禄镇中唯一的客舍也叫"福禄"。时雨近来投店的经验与日俱增，见了掌柜便娴熟地上去询问有无上房。原本心思都被外间热闹吸引的掌柜打量着这几个新来的异乡人，只觉得甚是悦目赏心，眼珠子落在时雨身上，连转都不会转了。

时雨听说有两间上房，面露愉悦之色，慷慨地朝掌柜抛出一串钱。

灵鸷正站在马厩旁，试图借饮马为由逃避缠上来诉苦的绒绒。谢臻倚靠在一侧假寐，见时雨与掌柜交接完毕，经过他身旁时方道："这次用来付旅资的又是什么？"

同行多日，他对时雨也算有些了解。凡人钱财这种污浊的东西，时雨是万万不会沾手的。

时雨眼睛都未抬一下，反问："你有钱吗？"

"在玄陇山时，我已把钱袋子给你了。"谢臻很是无辜。

"我扔了。"时雨回头，向门外的两人招呼了一声。那两人一个只会添乱，一个不理闲事，眼中均无这等俗务。

客舍掌柜正喜滋滋地数着钱串子，在谢臻看来，他手中攥着的其实只是一片枯叶。

"凡人也有凡人的不易。"谢臻摸索周身，可惜半个铜币也无，于是他将腰上玉佩解下，欲抛给时雨，"这个还能换几个钱。"

"你休要害我。"时雨拒绝。那玉佩乃谢臻家人所赠，也是他身上最后一件值钱的东西。若灵鸶知道了，就算不会苛责于时雨，怕也不会再轻易住进凡人的地界。

"只要我不死，便可保他手中钱财永世不变。"时雨横了谢臻一眼，"若不是你，我也不至于如此。"

"也是，你变出来的好东西我全都看不见，实在是没有福缘。"谢臻也无奈。前日夜行于荒无人烟的戈壁，小憩之时，忍无可忍的时雨变出了烟雨碧湖中的亭台楼榭。绒绒高兴得欢呼不已，可惜在谢臻这里，看山还是山，看沙还是沙。

夜深，整个西北小镇沉沉睡去。灵鸶坐在客舍屋顶的正脊之上，高处四面来风，送来的皆是人间烟火气息。

时雨悄然现身，似有话要说，却又犹豫着。

"你在我身旁飘来飘去的做什么？"灵鸶睁开眼睛。

"我怕惊扰了主人静修。"时雨上前禀道，"我向客舍的掌柜和马夫打听过了，此地有一传说：出了镇子往西北方向而去有个乌尾岭，只要翻过乌尾岭，就可见到一大片河滩，数千年前那里曾有黑龙为祸。传说那黑龙本性暴虐，口中不断喷出烈焰，闹得天地不宁，万民难以安生。幸而青阳君下凡为民除害，将黑龙就地诛杀，这一带从此水草丰茂，有了'塞上小江南'的美名。不知为何，近一百年来天象骤变，降雨一日少过一日，有人称葬龙滩附近已被烈火环绕，周遭酷热难当，寸草不生……"

"葬龙滩？"

"葬龙滩即是传说中黑龙的葬身处，那里本就荒无人烟，如今更无人可以靠近。当地人都相信是黑龙的魂魄复苏，积攒了数千年怨气所致。因而他们都寄望于青阳君显灵，好再一次降服黑龙，还他们风调雨顺的日子。"

"如今的鳞虫之类能修行到你好友白蛟那样的境地已属罕见，哪里还有什么炎龙。死而复活更是无稽之谈。"灵鸷沉吟道。

"民间传说难免穿凿附会，不过我探过那掌柜和马夫的心魄，他们都未说谎。且不论真假，既然我们已到了这里，何不去那'葬龙滩'瞧瞧。"时雨怕灵鸷恼他自作主张，忙又补了一句，"不知主人意下如何？"

灵鸷看向西北的方向，延绵黑山之外隐有炎光。他先前静坐于此，已感应到那处浮动着极度不安的元灵，躁动而又强盛。他仰头深深吸了口气，按捺住心中渴望，那正是白乌人最为理想的捕食之物。

"也好。"他点头道。

"这镇上的人都让传说给骗了。我从未听说他杀过什么黑龙。"绒绒出现在屋檐旁的一棵枣树上。她仍不能对那尊糟老头塑像和他身边的丑八怪神兽释怀，偏又觉得滑稽，在树梢上笑得枝条乱颤，"真该让他下凡来看看，他的信徒们把他臆想成什么样子！"

"既看不惯，为何不连他的塑像一同毁去？"时雨语气凉凉。他瞧得分明，绒绒虽是笑着，可眼角发红，想是已哭过了一场。她心中对青阳君必是存有怨怼的，否则也不会赌气离了昆仑墟，说什么也不肯回去。

"那尊塑像太过高大，我怕将它弄倒会伤及无辜。"绒绒强行辩解。

她当时一气之下放火烧了那只纸扎的神兽，本想将高台上的青阳君泥塑一并击碎，凭那些凡人的眼力绝不会发现是谁干的。然而她到了那塑像跟前，看着那张名为"青阳君"的脸，却怎么也下不去手，明明那糟老头看上去与青阳君一点儿也不像。

时雨心里明镜似的——废物，自己暗自伤怀又有何用？他本不欲搭理她，又实在看不惯她强颜欢笑的样子，叹了口气，手中凭空多了一物，朝树上抛去。

绒绒扬手接过时雨给的酒瓮，拔了塞子一嗅，喜道："思无邪？"

"我已用客舍中自酿的石榴酒将它兑开。今夜月色不错，找个地方我陪你醉一场。莫要在此长吁短叹，扰得主人不得清净。"

"无事。"灵鹙犹自闭目，不紧不慢地开口。

"也对，又还有哪里的月色能胜过此处呢？"时雨回头展颜一笑，坐到飞檐之上，自己也抱了酒瓮，仰头喝了一口。

"灵鹜，你也一起喝啊，我们不醉不归！"

"主人旧伤初愈，不宜饮酒。"

绒绒闷头喝了一阵。天际半丝浮云也无，一轮圆月无遮无碍，近得教人情怯。

安静下来的绒绒教人好生不习惯。

"今日既是青阳君生辰，九天之上也一样热闹吧？"时雨找了个话由。

"谁知道呢？我已离开那里很久了，想来已人事全非。我在昆仑墟上时，从不知他还有信徒。"绒绒抹了一把嘴角的残酒，笑笑道，"从前他的生辰总是很冷清。早年是无人记得，后来他也不喜人来。苍灵城中只有我和他。他最爱让我陪他玩投壶，输了的喝酒，每年他都要醉上一场。他说，'思无邪'是苦的。哎呀，他的酒量和投壶的本领一样糟透了……"

"你离开昆仑墟，是否青阳君有负于你？"灵鹜冷不防问道。

时雨险被一口酒呛住，也只有灵鹜才会问得这般直接坦荡。

绒绒也愣了片刻。从没有人问过她这个问题，连她也没敢这么问过自己。她傻乎乎地点头，又赶紧摇头："不，他对我很好。他什么都好……"说着，她猛灌了一口酒，咂摸良久，忽然悲上心头。"哇"地哭了出来，"我难过的是他明明什么都没做错，我却仍旧难过！"

"他说让我化形就化形，他不想我记得的事我就得忘记，他说为我好我只能乖乖接受。"绒绒泪眼蒙眬，"他不曾负我。是我太贪心了吗？"

时雨说："'罪莫大于可欲，祸莫大于不知足，咎莫大于欲得'，话虽如此，我辈修行千万年，又有几人能效仿'太上忘情'？"

"时雨，还是你懂我，我知道你对我最好。"绒绒飞身投至时雨怀中，呜咽着寻求安慰。时雨被扑倒在板瓦上，深吸了口气，抱也不是，推也不是，浑身不自在。他正想着如何委婉地让她滚开，绒绒嘟囔，"你长大之后浑身硬邦邦的，抱起来远不如从前舒服了。"

"从前我也没有抱过你。"时雨嫌弃不已。他身上一轻，来不及释然，扭头已见绒绒依偎在灵鹜身边。

灵鹜也有些意外，见她哭得伤心，僵硬地伸手拍了拍她的脑袋，语重心长："既求不得，哭也无用。发奋修炼，终有一日让他败于你手下才是正途。"

时雨清咳一声。

绒绒脑子晕乎乎的，她只当自己喝多了，怎么也想不通"求不得"与"发奋修炼"之间的因果，只顾一把鼻涕一把泪地抽泣。

"有好酒、好月、好友为伴，小丫头为何难过？"谢臻跃上房顶。他已睡了一觉，可还是满眼惺忪，"从前我总以为摆脱了肉体凡躯，就可以穿着五彩羽衣在祥云上飞来飞去、自由自在、长乐无忧。怎么你们一个个过得苦哈哈的，该做的事还得做，烦恼一点也没落下。"

"整天飞来飞去的那是蚊蝇！"绒绒气苦地瞪向谢臻，"你们再烦恼，熬几十年，一咽气就烟消云散了。我们活得很久，遇上不好的事，也须难过很久！"

"那凡人还修仙做什么？"谢臻找了个能坐的地方，抽抽鼻子问，"哪来的酒？"

时雨只得给了他一坛："只有这些了。这酒纵是兑了凡间的酒浆，还是烈性得很。你要是醉死了可怨不得我。"

谢臻笑道："醉着死不疼，不失为一种好死法。"

绒绒恼他打断了自己的悲痛，絮絮叨叨地扯着他倾吐衷肠。她喝得太急，酒入愁肠废话多，谢臻听她没头没脑地说了一通，也拍了拍她的头，认怂道："我错了，你还是继续哭吧！"

屋顶险峭，瓦面凹凸，谢臻换了好几个姿势也不甚舒坦。他留心身边几人，灵鸷稳如泰山地端坐于屋脊上。时雨蹲于飞檐，姿态闲雅，细看才知他周身凌空，并不曾沾身瓦面。而赌气又回了枣树的绒绒更是在树梢迎风摆荡。

"你们也有你们的好处。"谢臻难得羡慕道，"在哪里都能自在安身，又不知困倦，连吃饭、睡觉这等琐事也可免去……可叹你们竟还要费心喝酒。"

"你的鞭子不该叫'长生'，最好改叫'长蛇'。"时雨嘲弄道，"一身懒骨，你与冬眠的蛇有何区别。"

好眠之后头痛暂缓，又难得闲适，谢臻半点脾气也没有。他在灵鸷身边找了个地方坐下，尝了尝那酒的滋味，颇不以为然："这就是所谓神仙佳酿？好是好，只是淡得很。"

灵鸷知道"思无邪"的厉害，扭头看他一眼："你活到现在不易，若真的醉死了岂不冤枉？"

谢臻闻言，又试探着喝了几口，酒意迟迟未曾上头。灵鸷还来不及阻拦，他一鼓作气，半坛子酒入了腹中。

"想不到我们当中最厌世的竟是一个凡人！"绒绒咋舌。

时雨冷眼旁观，一心等着看热闹。谁知众人屏息良久，只等来谢臻打了个酒嗝。

谢臻将酒递与面有惊异之色的灵鸳："来！隔世重逢，我还未尝与你一醉。"

"主……"时雨张口，然而灵鸳已自然而然地接过了酒瓮。他只得将话咽了回去，闷闷望向远处。

灵鸳抿了两口，这酒虽不如他在绒绒酒肆中喝到的那般要命，但也绝不似谢臻说的淡而无味，很快他的面颊在酒意蒸腾之下泛了红。

谢臻拍着灵鸳的肩膀："不知为何，我早料到你酒量不佳。难道这也是前世的记忆不成？"

"这酒于你无用，好比牛嚼牡丹。"在绒绒眼中，谢臻才是一个"怪物"。她很是好奇，"你一直都这样吗？"

谢臻歪着头想了想，慢吞吞道："我出身大家，然而我父亲这房唯独我这一个嫡子。早年家父忙于朝政，内宅妻妾倾轧。我记得在我刚懂事不久，有一天母亲忽然重病，汤药皆无用处。幸亏家中请来高人，发现我母亲瞳中有异色，疑心她中了巫蛊之术。后来家人果然在一侍妾房中搜出了两个桐木偶人，一个刻着我母亲的生辰，一个是我的。奇怪的是，同样被人施以咒术，我母亲险些丧命，我却安然无恙，那请来驱邪的高人也说不清是什么缘故。那是我头一回知道自己兴许与别人不同。"

"我听闻胡巫可通鬼，中了他们的鬼咒之人瞳心隐隐赤红，若不破咒，七日后将癫狂而死。连时雨都奈何不了你，那种末流法术更不在话下。"灵鸳说完，时雨那处似传来一声轻哼。他回头傲然道："上次我不知他的古怪，有些大意了。要是主人不怪罪，我自有上百种弄死他的法子。"

灵鸳充耳不闻，他实在不知时雨为何总要与谢臻斗气。在他眼中，时雨看似成人，却还是孩童脾气。

"人生不过百年，我迟早得死，你费那心思做什么？"谢臻朝时雨眨眨眼，又说，"因我头风之症难愈，十几岁时，家中长辈做主，将我送往东极门修行。我学艺三年，半点浅显的法术都未学会，倒是鞭子使得愈发顺手。门中尊长、师兄弟都说我毫无慧根，可动起手来无一人是我对手。如此这般，我又被遣回了家中。"

"我知道了！"绒绒灵光一现，激动地从树杈上蹿起，"我终于想通了谢臻为何能够屏障法术！"

灵鸷惊得险些没拿稳手中的酒坛子。大执事尚不能解开的奥秘，竟能被绒绒悟透，莫非此事终究与上界脱不了干系？

"有话赶紧说，上蹿下跳的干什么！"时雨施法将绒绒定在半空之中。

绒绒保持着一个滑稽的姿势，她也存不住话，飞快道："我记得灵鸷说过，谢臻前世生活的地方就在小苍山脚下。他定是白乌人与凡人偷偷生下的后代，才会……哎呀，时雨你坏透了。"

她骤然从空中坠下，幸亏反应快，才在触地之前又飞身而起。

谢臻惊讶得合不拢嘴。时雨脸上仿佛写着"无趣"二字，却不由自主地去留心灵鸷的反应。

绒绒自认这推测极有道理，得意之余，心里又有些发毛。这不会触犯了灵鸷的禁忌吧。她已做好了随时闪避的准备，若灵鸷发火，她是躲在时雨身后比较安全，还是该让谢臻替她求情？

不知是因为喝了酒，还是灵鸷的脾气愈发好了，他只是显得有些意外，随后断然否定："绝无可能！"

"白乌人亦有七情六欲，情之所至，主人怎知不能？"时雨慢悠悠地问。

"我族人与凡间鲜有往来，我已算是离经叛道。何况白乌氏身有禁咒，不得与异族通婚，即使有破禁私通者，生下的孩子也无半点异能。"

"主人的意思是……的确曾有白乌人与异族生情，并且还有过孩子？"时雨敏感地从灵鸷的话中捕捉到了重点，这倒是大大出乎了他的意料。

灵鸷显然无意延续这个话题，只说："若阿无儿与白乌有关，大执事绝不会看不出来。况且白乌人屏障法术，也需借助通明伞这样的神器方能办到，他却天生如此。"

"管他呢，我还是做我的凡人吧。活久了累得慌，凡人此生腻了，还能寄望来世。"谢臻满不在乎地笑着，"对了，说到屏障法术，我又想起一桩可笑之事：去年我游至长安，某夜宿在城外野庙，没想到竟招来了妖物。一上来便大献殷勤，我见她貌美动人，也懒得扫兴。结果她欲以媚术吸我精气却徒劳无功，于是发了好大一通脾气，打了我一耳光，怒冲冲地走了。"

"你怎知她是妖物？"绒绒问。

"像我这样英俊的书生，被妖物觊觎也是难免。"谢臻大言不惭，无视绒绒的白眼继续往下说，"荒郊夜深，无端来了个一身狐骚味的佳人，就算是我也会生疑的。更何况她自以为已魅惑于我，松懈之下，几条毛茸茸的黑尾巴都露了出来。"

灵鹜听他描述，竟觉得那场景有些熟悉："她是不是眉心有一红痣，以双瞳魅惑于人？"

"正是。"

"是阿九！"

谢臻、绒绒同时开口。

"原来你们是老相识！"谢臻拍腿大笑，"也对，都是长安城中的妖……修行之辈，自然有些交情。"

"我与她并无交情，只是有过跟你同样的遭遇。"

"如此说来，这个阿九小娘子先后遇上了你我这等不解风情的猎物，命运实在堪怜。咦，你也吃了她一记耳光？"

灵鹜摇头。

"她为何对你手下留情？"谢臻失落道，"下次有缘的话，我倒要与她理论理论！"

时雨的声音冷若冰霜："没有下次。阿九对我主人无礼，早已命丧主人手下。"

"啊！哦……"谢臻拖长了声音，原本随意搭在灵鹜肩上的手默默收了回来。

"谢臻，我和阿九谁比较美？"绒绒脸上早已不见先前的哀怨。

谢臻满脑子想的是自己对灵鹜可还有过别的"无礼"行径，敷衍地打量了一下绒绒："众生各有短长，小丫头这又何必呢？"

"俗不可耐的浊物，你果真没有半点慧根！"绒绒气急败坏，转向灵鹜求证，"你也觉得阿九比我美吗？"

灵鹜酒意上头，起身正欲离去，闻言头也不回："嗯。"

绒绒对着灵鹜的背影暗自腹诽："白鸟人定是石头里长出来的。"

"我亦有同感。"

绒绒闻声看向时雨。时雨含笑，正等着她前来自取其辱。

绒绒警惕道："我没有问你，你什么都不许说！"

时雨好言安慰："你比那纸扎的神兽还是要美上一些。"

第二十五章

乐从何来

空荡荡的枣树枝头犹在轻颤，绒绒已愤然而去。屋顶上只余时雨和谢臻。

谢臻平躺屋脊上，周身舒展开来："此处甚是清净。若能睡上一觉，天幕为被，明月入梦，不失为美事一桩……只是背上硌得难受。"

他眯着眼，又去招呼时雨："还有酒吗？为何不说话了，莫非你也有心事？"

在时雨眼中，无数凡人的梦境飘浮在半空，全是些蝇营狗苟之事，可那些欢喜、失落、悲戚、惊惧偏偏真切无比。他转过头，淡淡道："人间真是吵闹。"

"你与灵鸷认识很久了？"谢臻随口问。他躺着喝酒，洒得衣襟上都是酒液，狼狈地掸了掸，也无心再去理会。

"如何算久？于我们而言，百年不过一瞬。"时雨面带嘲弄，"我与他相伴的时日必定比你长久。"

"那倒是！可惜就像绒绒说的，活得长久，烦恼也长久。像我就不操心百年之后的事，再多的执念也止于一世。"

"前路凶险难料，你为什么还要跟着我们。你真的相信大荒之野有治你头风的良药？那都是绒绒诳你的！她贪玩，恨不得多些人陪她。"

谢臻以手为枕："骗就骗吧，横竖我也没掉一块肉。与你们结伴同行挺有趣的。"

"我们？"

"对啊，绒绒有趣，你也不讨人厌。当然了，我与灵鸷更是一见如故。过去我从未想过我会与他那样又冷又闷的人为友。自打我见到他，居然有种十分古怪的亲近感，他的举止言行在我看来都十分熟悉。前世之说，不信也难。"

时雨沉默。在灵鸷心中，大概并不曾在意谢臻转世一事，他只当谢臻是分开了八十五年的友人，其中的六十年他被罚独自修行，时间如水过无痕。灵鸷和谢臻都未对重逢表现出太多的热切，但恰是那种无须言说的熟稔和自如，让时雨如鲠在喉。

"我说时雨啊，你是从什么时候开始做灵鸷的娈童……"谢臻懒洋洋发问，话音刚落，喉咙已被牢牢扼住。

时雨脸色红了又白，白了又红，气得连声音都在发颤。

"你说什么，你方才说什么！竟敢如此胡言……你心思龌龊，满口污秽。我看在灵鸷分上对你诸多忍让，你真以为不用法术我就杀不了你？"

谢臻只觉喉间如有寒铁之锁，憋得满脸通红，几欲气绝。他扳着时雨的手，艰难解释道："哎哎，我并无恶意。你们起居都在一处，我见你容貌出众，又口口声声叫他主人，故而才起了误会……时雨时雨，你先松手！我，咳咳，我知道你心中所想，灵鸷于我只是好友，绝无他念！"

时雨将谢臻狠狠甩开，厉声道："放屁！愚蠢凡人，你什么都不知道！"

谢臻逃过一劫，捂着生疼的喉咙，许久才缓过气来。他朝时雨摆了摆手："不是就不是，动什么气呢！"

谢臻出身世家，周遭所见，好男风，喜娈童，都算不上什么稀罕事，甚至在名士贵族间被视作一种雅癖。他本人则一贯豁达随性，但凡有情，发乎于本心，一切皆可。原以为这些跳出六道者会比他更为超脱，没想到时雨如此较真。

"你羞辱我也就罢了，休要搭上灵鸷。"时雨余怒未消。

眼下对谢臻来说，时雨说什么就是什么。他恭维道："我一看便知你是有情有义之辈。否则以你之能，未必要屈身于他。"

"谢臻，你且说说，活着是什么滋味？"

时雨寒着脸问得一本正经。谢臻喝了口酒压压惊："你不知道人活于世上有多麻烦，饥时需食，渴时需饮……"

时雨不喜污浊，所以谢臻及时打住，未将剩余的几项"麻烦事"一一道来。用不着抬眼看，他也能想到那张俊俏的脸蛋上必定满是鄙夷。

然而时雨接下来的话却平静了许多："正是如此，你们才有别于顽石尘埃那些死物。"

谢臻懒得去揣度他的用意，一径大吐苦水："你们这些不食人间烟火的家伙，哪里知道……"

"我当然知道。灵鸷即是我的饥与渴。"时雨垂眸，"遇上他之前，我从无所求，遇上他之后，我更无他求。我只要他，无论以什么方式，如饥者逐食，渴者盼饮，无对无错，无休无止。"

谢臻摇晃着有些昏沉的脑袋，良久后方打了个哈哈："你总不能将他吞进肚子里吧！"

"我无此癖好。"头顶传来一声轻哼，时雨似笑他荒唐，又似自嘲，"若能如愿，也未尝不可。"

谢臻不便评价，他也没问"灵鸷知不知道"这样的蠢话。以他的了解，灵鸷就算知道了，也未必会放在心上。他含蓄地提醒："有所求固然没错，可……你当真认为灵鸷可以让人'求而得之'？"

其实谢臻无须刻意于那个"得"字上加重语气，时雨也能意会。他们谈论的乃是灵鸷，一个桀骜强悍的白乌人。灵鸷恰如那把伞中剑，薄而锐，寒而烈。他要么胜，要么折，唯独不能设想被征服和驾驭。

时雨食指和无名指指尖莫名地隐隐生疼，那是曾被灵鸷身上的刺青印记灼伤之处。他将双手负于身后，轻轻摩挲着疼处。

"没有他，断不会有今日的我。从他拔剑救我那时起，我已将自己与他视作一体。"时雨低声道，"要不占有，要不臣服。这天地间若我还能臣服于一人，那也只能是他。"

他说来平淡，玉般容颜上笑容清浅，有如薄云缭绕皎月。谢臻却暗自咂舌，这非人的心思，凡夫俗子实在难懂。

"若非阴错阳差，你与灵鸷在一处也算得上一对璧人。"谢臻笑道。

"你可知……白乌人成年之前性别未定？"时雨若有所思。

"非男非女是吧，绒绒跟我说过。在我眼里，灵鸷就是灵鸷，无论男女他都是我的好兄弟，不，好朋友！"谢臻晃了晃空酒坛子。

"即使他日后或为女子，你对他也无旁念？"时雨也恢复了镇定，轻掸袖口蹭上的尘污。

谢臻神秘一笑："凡人嘛，难免俗气，我喜欢这种……或者那种……"

他手中略作比画。同为男子，时雨自然心领神会，不屑地笑笑，未予置评。

"夜已深，各自歇下吧。明日前往葬龙滩，还不知会遇到什么东西。"时雨挂念次了酒的灵鸷，唯恐绒绒又在灵鸷面前聒噪，于是将自己剩余的半坛子酒也抛给了谢臻。

"你房中拥挤，今夜你也可以与我同宿。"谢臻很是大方。

他并不知道时雨虽与灵鸷同宿，但夜晚多半以雪鸮之形栖于窗畔，而绒绒在屏风上、半空中，随处均可安身。床榻之上从来只有灵鸷一人。

时雨不欲解释，却忽然思及一事，神色复杂地问道："你看不见我的幻术，玄陇山那晚，我化身雪鸮啄了你一下……"

"什么雪鸮？"谢臻讶然，随即莞尔，"那天你一句话不说，扑上来就亲了我一口，还啃得我满头是血。"

……

时雨只后悔自己刚才未下重手，留这祸害于世。他已说不出话来，连多看对方一眼都无法忍受，在杀心重起之前速速遁去了。

谢臻顿足大笑，只听客舍周围狗吠声此起彼伏。马夫披衣冲出来，朝着屋顶大喊："什么人在那里……来人啊，房上有贼！"

待小二与掌柜也挑灯出来，屋顶上已无人影，只是地上多了"贼人"落荒而逃时打滑踩落的几片碎瓦。

不知是否因为思无邪，久未做梦的灵鸷在入眠后又回到了小苍山。他尚在山上时，族中的沉闷肃穆和压得人喘不过气来的抚生塔无不让他想要逃离。如今走得远了，小苍山的一草一木却在心间缭绕不去。

梦中的他尚且年幼，赤足坐在鸾台的大黑石上，听温祈为他描述江南的莲。

小苍山是没有莲花的，现存的白乌人无一见识过真正的莲长什么样。然而白乌人真正的故土远在西海聚窟洲，据说那里曾有万顷莲田环绕，花叶香闻数百里。也许正是这样，前任大掌祝醴风给她心爱的弟子取名"莲魄"，意在让后人莫忘昔日来处。

"江南可采莲，莲叶何田田，鱼戏莲叶间……"灵鸷动了动腿，玄铃在他左足无声轻晃，"大执事，你说凡人这歌谣唱的是采莲之乐。可是采莲有什么可值得欢乐的呢？"

"是啊，乐从何来？我都快忘了，在小苍山之外，世间尚有毫无因由的快乐。"

在梦中，温祈的脸时而清晰，时而模糊。灵鸷记得很清楚，大执事说这话时依旧平静温和，他在描述着人间的乐事，然而他的眼中殊无欢愉。

自灵鸷懂事以来，小苍山已不知"乐"为何物久矣。他并不为此介怀——毫无因由的快乐想必毫无益处，要来何用？

可他为何独独忘不了这一百五十多年前的旧事？

大执事的面孔逐渐淡去，白水绕黑石的鸾台也换作了西北小镇的粗陋瓦顶。思无邪的酒气，绒绒的泪，谢臻的笑，时雨的冷嘲热讽，吹灭了灯火的人家交织着俗人梦呓和孩童轻啼，秋虫在暗窗深草处窃窃应和……灵鸷本想找个清净的所在静坐调息，这扑面而来的吵闹令他无所适从。可他并没有败兴而去，相反，他喝了酒，听他们的哭笑唠叨，凭白虚掷一段光阴，竟有种陌生的痛快，仿佛万般无用的明月清风坠入心间，一时盛得极满。

灵鸷翻了个身，有微凉的触感自额角传来，是时雨的手。早在时雨轻飘飘从窗外进来时，灵鸷已悄然转醒。

这小畜生还真是不肯放过任何一个窥探他的机会。

灵鸷酒后心性宽和，不欲大动肝火，因而懒得与时雨计较，只是收心凝神。他默默忍了片刻，想等时雨无隙可乘之下知难而退。时雨果然收手起身，然而顷刻又旋返，这次他的手竟然落在了灵鸷胸膛之上。

是可忍孰不可忍。灵鸷的仁慈瞬间被消耗殆尽。只听时雨一声低呼，他右手已被利物钉穿在床沿。

"死性不改！"灵鸷起身斥道，"我不想脏了手，你却得寸进尺。"

绒绒还蜷在角落，似比先前睡得更酣。想来是时雨狼狈之余还不忘设法摒除了旁观者。他低头看向伤处，贯穿他掌心的原来是客舍中的烛剪。在灵鸷的怒火下，圆钝的剪口整个没入时雨血肉之中。

这点伤口愈合不难，然而入骨疼痛却在所难免。

"我见主人酒意未散，额角布有细汗，以为是被子捂得太实，故而斗胆掖了掖被角……万万没想到会扰了主人好梦。都是我的错！"

灵鸷沉默良久，将头掉转一侧："我提醒过你，离我远一点。我不喜人动手动脚。"

　　时雨一把将烛剪自掌心抽出，淋漓鲜血即刻沿他手腕而下，将洁白的袖口浸染成了比绯色外衫更为深重的殷红。他皱了皱眉，苦笑："换作谢臻，主人想来不会下此狠手。"

　　灵鸷对时雨骤然提及谢臻很有些意外："他并非没有分寸的人。"

　　"唯独我是下作之流？主人为何不肯承认对我早有偏见！"时雨扬起下巴，"我自知区区小奴，不敢与主人好友比肩。然而你既已允我随行，却从不曾信任于我，这又是何苦来哉？"

　　灵鸷心下烦躁。时雨看似卑微，实则步步紧逼。他不擅应对这种局面，支颐道："既然委屈，赶紧滚就是！"

　　过了好一会儿，他才听到时雨发涩的声音："难道这一路甘苦与共，主人对我连一丝眷顾都未存下？"

　　"没有！"灵鸷转过身来，面色冷淡，"你自己都说了，区区小奴毫无用处。我为何要在意于你！"

　　"方才通明伞就在手边，主人为何不直接拔剑，偏要舍近求远用那劳什子烛剪来伤我？"

　　"再敢多说一句，我就如你所愿！"

　　通明中暗藏的伞中剑的确是称手的利刃，然而它所伤之处无法再用法术复原。若刚才灵鸷用的是伞中剑，时雨的手多半已废了。

　　时雨看似平静自持，眼角已隐隐发红。又来了又来了……灵鸷大感头痛："滚一边去，孽障。你的血滴到我新衣服上了。"

　　烛剪在时雨手心悄然化作齑粉，抬手时，掌心伤处的血已止住，他脸色也如雨过天晴，嘴角止不住地上扬："我知道，主人不忍伤我太深！"

次日前往葬龙滩的途中，绒绒发现时雨一只手似乎不太灵便。虽然他以袖口掩饰，可不经意间还是让绒绒瞧见了他掌心半愈的新伤。

绒绒很是纳闷，缠着时雨追问了许久，时雨却怎么都不肯透露自己的伤因何而来。绒绒只得转身去问灵鹫，灵鹫理都没理她。

"没理由啊，昨夜喝酒时他的手明明还好端端的，到底是怎么伤的？"绒绒歪着脑袋，想破了头也没想通，"我竟睡得那么沉！谢臻，昨夜你可曾听见了什么？"

绒绒不喜骑马，盘着双腿飘浮在谢臻的马鞍一侧，手里还好心地替他牵着缰绳。幸亏出了福禄镇后的这条小道少有人行，否则看见这样诡异的画面非吓掉了魂不可。

谢臻一副宿醉之态，打了个哈欠，不感兴趣地摇摇头。

"土伯又回来了？不对不对，他不敢。"

"不小心自己弄伤的？可时雨才不会这么不小心呢。"

"店里有邪祟？那也打不过他俩啊！"

"难道是时雨割肉给灵鹫下酒？嘶……这也太奇怪了。"

谢臻听绒绒嘀嘀咕咕一个劲地瞎猜，不禁感到有些好笑。

"你笑吧，我也不知道我为什么一定要知道，可是我就是很想知道！"绒绒苦恼地望着不远处一前一后骑马而行的两个背影，掩嘴道，"你说，他们俩昨晚是不是打了一架？"

"他们其实听得见你在背后说闲话吧。"谢臻笑着说。

"管他呢，就算我悄悄腹诽，时雨还是会知道的！"绒绒把玩着缰绳，忽然赌气朝前方大声说，"我一定猜对了，你们打架了！时雨，想必是你又做了坏事！"

时雨头也没回。谢臻眼睁睁看着绒绒忽然"哇哇"地叫着，在半空中飘来荡去，不知在躲避着什么，直吓得他身下的老马惊恐不已。

谢臻不想摔下马背，只得想法子将此事掀过去。他从怀里掏出一物，高声道："时雨，上次借你的书我已看完了，这就还你！"

时雨闻言抬手，背上长了眼睛一般，谢臻抛来的书册稳稳当当地飞入他手中。他想，自己几时借了书给谢臻？

他随手抖开书册，目光与心神均为一滞。那所谓的"书"原是一本装订精巧的羊皮厚册，上面所绘的全是春嬉之图，最要命的是，图中赤身交合的躯体看上去竟是两个男子。

谢臻刚才说什么？

这是——他——的书？

时雨面红耳赤地看向灵鸶，喏喏地想要辩白，情急之下舌头都捋不顺了："我，我，这，这不是……"

灵鸶循声回头，扫了眼那"书"，反应颇为冷淡。

当时雨骤然闪身于谢臻正前方，谢臻很庆幸自己身下的老马对这种事已习惯了许多，只是吓得打了个响鼻。

"你竟敢构陷于我！"时雨的双眼似要喷出火来。

"得罪了。"谢臻有些惭愧，"这等私密之物，我不该当面还给你的。"

"你再说一次，这是我借与你的书？"时雨一字一顿地问，春宫册子在他手中轰然爆燃。

谢臻轻咳一声："我绝对没有不问自取，书是绒绒给我的。"

绒绒心中暗骂谢臻贪生怕死。时雨若真的怒了，她还是有些发怵的。

"这就是你的书！"她看似嘴硬，声音却发虚，"书是离开玄陇山的时候罔奇塞进行囊里的，说是送给你的'宝贝'。你自己没有发现能怪我吗？后来谢臻不小心看到，我就答应借给他了……"

时雨眼皮跳了跳，迟疑道："灵鸶也看到了？"

"正是！"

"没错！"

绒绒和谢臻同时回答道。

"他翻了几页，揣摩了好一会儿，说里面有些姿态会使凡人筋骨受损。"

绒绒绘声绘色地补充："对了，灵鸷还问我，'时雨为什么要看这个？'"

"你怎么说的？"

"我哪敢多嘴！我说不知道，让他自己问你去。"

时雨对"不多嘴"的绒绒和撇过脸去以示自己"不管闲事"的谢臻点了点头。气过了头，他心里反而静如死水。

这两个败类……对了，还有龟缩在玄陇山的冈奇。没一个好东西！

他有些悟了，昨夜自己为何手掌被钉穿在床沿。

时雨一时觉得挨那一下委实不冤，一时又觉得自己太冤了。这冤屈如九天之阔，如沧海之深！

灵鸷今后会如何看待他？

他心思沉沉，连收拾那两个败类也顾不上了。

即使那不堪入目的册子已被毁去，时雨相信以灵鸷的耳力必然也听见了他与绒绒的对话——他是清白的。然而他心里仍有说不出的别扭，在随后的一段路程里，他都无颜出现在灵鸷左右。

到了乌尾岭，因山势陡峭，他们只得弃马前行。谢臻有几分不舍地将伴了他一路的老马放生。绒绒见状便说了，虽然她法力稀松平常，驮着他的马翻过山岭还是可以办到的。她拍着胸脯保证这是小事一桩，谢臻想了想那画面便婉言谢绝了。绒绒的好意他心领，只是担心那憔悴老马再也受不住更多的惊吓，还是让它自在于山野之间吧。

灵鸷顺应着他所捕捉到的戾气而行。眼下看来，福禄镇的传说并非空穴来风，戾气果然来源于乌尾岭的另一侧，随着他们不断靠近而益发浓深。

出了小苍山之后，灵鸷还从未在凡人的地界感应到如此强盛的戾气。这是他所熟悉的东西，唯有狂躁而绝望的元灵才会散发出此种气息。抚生塔便是为炼化它们而存在的巨大熔炉。

当然，这戾气远不能与抚生塔中的元灵相提并论，但白乌人的天性仍使得灵鸷对葬龙滩上的"恶龙之魂"无比好奇，甚至隐隐渴望。只是他素来坚忍沉静，半点未显出急躁来。谢臻脚程有限，灵鸷也从不催促。

倒是谢臻自发提出要选择最近却陡峭的路径，他对于什么"死而复生的龙"并无兴趣。只是见灵鸷不再像之前那样且走且看，也自发地收起了游山玩水的心思。

绒绒模仿山中猿猴，从一棵树荡到另一棵树的枝梢，好不快活悠哉。换作以往，时雨定是要狠狠嘲弄她一番才肯罢休，可此时他却有些恍惚，落后于灵鸷十余步，一径沉默着。

绒绒有心示好，凑近时雨身边逗他说话。她叽叽喳喳，好话说尽，时雨只当没有听到。

途经无处借力的山壁，谢臻没有拒绝灵鸷的帮忙。绒绒看着相携而行的那两人，善解人意地对时雨说："可惜你伤的是手……要不，我打断你一条腿，你说灵鸷会不会搀着你走？"

"你且试试。"时雨淡淡道，"到时他顾不上我也无妨。我废了你双目口舌，拧下你胳膊，勉强可充作一根拐杖。"

"留着我的嘴，那么你一边拄着我走，一边还有人陪你聊天解闷。"绒绒善解人意道。时雨瞪了她一眼，面上虽嫌恶，但绒绒知道他已不恼了。

她笑嘻嘻地扯了扯时雨的衣袖："他有隔世的老友，你还有我啊。我们是六百年的知己，无论好坏祸福我都会站在你这边。现在知道谁对你最好了吧？"

时雨本想揶揄她两句，只听绒绒紧接着又说道："所以……你我之间怎好有所隐瞒。好时雨，你就告诉我嘛，你昨晚行了什么不轨之事，手到底是怎么伤的！"

时雨收回嘴角浅现的一丝笑意，将绒绒甩在了身后。

"我会替你保密的，我的嘴比金甲神的宝葫芦还严实呢！"绒绒百折不挠地跟了上来。她还想说些什么，忽然发现自己的嘴再也张不开了，待要伸手去摸摸时雨究竟对她做了什么，却惊讶地发现自己的手也在消失，身躯开始不断膨胀。

这副模样一定丑死了。绒绒奈何不了时雨，连蹦带滚地去了灵鸷跟前。

灵鸷在山岭最高处落脚，刚松开谢臻的手臂，忽然眼前多了一只怪模怪样的绿衣葫芦，葫芦嘴被藤条束得严严实实。他讶然挑眉，继而又觉得如此并无不好，至少耳根清净了许多。他本已放在通明伞上的手又收了回来。

绒绒又气又急，闹着时雨要他把自己变回来。她变作葫芦之后行动仍旧十分灵活，时雨在她的纠缠下兜着圈子躲避，就是不肯让她如愿。

谢臻不知发生了什么，只觉得绒绒四处翻滚的样子实在滑稽，也被逗得哈哈大笑。

灵鸷莞尔，嘴角的笑涡才方浅现，又瞬间隐去。

"当心！"

谢臻眼前一暗，半个身躯被一把撑开的油伞所笼罩，与此同时，似有重物撞击在伞面上，一股焦煳之味在鼻尖弥漫开来。灵鸷拽着他后撤了十余步，此前的立身之处草木尽成焦土。

时雨本在灵鸷身畔不远，灵鸷示警时，他看见一团火光挟热浪奔袭而来，触到通明伞之后又火速弹开。他自是安然无恙，只不过袖口被灼出了一个大洞。

时雨身上的衣衫并非凡品，就算投入烈火之中亦能完好无损，然则他不过是挥袖拂去那怪物身上飞溅的火星子，不料袖口竟会残损至此。

绒绒早在危机来临时已解禁。她疾若流星地追了出去，又很快折回。时雨看她一脸惊惶，知她必是看清了来袭之物。

绒绒虽无能，胆子却不小，又自恃见多识广，能吓唬到她的东西不多。

不等时雨开口询问，绒绒就心有余悸地拍着胸口说："我的天，好大一只老鼠！我最怕那些长毛的畜生了。"

"下次我试试将你变回原形，再绑到铜镜之前，看你会不会自行了断。"时雨很是受不了。

"你不知道，那巨鼠足有半人高，牛犊一般大，身上的毛又密又长，还冒着火光……"

"那是火浣鼠。"

三双眼睛一齐看向说话的灵鸷。绒绒极力隐藏脸上的意外之色。谢臻和时雨，一个是凡人，一个涉世不深，她才不会像他们一样无知。

"炎火之山的火浣鼠？"绒绒问毕，见灵鸷点了点头，另外两人却一脸茫然，不由得有些得意。"火浣鼠本出自昆仑墟下的炎火之山，与不尽天火共生。后来炎火之山上的火灭了，这种生灵也随之消失。原来它长得如此巨大。灵鸷，你又是从哪里听说火浣鼠的？"

灵鸷说："火浣鼠和不尽天火如今都是小苍山之物。"

"什么！那它又怎会……"

灵鸷知道绒绒的意思："火浣鼠虽生长在小苍山，却是由燎奴所驯养。我也不知它为何会出现在此处。"

"主人不是说白乌氏不与异族往来，我还以为小苍山中并无其他族类！"时雨讶然。

灵鸷说："燎奴乃是白乌氏仆从。抚生塔下的不尽天火不可断绝，然而天火酷烈，并非所有的白乌人都能经受。燎奴和火浣鼠一样与天火共生，故而侍弄天火的劳役皆由他们为之。"

"你从前所见皆是如火浣鼠这么凶恶的灵兽，难怪会对我这样的'可人儿'心生怜爱。"绒绒的声音软得快要滴出水来。

灵鸷沉默。他还在想着那只火浣鼠朝他猛扑而来时的姿态。纵使偷袭不成逃往山下的密林，它回首时那双碧幽幽的小眼睛里仍布满怨愤。可是在灵鸷的记忆中，火浣鼠并不凶狠，相反，它们生性温和敦厚，甚至有些迟钝。

在很小的时候，曾有燎奴捧来了一只火浣鼠幼崽供灵鸷玩耍。满月不久的火浣鼠已长得和狸猫一般大小，整日不是吃就是睡。灵鸷最喜欢它身上柔顺如丝的长毛。那长毛覆盖周身，多数时候泛着火光，当它沉睡时又会冷却，变得雪一般洁白。

族中有些顽皮的孩童会趁火浣鼠毛色变白时，用棍棒、树枝戳它取乐。灵鸷看不下去，就故意弹指唤醒睡得死沉的火浣鼠，当它皮毛上的火光重新亮起，那些棍棒、树枝就会瞬间被烧成飞灰。

灵鸷记得很清楚，即使被好几个顽童团团围住，火浣鼠琥珀色的眼睛里也只有懵懂和不安。

可惜没过多久，那只火浣鼠就不见了。大掌祝说他不该玩物丧志。灵鸷不似霜狲心思细腻，并不为此而难过，也从来不问他的火浣鼠后来去了哪里，只当作没有养过。只是后来他在抚生塔下看到终日驮运着不尽之木的鼠群，才偶尔会想，或许曾属于它的那一只也在其中，然而他已辨认不出来了。

"为何我只知火浣鼠，不知燎奴？他们也和火浣鼠一样周身火光吗？"绒绒的声音打断了灵鸷的思绪。

"他们看上去与你我并无分别。"

火浣鼠以不尽之木的灰烬为食，灵鸷猜想它们或是嗅到了他身上不尽之木的味道。谢臻方才在他身旁险遭池鱼之祸。

"你无事吧？"他问。

　　谢臻笑道："要是我被一只硕鼠烤熟了，下到黄泉九幽恐怕也要被其他鬼魂笑话。你看时雨的衣袖，当真好险。"

　　"你躲开就是，何须用衣袖拂它？"灵鸯扭头对时雨说。

　　时雨心中酸涩，强笑道："多谢主人关心！"

第二十七章

铁石心肠

经历了这番变故，下山途中他们已无玩闹的兴致。火浣鼠不足为惧，但它无论如何不该出现在这里。事出反常必有妖，灵鸷隐约想到了一些事，心中难定，薄唇抿得更紧了。

依福禄镇客舍的掌柜所言，乌尾岭算得上一道分界线，几乎无人会翻越到山阴那一侧，即使要往更西北方向而去的客商旅人，也都宁愿绕行数百里避开葬龙滩。

山阴的草木显然要比另一头稀疏，温度也上升了许多。站在半山腰，绒绒已看到远处一片似要将天际烧穿的蒸腾气焰。她挠挠头说："这里还真有几分炎火之山的样子。"

谢臻的汗已濡湿了衣领，灵鸷问他可要找个地方暂歇。他猛灌了几口水，摆了摆手。

"我看那火浣鼠正是逃往葬龙滩方向。主人所感应到的戾气是否来自它？"时雨看向灵鸷。

灵鸷断然否定："火浣鼠还无此能耐。"

到得山下，谢臻忽然一个趔趄。灵鸷眼疾手快，反手托住了他。只见他原本热得通红的脸上已透着青白。灵鸷这才意识到，此处的高热对于他们来说算不得什么，却已接近了肉体凡躯所能承受的极限。

谢臻苦笑："本想着来都来了，亲眼瞧瞧这地方的古怪也算不虚此行。可惜这副躯壳实在累赘。看来我只能止步于此，否则便要拖累你们了。"

"你也不是现在才开始拖累我们。"时雨被灵鸷眼风扫过，低头笑笑，"我本有万千种法子可令他不畏高温，奈何他无福消受。"

谢臻虚弱地附和："这屏障术法也不是什么好事。"

灵鸷不放心谢臻独自在这里逗留，打算护送他返回阴凉之地。时雨拦住了灵鸷，说："无须如此麻烦……绒绒，你不是有几片鸥羽吗？"

绒绒这才如梦初醒，从行囊中翻找出两片翠绿色的羽毛。这鸥鸟的羽毛是绒绒从冈奇那里搜刮而来，她只是觉得好看，打算用来做头饰，差点忘了鸥羽还有辟火的功效。

谢臻佩上鸥羽之后脸色果然好转了许多，满头满脸的虚汗也暂时止住了。他言行间对时雨极是感谢。时雨笑而不语。自从发生了春宫册子的意外，时雨便仔细察看了绒绒的行囊，否则也不会发现鸥羽的存在。

既然谢臻无事，他们继续朝葬龙滩而去。绒绒趁人不备，用手肘碰了碰时雨，无声表达了她的忧虑——佩戴鸥羽可不畏火光，然而面对不尽天火就难说了。

时雨微笑："慌什么。就算出了什么意外，再隔个一二十载，他们还可再聚。"

越是靠近热源，赭红地表的龟裂便越深，触目所及再无草木，连飞鸟也不敢自空中掠过，分明已是夜半，偏似黄昏般赤霞烂漫。当他们终于踏足于遍布卵石，却无半点水迹的"河滩"，绒绒看着前方燃烧着的"小山"，默默吸了口凉气。

"主人断定那庚气不可能出自一只火浣鼠，可若是换作一群火浣鼠又当如何？"时雨轻声道。

眼前的火焰之山正是由许多只火浣鼠堆叠而成。

火浣鼠身上的毛色与不尽天火一样，是比寻常火焰浅淡的琉璃黄，明净通透，细看有五色光芒流转，并无汹汹之势，反倒有种诡异柔和之美，仿佛可将一切净化。但灵鸷很清楚，不尽天火最可怕之处在于它能将元灵焚毁，纵是仙灵之躯亦不能幸免。火浣鼠身上的火光不能与不尽之木上燃烧的天火相提并论，然而已足以让修行者胆寒。

"这就是他们所谓的'黑龙复生'？"他心中还有许多困惑，然而此刻容不得深思。本是静静垒在一处不动的火浣鼠觉察到有"不速之客"靠近，纷纷扭头看了过来。

绒绒被百余双巨鼠的眼睛直勾勾地盯着，头皮阵阵发麻。她缩在灵鸷身后，哆哆嗦嗦地问："现在要怎么办？既已知道这里没有什么黑龙，我们可以走了吗？"

"你带着谢臻先走。"灵鹜沉声道。那些火浣鼠已将视线聚集于他身上，迟缓地挪动身躯，长毛蓬松开来，昭示着它们慢慢生起的敌意，却始终没有进一步的动作。

时雨看穿其中玄妙，说："这些火浣鼠对主人似有畏惧之心。"

一万八千年来，火浣鼠都为白乌氏所驱使，就连它们的主人也不过是白乌之仆，有些印记或已融入血脉之中。灵鹜喃喃道："它们辨认得出我的身份，莫非这些火浣鼠真的来自小苍山……"

"主人留神，它们恐怕按捺不住了！"

正如时雨所言，那些火浣鼠的迟疑仿佛被更深的恶意所取代，一个个散开来，朝灵鹜龇牙咆哮。

绒绒已强行拖着谢臻退避开去。

"你也走！"灵鹜取下通明伞，看也不看时雨，"此事与你无关。"

"对于时雨而言，世上的事只有两种：一种是无关之事，一种是主人之事。"

说话间，一只最为强壮的火浣鼠扑向了灵鹜，其余众鼠得到鼓舞，都尖叫着狂奔而来。它们的目标只有一个，在这些平日里以草木灰烬为食的兽类眼中，灵鹜的血肉仿佛变成它们渴盼已久的佳肴。

灵鹜踢飞领头那只火浣鼠，又以通明伞扫开一拨。时雨见灵鹜没有拔剑，于是设障护住了他。

"你切勿让它们沾身！"灵鹜对他说。

这些火浣鼠个头不小，心智却不高，在灵兽中可谓是蠢钝，只知凭借一身蛮力四下冲撞，盲目撕咬，攻击时甚至会踩踏到同类，算不上难以对付。眼下的凶险之处在于它们数量太多，聚集起来几乎可将他们埋没。而且火浣鼠皮糙肉厚，力大无穷，又不知变通，纵然被击退，或是被时雨的屏障震飞，很快又会再一次以身相抗。

更令时雨头痛的是这些蠢物脑中空泛，他的摄魂幻境之术用来对付它们如同对牛弹琴，他忌惮它们身上的烈焰，又不可近身触碰。眼看它们层层叠叠地将灵鹜包围，甚至几次以蛮力将法术屏障撞开了裂隙，虽近不了灵鹜的身，却也让他不知何时才能脱身。

灵鹜也意识到问题所在，只得抽出伞中剑，将靠得最近的那几只火浣鼠斩杀于剑下。其余火浣鼠呆滞了片刻，又呜嗷嗷地拱着同伴的血肉围了上来。

灵鸷紧握剑柄，他不知这些火浣鼠为何对他恨之入骨，屠杀这些熟悉的兽类毫无快意可言。

他身前已堆积了不少鼠尸，这一次率先冲破屏障扑上来的又是方才领头的那只巨鼠。现在看来，在山顶偷袭不成的多半也是它。

灵鸷眼中杀意渐浓，他存了杀鸡儆猴的心思，伞中剑劈向那只火浣鼠的头颅。然而剑锋将要触到火浣鼠皮肉的瞬间，他心念一闪，改以剑柄重击于它额前。

那物颓然伏地，灵鸷迟疑了一下，剑尖挑开它劈头盖脸的长毛。只见它毛下的尖耳残损了一只，似被利器凭空削去了。

他方才不过存了一丝侥幸，不承想竟真的是它！它耳上的伤是源于灵鸷与同伴的一次切磋，这蠢物在旁还以为有人要伤它主人，没头没脑地冲撞了上去。那同伴恰恰不耐天火，眼看要被火浣鼠所伤，是大掌祝出手化解了危机。大掌祝不屑与区区一只牲畜计较，它因此捡回一条性命，只是丢了只耳朵。从那次以后，灵鸷再也没有见过它。

那时灵鸷不过是才活了四五十载的半大孩子，也未曾遇上阿无儿。算来这只曾属于他的火浣鼠已被带走了近一百五十年，想不到居然会以这种方式重遇。

它可还记得他？奋不顾身地冲在最前面，是在怨恨他当年的舍弃？

时雨不知发生了何事，识趣地缄口不言。他也试图分辨这只火浣鼠的特殊之处，当它倒地时，它的其余同类又开始愣愣地止步观望，看来灵鸷制服的是一只"领头鼠"。

这一动不动的家伙并未死去，时雨还能捕捉到它简单而懵懂的心绪，其中竟有哀切。只不过瞬息之间，这哀切消失了，取而代之的是深重的……杀意。

时雨想要出言提醒，然而火浣鼠以反常的迅捷自地上跃起，张嘴扑向灵鸷头颈处。灵鸷与它离得太近，时雨来不及设障相护，情急下出手朝那火浣鼠毛发怒张的后背挥去。

"碰不得！"远处的绒绒惊叫道。

一道劲风袭来，长鞭缠卷着火浣鼠，以刚猛之势硬将它拖拽着甩至远处。那沾了火浣鼠的鞭子非但没有被熔毁，琉璃色反而顺着鞭身蔓延，宛如一尾火蛇。

谢臻未承想自己居然一击得手，看着犹在燃烧的"长生"，有些不知所措。

那只火浣鼠想是折了腿脚，喉间发出低沉的咆哮声，挣扎着爬向灵鸷。灵鸷沉默着，既不躲也不避。

时雨不敢明目张胆地窥探灵鸷心思，有一瞬，他误以为自己从灵鸷眼中看到了和火浣鼠相似的哀切。然而就在那时，灵鸷手起剑落，顷刻间火浣鼠硕大的头颅滚落一旁。

其余火浣鼠的尖叫声此起彼伏，纷纷逃散开去。

乌云蔽月的夜里，火浣鼠身上的焰光消失后，天仿佛黑沉沉、静悄悄地坠在了开阔的河滩上。除了谢臻手中的"火蛇"，只有绒绒的一双眼睛还是晶亮的，她拍着胸口道："刚才那只大老鼠吓了我一跳！"

"我小看你了。"时雨看向谢臻，敛手行了一礼，"多谢你仗义出手。"

"客气客气……我也只能在对付野兽之流的时候靠硬碰硬占点便宜。"谢臻现在满门心思都在"长生"上。无论他怎么挥甩鞭子，上面的火都不曾熄灭。留在手里怕它烧着自己，扔了又不太合适，他陷入了两难之中，幸好鞭子握把还不算烫手。

"你是该感激谢臻，否则你未必还能站在这里。"灵鸷冷着脸对时雨说。

时雨明知灵鸷所言非虚，然而心中那股不平之意已到了嗓子眼，怎么也压制不住，哼笑道："都怪我轻狂无用。我只知主人畏惧天火，却忘了有知根知底的伙伴在旁，哪容得下我插手！"

灵鸷静默片刻，转身从谢臻手中将"长生"拿了过来，顺手一捋，鞭子上的不尽天火在他掌心尽数熄灭："你以为谢臻是在救我？"

"这怎么可能……"时雨满脸困惑。他曾对灵鸷施展过"摄魂幻境"，不止一次在灵鸷心中窥见了对于天火的恐惧。

"你所见的，只是我旧时的一个噩梦。"

灵鸷的淡漠令时雨感受到的羞辱更甚。他面上火烫，心却凉浸浸的。自己连救他都不配，到头来还要沦落到让一个凡人解围。

谢臻接过灵鸷抛还的鞭子，试探着触碰完好如初的鞭身，口中发出一声赞叹。时雨欲再次向他道谢，他握拳咳了两声，哂笑道："要谢就谢这鞭子神通。说起来你我还算投缘，但若是火浣鼠当前，要我赤手空拳救你，我是万万不肯的。"

灵鸷的剑上还沾染着火浣鼠的血，时雨自然而然地上前一步。灵鸷微怔，但见时雨掩饰面上黯然，浑然无事一般笑道："我这身衣衫残破了些，却还不算污浊。主人是不是要用它来擦剑？"

他那双长得极好的眼睛明澄澄如被雨濯洗过一般。灵鸷的神色却变得晦暗难明，扭头将剑还入伞中。

"不必了。"

时雨低头时，那身首异处的鼠尸落入眼中。他问："主人待这只火浣鼠有所不同，莫不是有什么缘故？"

灵鸷轻描淡写道："它是我儿时豢养的一只小宠。"

"原来如此……"震惊之余，时雨又问了一句，"主人为何让它离开身边？"

"丢了。"

"怎么丢的？没有找过吗？"

灵鸷胸口涌起一阵烦闷："你问够了没有。不过是一只畜生罢了！"

时雨不再纠缠，许久后方发出一声低如耳语的轻叹："主人好狠的心。"

灵鸷抬腿跨过那只火浣鼠，它原本火光流转的皮毛已化作了暗淡的苍白色。现在想来，它连名字都没有。这样也好，其实它和别的火浣鼠并无不同吧！最后倒映在它垂死眸子里的，也只是个寻常而残忍的白乌人。

可他做了正确的事，应当应分的事，不得不做的事！

"你知道就好。"灵鸷背对着时雨说道。

现在灵鸷只想探明是谁操控了它，又为何在百年前将这么一大群火浣鼠聚集在此。难道真是燎奴所为？

燎奴是逆神之后，世代为奴供白乌氏驱使是他们所遭受的天罚。小苍山四周遍布雷云，根本容不得他们逃脱。莲魄继任白乌氏大掌祝这一千多年里，燎奴无不惧怕她的威严。上一次公然忤逆的燎奴首领被诛杀后，他们比从前安分了许多。

"咦，那是什么？"绒绒眼尖，她发现了火浣鼠原本聚集之处的地表好像有什么东西，率先冲过去想要探个究竟。

她动作实在太快，连灵鸷都拦不住，只得放下了"察而后动"的念头紧随其后。灵鸷有些怀疑，以他们的行事手段，究竟是怎么活过千年甚至更久的。

绒绒上前一看，原来那异物是河滩上隆起的一块巨大岩石，其上遍布弯曲粗砺的皱褶，还有长期灼烧后留下的焦黑痕迹。

绒绒有些失望，跳到那石头上跺了跺脚："我还以为那些大老鼠是在这里守着什么宝贝呢，原来是块破石头。"

"下来！"灵鸢斥道，"此处戾气并未随火浣鼠散去，这石头恐有古怪。"

"我别的本事没有，逃命的技艺堪称一绝！"绒绒不以为意，但灵鸢的话她还是肯听的，嘴上叨叨着往下跳，"你怕它把我吃了不成？"

绒绒的脚刚沾地，身后的巨石骤然裂开一道缝隙，她连呼喊都未曾发出便被吞了进去。

灵鸷的手只来得及触到绒绒指尖，眼看她消失于眼前。

谢臻的鞭子从岩石上狠狠掠过，连尘埃都未带起。石缝渐渐收拢，仍可见其中透出的淡淡珠光。灵鸷恍然大悟，这哪里是什么石头，分明是只巨大的蚌，一半陷在河滩的卵石之中，一半厚壳裸露在外。他刚才救绒绒心切，也不慎被利齿般的壳缘所伤，半条手臂皮肉翻卷。

绒绒还在蚌中生死不知。灵鸷用通明伞紧紧吸附着那珠光，想以白乌之力将巨蚌的元灵抽出。

这是白乌氏最令修行者恐惧之处，休说是精怪，就算寻常天神也未必能够抵挡。灵鸷年纪尚轻，但于此道上的造诣不凡，离了小苍山之后，除去武罗那样的远古神灵，他还从未遇上过令他生畏的对手。只是这巨蚌古怪得很，它的戾气如此强盛，灵窝之中却空荡荡的，仿佛偌大的河渠中只剩一滴水，然而无论用什么法子都无法使其干涸。

时雨看着灵鸷臂上血流如注，将半个身子都染红了，通明伞尖那点熟悉的幽光明灭闪烁，与珠光连接在一处，似陷入了僵持之中。然而心细如时雨不会瞧不出来，灵鸷面上凝重之色渐深，那透出光的裂隙却在慢慢收拢。时雨一言不发地吐出玄珠，周遭顿时血光大盛。无数陌生的思忆像山崩海啸般朝时雨扑打而来，他险些承载不住那过于激烈的冲击。

"骗子、强盗……你们已得到了想要的东西，为什么还不肯罢休！"一道高亢尖厉的女声自蚌中传出。

"废话少说，快将你吞进去的东西吐出来。"

蚌精的心绪凌乱而癫狂，可时雨无暇将其理顺，当务之急是要将蚌壳打开。他咬了咬牙，欲将玄珠注入蚌中。

灵鸷顾不上与蚌精之间的胶着，通明瞬间脱手，玄珠被虚拢在伞下。灵鸷惊骇道："你找死！"

时雨的元灵与玄珠已是一体，若玄珠有损，后果不言而喻。

"在主人眼中我做什么都是多余，可绒绒亦是我多年老友！"时雨的眼睛被玄珠的血色光芒映得通红。

眼看蚌壳就要收拢，灵鸷别无他法，拔出伞中剑，全力贯入蚌壳缝之中，在剑身的支撑下，石缝将闭未闭。

伞中剑并不以坚固见长，也不知能撑到几时。

然而蚌中突然震颤不已，随着呕声传来，一物飞弹而出。灵鸷伸手接下，原来是通身黏液的绒绒。

"你们想要这瘦无几两肉的小貂，拿去便是。看看我得了什么！莫非我大限将至，上苍终于肯垂怜我一次？"蚌中的女声乍悲还喜，宛如梦呓，"不可能的……一定又是那骗子的伎俩，我不会再上他的当！"

灵鸷低头察看绒绒的状况，只见她双目紧闭，但气息还算平稳，看来只是昏了过去。他转头对时雨说："接着。"

时雨应声接手，假装无视绒绒周身披挂着的腥臭黏液，艰难地咽了口唾沫。

蚌精还在颠来倒去地自说自话，一时哭，一时笑。周遭的一切于她而言仿佛都不复存在。

谢臻有些受不住那金石摩擦一般刺耳的声音，头又开始阵阵作痛。他不太清楚这些妖物的心思，于是便悄声问时雨："这是何意？"

时雨说："她已经疯了！"

在与蚌精短暂的交手中，灵鸷虽未吃亏，但也并未占得上风。若是他没猜错，这蚌精的元灵已如油尽灯枯，不知凭借了什么力量，竟能让最后那点余光始终不灭。单凭这份修行而论，这妖物多半生于天地灵气消散之前，不知为何蛰伏于这荒野河滩之中。

那些火浣鼠就是用来对付她的？

此事与火浣鼠有关，多半也与白乌氏有牵连。灵鸯想要弄清其中蹊跷，可这蚌精行事诡异得很。绒绒刚捡回了一条命，也不知再激怒她会发生什么事。

"我们并无恶意。只是途经此地察觉到火光异相。"灵鸯尽量心平气和地问那蚌精，"你可知火浣鼠是谁召唤而来？"

"休要惺惺作态！你们都想要我死，我偏不让你们如愿！"

眼看那蚌精又要发作，为防万一，灵鸯当即将伞中剑招回手中。

蚌精发出一声凄厉的号叫："烈羽，你还我烈羽！"

"你认得烈羽？"灵鸯讶然。

"我不但认得烈羽，我还认得出你。我尝到了白乌人的血，是你们偷走了烈羽剑！"

"烈羽世代为白乌所有……"

"那是因为你们用无耻的手段杀死了这把剑的主人！"

蚌精暴怒之下，无数白色足丝自壳中蔓延而出，探向灵鸯手中的剑。灵鸯飞身闪避，柔软如蛇的足丝长了眼睛一般从四面八方缠来。无奈之下，灵鸯将离他最近的那几根齐齐削断，断裂的足丝落地之前已化为腐臭脓水，剩余的也迅速缩回了壳中。

"啊……想不到有一天我会被烈羽所伤。"蚌精凄然道，"不愧是晏真和昊媄的后人。"

"晏真是谁？"灵鸯实在不知蚌精葫芦里卖的是什么药，然而这名字他也曾听武罗提起过。武罗与蚌精一样，第一眼认出烈羽的时候便想起了晏真。难道他真的与这把剑有关？

"你问我晏真是谁？"蚌精笑得两瓣厚壳都为之震颤，"你是昊媄的第几代后人？我实在很想听听，她是如何对自己的孩儿描述他父亲的！"

"白乌人只知有母，不知有父。"

"任凭你说什么都抹杀不了你的血脉，你既是白乌人，也是烛龙之后。"

"一派胡言！"灵鸯惊怒道，"烛龙罪大恶极，它的后人早已沦为魔类！"

蚌精桀桀笑声不绝于耳："成王败寇！那些活下来的，那些得胜的，还有在归墟里闭着眼的……他们敢说自己圣洁无瑕？昊媄若是无辜又怎会癫狂而终？她亲手用卑劣的伎俩杀了所爱之人。"

灵鸷的剑尖轻颤，震落了自受伤的手臂蜿蜒而下的一串血珠。

"哟，你不相信？想要动手杀了我？来啊，我快要等不及了！"蚌精看穿了灵鸷的心思，却又不急着说服他，仿佛享用着从灵鸷的惊疑中榨取的快意，过了一会儿，竟轻轻哼唱了起来。

灵鸷觉得时雨说得没错，她已经疯了！一个疯了的老妖说的话又怎可当真。既然这蚌精不像要拼个你死我活的样子，他为何还要在这里与疯子虚耗！

"这是晏真奏过的曲子，为我而奏的。你听——'矫矫兮乘云，惊雷激兮遨幽荒'……你别走啊，别走！我不骗你了，他从没为我奏过琴，一次也没有。可这的确是他最爱的一支曲子。昊媄懂什么，她眼中只有刑罚和杀戮。"

"她的杀戮是在替天行道！"

蚌精径直忽略了灵鸷的话，只顺着自己的意思往下说："此曲名为《乘云》，我知道你定是没有听过的。从烛龙决意参战的那时起，晏真的手就再也没有碰过琴弦。昊媄骗了他，说要在大战中两不相帮，以腹中孩儿为饵，哄着他放下拼杀，陪她前往西海聚窟洲。我说不要去，昊媄不可能在那个时候撒手归隐。可他还是信了，独自去了朝夕之水……"

"你说什么，朝夕之水！"灵鸷猛然回头。他做梦也没有想到竟会从一个疯了的蚌精那里听到这四个字。

蚌精又咿咿呀呀地哼了许久，残了的足丝在壳边游动，一如抚琴的手。灵鸷心知此时自己越是焦躁，越合蚌精的心意。求不得，也杀不得，这蚌精软硬不吃。好在灵鸷一向沉得住气，纵然心急如焚也按捺住了，任时雨上来止住了他手臂伤口的血。谢臻席地而坐，照看着绒绒，手托着额，仿佛要与绒绒一道昏睡过去。

等到天边透出了真正的霞光，那蚌精终于唱够了，这才幽幽地说："朝夕之水，多好的一个地方啊。晏真就是被昊媄诱杀于朝夕之水。青阳和禹虢皆是同谋，他们才该死……"

灵鸷不敢激怒她，小心翼翼地问道："朝夕之水在哪里？"

蚌精又是一阵狂笑，那笑声从半合的蚌壳中传出，变得如哭号般凄厉："什么葬龙滩，什么恶龙为祸，那些凡人知道些什么！他何曾伤害过一个无辜之人。孤暮山之战，就连始祖大神们都分成了两派，斗得你死我活。非此即彼，谁能幸免？你们告诉我，晏真有什么错？他只错在了身为烛龙之子！"

灵鸷的心尖都在颤："你是说，晏真是那条黑龙？这里就是朝夕之水？"

"那天我悄悄跟在他后头。我知道，即使不幸被我言中，我也奈何不了昊媖。我只能把这件事偷偷告诉了长鳐，他们毕竟是亲兄弟。可是长鳐也没能将他救下来。晏真他太傻了，依约孤身而来，可等着他的是什么，是昊媖、青阳的阴谋，还有禺虢的暗算。"

蚌精的声音好似一根松透的琴弦，太过久远的悲恸听来只余空洞苍凉。

"昊媖知道晏真的命门所在，从踏上朝夕之水那刻起，晏真就注定死路一条。她绝情如斯，可直到最后晏真也未朝她拔剑！长鳐和我一样，亲眼看到晏真在水中化为原形，被抽去龙筋痛苦而死。他们兄弟俩感情一向极好，长鳐杀红了眼，死也不肯随我一起走，力战到最后只余一口气，落到了他们手中。青阳假惺惺地饶长鳐不死，却在大战胜负落定之后让他举族沦为魔类，世代受过以赎罪孽……想必你也知道了，你们口口声声所称的'燎奴'正是烛龙遗族。白鸟人以胜者的嘴脸对燎奴颐指气使。可笑的是你们当中的一部分分明流着和他们相似的血！"

"这些荒谬谎话是你还是燎奴编出来的？"昊媖的遗图和武罗的话历历还在灵鸷心间，此处绝无可能是朝夕之水。

"呵，何为真，何为幻……"蚌精拖长了声音，"看看你现在的样子，你让我想到了站在晏真尸身旁的昊媄。你们一样的自以为是，一样的自欺欺人。你受不了我'污蔑'你的先辈和白乌氏血脉，却又忍不住已在心中信了我。明知我说的句句是真，强撑着又有何益。"

　　"谁说我信了你？"

　　"善御天火本是烛龙一族与生俱来的能力，你该如何解释有一支白乌后人与燎奴一样不惧天火。晏真的剑又为何能在你们手中代代相传，任你召唤自如？"

　　时雨看到灵鸳冷白面容上晃过的茫然与无力感，这神情只在灵鸳经受土伯利爪穿胸那样的重伤时才短暂地出现过。他的手迟疑地落在灵鸳臂上，想说点什么，又深感言辞无谓。

　　灵鸳并未将他的手甩开，只是摇了摇头，垂眸看向伞中剑——或者说是烈羽。温祈告诉过他，并非所有的人都能够驾驭这把剑，那时灵鸳还以为是自己的修行苦练终有回报。

　　"我不信昊媄先祖会像你说的那样卑劣不堪！"

　　"她怎会卑劣，在她看来，一切都是为了天道大义。她的大义让白乌氏一手血债，也让抚生塔屹立不倒。只不过晏真在塔里，她最后却化为塔下劫灰，哈哈……哈哈哈，皆是报应！"

　　说完这些，蚌精又开始沉浸在自己的哼唱中，灵鸳良久不语，不知在想什么。时雨忍不住问蚌精："你……是晏真的什么人？"

"小子，你又是他什么人？"蚌精狡黠地反问，足丝又伸长了，贴近时雨的面庞游走。

时雨微微侧过脸去，不动声色道："你既心心念念于他，又怎会看着他死在眼前却什么都不做，还在此苟活了一万八千年？"

蚌精的足丝顿时虚垂于地："他是天神，身遭枉死，元灵也能百劫不灭。我只是区区一只小妖，消亡之后连轮回都没有。我还盼着他重生归来，哪怕千载万载，我也要等着他！谁想到，他们居然打造了一个牢笼，借助白乌之力将那些不灭的元灵困在塔中，再以不尽天火相焚——既无法湮灭，也不可重生，还要终日承受天火炼化之苦。这样怨毒狠绝的招数，也是那些口口声声天道大义的神明所为……说到这个，又有谁比他更清楚呢！"

蚌精所指的"他"正是缄默着的灵鸷。灵鸷没有否认，只是说："你可曾想过，塔中那些元灵一旦重生，必定会再次苍生涂炭。"

"何谓苍生？凡人和飞禽走兽是苍生，妖魔精怪就活该不容于天地？他们那些天神斗来斗去，功成身退地去了归墟，身败名裂者沦落塔下。谁为剩下那些苦苦修炼的生灵考虑过？"蚌精肆意嘲笑着灵鸷，"你无须得意，白乌亦是天地弃子，注定两头无岸。也不知昊媖最后想明白没有，她放弃一切，换来了什么？上古遗族一个个消亡，无辜的修行者苟且残活，这是她想要的结果？你说她替天行道，天是谁的天，道是谁的道？假若孤暮山之战胜负颠倒，或许清灵之气便不会消散得那么快，哪里轮得到凡人泛滥生息！"

灵鸷看了一眼身畔的时雨。时雨藏起眼中黯然之色，朝他仓促地笑笑。旧事尘埃已定，对错各在心间。震蒙氏的下场令人扼腕，就连灵鸷自己也因族人的困境而有过愤怒不安，可这又能改变什么？

"我不知昊媖先祖是否有悔，只知白乌氏问心无愧！"灵鸷说着，放缓了口气，"你既与白乌先人有旧，又深知燎奴之事，还请告知火浣鼠为何会出现在此处。"

"还不是为了我身上的宝贝，你不也是为这个而来？"

"宝贝？"

"那场大战到了最后，孤暮山倾倒，山心的宝贝碎裂四散。我潜藏深水，误打误撞竟将其中一块碎片吞入了腹中。当时落败一方的遗族残部无一幸免，多亏宝贝神通广大，我才逃过了一劫。我知道你们都想找到它，可是它在我肚子里，我将它育化成珠，谁都发现不了！"说到这里，蚌精难得地高兴了起来，舞蹈着足丝说，"天帝帝鸿派了无数天神来寻找它的下落。哦……青阳也来过，他们找啊找啊，一遍又一遍。我才不会那么傻，宝贝可以让他们谁也看不见我。我哪儿都不去，我要留着宝贝等晏真回来。孤暮山都倒了，朝夕之水也变了样子，总有一天抚生塔会倒的！"

"孤暮山山心……宝贝……你说的是抚生残片？"太多意外累积在一处，灵鸶反而出离了震惊。短短一夜，比他经历的一百九十七年更长，眼前所见所闻比时雨的法术更像一场幻境。

"宝贝就是我的宝贝。"

"它在你体内？"

蚌精忽然暴怒，两瓣厚壳骤然张开，珠光和恶臭齐齐迸发而出。谢臻当场作呕，绒绒也在这强烈至极的刺激下悠悠转醒。

与粗砺丑陋的外壳截然相反，蚌精的贝壳内壁洁白光润，肉身柔软通透，只是已呈腐烂状，流出了不少脓水。灵鸶还发现，她的腐肉中有一空洞，似被人从中剜去了一块。

难怪蚌精一见他们就不停地咒骂"骗子"夺走了她的"宝贝"。

"谁干的？"

"是我自己！晏真一直没有回来，我也不记得自己游荡了多久。直到百年之前，来了个身受重伤的年轻人。他知道我的名字却看不见我。我悄悄坐在他身边，看着他的血慢慢渗进河滩，元灵逐渐消散……"

时雨轻叹："你还是救了他是吗？"

"我救下他，因为他是我在这数千年里遇到的第一个烛龙后裔，和你一样，他手中也持有故人之物。"

"一百多年前，烛龙后裔……"灵鸶心中的疑惑都找到了出处，"他是不是元灵残损，右目被箭射穿？"

"嚯嚯，我就知道你认识他。"

"竹殷果然还活着，他竟然逃到了这里。"

"竹殷是什么人？"时雨问。

灵鸶扭头对他说道："你可记得我说过，我好友曾一箭将叛乱的燎奴首领眼睛射穿。竹殷诡计多端，那次的燎奴之乱险些危及抚生塔。当时他伤重坠崖，事后也觅不见尸身，想不到他居然有本事穿过了雷云结界。"

最让灵鸷心惊的是，自己找到朝夕之水都属侥幸，而竹殷不仅早到了一百年，竟还知晓这蚌精的底细。看来身为长鳋之后，竹殷比他们所知的更深不可测。燎奴忍辱多年，骨子里却从未被驯服过，如今出了这样的人物，难怪莲魄会将他视为眼中钉肉中刺。

"他笑起来的时候多像晏真啊！虽然不会抚琴，但他会用芦苇叶子为我吹奏《乘云》。他甜言蜜语哄骗于我，还说他恨透了白乌人和抚生塔，只要得到了其他抚生残片，就有办法将塔中的元灵统统释放出来……骗子，他是骗子！"蚌精呜呜地哭，"我竟然相信了他，亲手将宝贝掏出来交到了他手中，没想到他转瞬就招来一群火浣鼠将我困住，要置我于死地。

"早年此处还未被火浣鼠那些畜生烤得光秃秃的，草泽中曾有丹蛛出没。丹蛛十年方结成一网，用它的蛛丝鞣制的琴弦其声旷远悠扬，这都是晏真告诉我的。每隔十年我都会为他采集丹蛛丝。丹蛛丝百年方朽。我不记得采了多少次，又看着它们在身旁朽坏了多少次，他还在塔里……我已等得太久太久，还以为终于有了尽头。"

蚌精将她厚壳之下柔软而溃烂的躯体暴露于荒野曦光之下，放声悲泣。她对白乌人并无多少善意，灵鸷却对她恨不起来，只是觉得她既可悲又堪怜。

"白乌人，我已回答了你的问题，现在是你回报我的时候了。我要你为我做一件事！"

灵鸷有些迟疑："我会找到竹殷，杀了他。但抚生残片也是白乌氏渴求之物……"

"不，我要你做的不是这个。竹殷是无耻之徒，他毁了我的残念。但他死了又能如何？我本就不该存有希望。一万八千年了，我好像还能看到被染红的朝夕之水。晏真在水畔挣扎，我在水下，他的血不住涌入我口鼻之中，怎么会有那么多的血……你快到我身边来。"

灵鸷臂上的手一紧，时雨摇了摇头。

面色惨白的谢臻也开口道："灵鸷，当心有诈！"

"无妨。"灵鸷拂开时雨的手，走到蚌精跟前。

蚌精被伞中剑削去半截的那几根足丝卷缠在灵鸷的伤处，灵鸷没有躲避。

"你的血里有他的味道。"

时雨的心提到嗓子眼，灵鸷艺高胆大，然而那老妖的行径不能以常理度之。蚌精随后说话的声音压得极低，时雨瞥向苏醒过来的绒绒。绒绒还有些迷迷瞪瞪，她也没有听清，惭愧地摇了摇头。

待蚌精说完，灵鸷静伫了片刻，脊背绷直，通明伞尖幽光乍现。时雨暗道不妙。果然，伞中剑随即出鞘。等到时雨扑身上前，巨蚌消失不见了，出现在他们面前的是一个瘦骨嶙峋的女体，灵鸷的剑已没入了她赤裸的胸膛。

"烈羽……很好！"化为人形的蚌精双目半合，枯槁发丝下的那张面孔想来在骨肉丰盈时也算不得美貌，却显得十分平和，与她之前的癫狂判若两人。

时雨没有想到会是这样的场面，又听蚌精吃力地对灵鸷说："再靠近一点，我想看看你。"

短短的迟疑过后，灵鸷半跪在蚌精身边，小心揽起她轻飘飘的躯壳，让她倚靠在自己腿上。

蚌精的脓血与灵鸷身上半干的血迹叠在一处，灵鸷被足丝缠绕过的手臂上，伤口已愈合如初。

蚌精的目光长久地在灵鸷身上流连，一只手已抬在半空中，不知是无力还是情怯，又垂落于身畔，她轻呓道："晏真少主，我把宝贝弄丢了。"

灵鸷心有微澜，可他终究不善言辞，手心覆于蚌精天灵，将她元灵缓缓抽出。

抚生残片百年前已被偷走，它残余的力量竟让蚌精在火浣鼠的天火下又熬过了百年。

"我会将你的元灵散入抚生塔下。"灵鸷低声道。

蚌精怅然一笑："不必了，那里已有了昊媖。"

她的双眼已涣散，周身的淡淡珠光逐渐消失于灵鸷掌心，那是灵鸷也鲜少见过的纯净元灵。

"其实你和他一点也不像，你更像昊媖，晏真他下不去这个手。其实竹殷也不像他，只是我太过孤单……多谢了！我想忘了朝夕之水，忘了那些血。"

一片鸿毛般的轻絮落在灵鸷手背，转眼消融。酷热之气还未散尽的河滩忽而被皑皑白雪覆盖。唯有谢臻无知无觉，愕然地看着绒绒抱肩瑟缩了一阵，又惊喜地伸出手想要捕捉天空之物。

"章尾山……"蚌精眼中的光就像火苗熄灭于风中时最后那一下跃动。

灵鸳和绒绒都能看到有黑衣少年自幽暗之中疾步而来。他手中持有一剑，剑鞘上有矫矫盘龙。

"小善，父亲答应将烈羽给了我！"少年清朗的声音中掩不住快活。

"你不是最厌烦舞刀弄剑吗？"说话的女孩面容平凡，双眼清亮，乌油油的发上饰有明珠。

少年爱不释手地比画着长剑，故作神秘道："日后你就知道了。"

极寒之地转瞬变作了郁郁碧梅掩映下的空旷楼台。绒绒一声惊叫，回过神来之前她眼中已有泪光。

这是东海苍灵城，她曾经和仅有的家。

一只毛茸茸的紫貂蹿上琴案张望，抚琴的黑衣少年皱眉道："毛绒儿，你主人的这把琴实在不怎么样！"

绒绒看着眼前这一幕，不可思议地呢喃："这是我吗？为何我一点也想不起来了！"

幻境中的少年自然听不到绒绒的话，他的琴声忽而变得仓促，完全失了章法。碧梅林中的那个身影越来越近，站在少年身后的小善吓得差点咬断了舌头："你……你所说的佳人是她？"

"嘘！"

皎白修长的手拨开面前的枝条，带着露水的碧色花瓣颤巍巍地挂落在狰狞面具之上，她的声音低沉而柔和："青阳引荐的就是你？你叫什么？"

少年面似火烧，强作镇定地躬身行礼："晏真见过昊媆大神！"

……

晏真半身为人、半身为龙地潜在水中，周身遍布大小伤痕。

小善欲以明珠之光替他疗伤。晏真说："不必了，反正明日还会如此！"

小善不由得抱怨道："每次你从朝夕之水回来都是如此。虽说是授艺于你，可昊媆大神也不必出手都那么狠啊！"

"这有什么。"晏真满不在乎地笑，"你还没见过她更狠的时候。"

小善无奈，将一物递与晏真："琅玕之玉服之可免皮肉之伤，你快把它吞了。"

"这不是长鳐赠你的？为何要给我！"晏真想也不想地拒绝了。他自水中一跃而起，无数水花打落在浩渺的弱水之渊。

　　"我是烛龙之子，总有一天我会打败她的！你就等着看吧，小善！"

　　小善。

　　小善……

　　晏真的朗朗笑声还在耳畔，也萦绕在垂死的小善心间。

　　蚌精笑着应了一声，在时雨的幻境中烟消云散。

绒绒的抽泣声让灵鹫回过神来。

幻境已消失不见。晓日初升，极柔和的风涤荡着荒芜河滩，所有火光杀戮、爱恨嗔怨都随刚刚逝去的那个长夜散于无形。

"你哭什么？"灵鹫站了起来。

"我哭小善可怜。"绒绒吸着鼻子说，"还有那个晏真……他看上去一点也不凶恶。他真的是你的先人？"

时雨替灵鹫回答道："你还是可怜可怜你自己吧。昨夜是谁险些被生吞活剥，你这就忘记了？"

"我被谁吞了？"绒绒吓了一跳。她只记得自己跳上了大石头，忽然眼前一黑，醒来时已在河滩上。

时雨的目光从那个一身血污的背影上移开，语带嘲讽："我错了，你不可怜。救你的人才可怜。"

"有一天你们身陷水火，我必定也会舍身相救！"绒绒说着自己也不相信的空话。她一直在青阳君庇护之下，后来凡事有时雨替她拿主意，如今更依赖于灵鹫。除非天塌无大事，塌了也自有他们顶着。

绒绒对自己的眼力和运气深信不疑——能入她法眼者自然都是了不得的角色。他们什么都好，唯独脾气都不怎么样。

她嗅了嗅自己身上的味道，苦着脸去问身边最易相处的那个凡人："我是不是很臭？"

"只是比咸鱼的味道略重，我吐过一次已习惯了。"谢臻果然十分随和。

"时雨幻境中的种种若皆是蚌精小善的记忆，那我与她应当早就见过，为何我一点都想不起来了？"绒绒拍拍脑袋，又记起一事，"灵鸯，小善跟你说了什么悄悄话？"

时雨淡淡道："自然是不想让旁人知道的话。"

"哼！我问的是灵鸯。万一我能帮上忙呢？"

"你唯一能帮上忙的就是闭嘴。"

"臭时雨，我才不相信你不想知道！"

"她让我回福禄镇。"灵鸯无奈地打断了他们。更无奈的是，他已对这样的聒噪处之泰然。

"我们刚离开的那个福禄镇？为什么呀？"

灵鸯回想着当时情景，蚌精对他说的是："我知道你想要什么。杀了我，回到山那边凡人们的污浊之地，那里才是这一切的源头。记住了，你所见的皆为虚妄。不要像我一样，躲过了天劫，躲不过欺骗。"

他简要复述了蚌精的话，只是略过最后一句。

"你要找的不是朝夕之水吗？怎么又变成了福禄镇！"绒绒越听越糊涂。

时雨心中却已了然："主人本以为能在朝夕之水中找到想要的东西。"

灵鸯没有否认。

时雨说对了。其实灵鸯真正想要的是抚生残片，以及聚合残片之法。

自混沌初开以来，孤暮山便是连接天地人神的通道，其中蕴藏着镇抚万物苍生的至宝，被尊为"圣山"。抚生是孤暮山的山心，一切力量皆来自此。一万八千年前的众神之战起于孤暮山，相传也是源于对抚生之力的分歧。然而这一战折损了无数天神，最后以孤暮山倾倒、山心碎裂而告终。抚生残碎之后，天地清灵之气散去，众神自顾不暇，属于神的时代也逐渐终结。

白乌氏所镇守的元灵牢笼名为"抚生塔"，其实不过是得胜的一方天神以孤暮山之战后仅存的两块抚生残片打造而成。其余残片下落不明，连碎成了几块都不得而知。

他们凭借着那两块残片，将逆神们的元灵囚禁至今。抚生碎裂后力量大不如前，塔中戾气却与日俱增，就连不尽天火在失去了天地灵气之后也不再"无尽"。白乌氏一族苦苦支撑，一旦天火焚尽，或残片有损，后果将不堪设想。

可悲的是，曾经经历过孤暮山之战的大神们逐一归去了，抚生塔和白乌氏仿佛被遗忘在小苍山，天地间还有几人知晓白乌之困？青阳君曾是白乌氏最后的依仗，昊媄逝后，两次抚生塔裂隙都有赖他出手相助，他也因此元气大伤，闭关的时日一次比一次更长。

白乌氏孤立无援，唯有找到剩余的抚生残片才是出路。可是天帝犹在时，倾尽全力搜寻过残片的下落，始终一无所获。与抚生关联至为紧密的白乌先人也感应不到残片的存在。

自上一任大掌祝醴风执掌白乌以来，族人不再寄望于外力。剿灭震蒙氏一族是白乌氏最后一次替天行刑，此后他们断绝了与外界的往来，收起雷钺，不允许再存有与抚生残片相关的幻想，转而加深了对燎奴和天火的控制，倾注全族之力与塔中戾气相抗。

第一次听说孤暮山之战和抚生残片的时候，灵鸶就问温祈，为什么不继续寻找。温祈告诉他，或许剩余的抚生残片已随山倾而粉碎，醴风婆婆只是不愿再虚耗于镜花水月般的希望，白乌无力再等。

灵鸶与温祈一向无话不谈，他追问过："大执事，你相信还有别的抚生残片存在吗？"

温祈说："我信莲魄所信的。"

在莲魄心中，信与不信并不重要，她只在乎有没有用——灵鸶偷偷想过，抛开他的身份，温祈或许会给出不一样的答案，说不定他曾经是信过的，否则他不会违抗醴风婆婆的命令独自在外游历多年。灵鸶和霜翀都听过族中的一些流言，温祈曾是醴风之后被寄予厚望的继任者，因着他的离经叛道，大掌祝之位才落到了行事手段与醴风一脉相承的莲魄手中。

温祈发现灵鸶对抚生残片的在意之后，从此绝口不提。然而彼时灵鸶已见过昊媄遗图，他坚信此图必有深意。与其和抚生塔困死在小苍山，不如死马当作活马医。

灵鸶私离小苍山，还未出凉风坳，便被温祈拦截了下来。温祈要他回去，灵鸶不肯低头。他对温祈说，就算这次未能如愿，再禁闭他六十年、六百年，他也要再试，否则绝不甘心。

温祈当时就笑了。灵鸶很少违抗莲魄的命令，可他的固执实在与莲魄太过相像——况且，他像的又岂止是莲魄？

"趁还有机会，出去闯闯也罢。人间热闹得很，除了无休无止的责任，那里的生灵还为别的而活。世事好坏参半，善恶杂陈，聚散有时，于是方有爱憎、取舍、喜忧。你的本事在外自保足矣，不必太过拘泥，世上无不通之路，从心而动便是。你大可亲眼去看一眼江南的莲、北幽之门的雪、长安鬼市的酒也很好。"这是温祈放行前对灵鸷的叮咛。

灵鸷只喝过了鬼市的酒，别的尚无机会一一体会。不知冥冥中是否早有安排，那杯酒竟引着他一路找到了朝夕之水！

昊媖投身不尽天火前念念不忘要找回的东西，灵鸷以为那必定是对白乌一族至关重要之物，除了抚生残片，再无其他可能。而今他才知道自己活得太过天真。在将近入魔的昊媖眼中，抚生塔的重担、白乌氏一族的存亡都与她无关。她最后想要抓住的不过是一段影影绰绰的回忆。

究竟昊媖知不知道有一片抚生残片被蚌精小善吞入了腹中？灵鸷不得而知。想来多半是不知情的，青阳君不也被蒙在了鼓里。昊媖已去，再无人知道她真正的所思所想。所幸的是灵鸷的执着并未枉费，确有抚生残片存于世间，他只是晚到了一百年。

可叹抚生残片这样的天地至宝，青阳君得之可经天纬地，白乌氏可用其修护抚生塔，落到燎奴手中，免不得要兴风作浪一番了。可小善拥有它一万八千年，只想借助它的力量将自己隐藏起来，悄悄等待一个从未属于她的元灵。

灵鸷手中还握有一把蚌壳残朽后的碎屑，如烧灼后的沙砾一般，焦黑中有熠熠珠光。他用自己常年握剑的手轻轻搓揉着那残屑，他仍未能领会"情为何物"，也无法想象"他们为何如此"。只是胸腔中好似被磨去了尖角的爪子挠了一下，疼是一点都不疼，却足以让他为之触动。

"用不用埋了？"谢臻拍拍他的肩膀。

"什么？"灵鸷不解。

"我们凡人有入土为安的说法。"

灵鸷松开手，蚌壳残屑撒落卵石缝隙之中。

"不必，她已解脱了。"

土里并非蚌精的归属。无论她在哪里，她和晏真终不可再见。

"那它们呢。"谢臻用下颌点向横陈于河滩上的那些破碎的火浣鼠尸体，状似无意道，"被野狗叼到别处也甚是吓人。"

那只"领头鼠"的头颅就在灵鸯脚下不远处。它的血已干涸了，眼睛还睁着。

灵鸯点燃不尽之木，将那些尸身付之一炬。火光中有双眼睛，曾经温顺地凝视于他，是琥珀色的，他还清清楚楚地记得。

"快看，刚才有只雀鸟飞过去了。"谢臻指着天空，冷不防惊叹了一声。

"哪里？在哪里？"绒绒傻乎乎地伸长了脖子，虽然她不明白一只鸟儿有什么好看的。

时雨化作雪鸮，盘旋于灵鸯身边。他本想栖在灵鸯肩上，继而想起谢臻是无法看到他幻形的。他以堂堂男子之身坐在灵鸯身上，那画面太过骇人，他想也不敢想，只得掉头飞进了乌尾岭的丛林中。

"咦，时雨为何也飞起来了。"谢臻心有余悸，"他上次飞的时候扑过来啃了我一口……"

绒绒哪里会错过这种奇事，忙缠上来追根究底。谢臻略作解释，绒绒笑得毛茸茸的尖耳朵都露了出来。这件事足够她打趣时雨五百年。

灵鸯也勾起了唇角。他并非不能领会谢臻的善意，回头朝好友笑了笑。

谢臻看似一派轻松，灵鸯却发现他气色不佳，明明火浣鼠焰气已退，他额头还是布了密密的一层汗。

"头风之症又犯了？"灵鸯诧异。自从上巳节那一回他以白乌之力为谢臻缓解了痛症，这一路上谢臻的宿疾发作得并不频繁。

"也不是，只是整个人昏沉沉的。"谢臻抚额，"大概是前夜的酒气未散，回去睡上一日便好。"

绒绒咯咯地笑："定是思无邪的酒劲太足！"

"下回我领你们去尝我家中酿的月桂香，酒色如，如……"

"如什么？吹嘘不下去了吧！"绒绒朝谢臻做了个鬼脸，正好瞧见他整个人倒了下去。

福禄镇的客舍，阁楼上那间房门扉紧闭，里面半点声音也无。

绒绒在小院中走来走去，急得跟无头苍蝇似的。

"谢臻不会死了吧！怎么办，怎么办……我说过鸥羽靠不住的！"

时雨把玩着枣树上的枯枝，凭记忆幻变出琉璃色的火焰。当然，这火焰徒有天火之形而无其力。

"嚷什么，唯恐灵鸷听不见吗！"时雨笑得讥诮，"你不是已找来了镇上的名医为他诊治？"

绒绒哭丧着脸说："他是凡人，想要救命总要试一试凡人的法子。那白胡子老头说了好些我听不懂的话，什么'真阴亏损，火不归源，经脉暴盈'……我问他究竟是什么意思，他支支吾吾半天，竟让我及时准备后事。"

时雨默默无言。绒绒接着说："别看谢臻长得公子哥儿似的，他习武的路子惯以刚猛见长。我听灵鸷提到，谢臻昨夜一鞭子抽走了偷袭的大老鼠，想来力道不轻。会不会鸥羽只能保他不觉炎热，但不尽天火已伤了他心脉，再加上情急下的全力一击，所以才成了这副模样！"

今日的福禄镇客舍热闹得很，新住店的客商们忙于装卸货物，一个个急匆匆地穿行于时雨和绒绒的身影之间，驼铃声、牲畜嘶鸣、夹杂了各色口音的吆喝声不绝于耳。绒绒更是焦躁不安，鼓着腮帮想要吹灭时雨手中的火，却被那火中冒出来的一只血淋淋的鼠头唬得腿软。

"别玩了！你是没看到谢臻倒地时灵鸷的脸色，万一……倒是拿个主意呀，你不会真盼着他死吧！"

"死就死，凡人的生老病死本是寻常，有什么大不了。"时雨的眼睛冷如寒潭，"你与他才认识多少时日，几时轮到你着急了。难道你也看上了他不成？"

绒绒被惹恼了，跺脚道："我就是不想他死！凡人又怎样，他比你好太多太多，难怪灵鸷在意他远甚于你！"

她说完便消失不见。

时雨仿佛过了一会儿才听清绒绒的话，哼了一声："荒谬！"燃烧着的枣树枝被他握灭于手心。

黄昏时，谢臻醒了过来。他面上仍呈现出异样的淡白色，嘴唇焦枯，两腮却有微红。

其实从昨日起他就有些不太对劲，从乌尾岭下来后，除去那大显神威的一鞭子，他整个人都恹恹的，短气懒言，能不动就不动。只不过他好端端的时候也很是怠懒，所以灵鸷并未往深处想。

"看来我没死啊。"谢臻垂危之际有过短暂的意识，隐约听见了绒绒和大夫的对话。他吃力地对灵鸷说，"将我从鬼门关拉回来的，是你还是那位神医？"

"我。"

"既然最后还是靠你出手，何必让那老头用针把我扎得像只刺猬？"

他已开始说这些废话，想来一时无虞。原本坐在床沿的灵鸷起身走到一侧，抖开箱笼上的一身血衣看了许久。

"那是什么？"谢臻的脖子转到了极限。

"我昨日穿的衣袍。"灵鸷话中有失落之意，"新的，才换上没几日。"

他终于知道为何族人们喜着玄衣，好衣裳都不耐血污。

"这身行头一眼看去便很富贵，可惜了。"

"你昨天倒地之时，那口血也喷到了我身上。"

谢臻气若游丝道："兄弟如手足，看在你的'手足'差点丢掉性命的分上，衣服就不要太计较了。"

灵鸷闻言回头："你的命丢不了！"

"为什么？"

"你已在我面前死过了一回。"

小苍山下的草房中，灵鸷静静守着前世的他咽下最后一口气。那时的阿无儿阳寿已尽，灵鸷无能为力，但是他痛恨那种无力感。

"若你我情谊长存，我还会在你面前死去很多回。"谢臻笑了笑，"我与仙法无缘，你们那些起死回生之术也派不上用场。救我是不是费了一番力气？其实你大可不必……"

灵鸷打断了谢臻的话："绒绒说得对，一个凡人不该如此厌世。"

"你跟绒绒说，下次切不可病急乱投医。浪费钱财是小，关键是我被针扎和放血的地方现在还疼！"

"闭嘴吧。"

……

谢臻终于不再说话了，疲惫地合上眼。灵鸷拿起他枕畔的长生，一圈圈卷缠在手中。长生握把上的两行刻痕历历在目，皆是前世过往。从前他俩比试武艺，谁输了就在自己那侧画上一道印记。灵鸷唯一输给阿无儿的那次，其实是他故意相让。

时雨早已料到，所以他曾"好心"地提议：反正谢臻再也不能打败灵鸷，不如换种玩法——谢臻每死一次，就在上面添上一道。

那个孽障总是不断地提醒着灵鸷，他和谢臻不是一路。鞭子能"长生"，人却不行。灵鸷本不放在心上，事到临头他才发现，自己反而是勘不破生死的那个，竟落得要谢臻插科打诨来宽慰于他。也说不清这到底对谁更为残忍。

"想不到沾上了那古怪的火，长生还能丝毫无损。"谢臻忍不住又嘱咐了一句，"日后我若再入轮回，你且替我好好收着它。"

"空心树枝是至刚至柔之物，有流水之韧，金石之坚，能百炼不伤。长生以它鞣制而成，岂止不畏天火。"灵鸷为了证明自己所言非虚，抽出伞中剑在鞭子上一抹，果然只留下淡淡痕迹。

"哎哎，别呀……"谢臻心疼得从垂死病中惊坐起。

灵鸷将谢臻按回枕上："小苍山遍野皆是此物，纵然毁去，我为你重做便是。"

谢臻讨回长生，放在灵鸷够不着的地方，转念一想，又质疑道："这空心树既如此坚韧，你们怎能将它采下？"

"空心树身形似松柏，枝如蒲柳，三百岁方有花期。开花前它与寻常草木无异，美则美矣，却无用途。唯有将树心掏空，方能无坚不摧。我族人会在花期之时挖出长熟的树心，七日之后整棵树逐渐失去颜色，从此水火利刃难伤。这七日便是最佳的采集时机。"

刚才起身那一下让谢臻有些脱力，他听了灵鸷的解释，叹道："东西是好东西，只是听来十分残忍！"

"此树有花无果，花期极短，有时一夜之间皆付凋零。若不能在花期过去前掏出树心，迟早也会枯萎而死。"

"去心方能长活……有意思！这么说来，你族人岂不是坐拥无数好鞭子？"

"白乌人善用鞭的不多，有人用以制作弓弦，也可编制器物。空心树心丰美多汁，煎之可以服用。"

"能使人长生不老？"

"不能……但可令人心生欢喜。"

"这有何用？"谢臻显得有些失望，心生欢喜，一壶浊酒即可。

灵鸷说："对白乌人而言，这比长生不老有用。"

"也是，子非鱼焉知鱼之乐。如此妙物，可惜无缘亲眼所见。"

"如非赶上花期，放眼望去白茫茫一片，没什么好看的。"

谢臻笑问："在你们这些家伙的眼中可还有稀罕之物？"

"我还未见过莲花。"

"什么花？"

"也未见过莲叶。"

这下谢臻才相信自己没有听错，忍俊不禁："我家中便有一方莲池，等此行事了，你随我去看个够……只是我父母年事已高，受不住惊吓，你们勿要变幻出什么奇怪之物就是。"

灵鸷点头笑了笑。

谢臻体力不支，强撑了一会儿，终究昏沉睡去了。灵鸷将门掩上，回头看见在门外静候已久的时雨。

"主人眉间舒展，想来谢臻安然无恙。"

"嗯。"

时雨见灵鸷不欲多说，沉吟道："谢臻可知晓主人耗损了自身修为来护住他心脉？"

灵鸳远离了那间客房，方回首嘱咐："用不着告诉他，此事也与你无关。"

"这次救下了他，下回他再一命呜呼，难道主人还要灭了前来拘魂的鬼差？"时雨半真半假地笑着。灵鸳并未回应，他又自顾往下说，"这样强行吊着他一口气，他一日不死，主人一日不可松懈。你忘了自己重伤初愈，万一再遇强敌……"

"我已说过不用你管。"灵鸳抬眼看向时雨。他的声音里听不出情绪，入耳却十分清晰。

时雨的笑意慢慢从脸上退去，黯然看向远处一半掩藏在云雾中的乌尾岭："我知道，现在我说什么你都听不进去。你怪我害了谢臻。绒绒想必什么都对你说了。"

绒绒以为谢臻会死，心慌自责之下，哭着对灵鸳坦白了鸥羽之事。她说其中也有她的过错，要不是她拿出那两片鸥羽，没让谢臻中途折返，说不定就不会发生后来的事。

灵鸳同样对绒绒说了，此事与她无关。绒绒并无害人之心。至于时雨……他一贯如此，灵鸳竟未感到意外。

"我还未查明谢臻为何而伤，天火损伤心脉一说仅是揣测。你们提议让他佩戴鸥羽时我也在场，若是为了这个，我也脱不了干系。"

灵鸳越是心平气和，时雨越如鲠在喉。

"主人尚有未竟之事，不可罔顾己身。不就是将修为注入谢臻体内保他心脉不断吗？这件事交与我来做。"

"不必了。"

时雨沉默片刻，方又哼笑一声："说一千道一万，还是怕我伤他性命！"

"难道我不该如此？"灵鸳语气甚为冷淡。

"你心中有气，大可痛快责罚于我。要打要骂，让我以命相偿我都由着你，我半句怨言也不会有。可你这样防着我，冷着我，又有什么意思！"时雨灭于手心的那把虚火仿佛一下子蹿到了心尖。

"那你就……"

"让我滚？"时雨未等灵鸳说完就将话接了过去，"早料到你会这么说。你只会对我说这句话，从来就只有这一句！"

灵鸳怎么都没想到时雨反倒成了兴师问罪的那一个。他不善应对这种事，今日也不打算动手，只得掉头离开这是非地。

"我还没滚呢，你也休想走！"

时雨话音落下。灵鹫迟疑地看向攥在自己臂上的那只手。要不是手的主人灵台依旧清明一片，而灵鹫也不信有人可轻易操纵于他，否则定会以为他被邪魔附体。

"除了让我滚，你就没有别的话可对我说了？"

"我从未强求于你，来去皆是你的自由。"

"这还是让我滚的意思。换一句！"时雨红着眼，目眦欲裂。

灵鹫心中也无名火起："从长安鬼市那时起，是你执意跟随于我。这一路无论你有何心机盘算，我都不曾与你计较。你还要我如何？"

"你可以与我计较，只是你不屑在我身上浪费心思唇舌罢了……再换一句！"

灵鹫一时语塞，他此生从未陷入这样可笑的境地。他为何要像无赖小儿一样与这孽障争执，说什么、不说什么还要由他摆布。

他等自己那一霎急怒过去，这才又开了口："我与人计较的方式只有两种，要么给我滚，要么我杀了你。"

"你对待那只火浣鼠不也是这样。"时雨下颌扬起，声音却低了下来，"一只小宠而已，在身边时可有可无，丢了也毫无顾念，但凡忤逆于你，最多一杀之！谢臻前世有难时，你在族中长辈面前长跪不起为他求情，禁闭六十年也要再见他最后一面。只有他最重要，我在你心中连火浣鼠都不如！"

时雨那双极为明秀的眼睛在一层薄薄水光覆盖之下，似有哀伤，也有怨憎。灵鹫心中一颤，试图回避这似曾相识的错觉。

"谢臻是凡人！"

"那又怎样？"

谢臻是凡人，大掌祝终究不便生杀予夺，她只是要给灵鹫当头棒喝，灵鹫领受了，跪下了，谢臻的命就保住了。可火浣鼠算得了什么？它当众闯下大祸，连累霜翀身边那一只也被强行送走。霜翀据理力争，他的火浣鼠被大掌祝当场击杀，连骨头渣子都没剩下。难道灵鹫也要如此？被送走后的火浣鼠至少又活过了一百多年，虽然它对灵鹫恨之入骨。

灵鹫不知时雨为何如此偏执，可细细一想，时雨似乎又没有说错什么。

"松手。"他提醒道。

时雨充耳不闻："无情乃是白鸟人的传统，昊娱尚能亲手杀了晏真。幸而谢臻只是个凡人，否则他日白乌有难，难保你不会拿他祭塔。"

时雨的手还留在灵鸳臂上，灵鸳的手却已按在了通明伞柄，伞尖幽光蠢蠢欲动。

时雨的手紧了紧："拔剑啊，灵鸳！"

满池青碧之色顿时将两人环绕，陌生的潮气和水生植物的清芬扑面而来，露水从绿蜡般的阔叶坠落，濡湿灵鸳的衣袖。

"你不是要看江南的莲田，我也可以给你。"

风摇绿浪，新荷初绽，莲房出水，叶败藕成……通明伞忽然撑开，四时风光皆在眼前消散。

"滚！"

"我又错了，你在意的只是看莲的人。"

谢臻仍需静养，灵鸳正好也需在福禄镇逗留。塞外比不得中原繁华地，灵鸳查探过，乌尾岭方圆三百里内也仅有福禄镇这一个人烟稠密的所在，其余凡人的踪迹只剩下那些散落于寒山黄沙之间的游牧民族。蚌精小善为何会说，这里是一切的源头？

数日后，谢臻已能下床走动。他问："最近为何我总觉得十分冷清？"

"绒绒说她有事要想，不可被人打扰。"

"能让绒绒想破脑袋的，定是无比玄妙之事。"谢臻笑了，又问，"时雨呢？"

灵鸳闭目不言，静坐如老僧入定。

"每次不想说话都是这一招数。"谢臻被久违的日光刺得睁不开眼，他在房外走了还不到十步，已失了"活动筋骨"兴致，拢了拢肩上的氅衣，回头对灵鸳说，"他真的走了？"

"我不知道。"灵鸳漠然以对。

"你不知道谁知道？绒绒话太多，你的话又太少，还是时雨知情知趣……他该不会已葬身于你剑下，或元灵被你吞入腹中了吧？"

"并不好笑。"

谢臻于是收敛了笑意："时雨竟能与你大吵一场，事后还活了下来，真可谓奇人奇事！"

"你听见了？"灵鸳瞥向谢臻。

谢臻含蓄道："少许！"

其实那日他在房中只隐约听到了一两句，但是又有什么能逃得过绒绒的耳朵？

时雨走后，绒绒万般苦闷，谢臻已成为她仅有的倾诉对象。她不但详尽地复述了整个过程，连这场争执的前因后果、他们言行的细微之处、时雨布下的莲池幻境，以及她自己"观战"时的心情都绘声绘色地说与了谢臻听。谢臻人在床中卧，却不亚于身临其境。

看灵鸷的样子，他们知情便知情，议论便议论，他不甚在意，更不会费心解释。

"怎么你就不能跟时雨好好说话呢。"谢臻惋惜道，"你若有一丝挽留之意，他也不至于如此。"

"我为何要留他？"灵鸷静坐调息的意图被打断了，看上去有些烦躁。时雨消失后，绒绒已经跟他哭闹过一轮，现在又轮到谢臻唠唠叨叨，"我已说过不与他计较，他反而对我生怨。难道这也成了我的过错？"

"你是心下无尘故而无碍。可这并非时雨所求。"

灵鸷一径沉默着，谢臻于是换了种说辞，小心翼翼道："我有一句话，不知当不当问？"

"明知不妥就该闭嘴。"

"你说得有理……那我问了啊。在你心中，你究竟是男是女？"

他效仿灵鸷在毡毯上盘腿坐定，摆出一副促膝而谈的姿态："我知道你们三百岁后方能择定男女……我问的是你的本心。"谢臻以手点向灵鸷心房所在，尽管那处一马平川，他还是很快意识到不妥，及时缩回了手，轻咳一声，"神仙应该也是有心的吧！"

"你上一世就问过我了。"灵鸷像是了然，又像是困惑，"你们为何都如此在意此事？"

"阴阳者，天地之道也，万物之纲纪，变化之父母，生杀之本始……"

"我还未想过。"

"从未想过？那等到你三百岁时如何抉择？"

灵鸷知道自己这番说法难以让谢臻信服。岂止是谢臻，绒绒和时雨不也常常纠结于此，背后小动作不断。灵鸷一开始觉得他们无知且可笑，后来方知在小苍山外，阴阳男女之别就像天地清浊一样界限分明。

但是在灵鸷"本心"之中，他和其他族人一样，并不过分为此事萦怀。他对谢臻说：“三百岁之前的白乌人只是半成之躯。大家自幼一同习武，一同修行，衣着言行相差无几，只有天赋、能力的高下之别，而无乾坤贵贱之分。即使成年之后择定性别，我们也不会像凡人那样，只凭男女之身来判定尊卑。”

“是男是女皆任其自流？”

“白乌曾以骁勇闻于天地，退守小苍山之后，我族中也没有无用之人。依照白乌习俗，男主刑杀，女司祷祝。各人天分在少年之时往往已见分晓，善战者多为男子，灵力强盛者往往择定为女身。两者各有本分，一如阴阳相济，盛衰平衡。”

“这……要是天命与意愿相违岂不是徒生遗恨，还不如生来无从选择。”

“就算造化天地之神，又有几个能从心所欲。”灵鸷笑笑，“况且我说的只是惯例，各人心性不同，自不能一概而论。”

谢臻如灵鸷那样坐了一会儿已觉疲惫，找来个隐囊倚靠在榻上：“如何不同，你快说来听听。”

“总有些早作打算的、私下有情两相约定的，或是天赋平庸两者随意的……灵力、武力皆出众者有时也会难以抉择。因而在赤月祭之前，即将成年的白乌人会在鸢台祈愿，如获神灵允许，便可从心而定。”

谢臻有些明白了，继而又笑嘻嘻地对灵鸷说：“你又是哪一种？”

“我天赋平庸，也无意愿，但听尊长安排。”

谢臻笑出声来。他虽没见识过别的白乌人，但灵鸷骨子里的孤标傲气绝非一个自幼平庸之辈所能拥有的。

“我不相信比你更了得的同伴在白乌一族中比比皆是。”

“终归还是有的。”灵鸷黯然道，“上一世你差点见到了他。”

若非灵鸷的求情让大掌祝收回成命，莲魄本要让霜翀出手处置了阿无儿。在莲魄看来，这等小孩子犯下的糊涂事让他们自行解决，无须惊动其他族人。万一灵鸷反抗，同辈之中也唯有霜翀能将其压制。

谢臻若无其事地说：“是美人儿的话倒是可以见上一见。”

灵鸷无奈。他和绒绒一个惦记美人，一个自诩美人，可谓是臭味相投。

“你既说自己并无意愿，男女皆可……那就是说，你也可能变作女儿身！”谢臻眼中的笑意怎么也藏不住，“到时定要让下下辈子的我开开眼界。”

“你希望我是女子？”灵鸷挑眉。

　　谢臻支颐想了又想："我是无所谓的。你是女子我照样视你为友，顶多同游烟花风月之地时稍有不便……"

　　"什么'月'？在何处？为何不便？"

　　"咳咳，没什么不便。"

　　说来也怪，时雨仙姿玉质，是谢臻所见的"异类"中最像神仙中的一个，可一看即知他是不折不扣的男子。绒绒自不必说，活了千岁万岁也和黄毛小丫头无异。唯独灵鹜身上有种说不清道不明的东西，从前谢臻总拿捏不定，现在想来，他与那长在白鸟小苍山的空心树着实很像——流水之韧，金石之坚，至刚至柔，这分明说的就是他自己。

　　谢臻上下打量着他："你若为女子，想必也还不错。"

　　"是吗？"

　　"难保不会成为昊媄那样的大英雄。"

　　灵鹜一笑了之："昊媄只有一个。"

　　昊媄化身于混沌初开之时，身为大族长，她既有着白鸟巫女感应抚生的灵力，又能执雷钺替天行刑。在她之后，雷钺皆为战力最强之男子所有，"执钺者"率族人执掌天罚，征战四方；而巫女则全心供奉抚生塔，以白鸟之力与塔中戾灵相抗，"大掌祝"即是巫女之首。

　　历代族长均在"执钺者"和"大掌祝"之间产生。直至上一任族长醴风废除了"执钺者"一职，白鸟氏不再过问外界之事，一切皆以抚生塔为重。从那以后，只有"大掌祝"才是白鸟之主。族中日常事务与小苍山守卫被交到了"大执事"手中，而"大执事"必须听命于"大掌祝"。

　　如无意外，灵鹜将会成为温祈的继任者，总有一天他会履行"大执事"的职责。他自幼被寄予厚望、严加训导，温祈也是他最为崇敬之人，所以灵鹜并不抗拒他的天命，但若是说他有过想要成为女子的瞬息一念，只是因为他想要证明自己也可以成为最强者。

　　可惜白鸟的将来已有了霜翀。无论灵鹜如何努力，霜翀始终比他更胜一等，偏偏他输得心服口服，连抱怨都不知从何而起。霜翀才是大掌祝最好的人选，也将是灵鹜相伴一生的良偶。

　　"时雨钟情于你，你不会看不出来吧。"谢臻说得随意，一只手悄然捂在了胸口。他已想好，万一灵鸷被惹恼了，他还可以"旧疾复发"。

"嗯。"

令他意外的是，灵鸷竟如此坦然地承认了。他"嗯"的一声过后，面色依旧平静如水。

灵鸷再不解世事，时雨对他异乎寻常的依恋他还是有所感知的。从前尚可以将其归结于"仰慕"之情，他也并不往心里去，然而当时雨的莲池幻境出现于眼前时，他什么都明白了。

谢臻又等了一阵，确定灵鸷不会再有下一句了，这才支起身子问道："你待如何？"

"如何？"

谢臻啧啧有声："世间万事，唯情债难偿！"

灵鸷失笑："你不该学绒绒说话。"

"时雨天人一般，我要是女子必然为之所动。"

"可我不是女子。"灵鸷隐去嘴角那一丝笑意，"就算我是，也不会在绝无可能之事上虚耗心思。"

孤暮旧事

第三十三章

窗下传来一声失望的叹息。

灵鸷的手在虚空中轻轻带过,一阵青烟穿过寸许宽的窗棂。

"哎哎……"绒绒现身于房中,趴在地上叫唤了几声,"别吸我,我正打算进来!"

"你输了。"谢臻朝她伸出了手,"欠我的酒呢?"

绒绒拍了拍身上的灰:"下回给你。时雨不在,我纵然备齐了东西也酿不出'思无邪'来呀。"

灵鸷知道他们打赌之事必与自己有关,却也无意过问。反倒是绒绒见他欲往门外去,撇嘴道:"说得好好的,我一来你就走,莫非我打扰了你们?"

灵鸷讶然回头。谢臻事不关己地闭目养神。

绒绒话说出口便后悔了。六百年来她已习惯了与时雨为伴,时雨这一走不知去了哪里,也不知还会不会回来。绒绒既恼时雨决绝,又暗暗替他鸣不平。她心中憋屈,不由自主地迁怒于灵鸷和谢臻——他们之间真有什么苟且也就罢了,偏偏这两人看起来又坦荡得很,那为什么就容不下一个时雨呢?

灵鸷如今的脾气好了许多,绒绒也谙熟他心性,自恃他绝不会伤了自己。可当灵鸷一言不发地盯着她看时,绒绒心里依然打鼓不停。慌张裹挟着委屈,她扯着灵鸷的衣袖哭道:"你做不了女子,时雨可以变化呀。族中早有良配也无妨,大不了坐享齐人之福就是……"

灵鸷被这样的无赖言论震住了片刻,木然道:"青阳君就是这样教导你的?"

谢臻哑然失笑："绒绒啊绒绒，扪心自问，你敢对时雨说这番话吗？"

绒绒吸了吸鼻子，时雨若在场，定是头一个剥了她的皮。其实她也弄不清时雨究竟想要如何，难道他还想把灵鸳娶回家相夫教子不成？

"他要是肯与我双修不就什么事都没有了！"绒绒懊恼道，"福禄镇我已逛了个遍，实在看不出有何稀奇，本想找人打听打听，可城里城外连个土地神都没有。到底什么是一切的源头，总不会这里就是孤暮山吧！"

"你也这么想过？"灵鸳同样困惑于此。

绒绒张圆了嘴："我随便说说罢了，这怎么可能！"

他们谁也没有见过孤暮山的真容，大战之后它的踪迹与逸事只存在于散逸的传说中。可孤暮山毕竟曾是通天之径，造化之地，单凭想象也知它是何等的神秀峭拔。即使倾塌万年之久，山心已失，也绝不会是这个鬼样子。

谢臻慢悠悠地说："总听你们提及孤暮山，到底这孤暮山之战为何而起？都是超凡脱俗的神仙，难道就为了山里的宝贝打得死去活来？"

他的目光本是看向灵鸳，绒绒急不可待道："你应该问我才对！这事说来话长，你让灵鸳来讲岂不是为难于他？"

"哦？你又从戏文里听来了什么野史秘闻？"

这话绒绒不爱听了，一下变出了紫貂的原形，跳至谢臻身前龇出尖牙："你可知道我是谁，我在天界打过的喷嚏比你十辈子还要长。白泽归寂后，再无哪只神兽可像我一般博古通今。你竟敢不相信我？"

灵鸳无言颔首，谢臻于是对绒绒笑道："是我有眼无珠。那就有劳绒绒了，在下洗耳恭听！"

绒绒被捋了顺毛，这才心情舒畅，在谢臻腿边蜷成了毛茸茸的一团。

"你什么都不懂，所以我得费些口舌。要说孤暮山之战，先得从天地初生时说起。彼时混沌未开，万物未形，盘古首生于其中，头顶天脚踏地，一日九变，经历了一万八千岁始将天地分离……随后又过了许久许久，天变得极高，地变得极厚，再无法重合，支撑天地的盘古也神崩力溃而亡。"

"这一段在下还是略有所闻的，书中有载：盘古垂死化身，气成风云，声为雷霆，左眼为日，右眼为月，四肢五体为四极五岳，血液为江河……"

"长安崇文坊说书的糟老头也知道这些，这只是引子！"绒绒白了谢臻一眼，

"可是天地开辟之初，一切皆处于动荡混乱之中，时而天崩地裂、岩浆滔滔，时而河海变流、玄冰遍地，至于什么百年暴雨、千年旷旱更不在话下。好在啊，继盘古之后，上骈、烛龙、伏羲、女娲、桑林、帝鸿、据比、竖亥、鬼母、神农也逐一觉醒。这十尊与混沌共生的始祖大神合力凝聚盘古元灵所化的清灵之气，并各自将自己的一部分力量也注入其中，然后把它封存在孤暮山心，以此抚定天地、滋养万物生灵，这就是'抚生'的由来。"

"盘古元灵？"谢臻有些不能相信。

"盘古大神血肉化作山川万物，元灵多半消耗于开天辟地之时，剩余的散为了天地清灵之气。"灵鸷拍了拍爹毛的绒绒，"大神曾以神力幻化飞鸟，在鸿蒙岁月中聊以相伴，白鸟先人因此而生。故而我族人对抚生有着与生俱来的感应。"

绒绒得到了灵鸷的认同，得意地摆动尾巴往下说："因为有了抚生的存在，孤暮山又被称为造化之山。此后很长的一段时间里，天地一片祥和，灵芝仙草丛生，天材地宝随处可见。天神们各居其位，开世造物，女娲大神也用黄土捏出了最早的一批泥人儿。"

"那可是'真人'，生于钟灵毓秀的上古之时，和你们这些百无一用的'凡人'不一样。"绒绒不忘嘲笑于谢臻，"'真人'寿命极长，与神灵共生，有些部族还拥有异能。他们的繁衍能力远胜于其余性灵之辈，很快占据了许多洞天福地，还有不断蔓延之势。久而久之，别的生灵难免颇有微词，就连部分大神也是如此。"

"于是就起了争端？"

"一开始倒也不至于。那些'真人'在神灵眼中原就是区区众生中的一员，与飞禽走兽无异。上骈、据比等大神虽有不满，但也只是偶尔布下天灾，试图减少'真人'的数量，维持万物平衡。然而在抚生护持之下，无论水火瘟疫皆难持久，很快凡间又会回复到风调雨顺的太平之中，人们依旧生生不息。直到四野八荒已遍布他们的踪迹，神灵们逐渐退往三岛十洲的虚无洞天。始祖大神们终于分成了两派：上骈、据比想要清肃下界，如不能遏制'真人'繁衍，他们就要将抚生从孤暮山中剥离，带往只有神灵方能抵达的虚无洞天。伏羲、神农、女娲悯恤'真人'，不忍凡间生灵涂炭。烛龙、帝鸿、鬼母、桑林、竖亥这五位大神则静观其变。"

光是这些大神的名字已听得谢臻昏昏沉沉，他说："伏羲、神农、女娲存心仁善，怪不得能让百世传颂。其余那些大神，我还有耳闻的便只有帝鸿了。"

"帝鸿敦敏仁德，被众神推举坐镇九天中央的昆仑墟，是为天帝。"绒绒的旧主青阳君与天帝颇有渊源，所以她提及这个名字时也犹带几分敬畏，"天帝不偏不倚，两相安抚。以这些始祖神的通天之力，未必不能找出万全之法。偏偏就在这个节骨眼上，出了一件大事……喂，病秧子，你睡着了？"

谢臻被绒绒的爪子拍了一下，忙摆出惊愕状，识趣地附和："什么大事？"

"说起来，那是我听闻的上古传说中最悲伤的一段了。"绒绒幽幽道，"从前，北荒中有一个名不见经传的真人部落，叫堤山氏。想是因为地处偏远，日月光辉和抚生之力也难以惠及，此处终年寒冷。堤山氏人世代生长于此，勉强自给自足。可是随着族人渐渐增多，又赶上了极寒的年头，难免朝不保夕。他们的族长相夷力劝族人往更为丰饶之地迁徙，但族人不愿离开故土，山外又有名为'狒'的猛兽环伺。相夷正值少壮英武之时，为了谋求出路，他独自前往孤暮山，想要由此攀登到九天之上向神灵求助。"

"他成功了？"

"孤暮山可不是那么好爬的，人人皆可随意登天，那岂不是乱了套？上骈和桑林的幼女汐华常在孤暮山玩耍，这样不自量力的人她见得多了。相夷耗费了五年，始终只在半山腰徘徊。汐华时常逗弄于他，或化作山中精魅，或降下如油之雨，或变成飞鸟盘旋在他身旁，相夷都不为所动。终有一日，相夷失手于山中坠落，虽侥幸不死，但此前种种艰辛都化成泡影。想到仍在堤山等他归去的族人，纵然相夷是人中英杰也不禁潸然泪下。汐华心有不忍，解下长发助他攀缘。相夷还以为自己抓住的是神树的枝蔓，一鼓作气登上天界，才发现手心残余的枝叶变成了一缕青丝。"

"汐华领着相夷去见了天帝。天帝请伏羲化去了堤山的冰霜，还许以相夷族人四时温煦。相夷返还前，汐华一再挽留，她已对相夷生情。相夷感激汐华，也无以回报，尽管挂念族人，但他仍允诺了要与汐华长相厮守，只是他必须回到族中安顿妥当。为助相夷驱赶猛兽，汐华用自己长发编作长索相赠，还告诉他此物不但可束缚比虎豹还要凶猛的'狒'，就连神也会为其所困。"

"我已猜到了这个故事的结局。"谢臻懒洋洋地说，"但凡心先动者，困住的唯有己身。"

"你说对了。相夷回到堤山时，已与族人暌违近十载，家中父老与未婚的妻子还在等着他。他驱走了严寒与猛兽，族人们无不对他爱戴有加，更不肯放他离去。

族中长老都说什么人神有别，汐华只是一时兴起，早晚将此事抛到脑后，而族人都离不开他。长辈和未婚妻子的眼泪最终留住了相夷，他也如愿领着族人过上了安定的生活。可他不知道的是，汐华从未放下他的承诺。得知相夷留在了堤山，汐华伤心愤怒，她认定只有在相夷有求于她时，才会离不开她。就这样，汐华用父亲好友据比大神教她的手段，在堤山降下瘟疫，并扬言直到相夷回到她身边，她才会终止这场灾难。相夷的双亲和怀有胎儿的妻子都没有熬过这场瘟疫。为了保全其他族人，相夷对汐华妥协了，他埋葬了亲人，回到孤暮山下与她相见。汐华满心喜悦，为投身相夷怀中，她卸下了通身的神力，相夷便用她的长发编成的长索将其捆缚，再一刀斩下了她的头颅。"

绒绒问谢臻："你也是男子，换作你是相夷，会不会下此狠手？"

谢臻说："我这个人做不了英雄豪杰，一开始我就不会去爬那座山。你还不如问问灵鸷。"

"你我皆非亲历，又已知晓结局，事后的判词毫无意义。"无端被牵扯其中的灵鸷回答道。

"好玩而已，干吗要那么扫兴！"绒绒小声埋怨，"每次都这样，像一个冰窟窿，怪不得时雨……哎哟！"

谢臻在绒绒的耳朵上弹了一下。绒绒是个识时务的，缩缩脖子，强行把话接了下去："怪不得时雨总是夸你！"

灵鸷自动忽略了绒绒"狗尾续貂"的后半句。他没料到自己的由衷之言在绒绒听来竟成了"扫兴"。他并未恼怒，反有一丝失落。相比谢臻、绒绒、时雨，他从来都不知道该如何与人相处。他试图无视他们的散漫、聒噪或是无赖之举，他们想必也在忍受他的无趣。

"若我为相夷，或许不会寄望于神灵。若我为汐华……在他违誓之时，我已将他斩于剑下。"灵鸷发现"毫无意义"的问题回答起来也并不太难。其实这个故事是他无比谙熟的，还未董事的白乌小儿在嬉戏时，便常常扮作"相夷"或"汐华"，你打我一下，我还你一刀，以此取乐，屡禁不止。

绒绒也不曾想到灵鸷会这样从善如流，又振奋了起来："我差点忘了，你们白乌人与汐华还有一段渊源呢！"

"此话怎讲？"谢臻好奇地问。

"话说相夷斩下汐华的头颅之后，他回了堤山，瘟疫也散去了。汐华满头青丝化作奇树，但凡有此树扎根之地，无论天界还是凡间，草木都随之凋零。后来是昊媖收服了寄身于树中的汐华之灵，许多年以后，她将此树带去了小苍山。"

"空心树！"

"咦，灵鸷已告诉你了？"

谢臻的手还枕在"长生"之上，闻言悄悄地挪了一下身子，仿佛自己身下压着的是一个哀怨女子的青丝。

"无妨。我族人还将它编织成衣物穿在身上。"灵鸷宽慰道。

"这么说来，小苍山除去空心树，再无其余草木？"

"正是。"

灵鸷想起了空心树开花的时节，从凉风坳到鸾台，整个小苍山被如烟如霞的花海所笼盖，没有见过的人根本无法想象那种极致到令人生畏的美，就连抚生塔下的天火都为之暗淡。然而花期一过，只余满树雪白。

小苍山罕有异色，大部分时日都在这一片白茫茫中。从前灵鸷习以为常，也不觉得有何不妥。阅过了小善的回忆之后，他才会忍不住去想——昊媖先祖将空心树带回小苍山的初衷，究竟是为它的用处，还是为它的荒芜。

绒绒嗔道："我还没说完呢，更要命的事还在后头。上骈和桑林对汐华极为珍爱。汐华死后，上骈暴怒，誓要堤山氏陪葬，被伏羲和女娲两位大神劝阻。上骈将相夷登天求助一事归咎于伏羲，连天帝也被他恨上了。就在这时，烛龙的长子钟鼓与好友钦丕私自屠戮堤山氏一族，被天帝臣子葆江察觉。为防葆江告密，钟鼓和钦丕联手将葆江杀死在昆仑之阳……"

"等等，此事与烛龙之子有何关联？烛龙究竟有几个儿子？"谢臻的头又开始痛了起来。

"唉，跟你们这些凡人说话太费工夫！"绒绒嘴上抱怨，讲故事的兴致却丝毫不减，"我所知的烛龙有三个儿子：钟鼓、晏真和长鳐。他们都自幼与汐华一块长大，感情甚笃。钟鼓爱慕汐华已久，上骈也有意将爱女嫁与烛龙之子，无奈汐华不为所动，此事不了了之。但钟鼓亲眼所见汐华为相夷心动情伤，最终惨死相夷之手，他不恨相夷才怪！

"堤山氏一夜之间毁于不尽天火，只有相夷和少数几个族人外出狩猎逃过一劫。钟鼓和钦丕犯下大错，宁死不悔。不知为何，本应对他二人施以天罚的昊媖避走聚窟洲。天帝遂命青阳出手，杀钟鼓、钦丕于钟山瑶崖……"

谢臻问绒绒："青阳不是你的主人吗？"

"我想起来了，那是他第一次手上沾血。"提及青阳君，绒绒的语气变得惆怅，"他从瑶崖回来之后，独自在碧梅林枯坐许久，一身血衣也未脱去。我问他：'你是难过吗……是害怕吗……'他抱着我，好像从来没有见过我一样，不停地说：'不是的，毛绒儿，我是高兴。'我不喜欢他身上龙血的味道，我更知道，高兴的时候不该是那样的。后来他再也没有'那样'，就连在我面前，他也越来越像如今的青阳君。那件事后，天帝总算记起了他的存在，没过多久我们就离开了苍灵城，从此再也没有回去过。"

"后来的事无须我多说你也能想到。上骈认定人的蔓延是万恶之源，堤山氏的下场并不能教他解恨，他还要将下界的真人屠杀殆尽。据比求之不得，他厌恶神以外的一切生灵，又素来好战。许多真人部族因此惨遭覆亡。相夷说服了剩余北方部族的族长联手相抗，但也不过是螳臂当车罢了。于是相夷再度求助于天，女娲、伏羲说服不了上骈和据比，又无法坐视无辜的苍生受难，不得不出手相助。两方积怨益深，天帝也无法化解干戈。"

"相夷终死于洪水，上骈将他身卸九块，分别悬挂于昆仑墟九门之上。天帝为之震怒，麾下众神力主严惩无法无天的上骈、据比。可是钟鼓死后，烛龙一怒参战，矛头直指天帝。桑林大神心存仁善，但她痛失爱女，也归罪于天帝和女娲一系对真人的袒护。大战由此而起，竖亥、神农不满上骈暴虐无常，都站在了天帝的一边。原本此事只关乎真人的生死存亡，到后来演变成天神之间持续千年的一场厮杀。"

"你的意思是，上骈、据比、烛龙和桑林联手，而天帝、女娲、伏羲、神农、竖亥率众天神镇压……"谢臻尝试着将头绪理顺，"听起来前者于理于势都不占据上风，为何此战延绵千年未分胜负？"

绒绒说："你有所不知，在始祖大神之中，天帝有后土之德，女娲能造化万物，伏羲判分阴阳，神农泽被草木五谷，竖亥执掌天时数理。他们经营天地，造福苍生自然不在话下，但论毁天灭地，却不及上骈一方。"

"说来听听。"谢臻难得被勾起了兴致。

"上骈统山川河海，桑林主日月星辰，据比通幽冥疾疫，烛龙更是始祖大神之中最为善战者，御风雷水火。他们这一方除去各自部属，尚有龙伯、贰负、巨灵、天吴、犁靇、祖状、刑天、蜚蠊、屏翳、神辉、帝休等大神随战。幸而天帝麾下善战者也有西王母、武罗、禺虢、青阳、旱魃、玄女、应龙、陆吾、离朱、英招……这些大神分别下率的部族和属神我就不说了，说了你也记不住。总而言之是打得天昏地暗、日月无光。几乎所有的上古神灵都被迫卷入其中，想要收手也身不由己了。"

"你不是说有十尊始祖大神，为何参战的只有九位？"谢臻困惑道。

"是吗？难道我说漏了？"绒绒一时间也没反应过来，想扳着手指数一遍，无奈毛茸茸的爪子不太好使。

"这不可能呀！"

"鬼母。"灵鸷不得不提示道。

"对对，鬼母！别急，我正要说到她呢。鬼母是始祖大神里最最神秘的一位。她既不暴虐，也不仁慈，除去聚合抚生之外，她好像再也没有掺和天地间的事，终年不离南海虞山，众祇对她知之甚少。白泽卷轴中并无关于她的描述，青阳也从未见过她真容，所以到现在我还不知道她究竟长成什么模样……想来十分可怖。"

"何出此言？"谢臻常听绒绒说起那些旧日天神，不是马身人面，就是虎生双翅，要不然就是八首八面……总之长什么样的都有。他实在想不出这个鬼母还能可怖到哪里去。

绒绒咂舌道："相传鬼母每日清晨都会产下十个鬼孩儿，日落之前又会将它们当作点心吃掉。生了又吃，吃了又生，周而复始……这难道还不吓人吗？"

"确实古怪，但她既然身为始祖大神之一，想来也有了不得的本领。"

"鬼母擅幻变，乃天地间灵力至强者，可再造虚妄天地。时雨的摄魂幻境在你我看来十分玄妙，若是与鬼母相比，恐怕只是皮毛。抚生封存入孤暮山山心，其上的结界就是鬼母所为。二万年来，无数人神走兽上下于孤暮山，不要说抚生的下落，他们就连自己所见的是否为孤暮山真容、此山究竟存不存在都无法确定。"

谢臻似乎想起了什么，却未打断说得正起劲的绒绒。

"上骈杀红了眼，他想借着抚生的力量压制天帝一方。天帝这边也有神灵提议，必须先下手得到抚生，方能终止这场恶战。欲得抚生，必须破开孤暮山结界，此事唯有寄望于鬼母。可是任他们在外斗得死去活来，鬼母始终不闻不问。两方天神都曾派人前往南海虞山，可是连她的面也没见上。"

绒绒长嘘了口气："直到烛龙亲自去求见鬼母——他是始祖神中唯一与鬼母有过交情的，听说他的儿子在年幼时被送往南海虞山学艺。谁也不知道烛龙到底用什么理由说服了乖僻至极的鬼母，鬼母竟然同意为他破开孤暮山结界。至此所有始祖大神无一能在这场大战中置身事外。"

"单凭鬼母之力就能破开孤暮山结界？无人可牵制鬼母，不怕她独自将抚生占为己有？"谢臻不喜权术，但他毕竟出身世家，其中的门道见得多了。有欲望之处就有争端，无论人和神都不能幸免。

"你说对了。为防鬼母独得抚生，她当初为孤暮山设下的结界乃是死局。她知晓结界所在，破开它却必须以身相殉。"

"她宁肯如此？"

"我也不知她究竟是为了什么，也无人窥见其中经过。鬼母与抚生结界同时消亡，相传一瞬间清灵之气暴逸而出，天地四极、虚实之境皆有所感。上骃和烛龙昭告诸神，只要斩尽下界余孽，肃清万物，平息战乱，他们将把抚生重归于天。届时他们再不会被下界所累，遍地皆是洞天福地，天地灵气将只属于神灵所有。"

"我为苍生，谁人为我……"谢臻自嘲道，"换作是我，难保不会就此弃战了。"

"你倒很有自知之明。人人皆像你一般软骨头，这一战根本打不起来。"

"我也不想要什么抚生。不用流血厮杀，随便找个地方逍遥度日多好。"

灵鸷看向谢臻："你真的相信拥有抚生者会甘心于将它重归于天？今日他肃清万物，来日神灵也会分为三六九等。弱者终无逍遥之地。"

"就是就是！"绒绒忙不迭点头，"当时不少天帝一方的属神也被蛊惑，犹豫应战者有之，倒戈相向者亦有之。天帝所率之师本是替天行道，拼杀混战之后，为谁而战已不重要，重要的是抚生落在谁的手中。我看过白泽卷轴，上面描述孤暮山下尸横遍野，与修罗场无异。竖亥大神死于上骃之手；据比被女娲、伏羲合力诛杀，死前折颈披发，断一手，茫然游走七日七夜才倒地而亡；神农被烛龙重伤；应龙、女魃这些天帝近臣逐一战死……青阳幸得与昊媟联手，才在上骃手中逃过一劫。"

"昊媟！"因着灵鸷的缘故，谢臻听到这位白乌先祖的大名时也格外留意，"是了，之前始终未听绒绒提及昊媟。"

事关昊媟，绒绒也不敢张口就来，她朝灵鸷眨巴眨巴眼睛。

灵鹙开口道："孤暮山结界破除后，昊媄先祖感应到抚生已有裂隙。山心暴露，但其中尚有混沌三神兽把守，她也靠近不得。白乌氏只能守卫于山心之外，以防外力将其损毁。"

"白乌氏两不相帮？"

灵鹙如今知道了昊媄的两难之境，苦笑道："就算她有此想法，但白乌氏受命于昆仑墟，与天帝并肩作战乃是本分。依当时情境，单凭白乌一族是守不住抚生的，要想终结这一切，只能让此战休止。"

"以昊媄的立场，无论如何她是不会站在上骈那一边的。"绒绒用爪子捂住了眼睛哀叹道，"可惜了她和晏真……晏真长得那么俊，她怎么下得去手！"

"我倒觉得昊媄的本意并非杀了晏真。她那个时候去见晏真，或许有别的深意。"谢臻对昊媄一无所知，但她是灵鹙至为崇敬之人，蚌精也说灵鹙与她有几分相似。以谢臻对灵鹙的了解，万不得已之时，他或许下得了狠手，但绝不会使出诱杀的手段。

灵鹙的手指划过通明伞，他似乎能感应到曾经的"烈羽"在其中铮鸣。

"依我族中流传下来的说法，孤暮山一战中，昊媄先祖和青阳君曾找到上骈一方的大将，对其晓以利害：一旦抚生离开孤暮山山心，恐有碎裂之虞。然而对方非但不信，还带来了部众埋伏于一侧。冲突之下，昊媄先祖和青阳君将其诛灭。我当时听过也未往心里去，现在想来，那说的极有可能就是朝夕之水所发生的事。"

"可小善不是这么说的呀！"绒绒怎么也不肯相信小善记忆中那个抚琴的黑衣少年会是坏人。

"我族人的说法未必全是实情，但小善也只是一面之词。当时发生了什么，只有青阳君知道。"灵鹙黯然。

绒绒口中喃喃："为了这个，我也要去当面问问他。"

"晏真死后又发生了何事？"谢臻问，"天帝一方究竟因何取胜？"

灵鹙说："与白乌无关之事我所知不详，还是让绒绒来说。"

绒绒有些汗颜："后来的事白泽卷轴上也记录得十分含糊。我只知桑林战死，女娲、伏羲也为之力竭。说起来，桑林大神一直是反对破开抚生结界的，可惜无人肯听她的劝阻。我听青阳提及，天帝许诺过只要桑林及时抽身退往归墟，便可前事不咎。桑林答曰：'为时晚矣。'拒绝了天帝的慈悲之心。桑林死后，上骈大恸，恰逢此时，神武罗为天帝借来奇兵，上骈随之陨落。"

　　"到底什么是'奇兵'呢？当时几乎所有的天神部族都已卷入了战局，我实在想不出何处还有'奇兵'可借。可是白泽卷轴上对此一笔带过。我问过青阳，他说他当时并未在场，不可妄下断言。哼！他一定是知道的，只是故意搪塞于我。"绒绒气鼓鼓的，很快又陷入了纠结之中，"最让我想不明白的是，烛龙杀死了孤暮山山心之中的混沌三神兽，抚生唾手可得，不知什么缘故，最后竟然功败垂成！烛龙死前狂怒甩尾，将孤暮山拦腰截断，本已有了裂隙的抚生如何还保得住？好端端的一个天地至宝就这么没了，从此清灵之气四散开来，慢慢被消耗殆尽，再也不可能重回天真地秀的往昔。

　　"抚生残碎后不久，孤暮山一带的灵气与戾气盛极一时，直到抚生塔铸成，逆神们的元灵才被困入其中。他们残余部众多被屠尽，剩余的也沦落成魔。天帝一方虽然得胜，同样伤亡惨重。剩余的几位始祖大神强撑着重整天地，但也无力挽回颓势，更无法再将抚生聚合。神农大神偕竖亥元灵最先归寂，随后女娲、伏羲和那些伤重力竭的天神都逐一退往归墟。三千年前，天帝五衰之兆已现，不得不弃昆仑墟而去。在他离开前，那些战后幸存的真人部族和神族后裔便已所剩无几。反倒是女娲引绳于泥中而造的凡人度过了天劫……"

　　"看来，身为浊物也没什么不好的。"谢臻笑着轻抚绒绒颈后皮毛。

　　绒绒微眯着圆眼睛说："我们这些天不管地不收的'妖魔鬼怪'不也是一样？"

　　饶是绒绒口齿伶俐，一口气说完那一大通话，难免也有些倦了。

　　灵鹜说："你似乎想起了很多事。"

　　"我这脑子浑浑噩噩的，那些旧事有些好像是我亲历过，有些又像是我在卷轴里所见，或是听人说起……我似乎记得，又似乎忘了。"绒绒难得谦虚了一回，"这几日我找了个极虚静的所在，不眠不休冥思苦想，可有一件事我还是没能想通……"

　　谢臻夸赞道："难为你如此费心伤神。起初灵鹜说你躲起来想事情，我还有些不相信。毕竟隔了一万多年，能想起这些已属不易，不必再为难自己。"

　　"什么一万多年？"绒绒一愣，"你以为我想的是孤暮山之战？那些陈年旧事记不起来也罢，我才不会为此伤神呢。我想不通的是，时雨为何宁肯负气离开，也不与我双修？"

　　绒绒越说越唏嘘："我有什么不好？我貌美又博识，还是不折不扣的女儿身。

有眼无珠的又岂止是时雨，我们四人一路为伴，为何就凑不出一对鸳鸯？"

她哀怨的目光扫过灵鸶，灵鸶眼观鼻鼻观心，仿佛身心皆进入定静之中。那目光于是又落到了谢臻身上。

谢臻正有一下没一下地抚摸着毛茸茸的紫貂，绒绒的原形让他想起家中祖母所豢养的那只油光水滑的狸奴。每到寒冬时节，狸奴也是这样蜷在他脚边……他缓缓地收回了手。

绒绒目光已在他周身巡视了一遍，忽而变回了绿衣少女，随之入耳的声音也变得极为娇柔。

"你这次受伤也有我的过错，我对不住你。不如……你与我双修，我或能助你长生不死！"

谢臻坐了起来，往床榻深处挪了挪，客气道："君子记恩不记仇，我又怎会怪罪于你？"

因为地处西北，福禄镇的白日光景远比中原漫长，一天一天，日子过得很慢。谢臻有时倚坐在客舍的枣树下晒太阳，抿一口高昌客商相赠的乳酒，看刚刚跳罢了舞的胡姬在廊下吃杏子，鼻息间淡淡的羊脂和黄土气味萦绕不去，他常有一种自己已在这个小镇过了一辈子的错觉。

　　灵鸷和绒绒仍未解开蚌精留下的谜题，福禄镇还是那个福禄镇。谢臻半开玩笑地问过灵鸷，如果始终找不到他想要的东西，岂不是要在这里耗上一辈子？灵鸷回答说，三百岁之前他必须返回小苍山。

　　谢臻算了算，距离灵鸷三百岁还有一百零二年，难怪他一点也不心急。

　　灵鸷也曾提起，可以先陪同谢臻云游采药，也可护送他回到金陵。谢臻在甘暖的日光下昏昏欲睡，一时又觉得，自己也没什么可着急的。

　　最着急的当属客舍的掌柜，谢臻的玉佩早就私下充作了旅资，又过了月余，这三个古怪的异乡客仍盘桓不去。

　　掌柜记得他们原本三男一女，后来那个不似人间客的郎君没了踪影，但仍是两个年轻人领着一个俏丫头住在一间房中。他们既非客商，也不是游侠儿，终日不见迈出客舍半步。姓谢的公子时常还在客舍中露个面，与人闲聊小酌一番，另外两人则是神龙见首不见尾。阅南北行人无数的掌柜也拿不准他们到底是什么来路。

　　掌柜曾遣跑堂的借送饭食为由，在他们房外打探过数次。据跑堂的说，里间时常静悄悄的，一点动静也没有。他有一次趁谢公子不在房中时推门而入，并无另两人的踪迹，可没过多久又听房中传出了绿衣姑娘的娇笑声。霜雪砌成似的锦衣公子偶尔会让跑堂的代为煎药。客舍好几双眼睛从未见他出过门，那辨不清是何物的"药材"又是从哪里得来的？

跑堂的与人描述这些怪事时，眼睛因惊恐而睁得滚圆。姓谢的公子怕不是被两个鬼魅缠上了。掌柜内见识广一些，观那锦衣客和绿衣少女的样貌举止，与传说中的狐精极为相似。但无论是鬼魅还是狐精，为何要住店呢？掌柜每每想来，背上便冒出一层白毛汗。

谁也没有胆量强行驱赶他们，然而谢公子的玉佩看似贵重，在这荒芜之地也没多大用处。说好了至多能抵一个月旅资，眼看时限将到，他们仍无去意。掌柜的几次试探于三人中最正常也最和善的谢公子。谢公子连称抱歉，说一定会与"友人"商议此事，然后许久也没有消息。

谢公子口中的"友人"指的多半是那锦衣客。他虽行踪诡异，但掌柜的也与他打过几次照面。明明他不曾做什么奇奇怪怪之事，也并不凶恶，但下榻至今，掌柜与一干跑堂、马夫、伙夫都不敢直视于他。借他们十个胆子也不敢当面向他讨要旅资。

灵鸳自己意识到有旅资一事存在，是在谢臻的氅衣神秘消失之后。

谢臻病后畏寒，灵鸳本想替他物色一件当地人爱穿的羔子皮裘。绒绒想起包袱里有件华丽的紫金鹤氅，正愁无处可用，于是就拿来给了谢臻。谢臻乃识货之人，平日里对它也颇为爱惜。

"对不住了。我已向金陵去信，稍待时日定然会将它赎回来。"谢臻报然。他对钱财一事鲜少上心，然而这氅衣非他所有，而且一看即非凡品，偏偏在客舍掌柜眼里，因为看不出是什么皮子，也值不了几个钱。他如今也算尝到为五斗米折腰的滋味。

弄清了来龙去脉的灵鸳为之一怔。他问："我们住在此处每日都需付银钱？"

谢臻轻咳一声，默默点头。

难怪这段时日以来，客舍中提供的餐食从一开始的牛羊炙肉和羹酪变成了汤汤水水之物，再后来索性只有一张胡饼。这些对灵鸳来说均非必需之物，他只在特别感兴趣的时候略尝上一口，往日他接触的又皆是不饮不食之辈，因而从未往心里去，还以为是谢臻变换了口味。原来他们已是囊中羞涩。

"为何不早说？"灵鸳薄责道。

"我怕一早告诉了你，世间会多了一个烧杀劫掠的神仙。"谢臻含笑戏谑。他知道灵鸷不会那么做的。他们本就是为了迁就他才下榻此地，所以他更不想让好友为难。

灵鸷垂眸道："是我太粗心了。"

"都怪时雨。他若还在，你我何须为这些闲事操心！"绒绒拔下一根发丝，朝它吹了口气，手中出现了一串古古怪怪的铜币，她献宝似的拿给谢臻看，"我变得像不像？"

谢臻低头扫了一眼。那"铜币"有大有小，有圆有扁，有些明显是千年前的制式。念及绒绒经手的钱币有限，平日也未刻意观察，变得不像是情有可原的。可就在谢臻斟酌着如何开口的间隙，那些钱币上已长出了一层淡紫色的绒毛。谢臻倒吸一口凉气："这串'钱'能维持到几时？"

绒绒朝那些长毛的钱币又猛吹了几口"仙气"作为补救，绒毛消失了，她庆幸地说："几个时辰……应该没有问题。"

客舍的掌柜已几次试探于谢臻，说他印堂发乌，极有可能被"邪祟"缠上了。这串"钱"要是落到掌柜的手中，无异于坐实了"邪祟"的身份，谢臻也想不出会发生什么事。

不等他开口，绒绒手中的钱币又变成了一团毛球，绒绒将其扔到一旁，悻悻地说："变幻非我擅长之事。"

会大骂她"废物"的那个家伙不在，另两人保持着沉默。绒绒很快又灵机一动："我看前日住进来的那个回纥豪商花钱很是大手笔，还色眯眯地盯着我看，讨厌极了。不如我顺手从他那里取些财物，包管谁都发现不了！"

"不必。"灵鸷弹飞四处乱窜的毛球，一口回绝了绒绒。

当夜，掌柜厘清账目，正待回房安歇。一团巨物轰然落在他身前，吓得他手中烛火几欲落地。他回过神来后定睛一看，脚边竟多了只肥硕黄羊。

黄羊绵软倒地一动不动，看似刚死去不久，却通身不见血污伤口。与谢公子共居一室的那个锦衣客不知何时已站在门畔。他上前一步，掌柜的不由自主往后退了退。

"叨扰。"锦衣客的声音低柔清冽，口气听来也还算客气，"不知这个能否抵偿旅资？"

烛火的光影在他面上晃动不定，掌柜的被这突如其来的一幕吓得有些怔忡，竟头一回将那人瞧了个真切。

面前的"人"看起来比谢公子还要年轻几岁，也更清瘦一些，不似中原人长相，却又迥异于胡人，那种没有温度的皎洁让人望之凛然。

掌柜的大气都不敢喘，对方也静默无言。

许久后，那人又问了句："你不喜此物？"

"什么？"掌柜的这才意识到对方是在等待自己回复。他哪里敢说个不字，忙讷讷地回道："没……没有！"

"甚好。"

那人走后，掌柜的兀自呆立了片刻。直到手中的烛火快要燃到尽头，他揉了揉眼睛，疑心自己发了癔症，但脚边的黄羊仍在，大睁着空洞的眸子与他两两相觑。

从那时起，每隔一日，掌柜的晨起时都会在柜台下发现一只死去的猎物，或为牛羊，或为马鹿，偶尔也有猛兽或几只野鸡，一概得通身完好无损，也无毒杀迹象，仿佛只是莫名地弄丢了魂魄。

掌柜的更加坚信那人是狐精所变……不，定然是狐仙！起初他一看到这些动物尸身就心中狂跳，日子长了，发现无损于己身，那些被草草处理掉的兽类据说无论是皮子还是肉都为上选，卖与皮货贩子和屠户还能换回几个钱。于是他也默默收下了这风雨不改的"旅资"，对外则称是自己做猎户的亲戚自乌尾岭所得。

说起来，葬龙滩的炎火一夜之间消失于无形也是人们谈论不休的一桩奇事，大家都认定这是青阳君再次显灵，降服了复生的黑龙。于是镇上又举办了一次更为隆重的祭祀仪式来酬谢上苍，东极门的信徒为之大增。酷热之气消散后，渐渐地有胆子大的樵夫和猎户敢往乌尾岭山阴一带而去，掌柜的说法也无人起疑。

灵鹜狩猎总是速战速决，他嫌绒绒贪玩，很少带她同去。绒绒本来就颇有微词，有一次，灵鹜雨夜带回来一只死去的小貂，客舍掌柜对那油光水滑的貂皮爱不释手，隔日便让人在院中扒去了皮，还将煮熟的貂肉送了一份给谢臻尝鲜。

绒绒有了一种物伤其类的悲愤，哭啼啼地出了门，几日后才返回，手中牵了一头长着猪鼻子、细长角的大黑牛。她特意将黑牛豢养在乌尾岭深处，也不许灵鹜再伤及山中生灵。清晨她亲自割了两大块新鲜的牛肉送与掌柜的，说："从今往后，这个才是我们的旅资！"

猎物供给骤然中断，掌柜的心中难免有些失落。可他很快又发现，绿衣姑娘带来的牛肉同样非比寻常，既如鹿脯鲜美，又似鱼脍柔滑，煎之异香扑鼻四邻皆动，数口入腹可保一日不饥。

福禄客舍依照绒绒嘱咐的法子烹制的"炙酥牛"远近闻名，一份可值百钱。更有远道而来的异域客商愿以千金相求食材和烹调的方子，掌柜的始终讳莫如深。

掌柜的委实不知那肉是什么来头，而且每次都是相同的部位。据伙夫判断，那是牛身上肉质最佳的臀尖肉。他已不去想那个一派天真无邪的小丫头在何处宰牛，那么多被割了臀的牛最后又去了哪里。反正那三人是古怪定了，绝非他可看透。他们既无害他之意，日日提供这好肉，也不要银钱——掌柜的因"炙酥牛"发了笔小财，心中过意不去，为长久之计曾提出要分他们几成，也被断然拒绝了。他们仿佛只在意清偿旅费一事，只要回了氅衣和玉佩，继续漫无目的地在这小小客栈生了根。

转眼到了年末，褿禄镇虽然地处偏僻，但镇上有不少中原人的后裔，纷纷为除旧迎新忙碌了起来。除夕那一天是"月穷岁尽之日"，照例是要贴桃符、悬苇索，以驱疫疠鬼邪，福禄客舍也不能免俗。往年掌柜的总是里里外外张罗，今年却有些忧心忡忡。谢公子身边的"邪祟"是驱还是不驱，万一冲撞了他们该如何是好？

　　入夜，绒绒不知使了什么法子，客舍中守岁的一干人等昏昏睡去了。她与灵鹫、谢臻上了屋顶。天边无星亦无月，雾蒙蒙，暗沉沉，天与地显得极近，远处也看不清晰，好似莽荒中只余下这小镇。

　　绒绒说着连日逛庙会的见闻，还有黄昏时撞见跑堂削桃符的趣事。

　　"……他竟以为我会怕了那桃木。我顺手接过来，替他削了几下，他眼珠子都快掉脚上了，笑死我也——谢臻说得对，他们果真把你我当成了'邪祟'。那桃木做的神荼和郁垒一点也不象呢，他二人看了也要气得半死！"绒绒叽叽喳喳地说个不停，奇怪得很，忽然间好像再多的话也填不满这巴掌大的地方。

　　她安静了片刻，又道："我已不记得自己在下界过了多少个除夕，都快忘了，这不是我们的节日。灵鹫，想不到你离开小苍山的第一个新岁是在凡人的屋顶上度过的！"

　　灵鹫喝了口谢臻递过来的酒，入喉甜中带涩，据说是葡萄酿成。白乌人在盘神殿祭拜之后，即为又过了一年。在他眼中，这一天与往常并无不同。

　　谢臻也说了些家中守岁的趣事，飘浮在不尽天火上的牛肉已有油脂渗出。他顾不上说话，深吸了一口那炙肉的浓香。

绒绒带谢臻去看了她养在山中的牛。谢臻以为会是满山遍野的牛群，结果只见到一只臀部肥硕的怪牛卧在草丛中厮磨打滚。绒绒二话不说拔出小刀从牛臀上割下两坨血淋淋的肉。谢臻想说生取其肉略有些残忍了，可那怪牛被割去臀肉后不但未见痛苦挣扎，反而立即变得松快了许多，站起来悠然吃着草，身上的血眼看着止住了。

绒绒告诉他，此牛名曰"稍割牛"，是她在长安鬼市的旧识——巫咸人南蛮子所赠，她原本将其养在自己开的酒肆中，离开时一度交还南蛮子代管。"稍割牛"身上的肉割之复生，取之不尽，久不割则困顿欲死，故而又被称为"无损之兽"。

谢臻割了一片肉送到灵鹭面前，灵鹭摇了摇头，蚌精小善的元灵已足够他支撑很久。

"其他修行之辈都与你们一样吸风饮露吗？"谢臻问。

绒绒说："天地之大，人与牲畜的饮食有所不同，我们这些'异类'之间当然也有所不同。有喜饮风露的，有吃蟠桃、玉髓、日月光华的，也有像白鸟人一样以元灵为生的，还有些爱吃男子精气骨血，或是鬼魂秽物的。不过嘛，大部分都是想吃就吃，不想吃就不吃。不会像你们这样麻烦。"

"那世间供奉神灵的佳果三牲岂不是会错意了？"谢臻将炙熟的牛肉放入口中咀嚼，由衷感叹道，"此物既美味又可饱腹，为何现在才弄来？备一些肉脯在身上，就可免去三餐烦恼。"

"我早就这么说过了，可是时雨不让，我有什么办法！"绒绒托腮道。

"这又是为了什么？"谢臻不解。

绒绒"扑哧"一笑："你还不知时雨吗？当然是他嫌'稍割牛'丑陋粗鄙，连带它的肉也是腌臜之物，怎堪入口？"

谢臻也笑了起来，这果然是时雨一贯的做派。

灵鹭饮尽手中的酒，淡淡道："饮食之物若以仪容判定优劣，他能吃的只有他自己。"

绒绒眼睛转了转："咦，你这是在夸时雨好看呢！"

灵鹭一怔，没有理会。

"时雨最恨别人说他好看，可这话出自你口中，他听了定然会高兴的。他十分在意你，而你从未夸赞过他。"绒绒问，"灵鹭，你为什么讨厌时雨呀？"

"我何时说过讨厌他？"

"换作我或谢臻有过错，你也会如此计较吗？你只会生他的气。我本以为你是不会生气的。"

绒绒不依不饶，灵鸢一听到这些事就头痛不已。

"绒绒心好，待月友一片赤诚！"谢臻打了个圆场。

绒绒理直气壮地说："那当然，他是我看着长大的……不知他如今身在何处。得了玄珠之后，天大地大，更无什么可困住他了。我们却还要在这里待到几时？"

街心为送神守岁而燃的篝火仍未熄灭，从屋顶看下去，福禄镇的屋舍零星散落在一个微微隆起的小山丘上，客舍的所在正是镇上的制高点。

谢臻说："那日听你们提起鬼母的神通。你们有没有想过，兴许从前的孤暮山只是鬼母造出的虚妄之境，我们眼前这福禄镇才是它本来的样子。"

绒绒翻了个白眼："那蚌精小善要我们回来找什么？与镇上的凡人一道过日子吗？即使鬼母已死，当初的结界消散，毕竟是存放过抚生的上古福地，又曾为战场葬送了无数天神，昆仑墟绝不可能放任凡人在上面繁衍生息。"

"虚则实之，实则虚之，你怎知这不是更为高明的障眼法？"

"就算这里有什么法术屏障，以我的见识和灵鸢的修为，不敢说能将其破开，但也不可能这么久以来都看不出半点异常。"

谢臻低头喝酒吃肉，抽空道："既无异常，何不尽早离去？"

灵鸢酒后放诞了不少，找了个自在的姿势听他们说话。他屈起一腿，双手支撑着身子微微后仰，入口缠绵但后劲绵长的酒和冷冽干燥的风让他习惯了绷紧的躯体一点点松弛下来。这个话题显然比绒绒揪着时雨的事不放更让他自在。

他对谢臻说："你是见过那蚌精的。她怀有的只是抚生残片，失去了百年，碎片残余之力尚能保她历天火而不灭。若此地当真为孤暮山遗址，曾有完整的抚生在此，就算过去了一万多年，也不会半点气息都不存在。这里最为奇怪之处就是太过平凡，连个精怪小鬼也没有……"

"对，也无山神、土地！我从来没见过方圆数百里都不见一个土地神的地方。"绒绒忙附和道，"我真想对掌柜的说，别瞎忙活了，送什么神，驱什么邪，这破地方根本什么都没有！"

谢臻反正不认识多少山神土地、精怪小鬼，也未觉得有何不妥。他笑着说："我家中有一次财物失窃，众人都认定是一个下人所为，他慌张是心里有鬼，镇定自若定是惯犯无疑。想不到这福禄镇也是如此，古怪是古怪，不古怪更添了古怪。"

"你只知说这些无用的风凉话！"绒绒"哼"了一声。

"或许此地太过荒僻，或许那些精怪见到你们都跑得没影了……"谢臻酒足饭饱，仿照灵鹙的样子随意往后一躺，险些从屋脊上滚了下去。灵鹙伸腿勾了他一下，他稳住身体后对灵鹙笑了笑，"更有可能这全是蚌精的诡计，从头到尾她都在欺骗你。"

这些灵鹙不是没有想过，难保谢臻说的不是实情。他太渴望找到答案，不想就这么回到小苍山，不想让堪堪亮起的一点希望在手中熄灭……所以始终不甘心就此离去。

连青阳君都没找到的抚生残片，凭什么让他一个白鸟小儿觅到了踪迹？

灵鹙闭上眼，轻轻嘘了一口气。

谢臻已有几分醉意，饶有兴味地看晚睡的顽童三三两两聚在一处点爆竹，骤然的"噼啪"炸响惊动了好几户人家的狗儿，一时犬吠声、慈母唤儿归声、嬉笑打闹声和醉汉掀窗叱骂声交织四起。

"蚌精说，'你所见的皆为虚妄'。何为虚妄，难不成眼前这种种皆是海市蜃楼？"

"这里离海没有十万也有八千里，哪来的海市蜃……蜃！"绒绒把玩头发的手忽然停下。

灵鹙也缓缓地直起腰来，没有法术结界，又全无灵气迹象，除非……这虚妄本是实体！

"你们可听说过蜃龙！"绒绒惊声说出了灵鹙心中闪过的疑窦。

谢臻如今已练就了听闻任何怪事都能泰然处之的本领。他不知道是因为自己和绒绒他们混迹在一处，才总有这些稀奇古怪的见闻，还是另一个诡谲的世界本就无所不在，只是凡人们毫无知觉。

"人间小白泽"说："这蜃龙又叫蛟蜃，身长可达五千里，它本身就是介于虚与实之间的异兽，所到之处可覆盖一切，任你神仙火眼也看不透它身下之物的真容。我以前怎么没想到呢？天帝就曾将蜃龙作为灵宠豢养在昆仑墟。初时它只是小小一尾，后来越长越大，总有天神抱怨自己的居所无缘无故消失不见。有一次众神前往九天之上的阆风巅小聚，到得那里之后才发现整座山峰化为虚无，山外者四顾茫然，原本居于山中者仿佛与世隔绝。天帝听闻蜃龙闯祸，便将它遣往三岛十洲看守门户。"

谢臻说："史书记载，曾有古人渡海前往蓬莱、方丈、瀛洲三仙岛寻求不死之药，偶有船只被风吹到巨海深处，看见了隐隐约约的宫阙楼台。但无论他们如何卖力向仙岛靠近，却终不能抵达——这也是蜃龙的'功劳'？"

绒绒点头："蜃龙常在三岛十洲之间飘摇盘旋，这些地方自然也忽隐忽现。说不定呀，他们已从那三个岛的边上经过了，只是蜃龙踞于其上，他们什么都看不到。"

"我从未听说有蜃龙出现于下界。"灵鹜疑惑道。

蜃龙的传闻时有听说，但它们性情猖狂不羁，本性不恶却极难管束，又生来喜爱浩渺氤氲之境，所以它们不是盘踞在九天上，就是游走于沧海仙山中。放任一尾蜃龙在凡间，它所到之处绝无安宁之日。

绒绒说："要是真有蜃龙在此，必是用了什么法子让它长眠不动，整个福禄镇才得以依附在它的身躯之上。"

又有数道爆竹声入耳，火光亮起又转瞬熄灭，追逐打闹的孩童们奔跑着穿过街巷。谢臻为之愕然："他们都是假的？"

"不，这些凡人血肉之躯中皆有魂魄。"灵鹜道。

"人是真的，福禄镇是真的，蜃龙也是真的……蜃龙的虚无并非法术，而是它躯体本身。如果它自孤暮山之战后便沉睡于此，一万八千年来身上覆盖尘土，长出草木，逐渐有人在上面繁衍生息也不奇怪。正是如此，我们才感觉不到任何结界的存在。"绒绒拍着腿高兴道。

"你我现在正在蜃龙的背上？"谢臻看着这灰扑扑的小镇，仍不敢相信自己和镇上的凡人一样，稀里糊涂地就有了"乘龙"的造化。

灵鹜说："只是猜测，一切仍未可知。"

"如果小善没有骗人的话，只有这种解释说得过去了！"绒绒正处在成功破解谜题的亢奋之中，容不得半点置疑。她在半空中翻飞了几圈，又倏然闪现于灵鹜和谢臻之间，"是蜃龙就有蜃眼，十之八九就在这镇上，我们这就去找找看。"

灵鹜也有心求证此事，当即长身而起。这正合绒绒心意，她着急地催促谢臻："快走啊，还愣着干什么！"

谢臻酒后犯懒，打了个哈欠道："我要回房躺一会儿，你们自己去吧。"

"那怎么行！你不相信我，我偏要让你亲眼瞧瞧！"绒绒拽上谢臻就走。

蜃眼并非真正的眼睛，也不能用以视物，它是蜃龙身上唯一一处连接虚实的孔道，相传长在其腹部，但谁也不知道这看不见摸不着的蜃龙腹部到底在哪儿。

谢臻听见绒绒抱着头口中喃喃有词，一边说着听不懂的话，一边领着他们在福禄镇四处游荡。幸亏今夜有些特殊，镇上也无宵禁，他们的行踪并没有引来侧目。只是谢臻原本就半信半疑，绒绒看上去也不怎么可靠，他拖着困倦之躯走遍了镇上大部分能走的地方，一直逛到曙色微明，他的酒也醒了，脚也沉了，绒绒还是如同无头苍蝇一般。

灵鸷始终不置可否地跟随其后，看样子对于找到所谓的"蜃眼"也不抱有十分的希望。

"阴之地之交天，无形有迹……白泽卷轴上是这么说的……七三爻应上六爻，不对不对，也不是这里……哦，我想到了！"他们沿着低矮的城墙根绕了一圈，绒绒忽又掉头折返。

"绒绒，我们到底在找什么？"谢臻无力道。

绒绒说："我观日月之相、阴阳之理、虚实之道，这蜃眼应该在基石坚固、有遮蔽、与水有关的通风之处……吧！"

她最后那个尾音让谢臻的心都凉了半截，灵鸷的表情也变得耐人寻味。

谢臻驻足长叹一声，随手指向不远处的皮货行。

"照你这么说，我们已找到了。"

皮货行夯土的山墙下摆着一排竹架子，上面晾着的几块兽皮正在风中轻轻摆荡，旁边还有一个粗陶水缸，想来是伙计用来清洗器具所用。

绒绒脸上有些挂不住，辩驳道："还需有遮蔽……"

谢臻默默指了指山墙上的屋檐。

"我这就去看看，万一就是此处呢！"绒绒嘴硬，一阵风似的逃离谢臻身边。

谢臻对灵鸶苦笑："我早该回去睡觉的。"

灵鸶还未回应，前方的绒绒忽又惊叫一声："呀，你们快过来看看！"

他们没想到绒绒真的有所发现，忙跟上前去。只见绒绒正捏着鼻子端详竹架上的一块兽皮："这不是福禄客舍老板送来加工的那块貂皮吗？看得我鸡皮疙瘩都起来了！"

灵鸶皱了皱眉，良久方说道："天要亮了，先回去再说。"

绒绒偷偷摸摸去取那块貂皮，冷不防一声巨响传来，吓得做贼心虚的她连退几步，一屁股栽倒在地。

原来是隔壁早起的人家在门前燃放爆竹。绒绒揉着屁股回头一看，绊倒她的是一块半藏在墙根杂草里的大石头。

石头看起来毫不起眼，是附近郊野随处可见之物。

"气死我了。"绒绒恼羞成怒，抬腿朝那石头踹去，却被灵鸶轻轻扯开。她顾不上问为什么，随着灵鸶抬手，石头漂移至一旁，下面俨然是一口年代久远的枯井。

绒绒小心翼翼地朝井里看了一眼，挠挠头，自己也有些不敢相信："这……该不会就是蜃眼……吧？"

七日后的子夜，他们再度来到了枯井前。这枯井的井口不大，围砌的青石早已崩塌殆尽。即使是在夜里，以灵鸶和绒绒的目力仍可轻易看到井底的荒草和碎石子，想来已废弃了有些年头。

谢臻曾打听过，经营这皮货行的一家人居于此处已累积五代，早在他们从前人手中接过这宅子时，枯井便已存在。这井本没有那么深，他们早年贪图便利，雇了打井人循着旧井继续往下挖。经验丰富的打井人断言此处应当有水，然而从三丈挖到了五丈深，仍旧一点水沫子都没冒出来，无奈之下唯有将其废弃。因为这井口紧傍着屋宅，为防有孩童、牲畜无意间失足掉落，他们才找了块石头将其堵住。

绒绒捡了块拳头大的石子扔入井中，片刻后，石头砸落在实地的沉闷声响入耳，她又弓身去看那石子的掉落位置。

"你还不肯死心？"谢臻看不见黑黢黢的井口里到底有什么，可皮货行管事的说他儿时常从石头缝隙里往古井扔爆竹，除了差点被长辈打断腿，也未发生什么离奇的事。虽然灵鸷和绒绒在这七日里又将福禄镇里里外外、上上下下搜寻过一轮，再也没找到比这枯井更接近"蜃眼"的所在，可这口井委实看不出有何异常。灵鸷甚至下到井底察看了一轮，同样无功而返。

"我都说了，这蜃龙已沉睡了万年，岂是那么容易被惊醒的。什么石头、爆竹，连挠痒痒都算不上……看我的吧！"

绒绒从怀里掏出一只犹自扑扇着翅膀的燕子。

蜃龙喜食飞燕，传闻它在海上游走盘旋，就是为了将燕子吸入蜃眼之中。这时节在福禄镇一带难得见到燕子，绒绒连夜去了趟东海，捕回了蜃龙最喜欢的红嘴玄燕。

她其实也没有多少底气，抱着姑且一试的念头将石块紧缚在燕子脚上，喃喃安抚道："委屈你了。我定会为你祷祝，让你来世有个好去处。"

说罢，绒绒伸出纤纤玉"爪"在燕子颈脖处划了一道，迸射而出的鲜血濡湿了石块和燕子的羽毛，她松开手，燕子坠入了深井之中。

三人屏息倾听，很快，石头落地的声音再一次传来。

绒绒很是失望，想要上前去看看到底怎么回事。灵鸷拦住了她："我去。"

井底还是老样子，红嘴玄燕在碎石和杂草间轻轻抽搐，好像在控诉他们做了蠢事。

绒绒小声说："要不我再去捉几只燕子来试试。"

"上天有好生之德。"谢臻劝道，"或许这蜃龙已换了口味……"

正要从井沿离开的灵鸷忽然停下脚步，他似觉察到井底散发的腐臭被冲淡了，一缕陌生的气息萦绕而至，无形无色无味，却有着白乌人方能感应到的远古生灵的躁动。

灵鸷本能地腾身闪避，与此同时，就在他眼皮底下，井底的燕子消失了。

"当心！"

绒绒听到了灵鸷的警示，四下平静之至，她委实不知险从何来。然而就在这平静当中，令她惊讶的事发生了。

"哎呀，谢臻怎么飞起来了！"

灵鸷猛然回头，果然见谢臻飘浮在离地寸许之处，定睛细看，这哪里是什么"飞起来"，而是谢臻双足和衣袍下摆已消失不见。

绒绒与谢臻仅有一步之遥，她的惊叫声才刚落下，便发现自己指向谢臻的手也化作了透明。她骇然变回原形，紫貂迅捷地蹿出老远。

不过是一瞬间，谢臻消失的部位已蔓延至膝下。好端端的一截身子没了，可他整个人偏偏毫无知觉，低头时面上并无痛楚，只有惊愕。

灵鸷撑开通明伞欲将谢臻拢住，可通明伞在谢臻下半截无形的躯体中轻轻飘过，犹如荡入虚空。他所能看到的谢臻只余腰上部分。

"把手给我……"灵鸷想要在半空中拽住谢臻，却有个影子骤然挡在他身前，一声清喝自耳边响起："别碰他！"

谢臻快要被虚空吞噬的身躯被一轮血光所笼罩，明明周遭空无一物，那气聚而成的珠子却似嵌在无形的缝隙之中，被一股力量扭挤缠绕着。

"时雨！"绒绒的声音自远处传来，语气中掩饰不住惊喜。

今夜无风，枯井畔长满的野草连叶尖都未见晃动，但灵鸷知道那股气息还在井口周围盘旋往复，期间有结网的蜘蛛从皮货行的屋檐下荡过，无声无息被吞没其中。

玄珠忽消忽长，血光变幻不定。如此僵持了许久，那气息逐渐有了消散之势，谢臻消失的身体一点点在玄珠中显形。当他重新感觉到双足落在实地，不由得长长地松了口气，脚下一阵虚浮。

"放心，你还没死。"时雨冷冷道。他看似气定神闲，额角的发丝却已被细汗打湿。他将玄珠收回，转身去看那不见了半边屋子的皮货行。

皮货行管事的和他衣不蔽体的娇妻从被窝中坐起，相拥着打量着屋外的身影，脸上尽是茫然。冬夜的凉意透过消失的墙壁侵入他们的肌肤耳鼻之中……

"一场梦罢了。"时雨朝他们微微一笑。

两人的尖叫声还来不及喊出口，双双倒向床板，重新陷入了酣睡。在寂静中缺失的屋舍也顷刻复原，昨日新鞣制的兔皮还在架子上轻晃。

"你舍得回来了！"绒绒蹦到时雨身边，又想哭又想笑的样子十分滑稽。然而现在不是叙旧的时候，她用谢臻的袖子擦了把汗，"刚才好险呀，连谢臻这不畏法术的怪人都吃了亏！"

"那根本不是法术，而是蜃气。你们的胆子太大了，贸贸然将燕子抛入蜃眼，就不怕和燕子一道被蜃气吞噬？”

“真的是蜃龙呀！”绒绒欢呼了一声，继而又有些不服气，“咦，你是怎么知道的？”

时雨瞥她：“你能想到，我自然也能想到。”

“我是人间小白泽，你又不是。快说，这些日子你到哪里去了？”绒绒悄声道，“难不成你一直在暗处跟着我们？”

“想得美！”时雨轻哼。

劫后余生的谢臻还有些惊魂未定，但面上的笑意却是由衷而发：“小时雨又长高了。多谢你救了我！”

时雨的名号前无端被凡人冠上了一个“小”字，仿佛被逼迫着吞下一口污秽之物。他扯扯嘴角：“你迟早要死的，何必这么着急。你也救过我一回，我们终于扯平了。”

谢臻笑着点头，又问：“这蜃龙已醒过来了？”

“应该还没有。”灵鸷说。

井口那缕气息的消失与它出现时一样悄然，短暂的异动之后一切恢复如初。不过这至少能证明他们没有猜错，这福禄镇下的山丘正是蜃龙。

“蜃龙以蜃气吞噬燕子只是本能，令它沉睡于此的神灵多半已去了归墟，根本没有人可以再将它唤醒，就算再喂一百只燕子又有何用？”时雨又浇了一盆冷水，“万一蜃龙醒来，你们又待如何？谁也杀不死它，到时稍有不慎就会让整个福禄镇陪葬。”

绒绒沮丧道：“我……我没想那么多。现在该怎么办！”

“无须唤醒蜃龙，只要找到一处破绽，我便可下去探个究竟。”灵鸷对绒绒说。

时雨闻言也朝绒绒冷笑：“被蜃气吞噬消融只有死路一条！”

“为何都冲着我来？”绒绒愤然跺脚，“你们打算永远不说话了？”

时雨一时无言，转头朝那枯井说：“蜃眼没有张开，说什么都是枉然。”

“你这话也是对我说的吗？”绒绒故意哪壶不开提哪壶。

时雨眼角的余光轻飘飘掠过灵鸷，灵鸷一贯地不受任何调侃逗弄所扰，仿佛会感到不自在的只有时雨自己。

时雨绕开在身边晃来晃去的绒绒：“与你无关之事，你闭嘴就是。”

今夜闹出了不少动静，既已找到蜃眼，也不急在一时。看着谢臻灰头土脸的样子，灵鸷提议先返回福禄客舍再说。绒绒被蜃气吓得不轻，也恨不得早点离开此处。她欲随灵鸷而去，却发现时雨还独自逗留在原地。

"时雨，你怎么了？"绒绒困惑地问，"你不跟我们一起回去吗？"

"回哪里去？你已在福禄客舍安了家？"时雨不无嘲讽。

绒绒语塞，她的家只有回不去的苍灵城，但福禄客舍至少有她的朋友。时雨不也同样是无所归依的仙灵，难道他又有更好的去处？

灵鸷没有等他们，仿佛也没有听见他们的对话。绒绒站在越走越远的灵鸷和孑然一身的时雨之间两头为难。她跺了跺脚对时雨说："不就是吵了一架吗！你我过去也常起争执，闹过就忘了，有什么大不了的！快跟我走吧！"

时雨一句话也不说，只是摇了摇头。他的确又长高了一些，长身玉立站在月色下，竟有几分伶仃的意味。绒绒恼他长成了大人，可臭脾气一点都没收敛。他若铁了心要走，又何必眼巴巴地回来？

绒绒跑到谢臻身边，朝他挤眉弄眼，让他赶紧开口劝劝灵鸷。谢臻摸着鼻子笑了起来。

绒绒很是着急："亏你还笑得出来！"

谢臻含笑道："这不是你我的事，小丫头瞎掺和什么？"

"你们要磨蹭到何时？"灵鸷在前方驻足停留。

谢臻长长地伸了个懒腰："我得回去好好睡上一觉！"

他的手落下时轻轻在绒绒后脑勺弹了一下，绒绒如梦初醒地跟了上去。

灵鸳等他们走近，忽又回首道："时雨你过来，我有话问你。"

时雨一愣，意外中夹杂了不忿和别扭。这白乌小儿当他是什么？呼之即来，挥之即去的狗儿吗？当初怒而离去时他就发誓，再也不会像过去那样对一个不在意他的人摇尾乞怜。

灵鸳见他纹丝不动，既未恼怒，也不强求，竟……就此作罢了。

"神仙们都是这样的脾气，难怪如今成了凡人的天下。"谢臻悄声点评道。

绒绒叹了口气："你现在该知道我是多么讨人喜欢。"

他们还在窃窃私语，忽听时雨对着灵鸳的背影瓮声应道："来了！"

回去的途中，绒绒一会儿看看灵鸳，一会儿又看向时雨，她许久都没有那么欢喜。难得这两个家伙能够重归于好，虽然他们仍然不怎么讲话。

"时雨，你的脸为什么还这么红？"绒绒高兴的时候话更多了。

时雨冷冷道："因为你眼神不好！"

"我明明看得很清楚。灵鸳的目力都未必比得上我。"绒绒又有了新的发现，"哎呀呀，灵鸳的耳朵也是红的呢！谢臻，你说是不是？难道我眼睛真的出毛病了？"

灵鸳忍无可忍道："再敢聒噪，我就让你瞎了！"

回到福禄客舍，时雨惊讶于他离开前的那两间上房已换成了角落里寒酸的小隔间。他还以为灵鸳定有要紧的事要问他，谁知灵鸳从箱笼中翻出了几身旧衣裳，问他可有法子除去衣上洗不掉的血污，还要让他修补被划破的衣摆。

绒绒絮絮叨叨地诉说着这些日子以来经受的苦楚，时雨听闻他们已沦落到靠打猎、"卖肉"为生，已不屑于开口骂她。

几人挤在逼仄的房中，谢臻居然占据了卧榻，而灵鸳栖在绳床之上，这让时雨大为不满。他自然是不肯当着谢臻的面化身雪鸦随处安身的。被半夜唤起的掌柜回复说今夜并无空余客房可以腾出，最后他们索性谁都不睡，一起秉烛夜谈到天明。

绒绒对时雨这段日子的行踪十分好奇，不停地追问他去了哪里，和谁在一起。时雨只说自己在玄陇山冈奇那里小住了几日，后来又去了长安。白蛟慕牡丹花妖的艳名，非要他一起去赴什么洛阳百花宴，结果发现也不过如此。

绒绒听了，撇着嘴说："好生无趣，你早该回来了。"

她似乎忘了自己过去的数千年也是在这样的"无趣"中度过。

绳床在灯下轻轻摆荡，灵鸷微合双眼卧于其上，不知有没有在听他们说话，几个人的影子颤巍巍地映在壁上。时雨被烛光晃得怔忪，弓身去拨弄烛心，整间屋子顿时亮堂了不少。灵鸷用手横挡在脸上，时雨笑了笑，整个人仿佛随着新结的灯花暂时安定了下来。

谢臻问时雨："你已猜到福禄镇下面是蜃龙，又及时赶了回来，是不是已有了主意？"

时雨如今看谢臻顺眼了不少，他不得不承认，在他结识的所有"人"中，谢臻才是最正常的那一个。

"现在还不是时候，你很快就会知道了。"时雨说。

这一年上元节，福禄镇出现了前所未闻的怪天气。朗朗明月高悬，初春寒意未消，镇上的人们趁着新年的余兴踏月观灯，笙歌胡舞正酣，天边竟然起了滚滚旱雷。

谢臻正携酒在灯下看众人踏歌，雷声起时，绒绒招呼他去了枯井处，时雨和灵鸷已等在那里。蜃眼上空黑云渐旋结聚，雷惊电击之中隐约有银白龙尾迤逦而过。谢臻疑心自己眼花，却听灵鸷对时雨说："是你唤来了白蛟？"

时雨点头："蜃龙与蛟龙古时乃是近支。白蛟告诉我，蜃龙喜在正月月圆时求偶，两龙之间以云雷相邀。如有所成，七七四十九日之后，蜃眼将在交媾时开启。"

听了他这番话，就连灵鸷也流露出一言难尽的神情。

绒绒咽了口唾沫："你的意思……是要让白蛟出卖色相去勾引蜃龙？"

时雨笑道："就算他有这个胆量，蜃龙又怎会看得上他。"

几道雷电追着他们的脚跟炸开，绒绒一边骂着白蛟，一边往灵鸷身后躲，灵鸷为免谢臻受池鱼之祸，出手将电光化解在掌心。

"别闹了。"

白蛟对白鸟人始终有些畏惧，生怕被他从云中拖下来吸去一身修为，赶紧消停了。

"蜃龙在沉睡中也可行事？"灵鸷对此事一知半解，不禁有些怀疑。

"自然是行不通的。"时雨也不敢再开玩笑，"不过白蛟听过一个典故，将无怨之血持续滴入蜃眼，四十九日之后蜃眼同样会开启一霎，到时只需扛过蜃气和蜃眼之中的云雷之击，或能穿过蜃龙身躯，窥见它覆盖之物的真容。"

"只需无怨之血？"灵鸷抬头看了一眼正在云中盘旋的长影，"那他此刻电闪雷鸣又是为了什么？"

时雨支吾道："白蛟说，这样或许能唤起蜃龙潜在的本能，让蜃眼开启得更为顺利。"

"确有其事？"

"嗯……一试又何妨！"

灵鸷明白了，白蛟的方法多半也是道听途说而来。整件事十分荒诞，就和出谋划策的人一样靠不住。

他对此竟也不感到惊奇，木然问："你再说说，什么是无怨之血？"

"我知道！"绒绒抢着说，"这无怨之血呀，便是心甘情愿献祭之血，故而血中不可有一丝惊惧、悔恨和怨憎……也就是说，随便找个冤大头是行不通的。"

时雨点头以示绒绒所言非虚。事已至此，灵鸷反而想通了，荒诞就荒诞吧，他若一直循规蹈矩也走不到这里："那就用我的血试试。"

"你不行！"时雨脱口而出。

"为何不行？"灵鸷抬眼看他。

绒绒掩嘴窃笑不已，看来是知道内情的。但她迟迟不肯开口，时雨只得硬着头皮解释道："无怨之血还须是男子纯阳之血……"

他言下之意指的是灵鸷还算不上真正的男子。

灵鸷也不生气："那你来！"

绒绒看热闹不嫌事大，笑嘻嘻地补了一句："不但须是男子，还得是纯洁的童子血呢。灵鸷你眼力好，时雨他最合适了！"

"你再给我胡说八道试试！"时雨恨不得灭了绒绒，强忍着面上的火烧火燎正色道，"心甘情愿又有何难？但蜃气不可小觑，我需以玄珠护卫献祭人周全，无法分心二用。"

"要是这蜃龙喜欢美色，我吃点亏倒也不要紧。"绒绒娇笑道，"现在我就是想帮忙也帮不上了。其实呀，只有凡人中的童男子才有无怨之血，神魔仙妖、鬼怪魑魅都算不上纯阳之躯。"

忽然间，谢臻觉得众人的目光不约而同地聚集在他的身上。开什么玩笑，流血就必得有伤口，想想都觉得疼痛，何况还要持续四十九日之久。

他连连摆手："你们休要看我。但凡流血之事，我必定又是惊惧，又是悔恨哀怨，实在难堪重任！"

绒绒拍着胸口："放心，我可以想法子找到灵药保你伤口不痛。"

时雨鄙夷道："几滴血而已，要不了你的命！"

灵鸷看他的眼神中也带了几分期许。

谢臻哑然，沉吟了一番后，不无遗憾道："既然你们都这么说了，朋友有难，我自当万死不辞！可我这个人一向放浪形骸，这童子之血……恐怕要让各位失望了！"

他说罢，其余人都陷入了沉默，似乎在消化他话中的意思。谢臻体谅他们均是神仙中人，寻思着是否该用更直白的言语让他们领会。斟酌间，他忽然腕上一痛，等他回过神来，时雨已将带血的簪子重新抛还给绒绒。

"哎呀，流血了！"绒绒眼疾手快地执起谢臻的手，将他腕上淋漓而出的鲜血洒入枯井，"浪费了多不好。"

整个福禄镇的地表在雷声中微微一颤，灵鸷再度感应到井口散发出的蜃气。

"白蛟说，这血没问题。"时雨欣然道，"今日可算是第一日！"

他们在玄珠的护持下退避到安全之处。绒绒替谢臻包缠伤处，眉开眼笑地说："真没想到……我果然没看错你。"

谢臻心如死灰。灵鸷走近看了看他的伤口，也朝他笑了："下回不必如此谦虚！"

时雨回来后，头一件事就是让白蛟带走了"稍割牛"，绝不允许他们再从事"卖肉"的行当。他们又搬回了客舍中仅有的两间上房，重新过上了高枕无忧的日子。

谢臻恍然觉得自己变为了另一头稍割"人"。自打上元节那天起，每到夜里，时雨都会与他一同到枯井边，亲手将他腕上的新鲜血液滴入蜃眼。他腕上的伤口割得极巧妙，既能保持血量，又避免伤及筋骨。日复一日，放了血再包扎，包扎好了再放血。

因为这血的缘故，谢臻忽然变得重要了起来。从前对他不假辞色的时雨态度和缓了许多，绒绒说话算数，当真找来不少从未见过的灵药，什么千年王八万年蟾蜍，但凡能延年益寿、补血安神，也不管在谢臻身上起不起作用，统统侍候他喝下去再说。不出半月，谢臻的面庞眼看着红润饱满了起来，常常静坐着就有鼻血淌下，手腕放血一事也习惯成自然。他十分怀疑，若有一日不割，自己是否也会像那头"稍割牛"一样"困顿欲死"？

有了两间上房，四人不必再挤在一处忍受客舍掌柜异样的眼神。灵鸳并未觉得绳床有多么难以忍受，但换了床榻他照样安之若素。刚腾换房间那晚，他事先不知有何安排，回房时已见雪鸮静静闭目栖在窗下。灵鸳不发一言，弹灭了烛火倒床就睡。黑暗中的雪鸮抖了抖羽毛，悄然睁开眼睛看着床榻上的身影，长夜如同揉皱了的锦缎，被轻轻嘘出的一口气熨得春水般潋滟平滑。

绒绒以照料谢臻饮食起居为由强行留在他房中。有灵鸳在时，谢臻还不觉得有何不妥，但孤男寡女共处一室终究说不过去。他劝绒绒另觅住处，实在不行与时雨、灵鸶挤一挤也可。缑绒伤心愤慨地责问谢臻为何要厌弃于她。谢臻忙说自己只是不想坏了她小姑娘家的名节。

绒绒素手一挥，作为一个活了上万年的小姑娘，她从未听说过什么名节。时雨也出来做证，名节这玩意儿绒绒确实没有。

谢臻本想抗辩诉，绒绒没有名节，但是他有！然而他现在孑然一身离家千里，带病之躯不知何日终结，在这荒凉的世外之地，除了灵鸶他们，谁又在意他是谁……细思之下，其实他也可以没有。

既然如此，他懒得多想多说，随她去吧。在绒绒眼里，他与一块肉也没什么分别。

绒绒有了新乐子，时雨和灵鸶耳根清净下来。清净也有清净的坏处，时雨眼里容不下旁人，可是当灵鸶目光扫过他，他又觉得无处容身。

无人在旁时，他问灵鸶："你是不是为了蜃眼才让我回来的？"

灵鸶摇头。

"那是为何？"时雨心中一喜。

灵鸶不耐道："我的衣裳补好了？"

衣裳……衣裳！

四十九日未到，蜃眼是否能开启还未可知，为灵鸶补衣裳才是时雨眼下最棘手的事。时雨从长安带回几身蜀锦新袍，章彩绮丽，皎如月华，他思量着灵鸶定会见之欢喜。不料灵鸶这一次却迟迟未将它们穿在身上。

时雨不知哪里出了差错，几次追问灵鸶何不弃旧换新。灵鸶说，每逢换上新衣都免不得一场恶战，白白糟蹋了好东西，不如暂且将就着。

其实几身衣裳算得了什么，灵鸶就算是想要九天上的云锦天衣，时雨也肯去寻来。然而灵鸶若不愿舍弃旧的，那旧的便是最好的。

时雨惯于精雅，可毕竟不擅针线活计。幻术是万万用不得的，让识破法术的人看了平白闹出笑话。他又不愿辜负灵鸶嘱托，将此事假手他人，无计可施之下，匆匆又去了一趟玄陇山。

冈奇的山神洞府中新得了个南海鲛女，长得甚是柔美动人，还有一副好歌喉。时雨负气出走，在冈奇那里暂住了些时日，那鲛女对他一见倾心，冈奇也有心让鲛女为他解忧。可时雨却兼海生族类其味腥膻，从不肯让她靠近自己五步之内。

这一次时雨去而复返，又指名道姓要找鲛女，冈奇还以为他终于开窍了，老兄弟心中十分欣慰。时雨和鲛女闭门室内整整一夜，里面曾传出各种古怪声响，屋外徘徊的罔奇听得百爪挠心。

次日时雨心满意足而去，罔奇免不了要向鲛女问个究竟。鲛女支支吾吾说时雨不让她多嘴，但实在架不住罔奇威逼利诱，这才道出实情——鲛人善织绩，时雨此番前来，乃是特意向她求教缝补衣服的法子。

罔奇气得两眼昏花，对时雨既哀且怜。不争气的东西，枉费自己日日陪他喝酒，屡屡苦口婆心，不但将自己与六个夫人琴瑟和鸣的秘诀悉数传授给他，压箱底的各种"好东西"也都拿与他看了。他倒好，一转头眼巴巴地学会了针线女红，莫非来日还要生儿育女？

罔奇断言，时雨之所以会迷恋那男女未定的白鸟人，只是因为他还未解风情，他对灵鸷是敬畏，是好奇，是屈服，是孺慕……而非男女大欲。

罔奇这话说得没错，从前时雨不懂。拜罔奇所赐，他虚心受教了一番，结果发现，从那以后他所听过的靡靡之音，旁观的淫艳嬉闹，研读的春宫秘戏通通活了过来，里面的人儿全都冠上了同一张面孔。

此刻灵鸷就在时雨一臂之外，静观他用生疏的手法织补衣物。灵鸷越是心无旁骛，时雨心中越羞愧不安。他不知自己为何会有那些污秽的念头，然而它们一如蜃气悄然孳生，不觉间已荡平克制与迟疑。

平稳而绵长的是灵鸷的气息，时雨手上针是钝的，线是乱的。他对灵鸷说那鲛女的多情，罔奇与他六个夫人逐一重聚皆大欢喜，还有洛阳百花宴上的种种逸事，南蛮子恋上了翠华山的地仙，白蛟重开鬼市的酒肆，他们都劝他回到长安去……

他在衣上打了最后一个结。灵鸷如释重负："补好了？"

时雨一阵气馁："难为你为了这身衣裳听我一通废话。我说这些又有何用，反正你也不在意我去过什么地方，见过什么人，更不会想着我。"

他将衣服抛给灵鸷，赌气道："我只能补成这样了。"

时雨这次回来后再也没有叫过他一声"主人"，灵鸷也不放在心上。他翻看被时雨补好的衣摆，针脚勉强算得上平整，但比绒绒强多了，也比他自己做得好，没什么可挑剔的。

"多谢。"

灵鸷变得客气了，时雨反而有些不自在："举手之劳罢了，你不嫌弃就好。"

"是吗？我以为很难。"灵鸶提醒道，"你身上都是汗。"

"谁让你在旁盯着我看！"时雨脸一热，索性破罐子破摔。

灵鸶抽走衣裳，默默从他身边走开。

"你不骂我吗？"时雨忽然问道。

灵鸶疑惑回头："我为何要骂你？"

"因为我此时心中所思之事十分下作……喂，你去哪里？"

"我就不打扰了。"

时雨明明听出灵鸶的声音已冷了下来，却仍不知死活地去捞他手腕："你不问问我所思何事？"

他的手刚沾到灵鸶肌肤就被一股力道狠狠掼向墙壁。客舍的薄壁经不起折腾，因而灵鸶未动真格。

"孽障！"

时雨倚靠着墙壁坐在地上，自己将错位的胳膊复原，伤处的疼痛让他龇牙轻嘶，心中反而痛快了。他展颜一笑，似夭夭桃李，有灼灼辉光。

"你心中无我，又下不了手杀我。这可如何是好？"

灵鸶恼怒且困惑。他试图像对待绒绒那样与时雨好生共处，绒绒虽整天嚷着采补双修，却从未给他带来如此困扰。

失神的瞬间，时雨这小贼又趁机窥探他心思。

"我不是绒绒，用不着你屈尊迁贵视我为友。"

"那你回来干什么！"灵鸶怒火中烧。

时雨有种带着苦涩的欣慰，至少自己现在可以轻易激怒他了。

"你不知我为何回来？"他仰着脸注视灵鸶，"是因为日后你我将要同为男子，所以我不能有非分之想吗？"

"不是。"灵鸶冷淡道。

白乌人并非生来阴阳已定，日后虽可抉择，也难保不会阴错阳差，所以他们对这些禁忌之事反而不像外族那般视同洪水猛兽。什么"兄弟之契""金兰之交"的乱风，连灵鸶这样不问闲事的人也偶有耳闻。只要不妨碍族中的繁衍生息，都算不得大事。

"难道是怪我出身异族？"时雨不依不饶，"还是你对族中婚约存有顾忌……"

"你并非我心中所求！"

时雨的委屈更甚于失落，他只是没有料到灵鸷能直白至此，垂首恨恨道："我有哪里不好？"

灵鸷闻言，竟拔腿朝他走了过来。

时雨不知他意欲何为。他内心已遭重创，灵鸷若此时再让他皮肉受苦，未免有些过分了！

灵鸷半蹲在他身前，端详着近在咫尺的这张脸。

"看什么？有什么好看的……没见过美人吗？"时雨强作镇定地嘟囔。他说完之后，又觉得这话听来蠢透了，后悔得直想抽打自己。

他的睫羽在灵鸷毫不遮掩的目光下不由自主地轻轻颤动，让灵鸷莫名地想起了木魅初生时的羽翼、凋零前的空心树、镜丘上的一场新雨。

时雨的眼睛无疑长得极美，美得就像温祈描述过的那种无缘无故的快乐，让人神往，又毫无用处。

"你除了这副躯壳，还有哪里好？"

"我，我衣裳补得还不错……"

时雨疑心自己刚才错位的胳膊并未接好，否则不知如何解释自己整个人动弹不得。他嘴角轻颤，眼睛却异乎寻常地晶亮："从今往后，你要什么，我就可以是什么！"

灵鸷什么都没说，看向时雨的目光变得温淡而柔和，甚至还有些迷惘。这是相识以来时雨离他最近的一次，也是他第一次在时雨面前卸下了冷硬的戒备。

然而正是如此，从那一霎热潮中回过神来的时雨陷入了更深的失落。灵鸷想要雷钺，想要抚生塔不倒，想要族人的安宁……纵使他千变万化，哪一样他可以将身代之？

灵鸷并非赤足，所以看不见脚上玄铃。时雨克制住了想要伸出手去触碰的冲动。

"绒绒对我说，白鸟人'心动则铃动'，足铃只在遇到心悦诚服之人时方能解下。可从未心动，又不甘臣服者又当如何？"

灵鸷无意谈论此事，起身回答道："这与你无关！"

"我不信小苍山中尽是两情相悦的佳偶。一定还有别的法子解下足铃，你不敢告诉我吗？"时雨话中带着挑衅。

他怕灵鹜仍然不肯理会，无赖地拽住灵鹜手中刚补好的衣裳："我不管，这是我辛苦补衣的酬劳！"

灵鹜唯恐他再度扯坏了衣裳，敷衍道："依照白乌习俗，你得先在赤月祭上打败我。"

"真的吗？"时雨的手一松。

灵鹜足下之铃不曾为他而响，但也同样不曾因旁人而响，他终归还是有希望的。他咬牙放下话："总有一天我会让你心甘情愿将足铃奉上！"

"你试试！"灵鹜似乎笑了一声，"看在你衣裳补得还不错的分上，我等着。"

无怨之血滴入蜃眼的第四十九日来临。那夜一场春雨刚过，整日沙尘迷蒙的小镇仿佛被擦洗过一般，枯井边的灌木冒出了新芽，皮货行的屋子里传出的鼾声极其舒畅……一切太过平和，仿佛容不下那些离奇的异状发生。

绒绒有些紧张，绕着圈在枯井上方游荡，口中不断自言自语。

"这一次的血滴下去，要是蜃眼没有开启，我们的心思岂不白费了？"

"还有谢臻的童子血，多可惜啊！"

"白蛟只说蜃眼会开启一霎，一霎是多久？不知道够不够灵鸷一个来回？"

"蜃眼下会是什么呢？该不会什么都没有吧？"

"万一是比蜃龙更可怕的怪物……"

她嘴上忽然糊了块黑乎乎的东西，看来像是福禄镇游医所售卖的狗皮膏药，偏偏怎么都撕不下来。

"乌鸦嘴！"时雨在绒绒徒劳的"呜呜"声中冷冷道，"给我清净片刻。"

"待会儿蜃眼若能开启，我会为你们屏障蜃气。玄珠嵌在通道入口，可使蜃眼暂时无法闭合。"时雨对灵鸷叮嘱道，"我顶多能保一炷香的时限，你速去速回。切记，若玄珠血光暗淡，就表示我快撑不住了，无论下面发生了什么事，你都必须即刻返回！"

灵鸷点头，表示自己已听得十分清楚。时雨看似泰然自若，行事有条不紊，其实刚才那番话他已重复了两遍。

谢臻腹诽，最应该紧张的那个人难道不是他吗？他的血虽"无怨"，但也绝不想再经历下一个七七四十九日的献祭。他熟练地解下腕上包扎之物，像往常那样将手伸向井口。

绒绒头上的寒星簪悄然现于时雨手中。时雨正要下手，手背却忽然被人轻轻按住。

灵鸷的手并不美，苍白劲瘦，指节上密布茧子和细小的疤痕。时雨清亮的眸子迎上他的迟疑："你还是不肯信我？放心，我定会保护谢臻周全。让他在你我眼皮子底下变得发秃齿豁，老朽无力岂不是更为有趣？"

时雨故意语带戏谑，灵鸷却没有笑，也未表现出一丝松懈。

"我若因故不能抽身，你不可强撑，立刻带着他们走。"

"这是当然。我已嘱咐过绒绒，一旦有风吹草动，她会及时带着谢臻撤离——绒绒口不能言，手脚没废，她逃命的本事你是见识过的。"

"这个我知道！"灵鸷不耐道，"你也务必小心。"

时雨还有些反应不过来，反复品咂着灵鸷话里的意思，又悄悄看了他一眼："你是……"

"闭嘴！"

"你怎知我要说什么？"时雨轻哼一声，然而眉梢眼角藏不住笑意，浑然觉得即刻死了也值。

灵鸷面无表情道："反正尽是废话。"

谢臻不想做不合时宜之事，可他的手已伸出去许久，收也不是，不收也不是，臂上隐隐酸麻。他略带煎熬地对时雨说："我知你此刻十分欢喜，但最后这一下，你是割还是不割？"

他话音刚落，腕上血花飞溅。

灵鸷听见了今夜第一滴血坠入井底的声息，玄珠之光笼罩四人，绒绒站在谢臻身侧，随时准备带着他逃命。

然而什么都没有发生。周遭静悄悄的——这安静与春夜的小镇仿佛隔了一层，凡人们的鼾声梦呓、春虫在枝叶上的蠢动和残存的雨水滴落屋檐的声响统统都消失不见，只剩下他们变得急促的心跳。

谢臻并没有觉察到任何异样，他的血还在不断地顺着指尖往下流淌。

"过去的四十八日这蜃龙对我的血都颇为受用，事到临头它竟然翻脸不认账，未免太不厚道了。"谢臻有些心疼自己的血。

"嘘……"时雨示意他噤声。

大风忽起，尘气莽然，玄珠似被一股巨大而无形的力量卷挟着。与往常悄然蔓延的蜃气不同，此时的气浪不断盘旋聚拢，仿佛可将万物吸纳其中。枯井被龙尾一般的黑云旋涡取代，其中隐隐有云雷电光涌动。

时雨双瞳化作和玄珠一样的殷红血色，虽保住了不被旋涡吸附吞噬，但珠在风中，人在珠中，颠倒翻滚如浪中孤舟。绒绒还好，她化作青烟随风摆荡。灵鸷以伞挂地稳住身躯，抓牢了被摔得七荤八素的谢臻，手中凝聚的幽蓝之光消失在时雨眉间。

时雨正凝神与蜃气相抗，忽而一股熟悉而陌生的力道源源不断注入他灵窍之中，被玄珠带动下翻涌震荡的元灵被悄然安抚，这是灵鸷以自身修为助他一臂之力。

好在那阵妖风来得诡异，去得也快。玄珠逐渐稳住，风平浪静之后，黑云消散，原本枯井所在之处只留下一个平静荡漾开来的旋涡，像明净通透湖面激起了涟漪，还能透过层层波光看见水底的情景。

"蜃眼……"时雨惊叹，"这便是蜃眼开启的模样？"

绒绒说不出话，高兴得直蹦。

灵鸷上前一步，他看到旋涡的水镜下倒映出的画面——没有高耸入云的天柱，也没有拦腰截断的孤峰，荒莽雪原中只有一座被冰雪覆盖的巨大石台，在白茫茫中崭露出苍黑色的山壁。

石台上的一簇雪堆忽然动了动，雪片簌簌地落下。

"里面竟还有生灵！"灵鸷不敢置信地低语。

时雨定睛细看，那果然是一个人形，满头银发，通体雪白，乍一看去与雪原融为一体。仿佛感应到另一端传来的异动，那人形迟缓地转过身来，与旋涡外的人视线对上。

谢臻双手撑在额前，从喉间发出一声压抑的痛呼。自气浪平复，他的头痛之症来势凶猛，眼眶头颅如被无数尖利的冰锥齐齐扎入，其痛楚煎熬更胜从前百倍。他不想在紧要关头干扰到灵鸷，一直苦苦按捺，然而当冰雪中的身影回过头来的那一瞬，他如遭雷殛，眼前白光炸开，顿时人事不知，一头朝旋涡中坠去。

距离最近的灵鸷堪堪抓住了半个身子已在旋涡中的谢臻，却被巨大的吸力拖曳着往下沉。灵鹫原本也是要进入靥眼的，猝不及防间，容不得他审慎，他回头朝时雨看了一眼，随谢臻坠入旋涡中。

水镜一般的旋涡在有人穿过之后立刻被搅得混沌迷蒙，再也看不清里面的情形，入口也变得越来越小。

时雨知道这是靥眼将要关闭的征兆，他当即将玄珠嵌入其中，非絮非水的气旋上覆盖了一层绯色，不断周旋着，暂时止住了收拢之势。

绒绒像被吓到了，在时雨身后"呜呜呜"地叫个没完。

时雨满满的心思都在靥眼之上，玄珠不可有半点闪失，稍有不慎就等于断了灵鹫的回路。他头也不回地对绒绒斥道："别吵了，我知道该怎么做！"

绒绒却没有因此而消停下来，反而不断地拉扯着时雨的衣袖。时雨终于感到不对劲，不得不分神看向绒绒。

只见绒绒惊恐地指向天际，沉沉夜空竟有无数星光赫然照天，像齐齐点亮的天灯，新月在这光亮下变得暗淡无比。星光逐渐聚拢，似有一声震响，顷刻星陨如雨，纷纷朝他们疾驰而来。

"那是什么？"时雨心中骇然，他明知不妙，然而已避无可避。让人不敢直视的光亮中，一口大钟从天而降，将时雨整个扣在其中。

靥眼中的玄珠之光瞬间熄灭，绒绒嘴上的狗皮膏药也消失无踪。

"昆仑墟天兵！"绒绒失魂落魄地揉了揉眼睛，"我是在做梦吗？"

在时雨早先的计划中，绒绒负责把风放哨和逃命。因为他们都很清楚，这小镇中除了未可知的靥眼之外再无别的威胁，所以把这职责交与百无一用的绒绒也并无不妥。

谁都想不到，平日连个精怪都没有的地界，竟然引来了昆仑墟上的天兵，偏偏还是在这个时候！

身在靥眼中的灵鹫起初并未意识到外界发生了什么事。穿过靥龙身躯的通道远比他预想的要漫长，看似平静的气旋其实暗藏杀机，他必须十分小心方能让谢臻不被雷云电光所伤。身躯在不断下坠，眼看下方已约莫透出光亮，寒气伴随着越来越浓郁的清灵之气蒸腾而上，掩藏在靥龙身下的另一个天地近在眼前……瞬息之间，这些都消失了，就连玄珠的血光也毫无预兆地湮灭。他困在无边无际的混沌中，电光密织如网，被玄珠屏障的靥气悄无声息地萦绕上来。

　　对灵鸷来说，雷电不足为惧，但蜃气却非他所能抵御，况且还有谢臻，无论哪一样威胁对谢臻来说都足以致命。尽管灵鸷有百般不甘，也不得不直面眼前的绝境——往下之途骤然阻绝，穿过蜃眼已是无望，回头成了他们唯一的生机。然而玄珠之光消失后，顶上的旋涡也在迅速地收拢。

那口硕大的金钟出现在眼前，绒绒已知来者是何人。她仍有些不敢相信，仰头道："黎仑……你为何会在此？"

绒绒视线上方云雾缭绕，那些从天而降的星辰都已化作天兵神将，站在最前面的天神人面马身，一身金色甲胄，正是昆仑墟如今的守卫神黎仑。

"毛绒儿，你好大的胆子，游荡下界惹是生非，还不快快随我回去！"黎仑声音沉着威严，看面貌却是个英气十足的年轻男子。

"你是来寻我的？"绒绒想到灵鸷和谢臻还在蜃眼之中，顾不上置疑，拼命摇晃着罩住时雨的金钟。她虽不怕钟上的降魔铭文，却也无法撼动它分毫，"他与你无冤无仇，你快放他出来！"

黎仑笑道："区区一个小畜生，寻你也需这样的阵仗？我乃是前来缉拿杀害夜游神的逆贼，听说你也有份？"

绒绒一惊，虽遭黎仑奚落，她反而从最初的慌乱中清醒了过来。黎仑为人板正，最是讲究规矩，从前他还只是昆仑墟诸毗山神的时候，就整天把天规天条挂在嘴边，与绒绒一向不对付。但他绝非肆意妄为之辈，此番下凡必定师出有名。

她心中已猜到七八分，嘴上也不含糊："你身为昆仑墟守卫，护卫天宫才是你的职责，谁让你多管闲事了，难道是青阳让你来的？"

"放肆！"黎仑大喝一声，"无法无天的东西，你忘了自己的身份？竟敢如此称呼主上，休要怪我替主上教训于你！"

绒绒翻了个白眼："我主人还没死呢，要处置我也得他亲自动手。这次闹出如此阵仗，定是你背着他胡来！"

"青阳天君闭关前命我代理昆仑墟一切事宜，不但需护卫天界，更要维持天道正法，否则我怎能调动二十八宿、三十六罡星官。"黎仑睥睨道，"你仗着主上厚爱一向任性妄为，从前那些不入流的勾当不提也罢。在下界混迹久了，你居然勾结忤逆之辈，犯下如此凶残之事。夜游神仲野和游光奉天命司夜于长安，向来尽忠职守，竟无端惨死于你们手中。若不降下惩戒，下界的宵小还以为昆仑墟无人了！"

绒绒一阵惆怅，原来他又闭关去了。黎仑眼里揉不得沙子，又一向看她不顺眼，怎会错过这么好的机会？

她满脸懵懂地问："谁是忤逆之辈呀？你般若钟下扣着的是我在下界结识的好友。他只是小小仙灵，与我一样心性纯良，与世无争。仲野和游光不欺负我们已算是好了，我们怎可能杀得了他兄弟俩？"

"你们的恶行均是幽都土伯亲眼所见，还敢狡辩？"黎仑冷冷道，"那白乌人在何处？"

不出绒绒所料，黎仑远在九天之上，夜游神之流还入不得他的法眼。这次他及时知晓下界发生之事，火烧火燎地前来讨伐，果然是土伯恶人先告状！

"我孤陋寡闻，从未听说过什么白乌人。"时雨被困，魇眼逐渐又变回了枯井的模样，绒绒对灵鸷和谢臻的处境忧心忡忡。可她怕被黎仑和土伯看出端倪，不敢让目光再留恋在魇眼上。

黎仑哪肯相信："难得你如此谦虚。你师从白泽，会不知道白乌人？"

"学艺不精有什么稀奇？你不也跟随过神武罗学艺，神武罗是赫赫有名的战神，你怎么还在昆仑墟守门？"绒绒反唇相讥。

"你……"

黎仑一时竟无言以对。

"黎仑神君切勿听她胡言！若不是白乌人的烈羽剑，我这一臂是怎么断的？"土伯高大的身躯自众星官中显形，他一侧利爪已齐齐断去，看上去比从前委顿了不少，语气中满是怒火，"这紫貂虽出自昆仑墟，和时雨那小贼混迹久了，变得一样阴险狡诈。游光灵肉皆丧于白乌人手下，仲野却是因玄珠而死。时雨小贼破坏天界封印盗走玄珠、杀害天神，紫貂与他形影不离，又怎么脱得了干系！"

"哎呀，原来是你！"绒绒做出恍然大悟的样子，扭头对黎仑道，"我知道你所指何事了。明明是玉簪觊觎我的美色，日日纠缠于我，我不肯从他，他就找来夜游神兄弟逼我就范。我好友时雨实在看不过去，为我仗义执言了几句，没想到也被他们恨上了，还找来这丑八怪帮忙。"

绒绒越说越动容："黎仑啊黎仑，你也是昆仑墟上的老人了，玉簪是什么货色你会不知？你忘了他主人在时，他是怎么对待你的青阳天君的？到了下界他还想方设法欺凌于我，你不维护我也就算了，竟然也与他一个鼻孔出气？"

黎仑确实未想到这一层，玉簪好色浮浪，他也素来不喜。绒绒这小畜生的"美色"值不值得玉簪大动干戈先不说，若非她提醒，他都要忘了玉簪主人从前的那些旧事。

"我没有你的本领，不能替主分忧，只求在下界逍遥度日。你想想，无冤无仇，我怎会平白和他们起了争执？是他们欺辱我在先，我连反抗都不行？"说到这里，绒绒泫然欲泣，恨不得上前把鼻涕眼泪蹭在黎仑的金甲上。

土伯见黎仑在绒绒哭诉之下面露迟疑，气得浑身直哆嗦，要不是当着昆仑墟天兵的面，他恨不得当场将绒绒撕成碎片："你这信口雌黄的贱婢，若非般若钟里的小贼勾结震蒙氏瞽盗走天界宝物，我幽都怎会插手？我不与你废话，还不快把那白乌小儿交出来！"

绒绒抵死不认："白乌小儿是谁，我只知有个身手了得的公子路见不平，仗义出手救了我和时雨一命。玄陇山一别我再也未见过他，我怎知他去了哪里？"

"我亲眼看到你和时雨小贼随他西行，身边还有个凡人。你敢说葬龙滩上的火浣鼠不是被他所杀？"

"我不知你在说什么，你想要白乌人，自己去找吧！"

"够了，都给我闭嘴！"黎仑厉声喝止，"毛绒儿，你先随我回昆仑墟，待主上出关，是非曲直自有定论。"

绒绒不怕回昆仑墟论理，可她担忧的是般若钟里的时雨："那他呢，你会放了他吗？"

"玄珠一事他难逃干系。他身为仙灵，身上却有森森鬼气，土伯自会处置。"黎仑不欲多说，般若钟上的铭文金光浮现。绒绒大惊失色，黎仑这是要将时雨炼化回原形再交到土伯手中，那时雨三千年修行岂不是一夕葬送？

绒绒尖叫一声朝般若钟扑去。黎仑挥手，东方苍龙七宿亮出兵刃，将她团团围在中间。

"为何要下此狠手？你说过要等主人出关再定的！"

"他也配让主上劳神？"黎仑冷笑。

"土伯为报私仇而来，你不能听他一面之词。"绒绒慌了阵脚，语气也软了下来，"黎仑，你久居昆仑墟，不知下界修行之苦。现在是非未定，你先放过他好不好？"

"单凭他盗走玄珠，我就能当场让他形神俱灭！你胡搅蛮缠也无用，别以为我不知道你们做过什么好事。阴邪之物修行再久也是祸害。那白鸟人也逃不了干系！"

"放开我，我要去找青阳……"绒绒挣扎着，却始终难逃桎梏，"黎仑，你这个混账东西！"

黎仑轻蔑地扫了她一眼，般若钟越收越紧。绒绒不敢再看，捂着脸呜呜地哭，忽然耳边传来心月和氐土两个星官发出的惊呼。她睁开眼，只见一轮电光火球自地下涌出，滚雷般撞向般若钟，鸣震过后，生生将大钟掀翻在地。

灵鸷浑身是血自井中而出，谢臻倒在他脚下生死不知。

"你回来了！"

绒绒泣不成声，却不知该喜还是该忧。

"贱婢，还敢说你不认识白鸟人？这下总算到齐了。"土伯身形暴涨，也不急着冲上前去，只是仇恨而戒备地怒视灵鸷。这白鸟小儿出现得正是时候，有昆仑墟的天兵在此，就算他有十倍的本领也休想脱身。

灵鸷周身遍布着大小不一的伤口，再晚一步他和谢臻恐怕就要被困死在巂眼之中。更没想到的是，逆势而上时，巂眼入口附近尽是锋锐无比的逆鳞，但凡通过就必会被其所伤。坐以待毙是死路一条，强行返回也凶险无比，唯有一搏。

灵鸷倒还罢了，身上虽没几处完好的地方，但顶多只是皮肉之苦，伤不了根本。然而他已拼命护着谢臻，却仍避免不了谢臻被逆鳞绞伤。落定后灵鸷做的第一件事便是察看谢臻的伤情，发现他最要命的伤在肩颈交界，温热的鲜血像涌泉一样汩汩而出。灵鸷将手按在那处，努力回忆着自己在小苍山学过的疗伤术法，发现无一对谢臻有用。血依然流淌不息，谢臻面如金纸，气息微弱。灵鸷从没有如现在这样痛恨谢臻的特殊之处。

他抹了一把遮挡视线的血，抬头看清了井外的困局。翻倒的金钟旁，时雨蜷缩在地，身躯已介于虚实之间，宛如刚刚化形的灵体。数步之外，绒绒受困于七个身形各异的金甲神灵，相似打扮的家伙半空中还有浩浩荡荡的一群，土伯也混迹于其中。

那一刻灵鹙脑海中只有一个念头：他今夜委实不该在绒绒的怂恿下换上新衣的。

"你就是那手段毒辣的白鸟人？"黎仑在云端上俯瞰血人似的灵鸷。他起初不信区区一个三百岁不到的白鸟小儿能杀了夜游神，还断土伯一臂。想不到这小儿竟当着他的面一击之下将般若钟撞翻。虽说黎仑当时大意了，但他看向眼前来人的目光中也不禁多了几分探究。

"正是他！"土伯高声道，"这次我看你往何处逃！"

灵鸷垂首于谢臻身旁："我为何要逃？"

绒绒想要扑到灵鸷身边，才上前一步，便被脚下星芒阵弹了回去。她跌倒在地，急声对灵鸷道："他们是从昆仑墟而来，你切不可硬拼！"

灵鸷苦笑一声，他额头有伤，血糊了一脸，绷得整张面皮发紧，此时笑起来的样子定是狰狞得很。绒绒实在太高估他了，他没见识过昆仑墟天兵，却能感应到迎头压来的磅礴灵力。领头的那个人面马身的天神想来就是大钟的主人，单对付他一人，灵鸷尚无十分的胜算，遑论还有土伯和环伺在旁的天兵天将。既打不过，又逃不了，同伴不是受制于人，就是命在旦夕，他有什么资格硬拼？

"白鸟氏先人曾为天帝执掌刑罚，你们更应通晓天规，如今不好好守着抚生塔，居然游荡在外为非作歹。堂堂远古大神后裔沦落至此！"黎仑神色倨傲，话语中透出嘲弄，"昊娪当年何等威风了得，还不是落得癫狂而终、后继无人的下场！"

这是灵鸷最不愿听到的话，比逆鳞之伤更让他疼痛焦灼。他黯然道："我私离小苍山，所做之事与族人无关。"

黎仑扬眉又问："听说你手上有烈羽剑？"

"是又如何？"

"想不到晏真那逆贼的兵器还在世间。昊媃留着它，念念不忘她的好徒儿，当初何不与烛龙一起反了，现在还可在抚生塔中长聚。"

灵鸷骤然听闻这等诛心之论，不由得抬起头来："白乌氏无愧于天，也不负抚生，你还不配说这样的话。"

黎仑笑了笑："如今白乌氏之主是谁，醴风可还活着？三千年前她就敢为了区区小事当面顶撞天帝，可见已有忤逆之心，焉知你此行背后没有人指使。"

灵鸷周身每一寸肌肤筋骨都在绷紧，通明伞柄上角龙皮的粗糙触感清晰地烙在他掌心，然而他的话音清晰淡漠如故："醴风已殉身于抚生塔。白乌氏若有心忤逆，你以为昆仑墟还能安于九天之上？"

"你可知自己在说什么？一个乳臭未干的白乌人，也敢说出这样的狂言妄语！"黎仑前蹄高高奋起，身后的天兵也纷纷怒目叱咤。

绒绒与灵鸷同仇敌忾，跳起来指着黎仑鄙夷道："别以为我不知道，你当初一心想要拜在昊媃大神门下，因资质平庸被她回绝，可她后来又收了晏真为徒。你看烈羽剑和白乌后人不顺眼，不过是心存嫉恨罢了……唔！干什么？"

她被黎仑身后的宣明用捆仙索困缚着悬挂在半空之中。

"毛绒儿，你脾气渐长，法术还是这样稀烂！"宣明绀发赤目，背有双翼。他是天帝近臣离朱之子，也算是绒绒的老相识，而绒绒最恨的就是他手中的这件法器。

"黎仑神君，这下你亲眼所见，这小贱婢惯会颠倒黑白，乱泼脏水。为了她在下界勾搭的姘头，什么谎话都说得出来。"土伯在旁幸灾乐祸。

绒绒愣了片刻才反应过来土伯话里的"姘头"所指何人："你瞎说，玉簪才是夜游神兄弟俩的姘头，他们勾搭成奸，在长安城横行霸道，我已忍了很久。你就是一只黑心黑肺见不得光的丑八怪，以凌虐为乐，比鬼物还阴邪百倍……"

"我不想听你们这些肮脏事！"黎仑将厌恶的眼神从绒绒身上移开。

土伯趁机请命："神君若碍于情面难以下手，大可将这贱婢也交与我幽都处置！"

黎仑素来看不惯昆仑墟上的灵兽们仗着主人的垂爱肆意妄为。可土伯一口一个"贱婢"让他皱起了眉头："她再不入流也是昆仑墟之物，还轮不到幽都插手。"

绒绒却不领情："黎仑，你不必惺惺作态。要不你杀了我，否则就将我们一齐带回昆仑墟。你不信你的主上会公允决断吗？"

黎仑轻易看穿了绒绒的用意："我不杀你，但处置这白乌小儿还不在话下。这本是我职责之事，我今日就当着你的面将他诛灭，主上也不能怪罪于我。"

"你敢动他，只要我活着一天就会咬住你不放……"绒绒奋力地扭动身子。

灵鸷打断了绒绒，他对黎仑说道："夜游神是我所杀，土伯一臂也是我斩断的。我族人并不知情，紫貂和那仙灵也是在长安受我胁迫才一路跟随。至于那凡人，留着他不过是想要取他身上之血。此事与他们均无干系，你放了他们，我随你处置。"

"死到临头还逞英雄！你的命本就在我手中，凭什么与我讨价还价？"黎仑仿佛听闻了一个天大的笑话，"罪者当诛，天经地义。这样的事你们白乌氏从前干得还少吗？"

"我族人执天罚从未以多欺少。"灵鸷冷冷道。

"你仗着摄取元灵之术为所欲为，肆意践踏我幽都也就罢了，就连昆仑墟也不放在眼里！"土伯唯恐黎仑中计，"这狂妄小儿全无半点悔意。还请众神君速速将他拿下，还我幽都和夜游神一个公道！"

"我唯一后悔之事就是在玄陇山时只断你一臂。"灵鸷连看也不屑于看向土伯。

黎仑按而不发，似在掂量着灵鸷的斤两，他身后的天魁星却突然闪身而出，高举四棱鸳鸯铜朝灵鸷当头砸下。

"你真当昆仑墟怕了你不成？"

天魁星身高丈许，力大无穷，铜落之处可令土崩石裂。灵鸷持伞轻轻一挑，铜身如被吸附在通明伞尖。天魁星面色怔忡，还未明白发生了什么事，元灵化作星尘顺着四棱鸳鸯铜倾泻而出。灵鸷这一下看似举重若轻，其实也倾注了全力，淡淡星尘光辉瞬间聚拢于他额间，映照着血污斑驳的面庞，如戾魂又似魔神。

他的伞中剑也随即出鞘，幽蓝之光静谧而摄人心魄。

"白乌氏已非从前的白乌氏，昆仑墟也不是当年的昆仑墟。你们非要一起上，也不是不可以！"

"是烈羽……不是说它已断于朝夕之水？"

"白乌人何以能持烈羽剑？"

黎仑身后传出窸窣低语之声。孤暮山一战中，天帝一方众多天神折损于晏真手下，他与烈羽之名至今在上界仍有流传。

天魁星位列北斗三十六天罡，是天宫星宿正神，可在白乌小儿手下不过是一个盛着元灵的容器。这让人不禁遥想起昊媖犹在时白乌氏令神魔闻之丧胆的威名。白乌氏这么多年销声匿迹，包括黎仑在内也认定他们后辈凋零、自顾不暇。然而瘦死的骆驼比马大，他们终究还是错估了。

黎仑心中自有一番权衡，他正思量着是该率众而上，一举将白乌人诛杀，还是亲自出手让他死得心服口服。宣明忽在他身后低语道："白乌人自知必死，不过是想拼个鱼死网破罢了。杀他有何难，然而你我人多势众，齐齐对一小儿下手，日后难免落人口实。你不曾听他方才说了，他甘愿认罪伏法，只需放他同伴一条生路，我谅他不至于出尔反尔。毛绒儿是昆仑墟之人，剩下的那个仙灵，我们要他性命有何用？"

黎仑与宣明交好，知他所言在理。白乌氏张狂跋扈，自恃镇守抚生塔有功，俨然凌驾于众神之上，在昆仑墟面前也很少伏低做小。黎仑这些天界旧神心存不满已久，所以土伯来昆仑墟告状时，黎仑一听是白乌人所为，略略盘问一番之后，当即率众前来讨伐。

事后想来他确有考虑不周之处。且不说青阳天君与白乌氏关系匪浅，白乌氏向来也不是好惹的。黎仑不知晏真与昊媖的私情，但一个寻常白乌子弟断然不会将烈羽剑拿在手中。他旁观那白乌小儿收服天魁星的手段，扪心自问亲自出手也无把握将其一举拿下，此事万一处理不当，难保不会落得一身腥臊。

他不过是想给白乌氏一点教训，这小儿甘愿听凭处置自然再好不过。

"还不住手！"黎仑一声喝止之下，天伤、天微等五位星宿与宣明同时出手。灵鸷收回通明伞自保，天魁星这才得以脱身，被拖着退回去。

"你与土伯各执一词，昆仑墟不便插手私怨。但夜游神身负天职，你万万不该逞一时意气将其杀之。天规不可违背，你既已亲口认罪，我必须对你降下惩戒。念在你年幼无知，罪不及亲族随从，只要交出烈羽剑，伏首认罚，此事就此了结。"

黎仑此言一出，土伯和绒绒都感到不服。

"黎仑神君，怎能便宜了时雨那小贼！"

"不是他的错，凭什么要他一人承担……"

黎仑冷淡道："此事轮不到你们置喙。"

灵鸷移步时雨身旁，以手轻触于他，似在察看他的状况。他的掌心穿过时雨额际，触碰到的已非实体。

"放心，他本无形体。既未消散，可见没有伤及根本。"黎仑见灵鸷默默凝视那仙灵良久，便想要打消他的疑虑。

土伯拜访昆仑墟时曾告知黎仑，白鸟人身边有个来路不明的仙灵，与震蒙氏謍有关联。这仙灵心思诡诈，法术也颇为精奇，得了玄珠后更是如何如何了得。謍是鬼物罢了，震蒙氏尚在时也不过是真人，黎仑从未放在眼里，玄珠倒是个久未听闻其下落的稀罕物件。黎仑信以为真，一照面就对这仙灵下了狠手，只是没想到他竟如此不堪一击。可见土伯惯会夸大其词，也不甚靠得住。

无须黎仑多言，灵鸷一探之下也知时雨元灵尚无大损。时雨是灵体，被般若钟所伤之后暂时无法聚形，假以时日应能复原如初。

灵鸷将剑返入伞中，缓缓对着黎仑举起了执伞的手。

"灵鸷，不可将剑交给他，他会用般若钟教你神形俱灭的！"绒绒惊慌失措道。

黎仑笑笑，灵鸷的伞和剑一并脱手。

变化出手臂的黎仑小心翼翼地抽出烈羽剑，熟悉的寒光仿佛勾起了沉淀已久的过往。黎仑眼神冷了下来，示意随从将其放入"无往金匣"之中。

"无往金匣"是昆仑墟的宝贝，历来为守卫神官持有，用以困住那些有灵性的宝物。匣中自有天地，但凡被收入其中者，如无守卫神官的口令决计无法脱离，更不能再施展神威。休说是烈羽剑，就算是白鸟雷钺进了匣中，黎仑也不担忧。

黎仑亲眼看着"无往金匣"在面前合拢，眉间的扭结才稍稍松懈了。他朝宣明点了点头，宣明将绒绒拎至脚下，捆仙索灵蛇般地缠上了灵鸷。

灵鸷手随心动，捆仙索的前端竟被他抓绕在掌心。

宣明面露诧异："这就反悔了？"

"你们答应过会放过其余人！"灵鸷再一次求证。

"你若守诺，我们自会言出必践。"宣明笑道，"不过毛绒儿非要回昆仑墟，我可拦不住她。"

"宣明你这个坏蛋，你几时学会了和黎仑一个鼻孔出气！亏我当年还把你当成了朋友……"绒绒破口大骂。

"你的友人不是都在下界了吗？"宣明不紧不慢地回了绒绒一句。捆仙索在灵鸷松手之际瞬间将他捆缚得严严实实，宣明再一收腕，灵鸷被牵动得跪倒在地。

"为什么非要这样呀！"绒绒顿觉大势已去，如被极其锐利的刀子将心削去了一块，还来不及疼痛，惶恐已先一步将她击垮。谢臻气若游丝，时雨仍蜷伏在地，仿佛一阵风便会让他们散去。可是怎么办，她一点法子都没有。只恨从前贪玩任性，要是她有宣明的法力，如今也不会眼睁睁看着同伴受苦。

就在灵鹜趔趄跪倒的同时，两个黑影自背阴处悄然浮现。这影子徒有人形，如剪纸一般薄，轻飘飘的全无重量。他们所到之处光亮瞬间暗淡，看不清面目五官，依稀可分辨出一个手摇灵幡，一个拖着长棍。

"不好，是幽都鬼差来了！"绒绒惊道。

宣明讶然与黎仑耳语了几句，不少天兵神将都对那黑影流露出好奇又嫌恶的神情。

黑影似对外界的存在并无感知，满天的神灵当前，也未见他们驻足或迟疑。他们眼中只看得见垂死的凡人。

鬼差飘飘荡荡，最后聚拢于谢臻身上，三簇火焰和七点流萤似的微光自谢臻身躯中游离而出，正是他的三魂七魄。这一幕落入灵鹜眼中——他明明已如上次那般护住了谢臻心脉，可保谢臻不会因伤重而死去。这样无论他下场如何，只要天兵散去之后时雨和绒绒还在，自会想办法照料谢臻。眼下竟突然有鬼差前来拘魂，不用说，定是土伯作祟。

"这就是你们信诺？"灵鹜在捆仙索的捆缚之下周身动弹不得，只能咬牙看着上方的绰绰身影。

"我自然会放过你的同伴。但鬼差出自幽都，他们的行事与昆仑墟并无关系。"黎仑轻描淡写地回应灵鹜的质问，"我说过昆仑墟不插手私仇，你有何不满，找土伯就是。"

"我断你一手，陪你一命还不够？"灵鹜对土伯道，"他只是个凡人！"

"凡人身死魂归幽都，这是天经地义之事。"

土伯的瓮声中有压抑不住的亢奋和得意。他也瞧不上区区一个凡人，但了结这个凡人的性命能让白乌小儿在死前体会到更深的痛苦，举手之劳，何乐而不为？

臂上利爪本是土伯通身最为强大之处，自被灵鸷斩断一侧，土伯尝试过无数法诀和灵药，都没有办法让断臂重生，他的残缺之身在幽都受尽了小鬼们的嘲笑。每到入寐之时，臂上伤口和体内元灵都会隐隐作痛，一闭上眼，烈羽剑和断臂齐齐落下的场景仿佛还在眼前。

更让土伯耿耿于怀的是，他当初急怒之下亲自去了小苍山，想要找白乌氏如今的大族长莲魄讨个说法。岂料莲魄非但没有露面，连凉风坳入口都未准土伯踏足，只派出一个和那行凶的小子一样乳臭未干的守卫将他打发了。

土伯是幽都仅次于后土的神祇，后土归寂后，他就是横行于冥界的一方霸主。横遭白乌氏如此折辱，他如何咽得下这口气。此事一日不了，他一日不得安生，恨不能对灵鸷嚼其骨，吞其心。就算灵鸷在天罚之下命丧当场，在土伯看来仍是昆仑墟忌惮白乌氏，太便宜了那小子。

灵鸷看向土伯时眼中只余森寒："他死了，我会让你为这个凡人陪葬。"

土伯大笑："谁为谁陪葬，我且等着看！"

凡人死后，三魂归入幽都，日后会再入轮回，而象征着这一世"喜、怒、哀、惧、爱、恶、欲"的七魄则就地散去。鬼差中执长棍者已将谢臻的三魂引入怀中，另一个欲将剩余的七魄驱散。可任凭他的灵幡如何挥舞，谢臻的七魄始终若即若离地徘徊不去。那鬼差不会言语，急得在谢臻身上团团打转。

"这凡人有些古怪。"土伯对鬼差喝道，"一齐带回去再说。"

云端上也传来黎仑的一声嗤笑："好了，不与你们胡闹。白乌小儿，你与那凡人死后虽然殊途，但我好意送你们同时上路，不必谢我！"

无数拖着长尾的星火当空降下，意在灵鸷，可丝毫也没有顾忌是否殃及旁边的时雨。

灵鸷挣了挣，捆仙索缚得更紧了。

"果然……天上地下都是一样的无耻。"他只是叹了一声，并未再做徒劳的挣扎。

炽烈的星坠之光在将要落到灵鸷头顶时四下飞溅开去，带出无数火星。与此同时，原本无声无息蜷伏于地的时雨忽然暴起，风驰电掣般扑向土伯。这一下委实太过惊人，土伯哪里料到会发生这样的变故，眼前幽光一闪即灭，长剑直直插入他天灵之上的第三目。

这长在头顶的第三目直通土伯灵窍，一声惨烈长吼过后，他用仅存的一只巨大利爪攫住了眼前的身影，想要将其捏碎在掌心。那身影没有退避，手中长剑奋力一震，土伯庞大的身躯骤然瓦解，灵力碎片如一场黑色急雨，转瞬消失于剑尖。

"烈羽剑……这怎么可能！"黎仑挥开跌落在眼前的土伯残躯，不敢相信自己的眼睛。他亲眼所见烈羽剑被收入"无往金匣"，匣子此刻仍安然无恙地在他身后。

捆仙索与"无往金匣"，一个用以缚身，一个专门藏物，相同之处在于它们都不能被随意摆脱。黎仑知道自己中计了，匣中不可能是烈羽剑，使出那样凌厉强横的招数来斩杀土伯的，也绝不是那脆弱仙灵。

撑开的半旧油伞下，仍被捆仙索捆缚着的黑衣少年缓缓抬起头来，眉宇桀骜飞扬。

"黎仑，你有什么资格拜在昊媖大神门下？"

"不过是我手下败将，还要输给我多少回，你才肯承认自己是废物？"

……

黎仑骇然退了几步，脸色煞白："晏真……晏真！"

惊慌失措之下，黎仑被一股诡异的力道牵引着从空中坠下，晏真的剑抵在他的喉间。

"不许你再去哀求昊媖。你放弃拜师，我便放过你。"烛龙次子的声音闲适轻巧得像在邀他前往瑶池赏景。

晏真是黎仑藏得最深的梦魇，可他早在一万八千年前的孤暮山之战中就已被抽去龙筋而亡，元灵也困在抚生塔中，这是昆仑墟上人尽皆知之事啊！

黎仑的神志及时回笼，然而他颈上仍真切地感受到烈羽剑的锋芒。持剑的正是本应在捆仙索中的白鸟小儿，黎仑眼中的晏真也变回了那容貌出众的仙灵。

原来是摄魂幻境之术！想不到区区仙灵居然能在他和一众天兵神将眼皮子底下偷天换日。

"你们杀了我也逃不了！"黎仑一时失神受制于人，这奇耻大辱的滋味如此熟悉，他还以为自己早已忘却了。

"何必要逃,我只要杀了你就够了。"灵鸷声音暗哑,"我本欲信你,孰料天界的手段令我开了眼界!"

变故发生于瞬息之间,本在黎仑身后的宣明这才回过神来。孤暮山之战时宣明尚且年幼,他对当时的事不甚了解,也不似黎仑那般对白乌氏和烈羽剑心怀芥蒂。宣明对灵鸷说:"我们绝无伤那凡人之意,一切皆是土伯所为。你已杀了土伯,我劝你勿要一错再错!"

土伯死后,那两个幽都鬼差也随之消失,可谢臻的三魂七魄一旦离体,便再也回不到躯壳中去。土伯有一句话说得没错:凡人魂归幽都。灵鸷也好,时雨也罢,包括有心挽回局面的宣明在内,空有法术神力,也只能看着谢臻的魂魄在夜风中飘忽聚散。

早在鬼差出现之时,灵鸷已知覆水难收。然而当他亲眼看着谢臻的身躯一点点变得冰冷僵硬,仍抑制不住喉间暗涌的腥甜之气。

"放下烈羽剑,你随我回昆仑墟,我保这仙灵安然无恙。"宣明为证明自己所言非虚,先一步松开了时雨身上的捆仙索。对于擅使幻术之流,如若不能下手诛灭他,困住他手脚其实并无多大用处。这仙灵尚在捆仙索中时,黎仑不是照样被他所惑?

宣明以为自己还需费些口舌才能让白乌人为之所动,然而这一回对方却显得十分"通情达理"。

"好,你们非要兵戎相见才肯守诺,我也不计较。"灵鸷缓慢道,"他走后,我自会放了这卑鄙之徒。"

再遭羞辱的黎仑也没有发作,只是冷冷地看着自己身前的幽蓝剑光。

时雨脱身后仍伫立原地,他摇了摇头,轻声对灵鸷说:"你还欠我一样东西,我不走,也不服。"

果不其然,灵鸷对他的回应依旧只有那一个字:

"滚!"

时雨红着眼笑了起来。

"走吧……"同样被宣明放归自由的绒绒过来牵着时雨的衣袖。她想不通一向狡猾机变的时雨为何变得如此冥顽不灵。就连她都知道,在眼下的困局中,这已是最好的出路。

　　绒绒刚才还以为大家都要完了，真不知道时雨和灵鹜是什么时候悄然调换过来的，她那么熟知二人的容颜举止也被骗了过去。

　　"灵鹜希望你走。你还不明白吗，以他的本领，没有顾忌拖累，他反而更容易脱身。"绒绒用心语劝说时雨，这是他们六百年来惯用的沟通方式，"就算沦为昆仑墟阶下囚，只要活着，事情仍有转圜余地。"

　　时雨不置可否，在绒绒的拉拽之下跌跌撞撞倒退而行，目光始终不离从头至尾都没有看他的灵鹜。

　　绒绒自认退到了一个相对安全的距离，就算这时黎仑和宣明不要脸地出尔反尔，她也有机会与时雨一道逃脱。她虽松了口气，心中仍惦记着灵鹜，遥遥回头看了一眼。不知是否眼花，绒绒仿佛觉察到灵鹜脚下虚浮地晃了晃，手中的剑光也暗淡了下来。

　　"糟了！"她对时雨说。可身边哪里还有时雨的踪迹。

　　灵鹜从蜃眼中出来时身上便带着伤，先是强聚拢井中云雷电光，用以撞飞罩在时雨身上的般若钟，其后又一招击溃天魁星震慑来人。等到他扑杀土伯、制住黎仑时，已是强行而为之。这种涸泽而渔的打法最损修为，根本没有给自己留下余地。

　　黎仑的眼力又岂会输给了绒绒。两万年前晏真用剑尖刻在他身上的痕迹至今犹在，但凡再添一道细微的划痕都是他不能容忍之事，所以他忌惮架在身上的烈羽剑，牙槽都将要咬碎了也未妄动。他也猜到那白鸟小子已是强弩之极，不过是在虚张声势，只是没想时机来得这样突然。灵鹜伤重不支，才刚露出破绽，黎仑已绕过了烈羽剑的锋芒，腾空于金光云霞上，般若钟以雷霆万钧之势袭来。

　　灵鹜堪堪躲过了第一下，低头以手背擦拭过唇角，干涸的血污上又叠加了一抹鲜红。他强行支起身子，却再也无力相抗。

　　骤然而现的剑光直扑黎仑面庞，近身时幻出无数影子，皆是手执烈羽的晏真身形。黎仑早有防备，哪里还会重蹈覆辙，他身前虚结了个金印，般若钟鸣声回荡，击破了昏昧心魔，千锋万影顿时被驱散开来。玄珠的血光也被天兵天将齐发的星芒震碎。

　　灵鹜颓然对着扑过来以身相护的时雨斥道："孽障，尽做无用之事！"

　　纵然他以手遮眼，般若钟再次劈头盖脸而来金光仍教他目眩。最后的关头，灵鹜想的是，好浮夸的宝贝……小苍山为何没有这样明晃晃、金灿灿的好东西？

时雨那小贼却趁着一口气尚在，"吧嗒"在他嘴上留下个湿答答的印记。灵鹜反应过来之后差点又呕了一口血，命不久矣之时，他竟还得分神去思量该不该在死前结果了时雨！

时雨的眼睛距他极近，清澈中自有焕蔚光彩。灵鹜看得真切，这光彩并不输给浮夸的般若钟金光，将其留作神识中的最后一幕也算不得太坏。

看在这双眼睛的分上，灵鹜决意饶过他。

可惜最后这一幕残留的时间稍嫌太久。久到时雨的脸有机会变得滚烫烧红，他的眼睛也在困惑中连眨了好几下……久到灵鸷辨别出了春夜中熟悉的弓弦震颤，面露惊喜之色，一脚蹬开了趴在身上的时雨。

黎仑只知般若钟被人悄然定在半空。屏息间，三箭齐发划过长空，疾若流星又静如行云，逼近眉心时他方感受到细细的破风之声。黎仑仰身奋蹄震开了乌沉沉的箭杆，可那三支箭偏了准头之后并未坠落，反而长了眼睛一般掉转箭矢又缠上了他。他每格挡一次，箭上力道就更强劲一分，无论他避向何方始终如影随形。

宣明不再作壁上观，捆仙索迅疾地卷向箭羽，欲将其拽落，与此同时他也被箭的势头牵引得摇摇欲坠。三支箭多了捆仙索这条"尾巴"，力道被卸去泰半，黎仑这才得以施展神威，将其一举踏落足下。然而箭在落地的瞬间凭空消失；他足下空空如也。

"什么人？"黎仑厉声喝问。

"白乌氏奉命前来缉拿私逃族人。"

几道身影无声无息地落在皮货行的屋脊之上。这下不仅是昆仑墟之人大感意外，连时雨也忍不住偷瞄了一眼身畔的灵鸷。

灵鸷脸上已无异色，静静仰头看向屋上的身影，不知心中做何感想。

说话者语气低柔沉稳，看上去年纪却不大，手持彤色长弓，立如碧山亭亭，面若明月皎皎。他身后是十二个年纪相仿的少年人，均是玄衣辫发，长身白肤。

"又是白乌人，来得倒是时候！"黎仑打量来人，从鼻子里哼了一声。

那持弓的少年朝他们行了一礼："霜翀见过黎仑、宣明二位神君和诸位星官。"

宣明对这几个忽然冒出来的白乌少年颇有些好奇，拖长了声音问："你认得我们？"

"虽未谋面，但般若钟和捆仙索的神威，晚辈早有耳闻。"

不知是否巧合，说到这里时，后方的四个白乌少年不约而同地收回了手，被定在半空中的般若钟这才摆脱了桎梏，缩成巴掌大小，被黎仑召回了身边。

黎仑语气中不无嘲弄："白乌氏不是向来自命不凡？口口声声说什么从不'以多欺少'，可'暗箭伤人'的功夫倒是颇为精湛。"

霜翀制止了身后蠢蠢欲动的同伴，反手将搭在弓上的箭矢归入箭囊。他身佩决拾，背上的兽皮箭囊殊无纹饰，里头空空荡荡的，仿佛那三支箭便是仅有的全部。

"不瞒各位，这镇子上方的动静远在三百里之外便可察觉。我与伙伴们初出茅庐见识尚浅，都想要过来开开眼界。远远瞧见乌压压的众人围着一两个伤者穷追猛打，我还以为撞见了宵小之辈在此行凶，没想到竟有幸得见昆仑墟上的众神君。一场误会罢了，如有得罪之处，还请诸位神君不要见怪。"霜翀不紧不慢地说着。他容貌不俗，仪态从容，笑起来的样子十分温煦。这般情态下若有人责怪他的无心之失，反倒显得有些不近人情了。

绒绒绞着手指，芳心一阵激荡。哎呀呀，想不到白乌氏还有这样的"尤物"，和灵鸷比起来真真是两个极端。她想要与之双修的对象突然又添了一个，该如何抉择，真叫人为难！

黎仑的行径落在绒绒眼中无异于大煞风景。他既未动容，也未恼怒，冷冷盯着霜翀："来都来了，说说你想要如何？"

霜翀正色道："多谢诸位神君相助。既找到了这顽劣小儿，我自是要将他领回小苍山接受惩罚。"

乍闻灵鸷被同辈之人称作"顽劣小儿"，时雨觉得有些怪异又好笑。他又瞥了灵鸷一眼，轻声道："你是如何顽劣的？"

灵鸷目不斜视："我现在还顾不上收拾你，你不要急于找死。"

原本站在霜翀身后的那个白乌少年走到了灵鸷跟前，蹲下来一边察看他的伤势，一边对他浑身的血污啧啧称奇。

"你是如何把自己搞得这么狼狈的？"他身形比灵鸷壮硕一些，浓眉直鼻，笑起来满口白牙，显然与灵鹜相当熟稔。他将一簇柔和光晕送入灵鹜天灵之中，口中道，"伤得果真不轻，你居然也有今天。多亏我向大执事求了'返灵环'，还不快谢谢我！"

灵鹜没有作答，闭目待那光晕彻底自周身消失，方借助对方朝他伸来的手站了起来："下回镜丘之试我让你二十招。"

那少年被哽了一下，继而又乐了："一言为定，不许反悔啊！"他的目光在时雨身上转了两圈，这才微扬着下巴问，"我叫盘翎，和灵鹜一样出自小苍山。你是灵魅还是地神？"

时雨避开对方看似不情不愿伸过来搀扶的手，飘然闪至灵鹜身侧。

"要不是你闯了祸，我们也没机会出来逛逛。"盘翎压低了声音对灵鹜感叹道，"外界的修行之辈都长得那么好看吗？"

灵鹜装作没有听见，小苍山的脸面都要被这没见过世面的家伙丢尽了。盘翎却不疑有他，继续小声嘀咕："他灵力匮浅，手中那颗珠子看来像是好东西……我方才可有不妥之处，他为何对我如何冷淡？"

绒绒在不远处发出一声低笑，时雨的脸寒了下来。灵鹜只得对盘翎道："把嘴闭上吧。"

盘翎不知这是哪里的规矩，也不好提出异议。他嘴上跟灵鹜说个没完，手中那把直身窄刀却握得极牢，人也始终护在灵鹜身前，严阵以待地盯着黎仑的方向，显然是为了防止昆仑墟再对伤重的灵鹜下手。

"也只有霜翀有心思跟他们周旋。换作是我，早把这些家伙拉下来痛揍一顿再说。"盘翎说这话时未再故意收着喉咙，"活了几万年的老东西，合起伙来对付你一个，还好意思说什么天道，也不怕笑掉大牙。"

另一边，霜翀在黎仑的质问下依旧笑盈盈的。他轻轻踢开脚边一块血肉模糊之物，低头辨认了一下，讶然道："原来幽都的土伯神君也在，月余不见，他老人家怎么变成了这副样子？"

被其他星官搀扶着的天魁星再也听不下去，义愤填膺道："你不问问是谁干的好事！"

霜翀语气中似有惋惜："上次在凉风坳与土伯神君匆匆一瞥，他说自己被白乌人所伤。我却是不信的。幽都土伯何等威名，怎会被我白乌氏一个不争气的小辈断去一臂，何况当时还有夜游神和上界灵兽在场。真是我白鸟子弟不慎失手，土伯亲自教训他便是，何须千辛万苦地跑来小苍山一趟？"

黎仑早看出来了，这名叫"霜翀"的白鸟小子看似谦恭有礼，实则比他那面冷心狠的同伴刁钻百倍。

"你族人铸下大错乃是事实。他杀了夜游神还不算，当着我们的面也敢置土伯于死地，就这样你还妄想将他带走？"

"神君放心，回去后我族中自会对他严加管束，也会辨清是非曲直。要是错在他一人，我们决无姑息之理。"

黎仑怒极反笑："要是我不答应呢？"

霜翀微笑道："那就要看众神君留不留得住人了。"

"果然是白鸟人，好大的口气。你是打定了主意要和昆仑墟作对？就不怕此举会累及白鸟氏举族遭受天罚吗！"黎仑盛怒之下，三十六天罡与二十八星宿已然蓄势待发，整个福禄镇的空中如被腾焰飞芒烧燎着，比白昼更为明亮。宣明看似有些迟疑，靠近黎仑身旁有话要说，却被黎仑面无表情地拦下。

"在白鸟氏看来，如今能代表昆仑墟的唯青阳君一人。白鸟氏不与任何人作对，但也不惧任何人。就算今夜青阳君在此，我也会将族人带回小苍山。"霜翀依旧和颜悦色，却毫无退让之心，"说到天罚，我族人这一万八千年来匍匐抚生塔下，又与遭受天罚何异！神君若有本领助我们脱离苦海，早归极乐，也算是一桩功德。"

"那我就成全你！"

黎仑一声号令，二十八星宿中的东方苍龙七宿、南方朱雀七宿、西方白虎七宿、北方朱雀七宿分别排列成星阵，将白鸟人和时雨他们困得如铁桶一般。北斗三十六天罡纷纷亮出法器，各显神通地朝阵中人镇压而来。

"打就打，磨磨叽叽地干什么！"

盘翎早已摩拳擦掌，见状登时抽出腰间窄刀，生生将头顶坠下的巨大滚石化成了漫舞黄沙。他打斗中不忘对灵鸷炫耀："这一招是我新学来的，你还没有见识过，很厉害吧？"

灵鸷的伞中剑穿过天伤星的乾坤金环，又将其甩回空中，正好与天究星的巨斧撞出铿锵火花。随后他才腾出手来，扫落满头满脸的沙尘，嫌弃地瞪了盘翎一眼。

盘翎手中窄刀名为"寒蝉"，用醴风婆婆当年的话说，是取其刀身伶仃、出鞘寂默无声之意。但在灵鸷看来，这把刀自从被盘翎所得，就算是"蝉"，也是夏日高树上的鼓噪之物。真不明白霜翀为何要将他一起带出来。

"此处并非镜丘武场，你切莫大意。"灵鸷叮嘱盘翎，顺手以通明伞拂开昏天蔽日的荧荧飞虫。

"我要是有这把伞就好了！"盘翎羡慕道。他一直眼馋通明伞，可惜镜丘之试他从未赢过灵鸷，也怪不得大执事偏心。还好"寒蝉"也是族中宝贝，如今被他使得越发得心应手了。他挥刀展跃如神，残余的飞虫被他聚成乌泱泱的一团，齐齐涌向离得最近的白虎七宿。

"果真厉害……"

盘翎听到时雨轻声赞叹了一句，不禁更为得意了："这只是雕虫小技罢了，待会儿我让你看看我最拿手的'飞虎化沙'！"

"你何不揽镜照照，我说的是你吗？"时雨挑眉讥诮道，"你最拿手的难道不是'吹破牛皮'？"

时雨的双眼正看着霜翀的方向。霜翀手中箭已离弦，一箭逼得黎仑的般若钟偏了方向，一箭拖着绞缠它不放的捆仙索在宣明身上绕了数圈，还有一箭则正中天闲星放出的猛禽，本要掠向灵鸷的一鹰一鹘被钉了个对穿。箭矢被法阵困住后即会消失不见，霜翀手中仍旧有三箭搭在彤弓之上。收放之间，他以一己之身应对黎仑和宣明，竟也丝毫不落下风。

"当然厉害了，那可是大阴之弓，你也不看看拿弓的人是谁？"盘翎不改得意之色。他先前会错了意，被时雨嘲弄了一番，脸上还有些发烫，却也不怎么生气。

灵鸷和霜翀是他这一辈白乌人头顶上翻不过去的两座大山。盘翎已是同龄人中的佼佼者，如果说在他刻苦修行之下，有生之年还有望与灵鸷一较长短，那霜翀在他心中却是不可企及的。霜翀自幼不凡，无论灵力还是武力都冠绝同辈之上，三百岁后他若身为男子自可率领族人护卫家园，身为女子更是毫无疑问的抚生塔大掌祝，更难得的是他心性品行也配得上他的天分。所以盘翎和其他族人一样，提及霜翀时绝无嫉妒之心，唯有同为白乌人的荣耀。

"大阴之弓……"时雨喃喃重复道，看来这就是灵鸷当初要夺下"貔山飞鱼"的理由。他心中不无惆怅，自己终于亲眼见到了灵鸷在族中命定的另一半。

第四十五章

凋零如许

　　悠悠仙乐自风中清扬，香云花雨散诸满天。这突如其来的花雨香如须弥，华如妙光，不但美不胜收，更有上苍慈悲广荫之感，令人不禁想要放下手中屠刀拜倒在其下。

　　盘翎喟叹道："神仙就是神仙，打架也这么讲究。灵鸳，你看这花像不像空心树凋谢的时候？"

　　"空心树不会索你性命。"灵鸳提醒道。他再度撑开通明伞遮挡飘洒而至的花雨。可这花雨不似方才的飞虫那般好打发，刚刚被荡开又轻柔而缠绵地向活物依附而来，薰薰香风扑鼻，直教人骨酥腿软。

　　"好美啊！"盘翎仰头看花，恍惚沉醉之间，忽听灵鸳冷冰冰的声音刺破迷障："守心如镜，凝神若虚！盘翎，你在干什么？"

　　盘翎一个激灵，数朵五彩香花被柔风轻送至他身边，近身时骤然怒放。他用刀削落了大半，但有半片花瓣已斜斜坠落在他颈上。盘翎目光所及之处顷刻被鲜血染红，他还以为自己着了道，心中一慌，却发现自己和灵鸳都在这血光笼罩之中，有如闯进了一轮红月，那美貌少年手中的珠子已消失不见。

　　落花触到血光之后纷纷散向旁处。一截断发从盘翎肩头落下，正是他方才被花瓣触到之处。

　　"好险！"他这才知道自己是仰仗这珠子的护佑才逃过一劫，看向时雨的目光中更多了几分好感——想不到这小苍山外的人物不但长得好看，心地也是极好的。

　　时雨懒得看他，暗暗骂了一声，要不是看在灵鸳的分上他才不会多管闲事。看来白乌氏也不都是厉害角色，哪里都有蠢物！

想到这里，时雨心里忽又好受了一些。

不远处传来一声惊呼，刚刚将天彗星击退的一个白乌少年臂上不慎沾染了落花。花瓣顷刻间腐蚀衣物，消融在他裸露的肌肤之上。从花瓣消失处开始，他整条手臂以双眼可见的速度一点点化作光泽莹润的石头，僵硬之势逐渐向躯干蔓延。

"糟糕，是常羽受了伤！"盘翎看来与那叫"常羽"的同伴关系不错，他们之间隔着玄武七宿的星罗阵。盘翎想要扑过去营救，被灵鸷一把揪住颈后的衣物。

只听一声闷响，常羽的手臂齐肩而断，如石头一般沉沉落地。原来是霜翀以弓弦助他及时断臂自保，常羽身上石化的势头这才遏制住。他面露痛楚之色，却未倒下退避，咬牙在同伴掩护下草草处理了伤口，又仗剑加入了战局。

霜翀三箭齐发，射向祥云环绕中的柳枝花篮。那小巧精致的花篮中箭即隐去，花雨一时停歇，然而箭身穿透之后又故态复萌。如此下来，霜翀与黎仑、宣明缠斗之时还不得不分心应对那恼人花篮。

绒绒知道这花篮名曰"芳华窟"，本是镇守瑶池之物。落花无休无止，但凡被它沾身即会化作瑶池钟乳，真没想到连这个宝贝也归了黎仑保管。

四下已陷入乱战，白乌氏果如传闻那般骁勇无双，以寡敌众迎战昆仑墟天兵神将也丝毫不怯；昆仑墟所出并非全是精锐，但胜在人多势众，法阵森严。这样再打下去，就算灵鸷和那拿弓的小郎君侥幸得胜，也难能保全身而退。对白乌人心存芥蒂的昆仑墟旧神也不止黎仑一个，此仇一旦结在明面上，日后恐怕后患无穷。

绒绒见无人顾得上她，跺了跺脚跃上云端。她直奔昆仑墟而去，云下的人逐渐细小如蚁，福禄镇很快也变作指甲盖的一丁点，被缭绕的云雾遮挡着再也看不见了。

"毛绒儿，你往哪里去？休要扰了主上闭关！"宣明忽然振翅挡在了绒绒身前。

"你管得着吗？如今我连回昆仑墟都要经过你们的允准？"绒绒一看来的是他，当即柳眉倒竖地连骂带嘲，"你和黎仑联手尚且在一个白乌小子手下讨不到半点便宜，竟还敢分神赶来阻我去路，当心黎仑横死箭下！"

"那小子确实厉害。他如无十分的本领，白乌之主又岂能放心让他前来收拾残局？"宣明温吞道，"你放心，他还需应对芳华窟，黎仑一人暂时无虞。"

绒绒白了一眼："谁担心你们呀，少往脸上贴金了。我以为你和你父亲离朱不一样，谁知道你得了捆仙索，照样学会了作威作福！"

宣明有些无奈："我父亲当年也是因为你总跟着白泽在园中捣乱才会惩罚于你。

哪次不是被你中途逃脱，我暗中帮你还少吗？"

　　提到了旧事，绒绒心中难免有些动容。她踟蹰了片刻，再开口时语气也不复那么强硬了。

　　"黎仑从前只是偏执，一遇上白乌人和烈羽剑，怎么就跟疯狗似的咬着不放。"她垮着脸问，"宣明，你也那么痛恨白乌人？今日一战并非不能避免，非要闹到两败俱伤不可吗？"

　　宣明想着自己离开时黎仑独力应对霜翀的困境，眼中黯然："白乌氏尚且不失当年遗风，昆仑墟却早已不是从前的样子。只因尚有青阳天君坐镇九天之上，下界那些妖魔鬼怪还存有几分畏惧之心，不敢肆意胡作非为。可你离开的时日已不短，应该还不知道，现在主上闭关动辄千年之久，早已不问闲事。我追随主上的时日仅次于你，可是就连我也有一千一百年未曾见过他了。"

　　"所以就轮到黎仑在昆仑墟上作威作福？"

　　"英招、陆吾随天帝归寂后，黎仑受命接掌昆仑墟守卫神官，上至三虚界，下至悬圃都归他管辖。说是守卫神官可代主上号令众神，可现在还有几个叫得上号的天神？休说亲历过孤暮山之战的都走了，就连生于大战之前的神灵也所剩不多，他们未必会买黎仑的账。黎仑这些年维持着昆仑墟的声名，打理日常事务……他生性要强，既要施威，又要服众，也是不容易。这次听信土伯一面之词贸然出战确实不妥，我也劝说过他。可他心中想来憋屈已久。你看看，空荡荡的众神之所，能调动的也只有一众星官了。"

　　宣明停顿良久，又道："你一心向着那白乌小子，忘了自己出自昆仑墟了？"

　　"我没忘，正是如此，我更不想看到任何一方流血受难。你既然知道我是要去找他，如今除了让他出关，还有别的法子吗？"

　　绒绒说了谎，她并不在意昆仑墟。绒绒心中所系的从来只有一个人，而不是一座九天之城。无论那座城是当年的众神所居，还是而今的凋零如许，都与她无关。

　　她的家在苍灵城，她心中的人也在苍灵城。这两样都已消逝，时雨和灵鸷就成了她的全部，甚至还有谢臻。可谢臻死了……如果不是土伯和昆仑墟的天兵天将，他本不用丢掉性命。绒绒虽努力地不去痛恨黎仑，然而她的心还是偏向白乌人的，因为白乌人可保住灵鸷和时雨不再受伤。

　　宣明低声道："主人在三虚界，你去了也无用。"

"我不信！"绒绒一惊，"他为何要去三虚界那样凶险的地方闭关？"

三虚界在昆仑墟之巅，号称"天之极"。那里是盘古开天时清气上升的极限，也是十尊始祖大神炼化抚生之处。三虚界的灵场至臻至盛，如若修为不够，无法与其相衡，便会被其反噬。

相传上骈大神垂危时曾以伤重之身独闯三虚界，希冀借助其中的力量东山再起，最终却抵御不了三虚界的反噬而陨落九天之极。

"该说的我都说了，你不信我也没有办法。"宣明叹了一声，"三虚界闯不得，你切不可莽撞，否则连主上也救不了你。"

绒绒岂能不知，三虚界无须守卫，因为寻常天神根本不会想要靠近，更不要提进入其中。如果青阳君是在那里闭关修行，如今的天地间能入内唤醒他的恐怕唯有他自己。

绒绒仍未死心，撇开宣明还是去了一趟昆仑墟，果然寻遍也不见她要找的人，最后眼泪汪汪地回了时雨身边。她去而复返只用了一盏茶的时间，所见的战况更让她心惊。

三十六天罡与二十八星宿已折损过半，黎仑披发怒目犹如疯魔，宣明除了捆仙索，还祭出了他轻易不用的孤月轮。白乌人身上多半也带了伤。

霜翀不知用了什么法子，三箭将芳华窟钉在了空中。柳枝花篮变成了钟乳石状，索命花雨停歇，可霜翀的箭也收不回来，手中只剩空弓和一把短匕，虽也凌厉，毕竟比不上用箭如神的威力。他脸上的划伤应是孤月轮所为，还有两个白乌少年则须全力与般若钟周旋。

"昆仑墟与小苍山无冤无仇，你们何苦为了一个忤逆的族人以命相搏？"宣明召回了飞旋的孤月轮，盘翎脚上中招，一时血流如注。

黎仑杀红了眼，宣明却尚存清明，这样斗下去，双方莫非要同归于尽不成？他再次高声劝道："只要交出杀害夜游神和土伯的凶手，释放星官元灵，我保你们全身而退！"

霜翀没有回应，十三个白乌人已聚拢一处，回撤于灵鸷身旁，将他团团护在当中。灵鸷的伞中剑还在手上，刚才若不是他挑开孤月轮，盘翎的腿恐怕难保。

"你伤得不轻，没听霜翀说不许你再妄动？"盘翎好像忘了自己也挂了彩，故作老成地训斥于灵鸷。他恨上了宣明手中那来去飘忽的轮子，模仿着宣明的口吻回应道，"不如你杀了那半人半马的家伙，交出手中破轮子，我也保你们全身而退！"

般若钟忽而大震，两名以白乌之力控住巨钟的白乌少年均后退收手，脸色灰败，耳鼻流出血来。黎仑冷冷开口道："谁都别想走，你们都得死在这里……"

"黎仑，以天道之名泄尔私愤，你还不肯罢休？"

有人幽幽轻叹，其声仿若林籁泉韵，入耳清心。这声音引得众人心中一颤，纷纷看向它的来处，果然天边云雾中隐约立了一人，远远观之如出云朗月一般。

"青阳天君……是青阳天君！"

已有不少星宿天兵辨认出这音容面貌，纷纷住手行礼。

宣明满脸困惑，绒绒显然也呆住了，面朝青阳君的方向一动不动。而黎仑在惊骇之后很快反应了过来，他迅速将般若钟化作金铃大小，飞弹向时雨眉心。时雨以玄珠护在身前，免不得耳边钟鸣环绕，震得他耳膜欲裂，天边的身影也随之消失了。

"小贼，还有什么事你不敢为之？"黎仑气得几乎元灵出窍，拥有这般奇诡法术的小贼若不将其诛灭，迟早是天地间一大祸害。

"我变得不像吗？"时雨悻悻地问。

"像……太像了！"绒绒仍回不了神。

时雨撇了撇嘴，她当然觉得像了。因为他正是摄取绒绒心神深处的记忆幻变出的青阳君，可惜竟被黎仑一眼识破。

绒绒这个蠢物，她连旧主长什么样都记不清了！

其余的天兵神将也意识到自己被人戏弄，无不惊怒交集，下手更不留情面，只求将这些狂徒速速杀之。

"你的障眼法好生厉害！"盘翎对时雨发自内心地称赞。他的寒蝉刀与孤月轮撞出铿锵火花，还不忘咧嘴笑道，"被你这么一搅局，想收手都收不……收不……"

盘翎只是戏言，却不曾想自己话说到一半，"寒蝉"毫无预兆地从手中松脱。他从未遇到过这样的怪事，大惊之下，发现掉落兵刃的又岂止是他一人。眨眼的工夫，各色刀剑法宝落满一地，其中就有那破钟、破轮子，还有大阴之弓和通明伞，就连被钉在空中的花篮也伴随霜翀的"枉矢"一同坠落。

众人面面相觑，无论白乌人还是天兵神将都未能幸免。

"这……也是你干的？"盘翎愣愣看向时雨，这时他眼中已是全然的折服。

时雨默然，这蠢物二号难道没有瞧见玄珠刚刚从他脚边滚过？

第四十六章　偃旗息鼓

"谁说收不了手？"坐在枯井沿的人笑道。

他姿态散漫，一手搭在腿上，一手捡起身旁的般若钟，摆弄了两下抛还给黎仑。

黎仑已拜倒在地，他喉间轻颤，也不知是震惊还是激动："主上……主上终于出关了！"

"他不出来，怎知外面如此热闹？"说话的是站在屋檐下的赭袍老妪。和井边人出现时一样，在场那么多修为精湛者，竟无一人知晓她是何时站在那里的。

"师尊！"黎仑这下更不知如何是好，又重重行了个大礼。

"起来起来。"赭袍老妪摆了摆干枯如柴的手，"我哪里是你师尊，当年不过是受青阳所托对你略加指点罢了。我老早就说过，你我不必以师徒相称。"

黎仑伏地不起，其声哽咽："纵然师尊嫌弃弟子，然而一日受教，终身为师。黎仑没齿不忘师尊之恩！"

赭袍老妪对井边人摇头道："你说说，以他这泥古不化的性子，原本拜在昊媖门下简直是再恰当不过。你啊你……要不是你当初心软，非要应允了晏真那浑小子，如今也没那么多糟心事。"

"时过境迁，就不要再翻旧账了。"井边人很是无奈。

他俩像市井中两个无关闲人一般说着话，霜翀也领着白乌子弟上前行礼。

"见过青阳天君……敢问这位是……"眼前两尊大神都是头一回得见，霜翀自知不会错认青阳君，却怎么也想不出他身旁老妪是何方神圣。如今世间竟还有堪与青阳君比肩的旧神？

井边人托腮问老妪："我该说你是谁？"

老妪笑而不答。

"这位乃是神武罗。"灵鹫在霜翀身后道。霜翀脸上的讶异一如灵鹫在城崖庙之时。包括昆仑墟上的星官也不乏发出惊声。神武罗声名太盛，又销声匿迹已久，谁能想到她竟未去往归墟。

盘翎低声对灵鹫说："行啊，你出来游历之后见识大长，神武罗你都认识！"

灵鹫不动神色道："你身旁那人告诉我的。"

盘翎紧挨着的正是时雨，他轻哼一声掩饰自己快要满溢出来的崇敬之情，然而看向时雨的眼睛仍是放着光。

时雨咬牙传声于灵鹫："要怎样才能将他弄走？"

灵鹫嘴角颤了颤："你不觉得他与某人十分相似？"

"没错，我就说他和绒绒一样蠢！"

"不，他与你一样烦人。"

"我对你一片真心，你怎可这样诋毁！"时雨像受到了极大的侮辱。

灵鹫说："焉知他对你不是如此？"

灵鹫和时雨都是见过神武罗的，所以当下更让他们意外的反倒是青阳君。无论是绒绒记忆里还是传说中的青阳君，无不是天姿掩霭、清华高洁的模样。绒绒那么推崇时雨的皮相，也总说他是天上地下仅次于青阳君的美姿容。

可他们眼前的青阳君一身落拓灰袍，虽不至于像武罗一样衰老，却也是形容消瘦，举手投足间难掩病容倦色，看起来和白蛟差不多的年纪，他反而不如白蛟潇洒倜傥。

"小子，现在知道为何你幻化出的我骗不过我近身之人了？"青阳君仿佛已看透时雨心思。他的声音不高也不低，纵然是笑着，也无喜无悲，"我早非从前形貌，只有绒绒儿心中的我才依旧是你变出来的模样。"

众人中只有绒绒不看青阳君，她蹲在最远处一心一意把玩着不知哪位神仙掉落的灵镜，青阳君的话也未能让她抬起头来。

"好了，拾回你们的东西，各自散去。"青阳双手撑在膝上站了起来，眼尖者均能发现他左手缺了一指。

"主上！难道就这样饶过了他们？"黎仑情急之下脱口而出。

青阳君无可无不可地说："昆仑墟上这些年是颇为无趣，你久之不动，舒活一下筋骨也罢，可今夜也该打够了。"

"他们不但杀死了玄女昔日的灵宠玉簪，还取了夜游神性命。就在今夜，连土伯也……"

"行了行了，这些我都知道，无须一再重复。"青阳君有些受不住黎仑在旁的激烈控诉，"都不是省油的灯。无关对错之事，既然以命相搏，输赢各安天命。今夜我若不来，你们的事最后也会这样终了。"

"可是主上……"

"没什么'可是'，你就是太认死理！"

黎仑知道绒绒进不得三虚界，却万万不曾料想师尊尚在世间，竟然还插手过问此事。无论是青阳天君还是神武罗都是他敬服之人，黎仑虽有百般不甘，也只能默默饮恨。

青阳君转而看向霜翀："你们总不至于不服吧？"

"岂敢。晚辈奉命而来，必须将闯祸的族人带回。之前轻狂冒犯，多谢青阳天君宽仁。"霜翀复行一礼，"也在此谢过武罗大神相助。"

同样的一番话，他此时再说已全是发自肺腑。

青阳君回头对武罗说："我从前就最怕白乌人。不是畏惧白乌之力，而是敬怕他们的顽固烈性，往往一条路走到漆黑，尚能继续执炬凿壁而行……幸而他们迄今为止所选均为正途，但也让你我这等疏懒之辈不知如何自处。"

"你直接说你怕昊媖不就行了。"武罗不以为然，"你在苍灵城偷懒之时，天帝召唤你都敢浑水摸鱼，昊媖一出面你还不是乖乖就范？"

"我怕她劈了我的碧梅林。昊媖……唉！"青阳思及旧友，面上的倦怠之意更深了，他虚扶了霜翀一把，"你也不必多说，从昊媖、雷逢、醴风再到莲魄，哪个不是护短至极，我见识得还少吗？释放你手中星宿的元灵，回小苍山去吧。"

武罗捶着自己的肩膀对青阳叨叨："年纪大了，经受不起吵吵闹闹之事。我们也该走了。你回你的三虚界，我回我的城崖庙。"

其余人忙于收拾残局。一场恶战骤然偃旗息鼓，双方心中都还怒火未消，可是碍于青阳君的威严，谁都不敢再肆意胡来。盘翎和天魁星这两个暴脾气不小心对上了，也只能相互推搡、骂骂咧咧，被各自的同伴及时拉开了。

青阳懒得看向那边，他问武罗："此等小儿闹剧，你亲自出手制止便是。何须特意跑去三虚界把我叫出来？"

武罗连连摇头："我可动不了手啦。我还想保住自己继续在这世间苟延残喘，能熬一日是一日。"

青阳听她这么说，沉吟了片刻方道："你可知天帝为何迟迟不曾前往归墟，直至拖到三千年前不得不去的地步肯离开。他在甘渊渡口驻足西顾……"

"我不负所托，已报天恩。老婆子只剩这残损之躯，魔气尚未消退，在人间又新添了浊气，去不了那样高洁虚静的所在。"武罗淡漠地打断了青阳的话。

青阳笑笑，他想起了曾经的神武罗，细腰白齿，青丝如瀑，她是那样野性而娇娆，像昆仑墟云雾中穿刺而出不可抵挡的光。可眼前只余一个干枯佝偻的老妪。

昔日孤暮山之战胶着时，天帝力排众议，允准武罗入"妄昧界"请出五万魔兵，最终在魔兵奇袭之下得以将上骈击溃。得胜后，武罗请求天帝兑现承诺，开启甘渊渡口，释放五万魔兵入归墟长眠，却遭昆仑墟众神激烈抵触。彼时大战方休，正是动荡不安之即，天帝也难以逆势而为。

青阳当时只顾着收集抚生残片，铸造抚生塔，以免罪神元灵重聚再生祸端。他后来才听闻五万魔兵中伏葬身于甘渊渡，是武罗亲自引他们入局。从那时起，武罗也因沾染魔气再也不曾回到昆仑墟。看她如今的打算，宁可耗死在外头，也不会再往归墟而去了。

青阳自幼与昊媄相熟，性情上又与武罗投契。昊媄的下场至今仍是他心中一大隐痛。他们替天而战，当初都选择了大道正途。天道煌煌，可他们呢，到底是胜了还是败了？

"你我有多少年未见了？"青阳问。

"谁记得这个，怎么说也有一万多年了吧。"武罗打量他落魄模样，哂笑道，"三虚界也不过如此，你再劳心劳神，说不定我会比你撑得更久。"

"你可还认得出你当初赠我的小紫貂？她……她已长大了。"

"嗯，我在城崖庙见过她。我还以为那小家伙早已死去了。"

"她是我唯一的伴了，我不会让她死的！"青阳将目光掉转回来，"你是为了绒绒儿才去三虚界将我唤醒的？"

"也是也不是。"武罗像是累了，搔了搔头上的白发，话也说得含糊，"我不想有人再走我的老路。"

此次随霜翀出山的十二个白鸟少年中，伤得最重的要数断去一臂的常羽，其余同伴都无大碍。他们在小苍山修习时，带伤见血也是常有的事，因此也不怎么放在心上。

霜翀替常羽处理好伤口，这才站起身来，端详着默立于常羽身后的灵鸶。

"你还不跪下？"霜翀冷冷开口道。

灵鸶垂首不语，却没有屈膝。

"我来看看你骨头有多硬！"

霜翀出手如电，压向灵鸶肩膀。灵鸶闪身格挡，两人竟说动手就动起手来。

时雨岂能坐视灵鸶吃亏，当即要出手相助，被盘翎挡在身前。

"让他们打去吧，你就别添乱了。"盘翎一副见怪不怪的表情。

那两人都是毫不拖泥带水的身手，招数身法也颇为相似，眨眼间已过了好几招。

时雨看得出霜翀渐渐占据了上风，轻哼一声："灵鸶身上还带着伤，他赢了也胜之不武。"

"别急，快了快了。"盘翎点评道。

果然，他们话刚说完，霜翀的短匕已刺向灵鸶喉间。灵鸶竟然也不闪躲，指间亮出一物，恰恰抵在突然收势的匕尖。

"骓山飞鱼的尾鳞？"

霜翀眼睛一亮，灵鸶却在他伸手过来时将手一扬："不是要看看我骨头有多硬？"

"自然是有金石之坚！"霜翀毫不迟疑地说。他欣然笑纳了魆山飞鱼尾鳞，两人相视而笑。

"出来时我还担心你在外面只顾着游玩将修行耽搁了，回去又要受责罚。现在看来你还不至于荒废。"霜翀收起短匕，摸了摸灵鸷被血凝结成缕的头发，不轻不重地说道，"你看看你的样子。我若不来，你打算就这样死在这里了？大执事说得没错，你性子太刚了，不好生磨砺，恐怕伤人也伤己。"

"不是还有你吗？"灵鸷微笑道，"早知道那么危险，我该叫上你一起的。"

霜翀敲他额头："那样的话谁来替你收拾残局？"

盘翎对时雨使了个眼色，似乎在说："看吧，我早知道会是这样。"

时雨从灵鸷早先提起霜翀的语气中便已猜到他们感情深厚，但亲眼看到两人亲密无间的样子，又是另一番滋味。

灵鸷冷若冰霜也好，对他不假辞色也罢，这一路他们始终相互依存。时雨将灵鸷视若一体，他只有灵鸷，即使得不到，至少能看得清。可是霜翀的出现让他警醒，或许他只是灵鸷游历途中偶遇的过客。他从未认识过和族人相处时那个自在、随性、甚至有些小小放任的灵鸷，酸涩之余，从前徘徊于玄珠封印旁的感觉仿佛再度填满他心间，那是失落、焦躁、不安……还有隐隐愤怒，像手中掬着的甘霖被卷入了大浪里，像心尖血滴入了朱砂浆！

盘翎追溯时雨的目光而去，疑惑地问："你看着霜翀做什么？"

时雨这才意识到身边还有这蠢物在："你怎么还不走？"

盘翎难掩对时雨的喜爱，只觉得他玉面含霜的样子也煞是教人心折。他对昆仑墟神仙的想象便是如时雨这样的，而绝不是人面马身的黎伦、背有双翅的宣明和那些奇形怪状的星宿。就连青阳君和神武罗，一个病快快的，一个是老太婆，实在没什么神仙姿态。

时雨的嫌弃让盘翎心有委屈："我脚上有伤不便走动，你不想我在这里？"

"你爱去哪去哪，只要别碍着我的眼。"时雨不经意看到盘翎可怜兮兮的神态，原本郁结的心中更无名火起，"滚开，你为何要做出这样女里女气的样子！"

"我本来就还未择定男女，你难道不知道我们白乌人……"

时雨不想听盘翎的抱怨。他试图回想，同样是男女未定，怎么灵鸷从未给他这样的别扭之感。可想来想去，他却忽然发现自己对盘翎的言辞态度十分熟悉。

灵鸷说，他与盘翎一样烦人。莫非灵鸷眼中的他，就与他看盘翎时并无区别？

时雨如遭晴天霹雳，竟不敢再直视于盘翎。

"实话告诉你也无妨，我日后是打定了主意要做女人的。"盘翎"含蓄"地对时雨说。

时雨身如枯木，心如败絮，一想到浓眉大眼、虎背熊腰的盘翎日后成为女子的情形，他脖子上就汗毛齐竖，手也悄然背在了身后，生怕自己在灵鸷眼皮子底下做出伤害白乌人的事来。

世事弄人，连盘翎这样的货色都想要成为女子，可灵鸷偏偏执意要做男人！

"女子不好吗？我们族中最强者也是女子。霜翀多半也是，这样他将来才能成为我们的大掌祝。大掌祝即是白乌氏的族长，你就不要肖想了！"

"我肖想他？"时雨觉得十分可笑。

盘翎快两百岁了，男女间的情事多少有些开窍，时雨看向霜翀那边的目光明明有缠绵之意。他忽然咽了口唾沫："你该不会打灵鸷的主意吧？"

时雨冷笑："霜翀能看，灵鸷就不行？"

盘翎欲言又止。

时雨不失时机地打探："你与灵鸷认识许久，他……在族中是什么样的？"

盘翎察觉时雨心思，顿时百般失落："哼哼，他呀，他在我族中再平常不过，什么都不是！"

"这么说来，他随我离开小苍山也无关紧要了？"

"他……随……你……离开……小苍山！"盘翎仿佛听到了世上最荒诞的笑话。

时雨也笑了。他已全然长开，这一笑眼中尽是潋滟风流情态："不行？"

"你是说真的？"盘翎定定观察时雨的神色，"你不觉得灵鸷让人……"

他双臂环抱，做出一个被冻得瑟瑟发抖的姿态。

时雨会意："他平日里也这般冷淡？"

"他为人是极好的，也十分靠得住，只是'稍稍'有那么一点不好相处。"盘翎怕灵鸷听见自己在背后议论于他，小声道，"要我说，把命交到他手里我倒不怕，但让我跟他独处，我反而心里打鼓，浑身冻得慌。"

盘翎已说得十分清楚，这让时雨释然且惆怅，至少这证明灵鸷本性如此，他并非刻意对时雨无情，只不过霜翀是个例外。

"他绝不会'随你离开'的，除非……"盘翎百无聊赖地用手中的刀去戳着空中的飞虫。

"除非什么？"

"除非你在鸾台一战上将他打败。"

时雨心中一震，追问道："什么是鸾台一战？"

"按照我们白乌习俗，如果你有意中之人，愿与其终身相伴，可对方执意不从，又并无两情相悦的伴侣，你便可在赤月祭上邀他鸾台一战。只要你赢了他，夺下他足上之铃，两人一同喝下……"盘翎后知后觉地收住了话尾，"我为何要跟你说这些，这是不可能之事！"

"你也知道我打不过他。"时雨自我解嘲。

盘翎看不得他黯然失落的样子，好言相劝道："鸾台一战十分凶险，不但要赌上终身，而且发起者一旦落败必死无疑。此事在小苍山也不常见。再说了，你又不是白乌人，瞎凑什么热闹。"他说着，"嘿嘿"笑了两声，"灵鸶可不是好对付的。小苍山上除了大掌祝、大执事和几位长老，能打败他的唯有霜翀。你看他们像打得起来的样子吗？"

时雨再度朝灵鸶的方向看了一眼，他正与霜翀并肩喁喁私语。

"他们早就是族中上下默认的一对。霜翀日后成为我们白乌之主，灵鸶正好辅佐于他，就像现在的大掌祝和大执事一样。"

灵鸷身上带着伤，他在霜翀面前不再强撑，找了个人少的角落坐了下来。霜翀也坐到他的身旁。

"这是什么？"霜翀接过灵鸷递过来之物。

"稍割牛肉脯，你尝尝。"

霜翀撕了一片肉脯放入口中慢慢嚼。

白乌人之所以鲜少踏足外界，是因为他们需以灵气为食。如今小苍山外，无论是天地清气还是万物元灵都少之又少，他们一旦远离便难以为继。这也是霜翀带着十几个半大孩子出来替灵鸷解围的原因——年岁越长，他们对灵气的依赖只会越深。方才吸取的天兵元灵倒是一场盛宴，可惜都已听从青阳君之命返还原主，这也意味着霜翀他们失去了这些"食粮"后将难以在外久留。

灵鸷手中还拢着谢臻的魂魄，他刚才一再尝试将魂魄重新注入谢臻尸身之中，然而只是徒劳罢了。

霜翀听说过灵鸷的凡人小友，上一回他掩护灵鸷去见了"阿无儿"最后一面，想不到再次遇上，换了个姓名的"阿无儿"又死了。

"放他魂魄转世去吧。"霜翀轻轻拍了拍灵鸷的背。

灵鸷的手握紧了又松开，谢臻的七魄追逐着三魂渐渐飘远。他这次若随霜翀回去，直至消亡的那一日，恐怕也不会再踏出小苍山半步。无论阿无儿再转世多少轮，他们也终不可见了。

断了手臂的常羽正在远处调息疗伤，熟悉的同伴们身上的玄衣都带着血。天兵还未全然散去，黎仑收起了般若钟，但灵鸷知道他的恨意却很难再收回。

"我是不是闯下了大祸？"灵鸷黯然对霜翀道。他从前万般皆不看在眼里，不知天高地厚，如今才知道自己太过自负。

他不怕死，却怕累及身边之人。

"常羽的手臂又不是被你的剑斩断的，回去后大执事自会让它复原。"霜翀平静道，"如果你指的是幽都、昆仑墟的仇怨，白乌氏如今还怕树敌吗？再坏又能坏到哪里去。大掌祝都未说什么，哪里轮得到你来担忧。"

"她……"一提到这个，灵鸷眉心的结拧得更紧了。

"如无大掌祝首肯，你以为我能出现在这里？她早料到土伯会上昆仑墟告状。土伯前脚刚走，她便让我率人前来'逮'你。"霜翀轻笑道，"大掌祝对你再严厉，心底还是护着你的。她不会让你在外面受人欺负。"

"大执事呢？他有没有说什么？"灵鸷敏锐地觉察到霜翀这次出来后还从未提及温祈。灵鸷与温祈感情最深，他有什么事，温祈绝不会没有半句吩咐。

霜翀有一下没一下地撕扯着手中的牛肉脯，许久才下定决心道："你离开小苍山后，大掌祝怪罪他没有将你拦下，罚他长跪凉风坳，不言不语不寐不食。我这次出来，从他身旁经过，也未能与他说上话。"

"这怎能怪到他的头上……我这就回去找大掌祝说个明白！"灵鸷通体冰凉，他在外将近一年，大执事竟然也在凉风坳跪了一年。

"大掌祝的行事之风你还不知？几大长老都不敢开口求情。你再去找她，只会让大执事受到更多责罚。"霜翀淡淡看着忽然站了起来的灵鸷。

"我……是我错了！"灵鸷颓然松开握紧的手，有如百爪挠心。

"这与你并无关系。"霜翀拽着灵鸷重新坐下。他不会对灵鸷说违心的话，纵然心中有怨，他针对的也另有其人。

"前些年火浣鼠出现异动，大执事也被狠狠地抽了两百鞭子，还是我奉命动的手。当着族人和那些燎奴的面，他浑身上下被鞭打得没有一处完好的地方。那时你还在镜丘静修，大执事嘱咐我不可告诉你。这次跪在凉风坳也是如此，那么多小辈来来去去，她存心要羞辱于他！"

灵鸷闻言，缓缓将面孔埋在掌心。

"光听我说，你已受不了，我却是亲眼看着，亲手行刑。我和你一样自幼承教于大执事，你知道我心里是怎么想的？"霜翀拉开灵鸷覆面的手，语气依旧克制，眼角却已发红，"从前，我总以为大掌祝是因为受抚生塔所累，难免心思郁燥，所以脾气越来越坏，遇事只能迁怒于身边最亲近之人。后来我才明白，与抚生塔无关，与旁人无关，她分明对温祈怀恨在心。她恨温祈心中根本没有过她。当年要不是鸢台一战莲魄侥幸得胜，温祈绝不会认命留在她的身边！"

灵鸷和霜翀一样为大执事鸣不平，然而他想不到霜翀会说出这样逾矩的话来。他愕然看向霜翀，本能地制止道："这不是你该说的话。"

"可是那就是温祈该受的罪吗？他什么都不说，只会忍耐，凡事都替莲魄着想。论天资，论才能，他哪样不在莲魄之上，他只输在太过柔善了。"霜翀并没有收敛的意思。这一年来，他自动请缨守卫凉风坳，每天看着温祈跪在那里的背影。风摧雨袭，寒来暑往，温祈就在那里一动不动。没有人知道霜翀心里的愤恨，他不能求情，不能与人言说，更不能代温祈受过。如果连在灵鸷面前都说不得，那也只能憋死了，"温祈本来可以成为白鸟之主，就算他无意于此，像他这样的人也本该有更好的一生，现在却要俯首在一个他根本不爱的人面前受尽折磨。"

"那些流言岂能当真？"

"好，过去之事不提。莲魄她已经得到了大掌祝之位，也如愿和温祈长相厮守了，为什么不能对他好一点？我刚才说他受到的那些责罚，还仅仅是我们能看得到的。他身上大大小小的伤没有断过，谁知道莲魄还对他做了什么！我有一回早起向她请示，亲眼看到温祈跪在……"

"我不想听这些，不许再说！"灵鸷忍无可忍地呵斥。

"到底是亲生骨肉，平日里再疏离，终究还是为亲者讳。"霜翀低声道。

"你别忘了，大掌祝看重你远胜于我。大执事待你也如亲生的一样。为人子女晚辈，有些事轮不到我们过问。"

"你是温祈的孩儿，可我不是……我也不想是。你到如今还没看出来吗，我是为了他才刻苦学艺，也是为了他才听凭安排。莲魄的例子不就告诉了我们，只有成为最强者，才能拥有自己所爱之人。"

"你知道你在说什么吗？"灵鸷骇然环视四周，幸而其余同伴都离得不近，他们的声音也压得极低。

"当然。我还知道，就算你再不认同我的话，认为我疯了，也永远不会出卖我。"

霜翀看着灵鹜笑了笑，眼中水光被他及时控制住了。

自幼霜翀就是这样，看上去秀雅温和，实则主意要比灵鹜还大。温祈是最了解他们的人，他曾说过，灵鹜是把冰刃，利而薄，遇热消融；霜翀呢，他是空山鸣响，静水深流。

"你可以不说的！"灵鹜寒着脸。

"我已知道自己什么都不能做了，所以非得找你说一说才痛快。"霜翀温声道，"我恨莲魄对温祈所做之事，但我也清楚得很，我终究是晚生了两千年！他们是分不开的，死也会死在一块。莲魄性情再乖戾，对白乌氏来说，她已尽力。即使有一天我处在她的位置，也未必能做得更好。三百岁前，我会戒掉妄念，学着怎么为抚生塔而活。"

灵鹜默不作声。

霜翀问："我这些龌龊心思是不是让人作呕……你希望我瞒着你吗？"

"你确实不该有那种念头！可凡事论迹不论心，你，你也并未做错什么。"灵鹜正色道，说罢轻轻叹了一声，"日后切勿再提此事，万一被大掌祝知晓，后果不堪设想。"

霜翀莞尔，这正是他熟知的灵鹜，一点也没有变。

"灵鹜，你我都别无选择，但你从未有过半点不甘吗？"

"为何要不甘？"灵鹜满眼困惑。

"我差点忘了，你从小在这方面就少了一窍，所以什么都不懂！"霜翀嘴角的笑意慢慢变深，"你过来，我告诉你。"

灵鹜更感惊奇，刚才那些大逆不道的话，霜翀不是照样面色不改地说出来了，还有什么秘密竟需要附耳细语？

他一边思索着到底还有什么比霜翀的心思更骇人听闻之事，一边迟疑地凑近了霜翀。

霜翀贴在他耳边，双唇微启，可灵鹜什么都没听清。他茫然转头，霜翀的唇刷过他的面颊。

两人的嘴唇眼看将要触到，灵鹜稍稍后撤，不着痕迹地避了过去。

"怎么，日后你我可是要做夫妻的。"霜翀意味深长道。

"我面上都是血污。"灵鹜解释完毕，见霜翀仍只是笑，皱着眉说，"你要说什么，我耳力好得很，无须太近也可听清。"

"我是想说，这样也好，你我是至亲之人，来日至少不会成为一对怨偶。"霜翀说，"今日事毕，我该回小苍山了。"

灵鸶一愣，他说该回小苍山的是"我"，而不是"我们"。

"那我呢，你不是奉命要将我带回？"

"可我一时大意，未能将你擒下。大不了回去后我也被罚跪在凉风坳，这算不得什么坏事。"霜翀起身，将来时路上吸纳的灵气一并渡与了灵鸶，嘱咐道，"我知道你在外一定有你的理由，只是日后一切都需加倍小心，遇事不可再舍命相搏。还有，三百岁前务必归来，否则出来捉拿你的就不仅仅是我了。"

灵鸶点头，他看着霜翀，胸腔中似有热流涌动，然而终究还是拙于言辞。幸而霜翀什么都懂，回头笑着道："肉脯味道不错，你再给我一些。这还不够，像騧山飞鱼这样的宝贝，你得再寻几件给我才行……我在小苍山等着你，到时我们再好好比试一场，看你有没有想出截下枉矢的招数。"

"可是你还未说清楚，到底我该懂得什么，为何要心存不甘。"灵鸶心中疑团仍未解开。

"你呀，还缺了一样东西，我说了你也不会明白。在外面多待些时日，说不定你会另有收获。"霜翀的目光有意无意地扫过时雨，不由得失笑，"你那擅幻术的友人厉害得很，不但盘翎被他引得神魂颠倒，连我都快要被他的摄魂幻境之术扒干净了。"

"我远远地听见谁被扒干净了？"绒绒飘身而至，眨着圆溜溜、水汪汪的眼睛打量霜翀，倒像是凭借她的双眼又将霜翀里里外外扒了一通。

霜翀说："灵鸷这身衣裳看起来不错，可惜上头的血污恐怕难以清除干净。"

绒绒乐了："我有很多好看的衣裳，还有很多稍割牛的肉脯，这些都可以给你。你要与我双修吗？"

"你说的是'采补之术'？"霜翀感到有几分新鲜。

"对对！你采我，还是我采你，都让你说了算。"绒绒忙不迭道，"你还不认识我吧，我叫绒绒，是灵鸷的生死之交呢！"

灵鸷无动于衷地坐在原地吃他的肉脯，全然不理会身边之事。

"你若不喜欢美貌女子，我还可以变出毛茸茸的样子。"绒绒越看霜翀越觉得欢喜，"我知道你叫什么，灵鸷跟我提起过你。听说日后你们会是一对……那也没有关系，我心仪于你，也不舍灵鸷，凑在一起岂不是皆大欢喜。你们族中可没有我这样机灵的可人儿。"

霜翀嘴角的笑意荡漾开去，无论绒绒说多么无耻的话，他也只是笑而不答。既没有被逗弄得脸红，也没有恼怒，更不像灵鸷从前一样，根本不知道绒绒在说什么。他看着绒绒的样子，如同欣赏一只有趣的小玩意。

绒绒没见过这样的，反倒在他不动声色的目光下含羞带怯地低下了头。等她觉得自己的羞态已足够撩动人心了，这才又抬起头来追问霜翀是否愿意，可眼前哪里还有霜翀的影子，连灵鸷都已走开了。

绒绒懊恼得直跺脚，急着追赶上去，却发现自己来去如飞的身法陡然消失，双脚如同黏在泥地上一般。

"尽知道胡闹，我的脸都快要被你丢尽了。"有人在她身后唏嘘。

绒绒大怒道："我丢的是我自己的脸，你是谁呀？"

"哈哈，你总算肯开口跟我说话了。"

"谁要跟你说话，我可不认识你。"

"放你在人间玩耍一些时日，不但没有长进，怎么愈发没大没小了。"那人轻斥了一句。

"你不是要让黎仑和宣明将我捆回去吗？"绒绒愤然回头，正好对上青阳君含笑的面孔。

"休要赖到我的头上，我怎会做出那样出力不讨好的事来？"

绒绒听他撇清干系，非但没有消气，心中反而更有一番苦涩难言的滋味。她咬着嘴唇："是啊，你哪里还顾得上我。"

"我何须遣人前来捉你，三千年算得了什么，你迟早会回来的。"青阳用残缺的手摩挲着绒绒头顶的发丝，不紧不慢地说，"绒绒儿，你也舍不下我啊！"

绒绒撇开头，泪盈于睫，恨声道："呸，你看看你都变成什么鬼样子了！"

青阳无奈地收回手，顺便摸了摸自己的脸颊："我变老了，不再好看了，是吗？可你这样嫌弃我终归不太好吧！"

"你早就不是我心中最好看的人了！"绒绒嘴上强硬，可面上却绷不住，哭得整张脸都是泪。眼前笼着的一层水光将他衰败的样子模糊了去，这样她还可以假装眼前这身影依旧是那个碧梅林中玩投壶输了之后总是耍赖的闲散天神。

彼时他才不过两万岁多一些，在旧神中算得上年少，也曾热衷于冶游嬉戏，穿梭九天群芳之间，纵情高歌欢笑，鸾鸟凤凰为之应和。

他也会在绒绒闯祸被离朱大神悬吊在琅玕树上时，拼着残酒未消，散发赤足，长剑在手，急匆匆闯进帝宫要人。

他的手未残缺，鬓无霜染，眼睛还是明澄澄的，被天帝责罚后，仍不忘怂恿怀中揣着的小貂，说："乖乖绒绒儿，你去为我拎半壶思无邪来。"

"从什么时候开始的？"绒绒抹着泪问。

她一眼就看出来了，他正在经历"天人五衰"——元灵凋残、华光忽灭、香洁不再、喜乐消亡、天眼生碍，这是抚生残碎后，天神在灵气散去的天地间逐渐步入衰亡的前兆。如不及时前往归墟长眠，在这些异兆的尽头等待他的将是神陨，纵有不死不灭之身也逃不过去。天帝当年便是在"天人五衰"出现之后才不得不仓促归寂。

"比我预料的要更早一些。"青阳苦笑。他在孤暮山之战中受的伤不算太重，当时又正值盛年，灵台清湛，远比其他神灵更能适应衰败的天地，所以才成为了接手昆仑墟、统御诸天众生的不二之选，独自留了下来。

绒绒也知道迟早会有这一天，但正如青阳所言，这衰兆实在来得太快，难怪他必须冒着风险进入三虚界闭关修行，才能维续此身。如果不是铸造抚生塔耗费了他太多修为，又数次于危难间出手弥合抚生塔裂隙，他本可撑得更久。

"你不去归墟，还在等什么？万一甘渊之渡消失，你想走也走不了！"绒绒再恼他，也不能看着他坐以待毙。

"万一我熬不下去，到了必须归寂的时候，你可会陪着我一起？"

绒绒哽咽道："我才不去那冷清清的破地方。"

"正是因为那地方冷清，你更不该狠心舍下我。"青阳说得理所应当。

他竟说是她舍下了他，亏他说得出口！绒绒气得转了个圈，最后干脆一屁股坐在地上抹眼泪。分明是他在苍灵城弃她于不顾，后来一次又一次地寒了她的心。

"你实在太坏了，脸都不要了！"绒绒指着青阳鼻子道。

"还快不将你的爪子放下。你忘了我是你主人？"

青阳沉下脸来，绒绒甩手便要走，可双脚只能徒劳地在原地踏步。

"让你放下爪子，没说让你走……众目睽睽之下，指手画脚成何体统……你还敢指着我……好，好！你指就指吧，手举着不乏吗？"

"延龄啊延龄，'天人五衰'也抵消不了你的厚颜。"绒绒气恼之下连他的小名都嚷了出来。

青阳舒眉展颜，以他如今的孱弱，只有笑起来的时候还能依稀看出当年的风华。他要赖的模样也一如碧梅林中的延龄："那就说定了！等我了却肩上之事，你随我同去归墟。你不去，我也不走！"

"我也有自己的事要做，还有了新的伙伴，我才不会管你呢。"绒绒赌气不看他。

"好极了。你自去做你想做的事，也可找你的小伙伴玩耍。"青阳将绒绒几乎戳上他鼻尖的手按了回去，"只不过这双修之事，我劝你还是不要想了，此道于你修行无用……你似乎也从未得逞。"

绒绒被青阳似笑非笑的模样刺中了要害，气急败坏道："谁说我未得逞，我只是略有些矜持……都怪你，怪你！你为什么将我变得既不美又无用。"

"谁敢说我的绒绒儿不美？"青阳哑然而笑，"你自幼在我身边，我含辛茹苦亲自将你养大，只要你有心修行何愁成不了正果。还不是怨你自己太过疏懒。"

他招手示意她过来，很自然地将瘦得骨节分明的手伸至她面前。

绒绒一怔，咬着唇推拒："我不要！"

"你是嫌弃我了吗？"青阳垂首看着自己残缺的手掌。绒绒瘪着嘴，好不容易收住的眼泪又要夺眶而出。她许久许久以前生过一场大病，为什么而病已记不清了，只知道自己有很长的一段时日缠绵病榻，神志昏茫。青阳时常用指尖血哺喂于她，她这才得以渐渐恢复至活蹦乱跳的模样。只是早年的记忆变得颠倒混乱，一时清楚，一时模糊，像晨起时从脑海中滑过去的梦一样，悲喜爱憎依然清晰，细节却不可考。

后来他们闹了别扭，三千年前绒绒一怒之下彻底离了昆仑墟，从此再也没有碰过他的血，日日在凡间醉生梦死，法力一再减退，与他之间的灵力维系也越来越淡。

"我比不得从前了，你不在跟前，我连你有危险都感应不到。你是想要我在三虚界闭关时也不得安宁吗？"

绒绒抿去途经嘴角的一滴泪，扭身化作紫貂，亮出尖牙在青阳的指尖上狠狠咬了一口。

返回昆仑墟时，黎仑透过云雾看着安然无恙的白乌人和上蹿下跳的毛绒儿，到底是怨愤难平。他仗着一口气直言："主上不忘旧故，对他们实在太过纵容，不怕寒了昆仑墟这些属下的心？"

"把你们的心焐热了又待如何？灭了白乌氏，你来替他们守塔？"青阳心不在焉道，"至于绒绒儿，我是有一些偏心。到了我这个年纪，坏毛病通常已改不掉。"

"可是……"

黎仑还想劝谏，被宣明制止。

"主上闭关中途被扰，势必有所损耗，你此时就不要多做纠缠了。"宣明好言相劝，"况且主上是何等英明，他自有他的考量。"

黎仑看着青阳远去，神情冷淡地对宣明说："我从前怎么不知你是这样'情深义重'之人？"

宣明假装听不懂黎仑的嘲讽："今夜实有凶险，白鸟人就算不能得胜，只要他们愿意，全身而退还不在话下。主上如不出关，你到时要如何交代？"

"等你接替我这守卫神官之职，再说这些也不迟。"

"黎仑天君这话又是什么意思……"

"真要命，天上地下，留下来的尽是死心眼。"青阳垮下肩膀，苦恼地自言自语。重入三虚界之前，他低头看着指间那两个小而深的血洞，又无奈地笑了一声。

时雨坐在皮货行的屋顶，旁观灵鸷与他的同伴们道别。

盘翎口口声声说灵鸷为人冷淡，不易相处。怎么在时雨看来，那些白鸟人一个个与灵鸷的关系都还不错。盘翎自己啰里啰唆地在灵鸷身边说了许多话，迟迟不肯滚蛋；断了一臂的常羽也笑着与灵鸷相互拍肩。霜翀自不必说，他虽然没有废话，但与灵鸷相视而笑，莫逆于心的那种默契更让时雨在醋海中连连呛了好几口。

"他们走了，灵鸷留了下来，你应该高兴坏了才对！"绒绒疑惑地打量时雨。

时雨吃了一惊，他分明有所提防，竟不知绒绒是如何冒出来的。

"怎么你也没回昆仑墟？"他没好气地说。

"谢臻没了，我怎么舍得再抛下你们。"绒绒巧笑倩兮，"想甩开我与灵鸷双宿双飞？有我这样擅风情、精通魅惑之术的高手在旁指点迷津，是你们这两块榆木疙瘩的一大幸事。"

"风情魅术？你指的是如何费尽心思让每一个意中人都拒绝与你双修？"时雨在绒绒好不容易复原的心口又插上了一刀。

绒绒根本不通魅惑之术，她自以为的"风情"只不过是脸皮厚罢了。

"别急着落井下石。"绒绒托腮幽幽道，"日后你再行不轨之事，被灵鸷打死之前，我或许还能救你一命。"

时雨懒得与绒绒计较。真奇怪，在好些年龄举止、衣着装扮相似的白鸟人中，时雨仍然能够一眼将灵鸷从他们中间辨认出来。

绒绒不无同情地说："在灵鸷三百岁以前，无论男女皆有可能成为你的敌人，我都替你觉得累呢。"

时雨快快将玄珠吞入腹中："想不到他还是个处处留情的家伙！"

失落之余，他竟忘记了身边的小结界已撤去，以灵鸳的敏锐，说不定这句话已被他收入耳中。

果然，正站在霜翀身边的灵鸳忽然扭头朝他们的方向看了过来。灵鸳神色如常，薄唇微抿，却一反常态地没有抵御时雨的窥心之术。

时雨如愿倾听到了灵鸳的心声——"孽障，待会儿再收拾你。"

当白鸟人也离去后，福禄镇一隅又恢复如常。轰轰烈烈的一场恶战紧跟着一场好戏，各路神圣你方唱罢我登场。可当这些都已结束，他们才发现天色尚未破晓，原来连一个夜晚竟然都还未过去。

枯井还是那个枯井，周遭半点打斗痕迹也无，皮货行管事的鼾声还是那样平稳悠长，唯一的变化只是来时的四人只余三个，谢臻成了一具冰冷的尸身。

比起那些"无关紧要"之事，时雨以为灵鸳更有可能在谢臻之死上耿耿于怀，毕竟时雨曾说过定会保住谢臻平安。话犹在耳，人却在眼皮子底下无声无息地没了。

时雨对谢臻从来谈不上好感，甚至想过这凡人死了才好，弄不死他，也可以用几十年光阴轻而易举地熬死他。可是他没有想到，当谢臻真的死在他面前，他竟毫无畅快之感。他倒希望灵鸳能怪罪于他，怎么样都行，只要灵鸳能好受一些……或许，他也能从心里坠了铁似的沉重中解脱出来。

"是我没用，考虑不周……都怪我！"时雨对沉默立于谢臻尸身旁的灵鸳说。

"跟你有何关系。"灵鸳看上去反而平静得多，"我在想，他死前若尚存清明，会留下什么话。"

"他定然会说：'还好不是很痛……太麻烦就不要救了。'"绒绒扑哧一笑。她已经为谢臻哭了一场，眼睛还是红肿的。这声笑过之后，她又觉得有些不妥，惴惴地瞥了灵鸳一眼。

灵鸳竟也微微笑了起来："你说得没错。"

按时雨的话说，这魇眼已被谢臻的血唤醒过一次，虽然半途而废，但是换作另一个人的无怨之血恐怕难以再起作用。好在谢臻的魂魄终将坠入轮回，距离灵鸳三百岁还有百年光景，他迟早还会找到下一个"阿无儿"。只是这一世的莲又错过了。

灵鸳在葬龙滩用无尽之火将谢臻的尸身火化，亲自把骨灰送回了金陵谢家。他并未在谢家人面前现身，只是将谢臻生前的那块玉佩与骨灰放在了一处。

谢家人在看到玉佩之后果然明白了是怎么回事，一个苍老的妇人当场昏厥了过去，匆匆从外赶回来的长髯男子也扶着门老泪纵横。他们应该便是"阿无儿"这一世的父母。

谢臻对灵鹙说过，他自幼体弱，宿疾缠身，又长年在外漂泊，他父母早已不抱期望，应该也有过白发人送黑发人的预料。可到头来，落入灵鹙眼中的仍是两老的刻骨悲恸。

谢臻出殡的前夜，灵鹙站在他生前所居院落的飞檐之上，看到了一池残荷，断断续续的悲泣声不时入耳。灵鹙不解凡人的情感，至多不过百年的匆匆之身，在他看来犹如朝生暮死，浮云泡影，何来那么多牵挂与悲喜。莫非正因此生短暂，故而难舍情浓？

转世后的阿无儿还是阿无儿，但人世间、至亲前再也没有了谢臻。

灵鹙忽然对凡人的一辈子好奇了起来。白鸟人不入轮回，若无外力干扰本可长生，就算是被抚生塔消耗，难逃灵衰而灭的宿命，通常也能撑过三千年。

抚生塔下的三千年也算得上漫长了，爱恨皆是奢侈之物。

他想，下一世定要瞧着阿无儿完完整整活过一遭才行。

绒绒和时雨在长安城等着灵鹙。不用迁就谢臻，天地之大他们来去自如。灵鹙回到鬼市的那座宅院，时雨偕三个绒绒出来迎他。

饮了青阳君指尖血的绒绒修为大有精进，她可以一化为三，而且皆为实体，可以各行其是。为此绒绒颇为得意了一阵，常常将三个自己打扮得花枝招展地招摇过市，也热衷于自己跟自己玩投壶、闲磕牙。

时雨对这可笑的法术倍加嫌弃。三个绒绒三张嘴，六只眼睛六条腿，可脑子还是她原来那一个脑子，因而这三个分身的用处显然有限。时雨让白蛟与绒绒切磋了几回，三个绒绒依旧不能在白蛟手下讨到便宜，最后白蛟因为太过眼花缭乱而主动弃战。

灵鹙回来后，一个绒绒端茶送水，一个铺床叠被，一个跟在身后说笑解闷。她喜滋滋地问灵鹙可还受用。

灵鹙嘘了口气说："一个已多……够了！"

时雨于是幻变出火浣鼠，三个绒绒都怕得要命，逃命时快如三道闪电。从那以后她稍稍收敛了一些，对这法术的新鲜感也退去了，非到必要时不再劳心费神地放出另外两个分身，整个鬼市的妖魔鬼怪都松了口气。

说起来，自从灵鸷暂居于绒绒酒肆中养伤，白蛟和南蛮子这等熟客如无要事，轻易也不再登门，偶然与灵鸷照面，往往噤若寒蝉。

时雨问白蛟："除去初见那次，他也不曾与你为难，你们为何这样怕他？"

谁知白蛟反而大惑不解地追问时雨："那白乌人到底用了什么恶毒手段，让你至今未能将他摆脱。绒绒也就罢了，她没心没肺，多半贪恋对方年少不凡，可是你呢，你难道不是畏惧于他？罔奇说你对白乌人有意，我知道这定是你为了自保而委曲求全……"

时雨笑而不答。他已忘了自己从什么时候开始不怕灵鸷的，他而今只怕别离。

灵鸷也食言了，除去让时雨补袼旧衣，他并不曾真正"收拾"时雨。哪怕是时雨在他嘴上亲的那一下，似乎也被他抛在脑后了。

时雨思来想去，难以排解，到头来还是去请教了绒绒。他问得十分含蓄，还假称是白蛟和洛阳花仙的逸事。绒绒有些疑惑，以白蛟的为人怎会生出如此情窦初开的困扰。然而她许久没有遇上这样合心合意的话题，仍是兴致高昂地为时雨解惑，天宫地府的风流韵事都被她信手拈来举例。

绒绒说得天花乱坠，可时雨并不想听那些香艳孟浪的秘闻，至少不想让三只亢奋的紫貂轮番说给他听。他只想知道，若被人偷偷亲一口，通常该如何应对。

绒绒说，对于凡间女子而言，被夫君之外的人轻薄，寻死都是大有可能。可他们并非世俗之辈，无须扭捏行事。若是钟情之人，自然心愉一侧，若是厌恶之人，恨不得亲手诛之。

时雨问："要是毫无反应呢？"

绒绒白了他一眼："那是被狗啃了吧！"

灵鸷显然没有对时雨"亲手诛之"的意思，时雨发现了，无论他对灵鸷说多么无耻的话，做多么无耻的事，灵鸷也不会对他痛下狠手。

这是幸或不幸？

他在灵鸷心中，到底是钟情之人……还是狗？

灵鸷没有跟随霜翀回到小苍山，究竟有没有一丝一毫是为了他？

时雨没有向灵鸷求证，虽然问了也未必有答案，但他宁肯心存侥幸地陪他百年。

绒绒时常还会提起霜翀，那夜的惊鸿一瞥给她留下了极深的印象。只要一想到霜翀日后将会与她同为女儿身，绒绒心中就徒留明珠暗投的遗憾。

她也念念不忘谢臻的好处，不知他什么时候才能转世轮回。下一世再见到他，定要好生劝服他与自己双修，才算不枉此生。

一个月后，灵鸷在长安收到了霜翀用枉矢送来的书信。

温祈终于不必再长跪于凉风坳，他亲自前往北荒之地拜会了幽都宗主兆衡。兆衡是后土幼子，千年前与温祈有过一面之缘。他与土伯向来貌合神离，土伯专横跋扈，仗着曾为后土辅神，从不将现任幼主放在眼里。温祈此番以白乌大执事之名登门告罪，将事情的来龙去脉告知于兆衡。兆衡感于温祈诚心，未再追究白乌子弟"误杀"土伯一事，并承诺会替温祈查明何以会有凡人死后七魄不散。在得出真相前，他依温祈之意，将那凡人魂魄另行托付于阴判。

未过多久，福禄客舍掌柜年近五旬的老妻喜结珠胎。

掌柜的没有想到自己在四个女儿出嫁后还有机会盼来麟儿，晕乎乎、乐颠颠地沉浸在老来得子的意外之中。他更没想到，还有人与他同样惊喜交加地期盼着这个孩子降生。

跟着灵鸷、时雨一道重返福禄镇的绒绒忽然想起一件在她看来重要的事——

"这掌柜的都快成我们半个亲戚了，我还不知道他姓什么呢！"

"他姓赖，本为东海人氏，三十年前举家迁徙此地，家中小有恒产，度日无虞。至于他的为人……你们也是老相识了。"时雨早已化作过路客商将掌柜的底细打探得一清二楚，"掌柜的还说了，上苍垂顾，另加他宝刀未老，此番必定得个大胖儿子。连名字他都取好了，叫'赖福儿'，是不是十分响亮。"

"他生儿子关上苍什么事？"绒绒思量道，"可是一想到日后要对着谢臻那张脸唤他'赖福儿'，总是有些古怪。"

"一个凡人毕生所求莫过于福禄安康。我觉得甚好！"时雨已经等不及要嘲笑"赖福儿"了。

"好什么好，我宁可叫他'阿无儿'呢。灵鸷，你说是不是？"绒绒焉能不知时雨肚子里的坏水，转而去寻求灵鸷的意见。

对灵鸷来说，阿无儿、谢臻、赖福儿并无区别。如果非要他从中选一个，阿无儿毕竟更为顺口。

时雨暗暗皱眉。他头一次在灵鸷的神识中窥见这个"阿无儿"名字，还误以为那是灵鸷的小名，当时他跟着默念，莫名心尖一颤。后来得知那竟是谢臻前世的名号，不由得既失望又抗拒。

这个名字在他心中另有寄托，他不会让另一个"阿无儿"再度出现在人世间。

当夜，神灵托梦于赖掌柜夫妇，为他们将来的儿子取名"谢臻"，他们若依言而行，将有一世福报。

赖掌柜怎么也想不通，他老赖家的儿子为何要姓"谢"。谢臻……谢臻？这名字听起来还有些耳熟。此事甚为离奇，赖掌柜问遍了方圆百里的算命先生，夫人也反复焚香祭祀向神灵求证，均被告知莫要逆天而行，否则家中恐有大祸。

数月之后，福禄客舍迎来了一声懒洋洋的啼哭，掌柜夫人果然生了个胖小子。据产房里的稳婆和门外的小丫头说，她们都听到了年轻姑娘家的拍手欢笑声，榻下装满了热水的铜盆也无缘无故被撞翻在地，仿佛屋子里有看不见的人在旁围观。这可把赖掌柜举家上下吓得不轻，直到院子里有伙计嚷嚷，说天空上方出现了五彩祥云，他们才相信这一切都是吉兆。

赖掌柜看着哭了一声后就闭目睡去的儿子，心满意足地将其取名"赖谢臻"。

小谢臻自幼聪明伶俐，长得眉清目秀。只是自降生前后便开始现出端倪的"吉兆"始终不离他左右。早在牙牙学语之时，他就时常莫名地手舞足蹈、咯咯发笑。等到他能走路、会说话，总是喜爱独处，不与其他孩童嬉戏，却也从不孤独。一有机会他就把自己关在房间里不知捣鼓什么，偶尔家人还会听到他在里面自言自语。

他无论学什么悟性都很高，三岁读经，五岁通文，八岁熟知《周易》《老子》。可惜空有如此天资，他却无心向学，不知从哪里弄来了一根鞭子，使得虎虎生风。他母亲无数次将鞭子收缴藏匿，可是只要他愿意，鞭子总会重回他手中。谢臻十几岁时，镇上习武之人已无一是他对手。他不再受限于家中，得空便往乌尾岭的深林处跑。

家人们起初也为这孩子与众不同之处惴惴不安，然而他虽古怪，却不胡闹，胜在举止有度、磊落通透，小小年纪好像历劫千次，惯会讨人喜欢。

人们都说，有仙缘的孩子多半如此。看着谢臻一天天长大，赖掌柜夫妇也想开了，暮年尚有一子承欢膝下本已难得。任他去吧，不求他大富大贵，出将入仕，只要他不被娘胎里带来的头痛之症拖累，一世顺遂圆满，这已是神灵庇佑。

时雨在乌尾岭深处幻化出一间精舍，其间种种布置皆依灵鸷心意而设，目之所及无不是金光碧色，彩辉夺目。不但床榻鎏金，帷帐坠玉，日常用物也皆是什么赤金錾花盏、嵌珠团花杯。这精舍又设在山间钟灵之气聚集的清虚所在，正利于灵鸷静修疗伤。

灵鸷在福禄镇一战中耗损不轻，花了近五年的光景才让旧伤复原，其后又依照白乌心法继续修习。他是极沉得下心来的人，当初在镜丘面壁静修六十载也不觉难熬，此时的光阴更是如水一般在他身上淌过，未留下半点痕迹。如果不是山中灵气不足以维持他常年所需，每隔一阵仍得外出游猎，否则他几乎寸步不离乌尾岭。

时雨陪伴灵鸷修习，竟也同样收心养性，他又身怀玄珠那样的宝贝，如此过了十余年，法术进益非同小可。绒绒已不再能够试探时雨的深浅，她只知道如果时雨愿意，可在乌尾岭中再造山中之山，幻化出另一个福禄镇也不在话下。

绒绒与他们相处的时日已不短，但每次看到金灿灿、亮闪闪的屋舍中静如止水的两人，都忍不住倒抽一口凉气，恍惚间还以为自己误闯了菩萨殿。她十分怀疑，若非这居所外布有结界，否则灵鸷和时雨两人的身上当真会长出蜘蛛网来。

绒绒却是困不住的，无人欣赏她的美貌，她便化作原形整日在山中游荡，几乎成了乌尾岭的山大王，长居于此的飞禽走兽和过路的山精林魅无不认识这只紫貂。

绒绒还养起了稍割牛，时常将牛肉在镇上变卖，得来的钱用来换些有趣玩意儿与小谢臻一块玩耍。因而在这三个"神仙朋友"中，谢臻与绒绒相处的时日是最长的。

可惜孩子长得太快，谢臻八九岁后就不再配合绒绒夸她美貌，十岁时已提不起兴致跟绒绒玩耍。他反而与一两年才去看他一次的灵鸷更为亲近。

灵鸷会为谢臻去除头风之症，不时与他过上几招，顺便指点他鞭法。虽然灵鸷看上去甚是冷淡，一身肃杀之气，话也不多说两句，谢臻却不怕他，从小就敢嬉皮笑脸地与他开玩笑，灵鸷纵使不回应，也不会生气。在谢臻看来，灵鸷唯有一点不好，他总是反复叮嘱谢臻修习什么延年益寿的心法，也默许绒绒给谢臻灌许多不知名的药材，仿佛怕谢臻随时随地就一命呜呼了。

十几岁时的谢臻一听到灵鸷的"长生诀"就头痛，他于是又找到了一项新乐趣，那便是进山找时雨要酒喝，时雨越嫌弃他来得越频繁。有一次他喝醉后，兴高采烈地掏出半串钱换来的春宫册子与时雨分享，还问时雨有没有法子将图画中小人变成活的，差点没被愠怒的时雨揍死。

时雨烦他的时候总说："赖福儿，你快给我滚。"可谢臻实在不知赖福儿是谁。

他们从未隐瞒谢臻关于前世之事，谢臻也知道他们在等着自己的血。他问了和前世差不多的几个问题：

——会不会痛？

——会不会死？

——能不能换个人！

得到前世一样的回答之后，他放弃了挣扎。

谢臻十八岁那年，绒绒坚称不能再等下去了。别说家里快要给他定亲，以他贪玩浪荡的性子，保不住什么时候就将这一世的童子血糟蹋了，那样的话他们又得在这塞外荒凉地等上十八年。

灵鸷也认为时机已到，谢臻心知横竖逃不过去，点头同意。

这一年的正月大雪漠漠，直至上元日那天才稍作停歇。入夜，谢臻在眉眼洒下了第一滴血。返家时，怕他雪夜醉酒滑跌的老父母提灯在路口相候。他们都说不久前脚下仿佛颤了颤，树梢上的残雪抖搂了一头一脸。

灵鸷拇指摩挲掌手中的通明伞柄，垂首看他们一家人相互搀扶的背影消失在雪地，徒留三行深浅不一的脚印。

他想过这一世要给谢臻一个不一样的结局。

时雨将大氅罩在灵鸷身上，轻笑道："你放心，我用长生之躯担保，他若再有三长两短，我绝不苟活于世。"

　　"我最恨人胡乱起誓！"灵鸷的旧伤早已无碍，即使伤得最要紧时，他也不曾畏惧过区区雪地之寒。可不知为什么，本想扯下大氅的手不自在地紧了紧衣襟，他盯着时雨的双眸说道，"我宁可他死……你拿什么来跟他比，他有轮回，你没有！"

转眼又到了无怨之血浇灌枯井的第四十九日，魇眼开启在即。有了十九年前的教训，这一次他们更为谨慎了。

"土伯已死。以黎仑的为人，他就算有心跟我们过不去，也绝不敢冒着忤逆青阳的风险重来一次。"绒绒在这件事上十分有把握，"青阳上次就坐在这枯井旁，可他对魇眼之事只字不提，想来昆仑墟不会再成为我们的障碍。"

时雨说："他们就是来了也无妨。"

时雨依灵鸷所言将整个镇上的居民暂移至他幻化出的福禄镇之上，那里的一木一瓦皆与脚下这个毫无分别，就算魇龙这边有任何状况都不会殃及无辜。无论哪路神仙想要找到真正的魇眼所在也得费些周折。

魇眼通道灵鸷已亲身走过一回，他知道如何应对里面的危机，反而是魇眼外的风险无法预料。商定之后，他们决定索性四人一齐进入魇龙身下，看看到底藏有什么玄妙。时雨如今法术精进，灵鸷也心中有底，绒绒……自保无虞，他们只需保住谢臻不被魇气、雷云所伤即可。

谢臻的血从腕上伤口淌下的瞬间，绒绒已挟着他疾风般退后。顷刻之后，谢臻果然看到了这十八年来他想象过无数回的魇眼旋涡。狂风气浪的中心，那旋涡的表面宛如和煦春日里的湖面——然而他前世就丧命于此！

绒绒反复说过，上次旋涡底下隐约有个女子回头抛了个媚眼，谢臻一看到就不要命地跳了进去，最后丢了性命。谢臻不太相信自己会如此急色，他爱美人，却更惜命。

可灵鸷也说"大抵如此"。

时雨更不怀好意，他说谢臻不是主动跳进去的，而是神魂颠倒摔进去的，这比绒绒的说法还要令人难以接受。

所以尽管有三个绒绒齐齐将谢臻拽住，灵鸷和时雨都没有即刻去察看蜃眼，而是戒备地紧盯着在场唯一的凡人，唯恐他再出意外。可谢臻心里默默想着的只有一件事：蜃眼底下的女子到底是何等姿色，竟让前世出自富贵人家的他为之"倾倒"。

旋涡水镜下的景致一如当年，只是冰雪中那个人形的生灵已不见踪迹。

"事不宜迟。"时雨说。

灵鸷伸手，谢臻像轻飘飘的纸鸢一样朝他斜飞过去。随后发生了什么谢臻不甚了了，他只知自己被包裹在血色之茧中不断下沉，茧外看不清是水还是云雾，不时有炫目的光亮刺痛双眼。

等他感觉脚下触到实地，血光慢慢消散，出现在他眼前的是皑皑雪原。顶上苍穹不见日月星辰，天色是介于昼夜之间的微明，却不似晨昏那般预示着要朝光亮或黑暗而去，光阴在此处仿佛凝固了。

雪地中唯一突兀的存在便是那座巨大石台，远远看去，石台上方云雾缭绕，如若不是他们从蜃眼旋涡往下看时已见过它被冰雪覆盖的顶端，否则真要以为矗立在前方的是一座拔地倚天的冰封天柱。

"这就是孤暮山？"绒绒茫然四顾，"为何什么都没有？"

灵鸷将手中聚集的雷云电光收敛至身躯内，深深吸了一口气，这里是他所见过的灵气仅次于小苍山的所在。小苍山灵气虽盛，却混杂了太多抚生塔散逸出的戾气，而此处弥漫着的清灵之气久远而纯粹。绒绒之所以会说这里什么都没有，大概是因为四下全无生机。

"我们要找的是什么来着？"谢臻身上披着一早备下的羔子皮裘，仍是冻得直打哆嗦。这一世他也生长于塞外，也没经历过这仿佛积攒了千万年的严寒。

灵鸷想要找的当然是抚生残片的下落，可这积雪的荒野该从何处找起？他仰头看向石台的顶端，对时雨说："你在这里，我上去看看……"

前方的雪地忽然隆起了一团，灵鸷一眼认出那正是当年引得谢臻跌落蜃眼的生灵。只因"它"通体雪白，潜伏在雪地中，那处又正好有数块积雪的碎岩，故而竟连灵鸷也忽略了"它"的存在。

那生灵身形凝滞片刻，手中白光一闪。

无论这里是不是孤暮山，能长存于鼍龙身下的绝非等闲之辈。灵鸷想也不想便将谢臻拽到身后，撑开了通明伞，时雨也瞬间布下屏障。

片刻后，一个硬邦邦的圆球撞在无形屏障之上，又跌落于雪地四散开来。

那道袭向他们的白光竟是一个雪球。

躲到老远之外的绒绒又蹿了回来，用脚尖碾了碾那碎了的雪球。她确定自己没有看错，这才飞扑而去，将愣在那里的雪白身影揪了过来。

那生灵匍匐在地，灵鸷用通明伞尖撩开遮挡在她面前的银发，展露眼前的面孔称得上绮年玉貌。忽略那身厚重的雪白皮裘，她身形应该与绒绒相仿。

"你是何人？为什么要乱扔东西！"绒绒对那张秀美的面孔充满了敌意。

她不是天神，也并非妖魔，灵鸷在她身上感觉不到元灵的存在，甚至没有活物的气息，正是如此，方才灵鸷才险些将她忽略了过去。

谢臻还在呆呆地看着那女子。她从雪地里现身时，谢臻又一次感觉到剧烈的头痛，幸而灵鸷早有准备，及时以白鸟之力助他平复。可头痛消失后，谢臻依然没能回过神来，他对那女子说："我见过你！"

那女子神情中尽是茫然。

"胡说！你在何处见过她？"绒绒很是不信。

谢臻只知这张面孔给自己带来的触动难以言表，可怎么也想不起前因后果。他记起自己儿时对灵鸷他们也有过一种莫名的亲近感，便试探道："莫非也是前世之事？"

"她困在这里一万多年了！"绒绒毫不留情地戳穿谢臻，"你说的话与凡间的登徒子一模一样，眼神也十分好色！"

谢臻语塞，本想替自己辩白两句，却发现自己的目光的确很难从那张面孔上抽离。那女子视线与他对上，他仿佛被灼了一下，急忙清咳一声掩饰失态。

认识谢臻足足三世的灵鸷头一回在他脸上看到羞惭之色。灵鸷不明就里，这女子除去身上没有活物气息外，也无甚惊人之处，法力不见得精妙，样貌算得上可人，但谢臻何至于如此？

"我无伤你之意。你只需告诉我，你是谁？为何会在此处？"灵鸷收回通明伞问那女子。

那女子终于从陌生人的冲击中回过神来，她没有眼花，此处除了她之外，终于有了别的生灵。她爬起来，喏喏地行了一礼："老……老身……乃……是……孤暮山……土地！"

她久未开口，说话极是生疏。

孤暮山！这里果真是孤暮山！蚌精小善没有骗他。灵鸷只是没有想到，这地方断送了无数天神，竟还有个小土地活了下来。

土地是末流神祇，地位尚在山神、水神、城隍之下。山神、水神、城隍与他们各自所在的山川河流乃至城池本为一体，土地却通常各有来处，多半修得些法术，托身于一方主神治下，协助处理些迎来送往、鸡毛蒜皮之事。

可孤暮山不是寻常地方，这小土地的存在也变得古怪了起来。

"你是活尸？"灵鸷又问。

小土地尚有几分眼力，知道对方法术在自己之上。身为土地，她从前也习惯了对所有经停此地的神仙妖魔以礼相待。她艰难地说道："我，我……服过……"

"她叫'相满'，堤山氏遗孤，被孤暮山山神收留养大，后来成了此处土地。哦……她还想说她服过尸草。"时雨已用摄魂术窥探她底细，径直替她说了出来。

这小土地毫不设防，心思一览无余。

小土地听时雨这么一说，便知他必是有窥心的法术，意外之余竟松了口气，正色地朝时雨行了一礼以示感激。

"堤山氏……勾起孤暮山之战的那个堤山氏？"绒绒跳了起来，"你与相夷有何关系？"

谢臻儿时听得最多的故事便是绒绒给他讲的孤暮山旧闻，对堤山氏相夷与女神汐华的这段纠葛耳熟能详，不禁也竖起耳朵。

相满说："相夷是……我父亲。"

原来，相夷离开汐华后，回到堤山氏娶妻生子，带领族人过了好几年安生日子，直至汐华因妒生恨降下瘟疫。相满那年八岁，她祖父母和怀胎将近临盆的母亲都因这场瘟疫而死去。相夷在父母妻儿的坟前枯坐了数日，最终熬不过恨意，亲手斩下了汐华头颅。后来的事情正如绒绒所知，整个堤山氏皆因汐华之死而毁于天火。

相满是相夷在世上唯一的至亲，自她母亲去世，相夷终日将她带在身边。天火降临那夜，她随父亲外出狩猎逃过一劫。相夷领着侥幸存活的五个族人，说服了北地的其他真人部落一致抵抗上骈一系的屠戮，可惜仍旧抵挡不住神灵天威。

相满十六岁那年，真人部落大半亡于战火，相夷独力难支，再度求助于天，却在昆仑墟被上骈杀来祭旗，相满则被竖亥大神抛下孤暮山。孤暮山山神心存不忍，偷偷将其收留。为防上骈发现她的存在，喂她吃下可掩盖活人气息的"尸草"。从此相满成了活尸，不会衰老也没有了魂魄，一直留在孤暮山中。

……

绒绒听完了三成出自相满之口、七成靠时雨润色的一段旧事，还是有些半信半疑："孤暮山山神是谁，我怎么不知道？"

"嘘……嘘……"相满有些着急，舌头仿佛又打结了。

"不会说就别说了，嘘什么嘘？"绒绒一听相满说话气就不打一处来，转而问时雨，"她为何要嘘我？"

绒绒面前闪过一个头大如斗的老头儿虚影。时雨不耐道："这就是她说的孤暮山山神，名字叫'嘘'。"

"啊……原来是他。我好像在瑶池宴上见过他，总是笑嘻嘻的。我还摸过他的头呢！"绒绒也笑了起来，看向相满的脸色也和缓了不少，"这老头儿现在哪去了？"

相满面露悲戚。

时雨发现大家都看向了他，不禁自嘲："都看着我干什么，我长得像一只学舌的鹦哥？"

相满赶紧又敛手朝他拜了下去。

"老身……感激不尽！"

时雨避了避，挑眉笑道："戏言罢了，何必那么认真。你自己跟他们说吧！"

"孤暮山倾倒，山心残碎，师尊遭受重创，八千年前……去了归墟。"相满语速迟缓，但说得还算清楚。

"哎呀呀，你快说说，孤暮山真的是被烛龙撞倒的吗？他为何没有拿下抚生，却要和孤暮山过不去？"

绒绒眼睛一亮。她的敌意来得快去得也快，早已顾不上与相满为难，一心想着补齐孤暮山传说中残缺的一环。这样下一世谢臻再问起，她也不至于抓耳挠腮地含糊过去了。

据相满说，她当初所见的孤暮山虽可上下于天，但绝非让人望而却步的禁地。相反，因为抚生，孤暮山聚天地之灵气，山中长满奇花异草，多的是自感而化的精魅仙灵，昆仑墟上的天神和灵兽常常在期间嬉戏玩耍。凡间也时有真人、巫族攀缘于其上，或采药，或修行，或直奔昆仑墟上达天庭。

人人都知道抚生就在孤暮山中，可谁也感应不到它的存在。

大战战火初燃时，上骍尝试过以神力破坏孤暮山，既绝了天地之路，也可杀鸡取卵般夺下抚生。然而无论他用多么强横的法术，也如风过高冈，月照江河。孤暮山存在于虚实之间，自有枯荣秩序，不为外力所扰。

纵然山下战况惨烈，两方天神斗得死去活来，嘘和相满身为孤暮山山神和土地，惶惶不可终日，却始终没有受到太大的牵连。

这一切都终止于小虞山鬼母以身相殉破了抚生结界。鬼母陨落时，孤暮山刹那间冰封，山中草木生灵随之凋尽，唯有抚生所在之处光彩盈动。

天地四极的仙灵妖魔都朝孤暮山蜂拥而来，哪敌得过云集山下的天神。上骍和天帝两相牵制，都未占得先机。抚生外有白乌氏镇守，内有混沌三神兽蛰伏，一时竟无人靠近。

鬼母在破除结界时不知用了什么手段，抚生的力量已不完整，嘘和白乌氏大族长昊媄都发现其上出现了裂隙。这时稍有不慎，它恐怕就有碎裂之虞。

嘘的法力不低，但他生性本分，与世无争。身为孤暮山山神，保全山心是他的职责。他先将此事上陈于天帝，天帝顾全大局，承诺会一切以抚生为重。可上骍却认定这不过是昆仑墟编造的谎言，差点将前来禀报此事的嘘杀死，幸得海神禺虢和东极之主青阳出手才侥幸救下了嘘的性命。

失去了结界的孤暮山在天神的厮杀中岌岌可危，烛龙重创神农的那一役，孤暮山已出现剧烈雪崩，相满差点就死在了雪崩里。走投无路之下，嘘想起了昊媄与烛龙之子晏真曾有师徒之名。于是他恳求昊媄出面向晏真阐明孤暮山和抚生的困境。若晏真能够说服烛龙收手，那更是谢天谢地！

昊媄没有立刻答应，然而禺虢再三向她陈明利害：她身为天帝属神，又与抚生休戚相关，绝不应该置身事外。青阳君也力劝她一试。

当时上骈正与天帝麾下精锐斗得不可开交。竖亥死后，烛龙可谓是以一己之力独战另几位始祖大神。烛龙一族及其部属向来强大，晏真所到之处更是所向披靡。身为烛龙次子的晏真年岁不大，却曾受教于鬼母，其后又随昊媄学艺，他既得鬼母之诡谲，又有昊媄之凌厉，天帝一方众多神灵都葬送在烈羽剑下。

昊媄要青阳和禺虢向天帝寻求一个保证，无论晏真是否说服得了烛龙，只要他肯弃战，天帝需放他一条生路，不再追究他手中血债。天帝允诺，只要晏真及时回头，交出烈羽剑便可饶他不死。昊媄最终答应去见晏真，但她要求自己一人独往。

相满的语速不快，但口齿已清晰了许多。难得绒绒也听得十分仔细，她发现此处相满的说法与蚌精小善所言有出入。小善说是昊媄杀了晏真，但昊媄若想要晏真死，何必替他向天帝求情。

绒绒已知昊媄与晏真情事，从私心而论，她更愿意相信相满说的是真话。

"你可见过晏真和昊媄？"绒绒打断了相满。

"昊媄大神在孤暮山守护抚生，师尊让老身听她吩咐，她的面具十分可怕……"

"别一口一个老身，你把我都叫老了。"绒绒受不了地说，"你就不能利索些？晏真呢，你亲眼见过他的本领？"

相满有些汗颜，老老实实道："晏真之事大多是师尊告诉老……我的。我只亲眼见过他一次……是他死在禺虢大神手下的时候。"

"你说什么？晏真是被禺虢所杀？"

出于女子的直觉，绒绒一直不肯相信昊媄会亲手杀死所爱之人，尤其那人还是她腹中孩儿的生父。可亲耳听到另一个亲历者说出截然不同的答案，绒绒仍然有些恍惚。她偷偷看了灵鸷一眼，灵鸷似乎在凝神想着什么。

"正是。孤暮山的雪崩将老……我埋了七日七夜，师尊将我挖出。他怕我留在山中再遇危险，将我遣去照看朝夕之水……"

"你亲眼所见是禺虢杀了他？"灵鸷听到"朝夕之水"，终于忍不住开口求证。

相满郑重点头："他们要我回避，我已躲得远远的，只是不小心瞧了一眼……我不是故意的！"

绒绒说："昊媄不是独自前往朝夕之水吗？"

时雨不耐，他将自己从相满神识中摄取的记忆幻化于前。

他们看到雪地里出现了尚未断流的朝夕之水，水色清澄，岸旁草泽生绿，一轮红日随波而淌，渐渐朝远处的孤峰而去，半钩弯月在水中呼之欲出。这是传说中日月所出之处。

有人立于水畔，白衣辫发，背影修长，发上有翎羽之饰。

"那就是白乌氏的大族长昊媄。"相满怕他们不知，多此一举地解释道。

时雨感到可惜，相满记忆中的昊媄不是背影，就是头戴狰狞面具。都说灵鸷颇有几分昊媄的神韵，他实在很想知道女态的灵鸷会是什么模样。

昊媄并非独自一人，她身旁还站着个背有羽翼的玄衣天神。相满当时离得太远，听不清他们的对话，但从昊媄僵直紧绷的背和那玄衣天神的神态举止来看，两人并不愉快。

"与昊媄大神说话的便是禺虢。"相满又说。

绒绒是知道禺虢的，他是天帝之子，北冥之地的风神与海神。

昊媄和禺虢之间剑拔弩张，不知昊媄说了什么，禺虢手中现出蛇形双刺。昊媄虽未动手，但拂袖时白衣之下隐隐电光浮动。然后只听见绒绒"呀"了一声，水畔出现了正值盛年的青阳君。

青阳匆匆赶到，似有劝解之意。昊媄扭头要走，可此时晏真已从朝夕之水的另一端缓缓走来。

与碧梅林中抚琴的少年相比，朝夕水畔的晏真长高了，肩背也更宽阔挺拔，飞扬跳脱之气已沉淀了下来。他从小善记忆里的那个飞扬少年变成了一把利刃。

晏真远远地停住了脚步，从他面朝的方向来看，他目光正停留在昊媄身上，但两人什么都没有说。草泽中忽然现出一张水光织就的巨网，当头将晏真笼在其中。

"那是玄女的'捕风罗'。"小土地相满兢兢业业地解释，她并没有注意到另外几人变得有些难看的脸色。

晏真连人带网扑向禹虢，手中长剑虽比灵鸷的伞中剑稍宽，却有着同样的幽蓝之光。他身动之时，捕风罗瞬间被他周身燃起的不尽天火化为乌有。禹虢出手相抗，双刺如灵蛇游走，所到之处皆为霜冻。青阳手中也凝出剑光相助于禹虢。

绒绒还从未见过青阳与人动真章，原本美如画卷的朝夕之水在烈焰、冰霜和飓风的卷席下犹如魔境。

禹虢和青阳联手也未能及时将晏真压制。晏真的剑与火猛烈逼人，双瞳变作与不尽天火一般的琉璃之色，但凡视线与之相触如被攫心魂，顿生惊惧忧怖，不由自主地就乱了阵脚。

晏真的怒火多半地集于禹虢之身，有几次禹虢已深陷险境，亏得他也十分了得，撕下衣袍障目，仅凭听声辨位，羽翼下卷猎猎起霜风，不教天火与烈羽剑沾身。

忽然间，晏真双眸炎光晦暗，烈羽剑也随之沉滞。灵鸷仓促垂首回避了这一幕。那是白乌之力。昊媖终于出手，却是抽去晏真元灵。

晏真周身不尽天火熄灭，人也在禹虢和青阳的围剿下半跪于地。玄女的宝物捕风罗重现，将他网在其中，只是他再也没能挣脱。

青阳收回幻剑，面色和缓下来，他与晏真有过交情，看样子是在好言相劝。晏真从头到尾一言不发，只是仰着头静静看着白乌氏的大族长，一直看着她。

昊媖走至晏真身旁，仿佛对他说了两句话。

晏真依旧不语不动。又过了一阵，直到吊着一口气旁观的绒绒差点憋红了脸，只见他松开了手，烈羽剑银铛跌落水网之中。

昊媖的手从网中穿过，轻轻摸了摸晏真的黑发，再落至他略显消瘦的脸颊。有晶莹之光从晏真眼角慢慢滑落腮边。就在这时，他脸色突变，骤然化身为黑色巨龙，想要腾空而去却不可得。禹虢的蛇形双刺已将他钉穿，然后顺着布满坚硬黑鳞的龙身一划而过，一根带血的银色长筋被蛇刺的倒钩生生抽了出来。

即使在场的人无不知晓晏真的结局，可是在亲眼看到这一幕时仍旧不忍直视。

绒绒当场哭出声来："是禹虢，果然是他干的！亏我还以为他是个了不起的大英雄！"

幻境里，昊媖的手还凝滞在半空，掌心方才还触得到的那个人已化作原形，徒劳地翻滚挣扎。龙血将整个草泽染红，又慢慢地渗入朝夕之水。

青阳脸上骇然之色未退，他的手按在昊媄肩膀上，语速很急。昊媄弯腰拾起烈羽，朝黑龙心口补了一剑。她下手之时，青阳也转开了脸去。

看着黑龙渐渐僵直不动，禺虢松了口气，伸手来接烈羽。昊媄反手将烈羽剑插入了禺虢胸口。

禺虢身躯当场对穿，昊媄仍未松手，她的力道几欲将剑柄和握剑的手都贯入禺虢体内，直至禺虢化作半鱼半鸟之身，以扭曲的姿态被钉牢在地。昊媄抽出剑身，再度朝禺虢尸身劈砍而去。她浑然不似传说中教人闻风丧胆的执天罚者，也不是白乌氏的大族长，而更像是一个手无缚鸡之力的女人，用最拙劣的方式一剑一剑砍向那个早已没了生机的躯体。

青阳第一下没有拦住昊媄，之后便已不再做徒劳之事。他抬手抹去溅在自己脸上的血。

烈羽在昊媄手中折断时，禺虢也化作了一摊肉泥。

晏真幼弟长鳐急急赶来，红着眼扑向晏真尸身，变作赤色角龙喷下狂怒之焰，昊媄也未作闪避。青阳拂袖卷走长鳐的烈焰。远处，早早潜伏着的昆仑墟天神也与烛龙部属鏖战在一处。

这场混战以长鳐被生擒而告终，这时昊媄已在死去多时的晏真身边枯坐了许久，炎色的元灵聚拢于她手心，又逐渐地隐去。

长鳐是暴烈的性子，宁死也不肯服软，更听不进青阳的规劝，被捕风罗缠得严严实实的，犹自高声叫骂只求速死。在他手下吃了亏的昆仑墟天神无不报以怒目。

昊媄走近长鳐，他将口中鲜血与碎落的尖牙吐在她的身上。不知什么时候，昊媄手中多出了一把长钺。钺如青铜之色，纹饰古拙，不见锋芒。

长鳐见状大笑。昊媄手起钺落，他头上犄角断在了晏真的龙筋旁。

水中那轮新月皎皎升空，照着归于静谧却已通红的朝夕之水。

他们都错了，说什么昊媄先祖九千年前受抚生塔戾气所染半入疯魔。灵鸷现在才知道，早在一万八千年前的朝夕之水旁，他们的大族长已经疯了。最后投身天火的那一瞬，或许她只是短暂地醒了过来。

"在我听过的传说中，禹虢大神是为了保全抚生，与烛龙余孽力战而亡。天帝甚为悲恸，大战后，他的元灵被送往归墟妙光池。"

　　幻境消失后，绒绒轻叹一声，继续说道："若我没有猜错的话，天帝根本没有允诺要放过晏真，他甚至不曾收到昊媖的请求。一开始禹虢便是带着扑杀烛龙孽子的天命而来。难怪青阳从不肯告诉我这段往事。不管是否知情，他都有负于昊媖。"

　　她心中又有些难过，禹虢是天帝爱子，他呢，他算什么？纵然过了万年，他仍需留下来收拾残局，把自己弄得神不神鬼不鬼。

　　时雨笑着对相满说："你可不止偷看了一眼。知道太多秘密的人通常活不长，他们竟然放过了你。"

　　相满汗颜："我知道不该如此……可师尊说朝夕水畔为我守护之地，我身为土地，上神要我回避我不敢不从，却也不能擅自离开。他们打起来的时候动静太大，我吓了一跳，想躲也无处躲了。"

　　绒绒白了时雨一眼："她服过尸草，身上没有活物气息，等闲也发现不了她。即便青阳、昊媖有所察觉，你当他们是什么人，会对一个小小土地下手？"

　　"我后来将此事禀告了师尊，师尊也嘱咐我要忘却所见之事，不可再提……"

　　"哦？可你不但没有忘记，旁人随口一问，你还不是全都说了。你连我们是谁都还不知道吧！"

　　时雨眉眼带笑，相满却窘得满脸通红，手足无措地躬身道："老身……老……我知错了。我已许久未见活物，情不自禁……唉……不该，不该！"

谢臻见不得相满动不动就行大礼。在凡人眼中，土地算得上保一方太平的神祇，本该受人尊崇，享受凡间供奉。为何她在其余神仙面前如此谦卑？

他对相满说："你拜他做什么？你不说，难道他就不知道了？"

时雨扬眉看向灵鸷，好像在无声地说："你看看，你看看！"

"除了你们，我没有对其他人说起过此事。"相满还是没能从羞耻中挣脱出来。

谢臻安慰她："我一看便知你是个守口如瓶的好土地。"

相满支支吾吾："也不是，从没有人来问过我。朝夕之水的事过去没多久，孤暮山也倒了，此处与外界断绝了联系。师尊走后，我再也没见过旁人。"

这下谢臻也不知该接什么话才好。

绒绒"啧"了一声："绕了一大圈，你还是没说孤暮山是怎么倒的，烛龙为何没有拿到抚生？"

相满说："那时我还在朝夕之水，远远瞧见孤暮山隐没在深重云雾之间。那是师尊身为山神祭出的最后一道屏障，意味着大难将至。我赶回山中，烛龙已破去师尊的法术，强闯孤暮山山心，守在那里的白乌人和混沌三神兽都死了。一旦抚生被烛龙所得，以他之力必会让昆仑墟覆亡，到时无论是真人还是凡人都难逃一劫。

"我与师尊明知是螳臂当车，但也只能与山心同殉。这时青阳君赶来，他将晏真的龙筋和长鳐的犄角抛于烛龙身前。烛龙见之暴怒，弃抚生于不顾，誓杀青阳君，最后反被青阳、英招、陆吾和玄女几位大神联手困住。烛龙已知逃脱无望，手持龙筋和犄角，化身千里之龙凌空甩尾，将孤暮山拦腰截断。抚生当场碎裂成五块，随乱石四溅而散……"

"碎裂成五块？"灵鸷一震，这正是他苦苦寻求的答案。他在紧绷之下喉咙也有些发涩，哑声问道，"你确定吗？"

"我当时就在山心之旁，亲眼所见！"小土地郑重其事地说道。

"那你可知道它们的去向？"

相满看了看灵鸷，又惶惶然垂下眼帘，有了先前的教训，她记起了有些话不该随便诉之于口。

"你……"时雨正要故伎重施，灵鸷拦住了他。

灵鸷抽出伞中剑，相满在剑光出鞘时以为自己小命不保，吓得闭上了眼睛。可她等待赴死之时，忽然想起这剑光似曾相识，于是半眯着眼，偷偷又补了一眼，脸上的恐惧顿时变作了讶然。

"这剑，这剑好像是……是……"

"这是烈羽剑，我是昊媄后人。"

"怪不得……怪不得！"相满喃喃道，眼中亮了起来，"你与昊媄大神是有些相似！"

时雨嗤笑："你见过面具下的昊媄？"

相满一噎，脸又红了，搓着手说："老身是说神韵，神韵……"

"那你可以说了吧，抚生残片都去了何处？"时雨替灵鸷问道。

既然面前的是昊媄后人，相满也无所隐瞒："五块残片中，有两块在山崩时被昊媄大神接下。一片好似落入了朝夕之水，我追赶过去，只看见一个黑乎乎的巨影，凭空就从水中消失了。还有一片下落不明。"

"下落不明？"

"当时天仿佛要塌下来一般，日月失序，天灾齐发，灵气暴溢而散……那是我见过的最可怕的场景。四处都乱作了一团，人人自顾不暇，能活命已是不易，谁也不知最后那一片抚生残片到底掉去了哪里。后来青阳君多处查访也空手而归。"

灵鸷心想，昊媄先祖得到的那两块残片已铸入抚生塔中。落入朝夕之水中的残片被蚌精小善所得，她吞了残片后借抚生之力遁去了踪迹，相满看见的黑乎乎巨影正是蚌精原形。现在这一片多半已落入了燎奴手中，此事灵鸷已托霜翀禀告大执事温祈，也算是有所交代。

至于下落不明的那一部分，如果青阳君无法将其找到，白乌人也感应不到它的存在……莫非所得之人也像小善那样一心藏匿起来，迄今也全无兴风作浪之意？这委实叫人费解。

"不是说共有五块残片？你只说了其中四块的去向。"灵鸷提醒相满。

相满睁大了眼睛："剩下那块被我师尊找到，早已呈给了昆仑墟呀！"

"给了昆仑墟？你……说清楚，昆仑墟上是何人经手此事？"

"是天帝他老人家！"

相满说着，还恭敬地朝什么都没有的天空虚拜了一下。

灵鸷木然道："青阳君可知晓此事？"

"那是当然，师尊交出残片时，在场的除了天帝，便是我与青阳君。"相满为此而感到与有荣焉。

灵鸷再未作声，时雨朝他点了点头，意指相满所言非虚，至少她自己是这么认为的。

白乌氏在摇摇欲坠的抚生塔下挣扎万年，一代又一代人为了镇抚塔中戾魂耗尽元灵而亡，苟活者也无一不活在一夕塔倒的恐惧之中。天帝明知如此，还声称会尽力找寻其余残片稳固抚生塔，可……

青阳君竟也对此事三缄其口！

"你骗人！"绒绒怒了。她深知那一块残片对白乌氏的重要，更容不得有人朝青阳头上泼脏水。

相满说："我怎么会骗你们……你们若不信，可请这位仙君再将我所知之事呈于眼前。"

"那定是你被人骗了！"

"可我亲眼看见的呀……"

绒绒和相满一个激愤，一个委屈，反反复复纠缠不清。灵鸷却已从最初的震撼中回过神来。他忽然发现，真的也罢，假的也罢，他们又能如何呢？

难道弃塔而去？

白乌氏守着抚生塔究竟又是为了谁？

……

自从知道灵鸷是白乌后人，相满一直在有意无意地打量他。灵鸷从不在意他人眼色，但绒绒见相满眼光躲闪，心中更为不悦："你看什么看？"

相满迟疑了一下，对灵鸷说："这位神君……不，公子……好像也不对……你既是白乌人，身上可还带着烛龙之咒？"

"什么？"灵鸷蹙眉。

"老身又失礼了？我是看你样貌不男不女……我不是那个意思……你是否年纪尚轻，所以看起来……"

"你到底想说什么？什么烛龙之咒？"

灵鸷并不厌恶相满，但一听她说话就有些头疼。

"你不知道烛龙之咒？"相满错愕。

时雨怕灵鸷这些年积攒下来的耐心尽数毁于这小土地之手，叹了口气对相满道："正是，我们都不知道。还请土地婆婆告知一二！"

"仙君也……"

"不要说与'烛龙之咒'无关的话！"

时雨的威胁起了作用，相满又搓了搓手，终于切入正题。

"烛龙截断孤暮山后没有死去，他亲手割下了自己的头颅，用最后一口气对昊媖施以血咒。他要白乌后人从此活不到成年之时，男子碎尸荒野，女子癫狂而终……当时昊媖大神刚刚扑救下两块抚生残片，她就站在这听着烛龙咒语，一句话也没说。倒是青阳君安慰于她，说定会请女娲大神找出破咒之法。可我始终想不明白，为何烛龙独独恨绝了昊媖。"

相满想不明白，灵骛心中却如明镜一般。烛龙想来知道了晏真与昊媖之事，他认定晏真是死在了昊媖手里，长鲲也是受她所累，这才诅咒她腹中孩儿连带白乌一族受尽苦痛而亡。

白乌族中无人听说过"烛龙之咒"。灵骛幼年时曾以为世间所有族类皆与他们一样。是霜翀告诉他，凡人也好，神仙也好，就连草木鸟兽大多也是生来阴阳已定，只有白乌人才是例外。

按族中流传下来的说法，白乌氏容不下无用之人，只有"阴阳并济"方能"至刚至柔"——这是女娲大神的祝祷，要白乌人在成年之前经受历练，这样即使三百岁后审慎择定男女，无论身为祭祀者，还是守卫者，都一般坚韧勇猛。

灵骛觉得这样没什么不好。霜翀私下里却对他说："女娲大神莫非与我们有仇？这哪里是什么祝祷，明明像个诅咒！"

灵骛当时听后一笑了之。霜翀看似稳妥，实则一身反骨。灵骛还以为这又是他无心的抱怨，谁知一语成谶。

女娲大神归寂前做的最后一件大事便是祝祷白乌人在成年之前非男非女，三百岁后浴天火而重生，原来是为了破解烛龙之咒！

相满所知的就这么多，灵骛虽心中沉重，可他的目的已达到了，不枉等了十九年。他也朝相满郑重回了一礼："多谢了。"

蜃眼入口靠的是玄珠才能维持不闭，多待一刻，也是对时雨灵力的耗损。

"我们回去吧。"灵骛说。

绒绒早就不想留在这儿了，谢臻嘴上应着，脚却像是被钉在了雪地里。

相满听说他们要走，也显得有些失落。

谢臻问她："这里什么都没有了，你可曾想过要离开？"

相满毫不犹豫地说："我是此处土地，当与孤暮山共存亡。"

"山神都走了，一个小小土地倒是死心塌地。"难得时雨肯为谢臻帮腔。

相满急着辩白："我师尊也是万般无奈才去的归墟。师尊当年救我一命，又传授我法术，我理应替他守在这里。这些年来我勤修苦练，不曾有一日懈怠……"

时雨想起她现身时砸过来的那个雪球，好整以暇道："不如让我们再见识一下你的法术。"

孤暮山下灵气比别处强盛，相满在此修行已久，连灵鸶都疑心她深藏不露，默默等待她亮一手。

"那我就献丑了！"

相满提起一口气，整个人离地三尺，手中凝出了一个雪球，喝了声："去！"

雪球砸在了谢臻脚边。

"这个法术我也会呢。"绒绒笑得前俯后仰，自己也去捞了一捧雪，两手搓出个一模一样的雪球来，"练了一万八千年就学会了这个？你还能飞得再高一点吗？"

看相满的窘态，她显然已将法术施展到了极限。

"我还可遁地，也会祈福……与山中生灵相处得十分融洽，款待各路神仙也从无不敬。要是孤暮山不倒，师尊说，我会成为最称职的土地。"相满越说声音越低，一脸的局促渐渐转为失落。

绒绒本还有许多嘲笑的话，一时也不好意思再说出口来。

灵鸶已看得明白，这小土地根骨平常，她是真人之后，服下了尸草长活至今，修行再刻苦也难有大成。不过土地无须高深的法术，他们也与山川城池的主神不同，不必非得捆缚于某地。就算换个地方，只需当地的主神接纳，她仍可做她的土地。

离开前，灵鸶再度问相满："你可想好了？"

相满等了一万多年好不容易遇上能说话的人，自是有些难舍，但她还是摇了摇头："你们……还会再回来吗？"

"只要无怨之血尚在，想回自然还是回得来的。"时雨瞥了一眼谢臻，又含笑对相满道，"我有一挚友乃是玄陇山山神，有朝一日你若是想通了，我可将你引荐于他。"

相满回望白茫茫的孤暮山，再转过头时已红了眼眶。

蜃眼之外的福禄镇刚刚迎来了雪晴之日的朝晖，时雨收回玄珠，撤去幻境，一夜好梦深沉的凡人们逐渐醒来。他们几人在这烟火气中也生出一种恍如隔世之感。谢臻更是若有所失，仿佛半边魂魄还遗留在孤暮山下。

"她有那么美吗？瞧你这没出息的样子，你还不如留在底下了呢！"绒绒恨其不争。

谢臻幽幽地说："那里实在太冷，况且我留下也成不了土地公公……"

时雨刚了却了一件大事，心情称得上愉快，欣然道："你若不怕麻烦，我还是可以将你送回去的。"

"临别前相满对你说了什么？"谢臻反问时雨。

"我听见了。"绒绒吃吃地笑，学着相满的语气一本正经道，"谢谢你，你真好！"

"她为何要那么说？"灵鸶回头疑惑地问。他发现一件奇怪的事，相满在面对时雨的时候尤其容易脸红。

"我如何知道，大概因为我确实很好。"时雨觍着脸跟上灵鸶，"我不好吗？你不喜欢她夸我好……这世上只有你觉得我不好！"

从蜃眼出来后，灵鸳、时雨和绒绒又在乌尾岭待了十一年，其间他们两次回到孤暮山拜访相满。相满的法术在灵鸳的点拨下有所进步，凝出的雪球更大更圆，也可飞到从前两倍的高处。她感到十分高兴，却依然不肯离开旧地。

　　谢臻一世未曾婚娶。他二十岁那年，赖掌柜夫妇先后离世，他卖了福禄客舍，从此长居于乌尾岭过上了世人眼中隐士的生活，直至二十九岁时死于一场急病。

　　谢臻生前和绒绒合力绘制了一幅羊皮画卷，上面详细记载了他这两世遇到的大事小情。绒绒说，这样的话下次再见，直接将画卷拿与他看，也可少费些唇舌。

　　谢臻死后很快再入轮回，他每一世都叫谢臻，鞭法一直很好，娘胎里始终带着头风之症；仍然怕死怕痛、懒如冬蛇；仍然浪荡不羁、尘世缘薄；仍然活不到而立之年，也从未娶妻生子，总是对一个小土地念念不忘；仍然出生在灵鸳长居之地附近；仍然被时雨嫌弃；仍然不肯与绒绒双修……

　　灵鸳他们在东海游历了十多年，后来又去了震蒙氏故里、登了北幽之门，还在玄陇山盘桓二十载，最后逗留鬼市中陪伴出生在长安城的谢臻过了一世。

　　距离灵鸳的三百岁越来越近，时雨的脾气也越来越无常。绒绒和谢臻都宁肯离他远远的，免得不小心遭了池鱼之祸。但时雨从不提离别之事，也不喜人提，就连灵鸳偶尔说起霜狲捎来的小苍山近况，他也要冷下脸来。他将心神都寄于玄珠之上，修行时却心不定、身难安，要不是灵鸳在旁护法，他险些入了歧途。

　　好几次灵鸳夜半惊醒，发现原本栖身于绳床之上的时雨手执烛火坐在床沿，目光灼灼地看着他。尽管以灵鸳的胆量不至于受到惊吓，时雨还是免不了吃顿苦头。

灵鸷也因此要他另觅居所，如不是化身雪鸮，不许再踏入房内。

这一夜，灵鸷受梦魇所困，五内焦灼烦热。他睁开眼，发现时雨的手在他身上。

"我说过，无须替我掖被。"灵鸷看着时雨手落之处，不想错怪了他。

"非也，我只是又生邪念，夙夜不得安生，想来做些无耻之事。"时雨指尖轻移。他长着一张清华高洁的脸，用十分端凝的语气说，"其实上一次'掖被子'被你用烛剪所伤也是我有心下手，无奈被你发现，我却不敢承认。"

灵鸷坐了起来，本想说点什么，到头来只是默默将脸转向暗处。时雨知道灵鸷近年来一直在隐忍于他，但这样的纵容和退让只会让他更心焦如焚。

"无论我认还是不认，忍或不忍，你终归要走！那我为何还要在意你怎么看我？"

时雨翻身跪坐于锦被之上，他膝下挪了两步，半边身子已逼近灵鸷。

灵鸷稍稍后仰："你不在意我如何看你，也不怕我手刃于你……"

"别用烛剪，用这个。"时雨抽出伞中剑放到灵鸷手畔，"杀我的话现在还来得及！"

"都快过了百年，你为何还是破不了这点迷障？"

"再过多少个百年我都不会甘心！"

灵鸷的背撞在床上，他一脚将时雨蹬开。时雨熟稔地避过，又重重扑了过来。这百年来灵鸷对时雨的身躯发肤乃至气息心脉都不陌生，也谈不上羞怯不适，只是骤然凑得那么近，时雨的上下其手让他感觉十分怪异。

"孽障，你压着我头发了！"

时雨可管不了这些，含糊道："我不管……除非换你压着我。"

灵鸷沉默了片刻，推开了时雨的脸："好，你先起来。"

时雨顿时一僵。他不敢相信自己的耳朵，撑起来看了灵鸷一眼。

灵鸷眼神清明，面色如常，也不似在讲笑话。

"你不是骗我吧……我不下来……哎哟！"

灵鸷这一脚踢个正着，他翻身而起，斥道："啰里啰唆，我让你起来还用得上骗？"

时雨滚倒在床沿，怔怔看着灵鸷的手按在剑柄之上。

"混账东西，你也不怕这剑割伤了皮肉再难复原！"灵鸷将剑插回伞中，撩开乱在胸前的长发，冷冷对时雨说，"你先脱了！"

　　时雨反手抽了自己一下。其实不必如此，被灵鸷蹬中的部位还在隐隐作痛，提醒着他眼前一幕绝非虚妄。纵然精通幻术如他，也断然造不出这样离奇情景。

　　"你怎么这样磨蹭，衣服底下见不得人？"

　　在灵鸷的催促之下，时雨那股无赖气焰反而灭去了不少。他不自觉地一手掩在衣襟上，迷瞪瞪地问："你要干什么？"

　　灵鸷有心杀他，也无须剥光了赤条条地下手。

　　"我方才做了一个梦。"灵鸷有些烦闷。

　　他梦到自己站在幽深廊道之上，脚下是打磨光滑的巨大苍石。这是如晦阁，白乌氏大掌祝居所。现任大掌祝莲魄性情乖僻，别说寻常族人到不得这里，就是她近身随侍之人轻易也难靠近。灵鸷身份特殊，也只在不得已时来过。

　　灵鸷撩开层层帷帐，一边思索记忆中的如晦阁是否有这么多障眼之物，一边疑惑自己为何深夜到此。光着的脚忽然被绊了一下，他低头，看到满地凌乱衣衫。除了大掌祝的祭袍，那条卷云纹鞶革也颇有些眼熟。白日里，温祈指点他们吸纳灵气的心法，腰上所系的不正是它？

　　灵鸷顿感不妙，仓皇转身要退出去，却迎面撞见了帷帐尽头的一幕。这绝非他来此的本意，他乱了阵脚，可任他如何回避，四下找寻出口，眼前无处不是紧密交缠的身躯，还有他熟悉的面孔。威严、温蔼、庄重、冷清全然不见，只有极致的欲望和分不清欢愉痛苦的狰狞。

　　灵鸷被时雨从梦中扰醒时着实松了口气，自己为何会做这样大逆不道、有悖伦常的梦？可梦中的他在惊惶之余，心里却一直有个声音在问：就是这个？这就是他们快乐和不快乐的根源？

　　灵鸷不想诉之于口，而时雨最大的好处在于只要灵鸷不设防，他便可将那些底细窥得一清二楚。

　　"有些事我看在眼里，却始终无法理解。他们为何不甘，为何自苦，为何明知不可为而为之？"灵鸷支颐沉思，"我想了将近百年仍然未有答案，今夜梦境或非偶然。"

　　时雨小心试探："那你究竟知不知道梦里所见为何事？"

　　灵鸷的别扭来自梦中人，而非梦中事。他冷笑一声："阴阳交合，乃生万物，这是繁衍绵延之本。有什么了不得的？"

　　时雨强忍心中酸涩，用尽可能平淡的口吻陈述道："你和霜翀日后便是如此。"

这在灵鸷看来确实有些古怪，但也仅此而已。对他来说，这是顺天命之事，与他身上其他职责并无分别。他自幼就知晓，有很多事无论自己喜不喜欢终须去做。霜翀也是这样。

可后来灵鸷才知道，霜翀虽也无可奈何，但心中的不甘远比他更深。

"霜翀说我之所以不在乎，是因为我还缺少了一样东西。"灵鸷眉心紧皱，"他有的我明明都有！"

时雨神色更为复杂："所以你想看看我有没有？"

"差不多吧！"

"为何你不去找绒绒和谢臻？"

时雨自是不肯让灵鸷去找那两人的，他只是想听灵鸷说出自己在他心中终究有所不同。

灵鸷说："绒绒我已看过，没什么可看的。谢臻这几世在我眼前长大，哪用得着大费周章。"

时雨一时说不出话来，半晌方抬起脸笑道："有些事光看无用，要一试方知。"

"你说得没错。我想来想去，绒绒太过吵闹。谢臻他到底是个凡人，万一中途禁受不住……"

"这才轮到了我？"时雨心中一时如火，一时如灰。

"你不愿意？"灵鸷斜睨于他。

"你明明知道的。"时雨额头与灵鸷相抵，鼻尖相触，"你在我身上做什么都无妨。"

时雨的身躯并非不美，然而灵鸷审视一番后，他更留恋的仍旧是那双眼睛。当时雨的唇辗转于他嘴角、颈项之时，他尝试着将自己一缕发丝架在时雨长睫之上，它战栗的模样有如无声春雨。这是灵鸷短短两百九十六岁生涯中所能体会的极致缠绵、湿润和柔软。胜过了温祈描述的江南的莲，胜过传闻中空心树心的汁液，也胜过时雨在他身上所做的事。

时雨双眸轻合："我恨不得将这双眼睛挖下来给你……又怕你从此不肯多看我一眼。"

灵鸷似迷途在那场雨中，神思也有些恍惚："我有那么好吗？"

时雨亲着他，蹭着他，在耳边道："是我太贱了而已，怪不得你。"

　　时雨面貌灵秀，可身躯依旧是年轻男子的身躯，同为习武修行之辈，相比之下灵鹜反而显得更为柔韧纤白。他顺着灵鹜颈脖一直往衣下探索，下手很重，气息全乱。

　　"别碰那里！"灵鹜忽然按着他的手背，似有阻挠之意。

　　时雨不管不顾，眼中水气如雾如酥："你不是想知道你少了什么，我替你找找……"

　　他话刚说完，手下如握火炭，瞬间弹开，满脸掩饰不住的痛楚之色。忘情之下，他早将灵鹜身上刺青忘得一干二净。

　　然而就此罢手是万万不能的，时雨待身上那阵疼痛酥麻稍缓，眼中红芒一现，竟不惜在此时催动玄珠护体，再次触向灵鹜身上禁忌之处。

　　很快是一声闷哼传来。

　　"这是什么邪术！"时雨捶床踢被，大怒不已。

　　灵鹜也显得有些失望，抹了把脸倒向一旁："果然不行。"

　　"谁说不行？"时雨抓住灵鹜抛给他的衣物，两三下缠于手臂，口中嚷嚷道，"我偏不信邪……嘶！"

　　灵鹜意兴阑珊地压住了他的手："别动了，那处也有！"

　　"为什么？"时雨看着灵鹜身上电光隐去，光裸洁白的肌肤只余墨色纹饰，那隐隐可见的三头之鸟手握着利器和混沌，仿佛在无情地嘲弄于他。淬红的铁块浸入冰雪也不过如此，他恨声问，"可是因为足铃？"

　　灵鹜意外他竟能一下就想到这里，点头道："足铃未除，刺青便无法退去。我以为……"

　　足铃鸣响之后方能解下。心动则铃动，可方才那般情热，灵鹜足下玄铃仍如空心一般。

　　时雨沉默了下来，滚烫的身子染了一身霜雪之气。恍惚间他也不知该迁怒于谁，足铃，灵鹜，还是他自己？

　　"你现在知道你少了什么？"时雨垂眸苦笑。

　　"是'欲'吗？"灵鹜这百年里并未一无所获，今夜的梦也让他若有所悟。

　　"你知道，但你没有。"时雨将手置于灵鹜心口，所幸那里并无刺青。

　　"欲者，情之应也。我亦有所求！"

　　"你该问问我所欲为何！我想要一人，是交付、占有，是恨不能将其揉碎、吞噬，是不死不休……"

时雨曾以为自己只是想要征服一个白鸟人，但他见过盘翎，也见过霜翀，又用了百年来平复心绪，可周身骨血还是牢记初见第一面就将他踩在脚下的人。他管不住被烛剪刺穿过的手，每被刺青灼痛一次，心中渴求更是疯了般滋生蔓长，急欲找寻扎根之处。这势头仿佛可掏空灵窍，令他五内虚沸。他不能拿下他，就甘愿送上自己。

"你所言的不过是征服之欲。"

"所以你族中才有鸾台一战！"

灵鸷震惊之下想要掀翻身上的时雨，却发现双足一时动弹不得。

时雨说："如果可以，我倒宁肯一试，哪怕死在你手里我亦无怨。"

灵鸷不愿在这种时候痛下狠手，然而时雨提及的正是他最为厌恶之事。

白鸟氏始祖乃是情鸟所化，一生唯有一伴，即使受到烛龙之咒也未曾改变。他们族中又历来崇尚强者，心甘情愿交出足铃者往往臣服于此生的伴侣，随对方意愿而择定男女，终生不离其左右。这样的关系看似有所从属，但因发乎于本心，双方大致还是势均力敌的。

鸾台之战就不一样了。

鸾台之战但凡一方相邀，另一方不可拒战，势必要分出一个胜负。邀战者落败必死无疑，但若是应战者败了，被迫摘下足铃，半数元灵将被夺走，此生都需俯首屈从于另一方，哪怕生杀予夺也得百依百顺。与其说是伴侣，其实连主仆都不如。

近千年来小苍山最负盛名的鸾台一战莫过于莲魄与温祈之争。他们一个是醴风的爱徒，一个则天资冠绝于同辈，下任大掌祝势必出自他们之中。谁也没想到莲魄会冒险邀战，而温祈败了，从前那样铮铮佼佼的一人最后沦落到仰人鼻息的下场。

灵鸷也千百次地想过，若没有那一战，温祈就不必活得那样艰难——哪怕世间因此也不会有他的存在。

"我绝不向任何人邀战，但若有人逼我到那一步也唯有殊死相搏。只要有一口气在，我便不会让自己落到那种境地！"灵鸷面无表情地看着时雨。

"要是发起鸾台一战的是霜翀呢？"

"除非他疯了。"

"你还是没有回答我的话！"

"我同样会力战到底。但他绝不会那样做。"

时雨不喜灵鸷对霜翀毫无迟疑的维护，赌气道："万一你的足铃也未因他而响，我看你们如何凑成一对！"

灵鸷对此早有打算："大不了我去求取空心树心，其汁液服之可生欢喜，也可催动足铃。"

"你非得认定他吗？他会成为大掌祝，而你交出足铃，只能成为他的附庸。你未有过丝毫不甘？"

"没有！"

为何他们都把"不甘"二字挂在嘴边，时雨如此，霜翀也如此！

时雨的乌发垂落在灵鸷胸前，话语也一声声在他耳边。

"那我呢？你从没想过我吗？为何偏偏要在我身上尝试，无论我对你做过什么你都默许了。在你心中我没有半点不同？我不信。"时雨喃喃低语，"我在冈奇、绒绒他们面前从肯承认，其实我已想通，无论你今后是男是女，我愿意身随你定。你喜欢什么我就是什么。畜生都变了，还有什么不可以的。可是任我千变万化，也无一样是你想要。时日一到，你还是会走是吗？"

灵鸷的手又横挡在眼前，像畏光一样回避那惊心动魄的眉眼。

"是！"他横下心道。

时雨已小心避开灵鸷身上的刺青，可灵鸷似能感到有湿痕蒸腾在颈后的电光石火之间。他想要伸手去拭，时雨执拗地将他的手臂压回眼上。

"你并不抗拒我，也不抗拒日后成为女子。只是你必须屈从于霜翀，哪怕这并非你的本意。"

"霜翀比我更强，他才是大掌祝最佳的人选。"

"白乌人已经为抚生塔而活了，你还要为霜翀而活？盘翎尚有选择，你为何没有？"

"我不能！"

"谎话！你身份比他们高贵，自幼受教不逊于任何人。说什么霜翀比你更强，你可曾为自己争取过？我不想看着你仰人鼻息，一世委曲求全。灵鸷，灵鸷，就当我求你了，你心中无我，但我也盼着你自在而活！"

"我不能……"

"你的'不能'，是为霜翀，还是为白乌？"

"自然是为了白乌！"

灵鸷眼中的痛苦之意已化为怒火。这怒火既是为着时雨的苦苦相逼，也为着那些被他抛却在脑后的往事。

——你非天佑之人，注定成不了族中最强者。

——好好辅佐霜翀，白乌的将来就系于你们身上。

——这不是你该碰的东西，你只需做好本分！

——大掌祝之子又能如何，还不是霜翀手下败将。

——你不会心有不甘吗？那是因为你少了一样东西！

……

"既然与霜翀无关，事情就好办了。灵鸷，你听我说，你若不肯回去，霜翀必然出来寻你。只要你我联手，杀他不在话下。我自有办法将此事掩盖过去。没有了霜翀，以你的身份和能力，将来你就是大掌祝，你就是白乌之主。就像莲魄那样，到时谁敢逆你之意！你放不下责任，仍可为族人、为抚生塔而活，而我只为你活！"

"你说杀了霜翀？"

"对，杀了他……只有成为族中最强者，才能拥有自己所爱之人！"

"最强者……所爱之人？"

灵鸷忽然想起这句话为何如此耳熟。他挪开手臂，定定看着那张近在咫尺的面孔，忽然遍体生寒。他竟已忘了时雨空有一副仙胎玉质的皮囊，骨子里却毒辣阴邪。共处百年，灵鸷已不再像当初那般对他处处提防，然而他的本性还是没有改变。

那句话分明出自霜翀之口，他是怎么知道的，还有那场梦——也定是霜翀的所见所闻。时雨窥破了霜翀心思，也看穿灵鸷心魔，今夜种种皆是他布下迷障，灵鸷心旌摇曳，竟任他摆布许久！

灵鸷从未这样厌弃于自己，一掌将时雨扇下床去，踢开时雨散落四处的衣衫，剑尖颤巍巍地指向他："我杀了你……孽障……你污了我的剑……还不快给我滚！"

时雨扯下甩到脸上的衣衫，起身徐徐上前一步，伞中剑及时回撤，可剑尖仍在他胸膛上刻出血珠。

此伤一旦留下便不可自愈。

他低头看向伤处笑了一声："你要知道，不是每次你让我滚，我都会乖乖回到你身边。"

"滚！滚！"

尾
声

　　灵鸳二百九十七岁那年，于长安的深秋接到霜翀来信。

　　"赤月将至，可缓缓归矣。"

　　彼时时雨已走了一年有余。绒绒起初还总在叨叨，一时责怪时雨狠心，一时又埋怨灵鸳无情。后来不知谢臻对她说了什么，她才在灵鸳面前收敛了。

　　白蛟那里曾经传来音讯，说在赤水之畔见过时雨一面，他身后似有震蒙氏鼗跟随。白蛟与时雨水畔对月而酌，只觉他活得更为自在逍遥，也绝口不提旁人。

　　灵鸳返程时没有让绒绒、谢臻相送。该说的话这百年里已然说尽。他走后，绒绒会回到昆仑墟，青阳君还在等着她归去；谢臻说要诗酒相伴，于江海山川间了却此生。

　　灵鸳换下绚烂锦衣，也未带走任何琳琅小物，仍是当年离开小苍山时的一人一伞一剑，唯独怀中多了个比胡桃大不了多少的精细匣子。匣子是金丝缕就，上嵌华宝，临行前夜悄然出现于他枕畔。

　　开启匣子前，灵鸳莫名有些迟疑。还好，里面盛着那血光氤氲的浑圆之物并非刚挖下来的眼珠子。

　　他要此物何用？

　　这珠子的主人离开时的狠话还在耳边。

　　"是我先走的。休要指望我与你互道珍重。我恨不得你在小苍山寝食难安，日日为负我而悔！"

　　过了山下结界，凉风坳已然在望。霜翀独自站在关隘之上遥遥相迎，猎猎山风吹动他的发梢和衣摆，灵鸷仿佛可以看到他背上大阴之弓的彤光。他在朝灵鸷微笑。

只要跨过这道隘口，小苍山中无冬无夏。不知从什么时候开始，灵鸷已经习惯了山外的人间时序。他驻足回首，霜天如镜无纤尘，一道雪白疾影掠过高树。再度动身时，他足上玄铃微微颤响。

（上部完结）

预知后事如何，敬请期待《抚生·白乌幽明》。